醉如烟华，不为他嫁

盛世清歌／著

金城出版社
GOLD WALL PRESS

目录

目录

029

驾驭男人

沈妩转过头看向齐钰，脸上带着几分认真的神色，严肃地说道：“没什么特别的原因，只是傻男人好驾驭而已！嫔妾是真心希望五妹妹过得好，不用那般费心费力还讨不了好！”

沈妩的声音有些幽冷，不过语调却是不低。她的话音刚落，皇上的眉头就紧紧地蹙起，他冷着一张脸，和沈妩对视着。

“你说什么？再说一遍！”齐钰轻轻眯起眼眸，慢慢地凑近她，双手撑在她的身侧，整个人的阴影都笼罩着沈妩，带着十足的压迫感。

沈妩仰起头和他对视着，脸上的神色没有太大的变化，红唇轻启：“嫔妾说的是真话啊。傻男人好驾驭，不用担心会背后来一刀！”

她边说边抬起手抱住男人的脖颈，脸上带着几分笑意。只是还不待她笑得开怀，男人就已经把她扑倒了。

“你的意思是朕会背后给你一刀吗？”皇上整个人压在她的身上，单手抓住她的手腕，另一只手掐住她的腰，双腿则用力地将她的腰侧夹紧。沈妩一下子动弹不了，只能被迫抬起头和他对视。

沈妩放松身体，尽量不挣扎，看着他笑得一脸嫣然，狡黠地说道：“皇上可真自信！”

伴着她这句话的结束，齐钰脸上的神色一变，看样子是真恼了。他似乎想脱身站起来整治她，无奈沈妩看破他的想法，怎么会让他起身来揍自己呢！遂四肢直接缠了上来，像八爪鱼一般把齐钰抱得紧紧的。

男人挣了两下没能脱身，况且两个人离这么近，又是软玉在怀，这样大动作地磨蹭，齐钰可耻地硬了。他立刻不敢再动了，只要面对着沈妩，擦枪走火这种事儿，根本就是家常便饭。

察觉到男人的不对劲，沈妩脸上的笑意越发明显。方才还耀武扬威，要对沈妩进行制裁的男人，此刻也只能像大型犬类一般乖顺地趴在她的身上，免得真的抑制不住，做出白日宣淫的事儿来。

可惜，沈妩岂是那么善良的人？她怎么会放过他！于是她便开始慢慢地扭动着腰肢，总是有意无意地蹭过抵在腰上的硬物。

“嗯！”齐钰根本没有料到她会如此做，一个不察，嘴里的闷哼声就传了出来。

虽然他很快就抿紧了嘴巴，不让自己再发出声音来，但是方才那道声音语调太过怪异，沈妩一下子便笑出了声。

女子娇脆的笑声在殿内回响，齐钰的脸色变得更加暗沉，他那腿间的物什还硬着，浑身上下都透着不爽。但是身下这女人却笑得没心没肺，分明是存心要整他。

谁说只有傻男人才好驾驭，放屁！只要是功能健全的男人，就都好掌控！

沈妩似乎没有停下笑的打算，齐钰这回是真的恼羞成怒了，直接伸长了脖子，凑近她的脖颈，张开嘴便狠狠地咬了下去。

清脆的笑声戛然而止，沈妩疼得直吸气。方才认为他是大型犬类，真是太正确了，还是一条咬人的疯狗！

两人闹了片刻才分开，揉得彼此衣衫凌乱。沈妩见达到目的了，便先行退了出来。

齐钰整理好衣衫，坐在案桌前，将那本蓝色的册子拿了起来，封面已经被压皱了，他慢慢地伸手压平，轻轻翻到那一页，拿起毛笔在沈妩方才指的那个名字上画了一个圈。

匈奴的使臣总算是带着贡品来到了京都，礼部忙得焦头烂额，安排他们住客栈，又把控着设宴的事情。

这次的宴会设在前殿，匈奴的使臣入殿后，单手放在胸前，弯身向坐在龙椅上的齐钰行礼。

齐钰挥了挥手，让他们入座，然后举起桌上的酒杯对着众人道：“使臣一路辛苦了！”

众人没有什么废话，都跟着齐钰将杯中的酒一饮而尽。由于双方刻意保持着友好的态度，所以殿内的气氛还算平和热闹。酒过三巡，使臣瞧见皇上的面色红润，脸上的笑意也多了几分，胆子便大了些。

“皇上，不知什么时候准备让公主出嫁匈奴？”那个使臣举着酒杯站了起来，操着有些生硬的中土话问道。

齐钰的眸光一闪，脸上的笑意更甚，他也举起酒杯，向着使臣的方向晃了晃，然后扬起脖子喝了下去。

“使臣莫急，毕竟关乎两国的和平，其中的细节还是商量好再说。”皇上脸上的笑意不减，语气轻柔，不过却是没同意。

匈奴的使臣听了他的话，也颇觉有理，便坐了回去继续吃酒。

之后，皇上召见了匈奴使臣好几回，显然这其中要周旋的实在太多。沈妧却不管那么多，让人搜罗了匈奴的一些人文风情，送到了沈韵那里。沈韵已经从储秀宫搬了出来，一切吃穿用度都按照公主的规格来。皇上谈拢了一切之后，还大发善心地让人把沈韵的姨娘接进宫来，让她们母女见上一面。

宫里头也逐渐忙了起来，和亲的日子已经定了下来。待圣旨下来之时，后宫里有些许知情的人都开始议论起来。

“奉天承运，皇帝诏曰：七月初八为良辰吉日，宜出行。和善公主于当日随行匈奴使臣，前往匈奴与七王子伊稚斜离石和亲。钦此！”李怀恩扬高了嗓音念着圣旨，尖细的嗓音穿透整个大殿，似乎要震进人心里。

沈韵恭谨地接过圣旨，脸上的神色十分平静，早已没了当时的惊慌失措。见过姨娘之后，她倒是看开了。只要沈王府待她姨娘好，她也无所谓了。听闻匈奴、突厥等地民风凶悍，和亲而去的女子，往往会受折磨致死。或许她到那里不久，也会如此，算是为国捐躯了。

李怀恩把圣旨递到她的手里，嘴里那句恭喜硬是说不出来。人家一如花似玉的姑娘，就要风餐露宿、跋山涉水地去匈奴那鸟不拉屎的地儿了，虽说夫君从糟老头子换成了年轻的小伙儿。可那小伙儿的风评不怎么好啊，貌似脑筋有点问题。

他拿了赏银便立刻退了出来，走了不远，就瞧见了沈妧的轿辇。李怀恩连忙行礼，沈妧倒是也没说话，直到轿辇走远了，他才慢慢起身。

此时，李怀恩心里不由得叹了一口气：这姝修仪平日里看起来霸道凶悍没人性，到了亲姐妹受难的时候，还是会出来拉一把。

沈妧姐妹俩手拉手进了内殿，将伺候的宫人都挥退之后，便并排坐到了椅子上。

“多谢姐姐替我求情，只是不知这七王子是什么来头？”沈韵并没有兜圈子，直接开口询问，脸上的神色带着几分紧张。

即使心底已然觉得没希望了，却总还是禁不住抱着一种侥幸心理。

沈妧瞧见她这副猴急的模样，脸上露出了几分笑意，抬手捏了捏她的鼻尖，柔声道：“我也不是什么神仙下凡，哪里知道匈奴皇室的事情。这位七王子或许不那么聪明，不过他脾性很好，只要对他好，总有回报的那日！”

沈韵见她说得模糊，脸上露出了几分失望的神色，却不好再逼迫。

“我不会害你的，一切都要靠你自己去闯。他日后是你的夫君，你对他好是自然的。不过匈奴人不拘小节，有些方面可能显得粗俗，或许还有吃生肉这种习惯，你不能表现出厌恶或者别的情绪来。男人最好面子，所以无论你心底对匈奴或者七王子有多么的厌恶，但是面对他的时候，你就要表现出和他互相尊重的模样！”沈妩拉着她的手，再次仔细地叮嘱着。

前世和亲的人不是沈韵，但是也出自世家。不过那位姑娘命不好，嫁到那里不久，老单于便死了。偏偏这位姑娘被牵扯进了王位争夺的战争之中，结果选错了人，最终惨死。令众人意外的是，新单于不是先前被人看好的那些王子，而是传闻中不大聪明的七王子。

沈妩费尽心机让沈韵嫁给七王子，就是希望她能和七王子早些培养感情，也不用兜兜转转。

沈妩出了殿门，坐在轿辇上，一路摇晃着前往锦颜殿。她轻叹了一口气，其实沈韵那样性子颇为单纯的人，并不适合去和亲，此刻的匈奴王室，估计比大秦的后宫还要乱。

七月初八很快便到了，沈韵穿上繁复的罗裙，乘着马车跟随着匈奴的出使队伍出发了。

沈韵出塞和亲的当晚，皇上召幸了崔家双胞胎姐妹。沈妩收到消息时，已经到了掌灯的时辰。她坐在铜镜前，身后站着的明语正替她将发髻打散，准备沐浴。

“打个巴掌再赏个甜枣，皇上最擅长了！”沈妩轻轻抬手，将额前的碎发别到耳后，脸上带着几分讥诮的笑意。

皇上让沈韵出塞和亲，沈王爷和一众世家大臣原本是极力阻止的，虽然最后被皇上力压众议，但是这心底肯定会不舒服。就在这个时候，皇上召幸了同属于世家的崔家姐妹，等于安抚那一干人等。

沈妩抬手从发间抽出一根玉簪，凑近眼前瞧了瞧，上面的花样与她头回侍寝之时，皇上送她的有几分相像。她不由得冷笑了一声，将玉簪轻轻丢进了首饰盒里。

这后宫里的对手，总是层出不穷。皇上想要三方势力平衡，可惜在她沈妩的眼中，从来就没有自己人一说。

第二日清晨，当沈妩乘着轿辇到了寿康宫门口的时候，抬眼一扫，竟发现崔家姐妹已经到了。两人穿着从五品的裙衫，瞧见沈妩走过来，连忙俯身行礼。

“嫔妾见过姝修仪。”姐妹俩一同俯身行礼，声音娇脆。

沈妩轻轻点了点头，挥挥手让她二人起身，只是眼神扫过去的时候，才发现两人脸上的神色有些不对劲。崔瑾虽然还是板着一张脸，可是面色红润，周身带着几分遮掩不住的媚态，显然是昨儿晚上伺候皇上的效果上佳。有了小妇人的娇态！

再看向崔绣，平日里见人三分笑的娇羞已经不见了，神色之间有几分忧愁和怯懦。

丝毫没有刚侍寝之后的喜气，这两人的表现分明就像是调换了。

沈妩轻轻地皱了皱眉头，看样子这又是皇上的功劳，只是不知崔绣昨儿晚上究竟受了怎样的打击，竟会有如此明显的丧气表情。

“封位的圣旨下了？”沈妩决定满足一下好奇心，便停下了脚步，站到她们对面，轻声问了一句。

二人皆点了点头，似乎因为封位的喜悦，崔绣脸上的神色也缓和了些。

“今儿是从龙乾宫直接过来的吗？”沈妩轻轻拧了一下眉头，决定打破砂锅问到底。

她的话音刚落，崔绣的脸色再次变得难看至极，即使她心底知道不对，不能在沈妩面前表现出来，可是脸上略显僵硬的神色还是出卖了她。昨天晚上，崔绣显然很不愉快！

沈妩有些纳闷，对于双胞胎这样的美人儿一起伺候，皇上应该想着法子让自己爽，最后很享受才是，怎么弄得其中一个如此不开心！

“回姝修仪的话，嫔妾们是从赐住的听风阁过来的。不到清晨，皇上就让李总管派人送嫔妾们过去了。”崔瑾见崔绣阴沉着一张脸，暗咬着下唇一个字都没说，便冲着沈妩行了一礼，轻声开口回答。

沈妩笑着点了点头，看样子这姐妹俩要为这次的侍寝闹一阵子了，皇上还真是一刻都不让人好过。

崔绣还是一脸的郁郁寡欢，崔瑾站在她身后半步。沈妩最后看了一眼她们姐妹俩，柔声叮嘱道：“头回侍寝就是有些累，你们若是劳累了，可以请太医去看看，开些缓和的方子吃一剂就好了！”

沈妩说完这几句话，便转身离开了。倒是崔绣脸上的神色越发阴沉，像是被人踩到了痛脚一般。

崔家姐妹这边的动静很快就消停了，众人的目光皆被另一人吸引了。今儿沈婉竟也来请安了，她的肚子微微凸起，已经显怀了。作为后宫里唯一一位有了身孕的女子，自然是受到多方的关注。不少人已经盯着她的肚子望过好几圈了，当然其中也不乏恶意的目光。

沈婉丝毫不在乎，她的脸上施了一层脂粉，瞧着精神上佳。沈妩眸光一闪，心底暗自计较开了。沈婉脸上抹的是上佳的珍珠粉，粉质很好，一般都是脸上有太多的斑痕，才会用这种粉。不过这粉里头也掺了不少别的东西，一般有了身子的人，太医都会建议停用。

“姐姐今日怎么来了？在寝宫里待得太久闷得慌，想要出来走走？”沈妩快步走了过去，轻轻搀扶着沈婉的胳膊，凑近她的耳边柔声问候了一句。

沈婉的脸上露出了几抹笑意，也跟着她学似的慢慢凑近她的耳边，低声道：“怎么会呢，我可是特地来瞧瞧太后她老人家，以表孝心的！”

姐妹俩说说笑笑地往前走，两人的位置本来就紧挨着，恰好此刻就站在一起说话。片刻之后，穆姑姑便请她们进去。

见到沈婉来了，太后自是一阵嘘寒问暖，脸上难得带了几分慈祥的笑意。仿佛这么些日子，被沈妩折磨的晦气都烟消云散了一般。

“婉修媛身子不便，下回快别这般，哀家知道你的心意，在寝宫里好好休养着，就是对哀家最大的孝心了！”太后手里捧着茶盏，看向沈婉的肚子时，眼眸里充满了温和的笑意。只是其中闪过几分艳羡，又很快隐去了。

沈妩坐在底下，虽低着头，不过眼神却始终没从太后的身上移开过。太后脸上的异样自然没有逃过她的眼眸，她不由得嘴角泛起几分讥诮的笑意，作为一个女子，一辈子没当过母亲，那可真够悲哀的。即使坐拥凤位，曾经执掌过凤印，成为大秦最尊贵的女人，可是没有一个孩子真心实意地叫过她一声“母后”，真不知道现如今活得并不快活的太后，有没有后悔当初的决定。

“太后言重了，嫔妾肚子里的孩子，此刻虽是整个大秦的希望，金贵异常，却也不是走不得路的，有些孝心还是要表达一下的，日后这小东西若是出生了，嫔妾也好做个表率！”沈婉轻轻抬起头，脸上带着几分温婉的笑意。

只是她说话的语气却像是炫耀一般，语调高高扬起，让人听着有些刺耳。像是沈婉故意如此说，殿内几乎所有的妃嫔，对于怀上孩子这事儿，真是又爱又恨。所以当沈婉这么说之后，不少人的脸色就直接冷了下来。

殿内陷入了一阵诡异的寂静之中，这婉修媛怎么说起话来忽然变了味道，像是沈妩附体一般，令人生厌。

沈妩也是惊讶了片刻，沈婉一向对人和气，很少随意招惹人，怎么这会子一开口就把众人都给得罪光了。孩子还没生下来，就如此张狂？

坐在首位的庄妃捧着茶盏轻抿了一口，面色如常，对于沈婉反常的表现，丝毫没有惊讶的神色，倒像是意料之中一般。

“哟，婉妹妹这话说的，本妃可真不爱听。怎么的，这殿里难不成就你一个能生吗？把话说得这么死，是不是纯粹要落谁的面子呢！”一道尖厉的嗓音传来，瑞妃一身紫红色的裙衫坐在对面的首位。

平日里带着几分高傲神色的脸上，却露出些许的苍白，银牙暗咬，像是受了很大的刺激一般。

瑞妃这么一开口，再加上如此冲的口气，殿内众人的心思就难免活跃开了。沈妩手里攥着锦帕，慢慢地展开，低着头仔细观察着上面的图案。那副模样像是对周遭的处境不闻不问一般，其实脑海里早就盘算开了。

前世，沈婉这胎就是被瑞妃给弄得小产了，证据确凿，最后连皇上都没法子保住瑞妃，瑞妃直接从正二品被降位到从五品。就这样大的降位，都没能平息众怒，险些把瑞妃送去冷宫。

当时沈妩初进宫不久，还未得皇上另眼相看，处处小心谨慎，对于这些事儿从来不掺和，所以知道的很少。不过依此刻情形瞧来，倒像是沈婉先来挑衅的。

“瑞姐姐莫恼，嫔妾所说的话也是实话。此刻嫔妾肚子里的孩子，不就是大秦上下都在关注的吗？还是嫔妾此刻连话都不能说了？”沈婉虽然脸上还是一副淡淡的笑意，但是语气里的尖锐任谁都听得出。

此刻的沈婉对上瑞妃，犹如针尖对麦芒。

殿内再次变得安静下来，这两人为了子嗣的事儿争吵，太后竟一句斥责的话也没说，只是冷冷地看着下面的人，似乎在等着她们两人分出胜负一般。

“是啊，婉妹妹这肚子里的孩子就是大秦的希望，听你这样大的口气，当真让人心头不快！本妃也没有旁的意思，不是一个两个都能对上位者不敬的，婉妹妹还是收敛些的好！”瑞妃怒极反笑，声音里带着几分警告的意味，言语间也尽是犀利。

她的眼角上挑，眸光里闪过几分阴狠，显然是彻底被沈婉惹恼了。沈婉似乎是方才说得太多口渴了，端起小桌上的茶盏轻抿了一口，只是在低头的瞬间，嘴角闪过几分诡异的笑意。

沈妩一直盯着她们二人瞧，瑞妃虽然心直口快，不过也不是这样冲动之人。从她三番五次得罪瑞妃，却因为受宠，瑞妃从来没对她出手，一直处于旁观状态，就可以瞧出瑞妃还是能控制住性子的人。

可是此刻，瑞妃分明就像是失了控一般，一定要逞口舌之快。而沈婉的反应就更惹她怀疑了，虽说她比沈婉小了两岁，但是毕竟是从小在一处长大的亲姐妹，她还是头一回瞧见如此无礼而毫无章法的沈婉，显然只为了惹怒瑞妃。

“瑞姐姐是不是想说，如果嫔妾再这般无理取闹，就要罚嫔妾去您寝宫的殿门口，跪上两个时辰呢？”沈婉近乎一字一顿地开口，声音森冷，眸光也渐渐变得幽暗下来，脸上的神色带着几分痛苦。

她的话音刚落，殿内不少妃嫔就都吸了一口气，脸上的神色惊疑不定。

瑞妃则是满脸惨白，像是回忆起了不好的事情一般，整个人僵坐在那里，一动不动地看向沈婉。

沈妩一直百思不得其解，此刻听到沈婉这么说，再结合众人的表情，她才依稀想起来：沈婉之前已经怀过一个，不过当时月份小没有查出来，倒是因为得了皇上的宠，被瑞妃怀恨在心，罚她在殿门外跪了两个时辰，一个时辰没到就落红了，太医赶到也没来得及救，最终还是小产了。

沈婉挑着今日请安的时辰，是在向瑞妃挑衅？难怪瑞妃会像奓了毛的狮子一般奋力反击，原来二人是新仇旧恨一起算了。

“好了好了，婉修媛今日来请安，可不是要到哀家面前吵架的！”场面已经失控成这样了，太后才慢悠悠地开口阻止，脸上带着几分不满的神色，声音也压得比较低沉，像是被惹恼了一般。

沈婉轻笑着冲太后点了点头，柔声道：“是嫔妾疏忽了，一时想和瑞姐姐叙旧，就多说了两句话。还请太后恕罪！”

沈婉一脸清淡的笑意，嘴里虽是告饶的话，脸上却没有多少愧疚的神色。只是嘴角带着的笑意，倒是让人无法苛责。

瑞妃看着她这副笑吟吟的模样，心头的怒火更是涌起了几分，嗓子里更是难受异常，像是呕了一口血在心头一样。她的眼神飘忽了一下，直接扫到了沈婉身旁的沈妩。两姐妹都是嘴角带笑，脸上的神色有几分相像，同样是神采飞扬，当真气人得很！

太后又说了几句话，便让众人散了。沈妩和沈婉走在一起，这回就连沈娇都凑了上来。她的脸上带着几分担忧的神色，显然对于方才沈婉的胆大妄为，心里头有些不舒坦。

“上回就是栽在瑞妃的手里，怎么还不长记性？这回一定要保护好肚子，别再激怒她了，免得她恼羞成怒，不管不顾真的再来害你的孩子！”沈娇走在沈婉的右边，轻轻拉着她的手臂，见周围没有人靠近，便压低了嗓音道，脸上的神色也十分焦急，声音里不由自主地带了几分苛责。

沈妩走在沈婉的左边，知道沈娇这是怕沈婉肚子里的孩子没了，那么沈王府的筹码就没了，遂过来千叮咛万嘱咐。

沈婉听得她如此说，脸上闪过几分不快，却很快消失了。她轻轻拉住沈娇的手，柔声劝慰道：“姐姐你就放心吧，我就是耍耍小性子。太医前来问诊的时候，也曾经提到过，有了身子的人性子容易阴晴不定。况且我无论走到哪儿，身边都跟着许多人，瑞姐姐不会那么傻，让人抓住把柄的！”

沈婉一脸无所谓地说道，像是丝毫不把这些潜在的威胁放在眼里一般。沈娇听了她的解释，轻轻地松了一口气，低声道：“你自己知晓分寸就行。忍一时风平浪静，待你生下了皇子，估摸着皇上就要再升你的位份了，到时候和她平起平坐，甚至把她踩在脚底下都有可能，切莫因一时火气而坏了大局！”

沈娇一副语重心长的模样，竟是将好处说得头头是道。沈婉皆轻声应承下来，一句也不反驳。只是她另一只手抓着沈妩的胳膊轻轻用力，泄露了她此刻的心情。位份再高又有何用，还得有命去享受才是！

“你接下来要去哪儿？我送你回宫吧？”沈娇见她不怎么热情的模样，心里头颇不是滋味，便轻声追问了两句。

沈婉的眉头不禁皱了一下，但又很快松开，面对沈娇的问话，她先是转头看了一眼沈妩，才扭过脸来对着沈娇道：“先不回宫，好容易出来一回，逛逛再回去。太医也说适当的散步对我有帮助，待会儿我和四妹妹去亭子里坐坐！”

沈妩听得她如此说，微微怔了一下，她俩根本就没说好。但是面对沈娇投射过来的探寻目光，她也只有轻笑着点了点头。

“今儿天气不错，正适合散步。”沈妩干巴巴地附和一句。

哪知沈娇立刻接口道：“那正好我也不想回宫，五妹走了还怪寂寞的，一起吧！”

沈婉不好再拒绝，三人各自乘着轿辇往御花园的湖心亭去。哪知还没下轿，就远远地瞧见亭子里已经坐了几个人。

沈妩的轿子走在最前头，她轻轻眯起眼睛，仔细瞧了片刻，才看清楚里面坐了四个人。依着身形看，应该是庄妃、瑞妃、丽妃还有斐安茹。沈妩不由得心生疑虑，这四人怎会凑到一处？

三方势力各自为伍，很少能凑到一处，而且此刻也不是什么宴会必须聚在一起。这完全不相关的四个人，却聚到一起，显然是有重要的事儿要商量。

身后的两个人也瞧见了，三人下了轿又一起走着。沈娇的脸上闪过几分担忧，还没靠近湖心亭的时候，她凑在沈婉的耳边低声道：“待会儿少说些话，免得置气，弄得自己心情不好，一切都有庄姐姐在呢！”

沈婉只是笑而不语，不过脸上镇定的神色，倒像是提前安排好的一般。沈妩一直保持着淡笑，搀扶着沈婉进入亭中。

湖心亭内恰好是一张大圆石桌，八个石凳子，七个人倒是绰绰有余。只是这七个人中有矛盾的倒是一大堆，所以这样凑近了坐下，难免显得尴尬。

“来来来，没想到会凑到这么多人！正好姐妹几个一起说说话，这种机会倒是不常见！”庄妃先行开口打破了尴尬的气氛，她的声音十分柔和，语调也有些低，就像是大姐姐哄着妹妹吃糖一般。

瑞妃臭着一张脸，明显是没想到沈氏三姐妹竟然会进来，此刻倒是弄得她不好直接拍拍屁股走人了，只有尴尬地坐在这里，目光投向远处的湖面，像是在打发时间一般。

其他几人还是不怎么说话，沈婉悄悄抬眼打量了一下瑞妃，又转过头去看了一眼庄妃。庄妃悄无声息地冲着她点了点头，像是在肯定什么一般。

“瑞姐姐，你还在为今儿早上请安的事儿生气？”沈婉深吸了一口气，轻声开口了，一开始便挑起了有些敏感的话题。

在座的大多数人都微微愣了一下，沈娇反应过来之后，连忙轻轻推了推沈婉的胳膊，脸上带着几分不耐。路上都叮嘱过了，不要多说话，沈婉还偏生要去招惹瑞妃，没瞧见瑞妃满脸的愤恨吗？

沈妩也有些惊讶，她慢慢地偏过头看向沈婉。沈婉却一直盯着瑞妃看，脸上的笑意带着几分愧疚和亲和，与方才在寿康宫发难时判若两人。

瑞妃明显是没消气，只是冷冷地瞥了沈婉一眼，冷哼了一声，便转过身对着庄妃道："庄姐姐，你把我们几人叫到这里究竟有什么事儿？我知道你现在不好说，有些人一点眼色都没有，直接就冲进来了，当真是不带脑子！"

瑞妃几句怒气冲冲的话甩了下来，直接站起身似乎就要走。庄妃眼疾手快地拉住了她，脸上露出几分无奈的笑意。

"瑞妹妹，说你是个急性子，平日里还不肯承认。婉妹妹都要跟你道歉了，你走什么！今儿当着太后的面，我没好多说什么。此刻就替瑞妹妹说句公道话，婉妹妹方才在寿康宫里，着实太嚣张了，都忘了下位者的本分。你且留下来，听她说几句！"庄妃边轻声说着，边慢慢拉着她坐下。亲手倒了杯热茶递过去，脸上的神色显然是很支持她的模样，话里话外都帮着她。

瑞妃听得她这么说，心里头忽然就舒坦了不少，便顺着她的意思坐了下来。只是脸上依然摆着一副不情愿的神色，甚至始终扭着头，就是不看沈婉。

沈妩见沈婉前后反差这么大，心里便慢慢起了疑惑。此刻再加上有庄妃这几句话，她心里更是不解。桌上放着两壶热茶和几个茶杯，甚至还有几盘花样繁复的糕点，显然是早就准备好的。

她轻轻抬眼，慢慢地扫过这一圈人。恰好斐安茹也抬起头来，两人探寻的视线相遇，又各自撇开。显然斐安茹和她一样，是被拉过来充人数的，这好戏还在后头。

只是不知让庄妃亲自出马的好戏，会怎样上演！

沈妩正琢磨着，便听见沈娇轻咳了一声，下意识地看过去，发现沈娇正着急地冲着她眨眼睛，似乎想让她开口解围。

"瑞姐姐，我今儿是真错了。前几日待在寝宫里起得晚，今儿早上忽然起了大早，就有些不习惯。脑子里晕乎乎的，若是对着您说了什么得罪的话，还请您海涵！"沈婉再次出击，她的脸上还是那副完美无缺的温和笑意，姿态放得极低，显然是诚意十足。

瑞妃心里虽奇怪她为何会如此反常，却因为沈婉这几句软话，说得她心里异常舒坦，就没有多想，只当沈婉是得了旁人的劝告，怕了她，这才来向她道歉，要和她化干戈为玉帛，免得到时候她对沈婉的孩子出手。

想到这里，瑞妃的心里又多了几分得意。刚开始耀武扬威又如何，迟早都要向她俯首称臣。只要她霸占着正二品的位置一日，沈家姐妹一串的从二品也敌不过她！

“婉妹妹这话说的，我可不敢当！你肚子里的孩子可是大秦未来的希望，怎么会得罪我呢？”瑞妃轻轻扬起脖颈，脸上明明是嘚瑟的笑意，嘴上说出来的话偏偏是嘲讽至极。

“瑞姐姐，你就饶过我这一回吧！”沈婉知道她是得了便宜卖乖，姿态放得更低了，亲自举起茶盏替她倒了一杯茶，推到瑞妃的手边。

她声音温软，像是在撒娇一般，脸上也带了几分讨好的笑意。

瑞妃这才施舍般地回过头来，轻轻地瞥了她一眼，目光停留在沈婉推过来的茶盏上，却不伸手去接，俨然一副不买账的模样。

“行了啊，别再拿乔了。这么多姐妹瞧着，你真要打她脸面啊！”庄妃轻轻地推了一把瑞妃，语气里难得地带了几分娇嗔。

030

撞破阴谋

庄妃出面替沈婉说话，瑞妃不由得冷哼了一声，扬高了语调反驳道：“这能怨本妃吗？方才在寿康宫的时候，婉妹妹可是当着太后和众姐妹的面，打了本妃的脸面，这会子才几个啊！”

她虽心头不忿，气鼓鼓地这么叫喊着，不过碍着庄妃的面子，还是接了茶盏，一扬脖子便把一杯茶灌进肚子里了。

庄妃瞧见她肯喝下茶，脸上便带了几分笑意，沈婉的嘴角轻轻上扬，显然也是高兴的。

“这样便好了，既喝了茶，可不许再耍性子了。当然日后若是婉妹妹做的不得当的地方，我定会拉着她来给你赔罪！”庄妃长舒了一口气，边说话还边伸手拍了一下瑞妃的肩膀，似乎放下了一桩心事一般。

瑞妃瞧见庄妃如此重视这件事儿，而且沈婉还在这么多人面前放低姿态，简直就是给她长脸，脸上的笑意顿时柔和了几分。

“哎哟，总算是不板着脸了，就连坐旁边，都吓得慌呢！”许久未开口的丽妃，见此刻双方已经和解了，才开口凑趣。

她装作惊慌失措地拍着胸口，脸上也故意露出几分担惊受怕的神色，像是真的被瑞妃吓到了一般。她这副夸张的神色，逗得其他几个妃嫔都跟着轻声笑了出来。

“得了，一个两个都替我周旋，再端着就不像样子了。本宫大人有大量，就饶过婉妹妹这一回了！”瑞妃也跟着笑了起来，她挥了挥手，脸上露出几分无奈的神色，像是真的放下一般。

沈婉脸上的笑意更深，她悄悄地和庄妃换了个眼神。

沈妩一直喝茶，落入旁人的眼中，好像她一直是一副事不关己高高挂起的模样。实则不然，她的余光在周围人的身上来回扫着。庄妃能把丽妃、瑞妃还有斐安茹叫过来，很显然不是偶然。而且通过这其间，庄妃不停地和沈婉用眼神交流，她几乎可以断定，这事儿一定是庄妃和沈婉预先筹谋好的，只等着让瑞妃入瓮。

“两人一个性子急躁，一个现如今身子金贵，都不是省心的人儿。我还是不放心，来，彼此交换个信物，就当是个凭证。日后谁若是翻脸违背了，姐妹几个可都在呢，到时候一起奚落那个毁约的！”庄妃似乎来了兴致，竟撺掇她俩交换信物。

这几句话说完之后，周围的几个妃嫔倒都是没心没肺地笑了。信物这东西一般都是男女之间传情时用的，此刻说起这个词，倒颇觉怪异。

沈婉脸色一红，从衣袖里掏出锦帕挥了挥，对着庄妃不满地努了努嘴，娇声道：“庄姐姐又来戏耍，这会身上哪有什么好宝贝，都是手帕、香囊之类的。这帕子都用了几个月了，要吗！”

沈婉边说边把锦帕往庄妃面前推，像是要盖到她的脸上似的。几个人被她这几句话都逗笑了，庄妃连忙往后躲，顺手从她手中把锦帕抢了过来。

“什么几个月，糊弄谁呢！前几日刚看见你躲寝宫里无事绣好的！来，瑞妹妹别客气，这可是我们婉妹妹最拿手的双面绣，宫里宫外都买不到婉修媛的手艺！”庄妃夺过来之后，直接往瑞妃的手里一塞，脸上的笑意充满了狡黠。

听得庄妃如此说，众人皆把目光投向了那块锦帕。沈婉属于外柔内刚的性格，因着沈王府把注意力都放到身为嫡女的沈娇以及姿色出众的沈妩身上，所以她心里头有些不甘，便硬咬着牙跟刺绣师傅学会了这双面绣。

沈婉这双面绣的本事，曾在太后过生辰的时候，露过一手——用双面绣制成的一幅“寿”字屏风。当初那屏风拿出来，可是让在座的见识过大世面的都啧啧称奇。

瑞妃连忙将锦帕摊在掌心，细细地瞧了瞧。锦帕偏巧绣的是一朵盛放的牡丹，上面还有一只翩飞的蝴蝶，恰好都是瑞妃心头所爱之物。再一瞧锦帕上这两样，似乎被沈婉绣活了一般，栩栩如生，让人爱不释手。

众人瞧着瑞妃盯着锦帕出神的模样，皆知她是看上了这块帕子。

沈婉的嘴角轻轻扬起，露出几分了然的笑意，不过她却是很快收敛了起来，脸上露出几分焦急的神色，匆忙地站起身，手往前伸着，似乎要去夺瑞妃手中的锦帕。

“瑞姐姐，这帕子实在是太拿不出手了，不值什么！若是喜欢，改日去挑个好点的布，找金丝银线帮姐姐绣一块！”沈婉边说边轻轻踮起脚尖，瑞妃坐在她对面，这圆桌有些大，她要够的话就有些困难。

一旁的沈娇哪里敢让她做如此高难度的动作，连忙轻轻拽住她的手臂往后拉，让她凸起的小腹离桌边远些。沈娇光瞧着，手心里就已经沁出了一层冷汗。

“哎哎哎，总之这就是本宫的了，谁都别跟本宫抢！”瑞妃也跟着闹了起来，死死地把帕子护在怀里，显然是不准备再还回去了。

沈婉的脸上露出几分无奈的神色，对于瑞妃这样的耍无赖，她也只好作罢，自然不能真为了一条帕子过去抢。

“瞧你这点出息！都说是彼此给信物，也要给婉妹妹一个啊！就头上这支云鬓花颜金步摇，瞧着就挺好，正好送给婉妹妹！”坐瑞妃身旁的丽妃有些看不过去了，边说边抬手从瑞妃的发髻上，把那支精致的金步摇抽了下来，就要往沈婉那边递。

庄妃和沈婉脸上的神色都是一凛，还是庄妃轻轻抓住了丽妃的手腕，柔声道：“这支金步摇可是瑞妹妹喜爱之物，怎好夺人所爱。况且婉妹妹给的也不过是一条帕子，就腰间这个香囊吧！瞧着挺别致的！”

庄妃从丽妃的手中夺过金步摇，亲手替瑞妃重新插回头上。她一低头，便瞧见了瑞妃腰间系的香囊，边说边轻轻解了下来，直接丢给了沈婉。

沈婉得了香囊，也不再说将帕子要回去的事儿了。她把香囊拿在手里仔细翻转着瞧，上面绣的是花开并蒂，无论是底色还是图案，都带着几分清雅，与往常瑞妃的风格有些不大像。

沈婉把香囊拿着凑近鼻尖嗅了嗅，似乎闻到了那股子香味，她的脸上露出几分陶醉的神色。

“瑞姐姐，这香囊哪里得来的？好香啊，什么花香？”沈婉晃了晃手中的香囊，轻轻扬高了声音问道。

瑞妃正拿着锦帕，向周围几个人显摆呢，此刻听得她的问题，就有些漫不经心地回道：“香囊这些东西，都是身边的宫女帮忙挑的，至于什么香味儿，我也不大清楚。本宫一向不计较这些！”

说到最后，她有些不耐烦地挥了挥手。瑞妃的确对这些隐藏起来的小物件儿，不感兴趣。这些都不是拿给人看的，她自然不会有那份闲心思！

几个坐一处说了会儿话，沈娇就催着要送沈婉回去。毕竟在外面待久了，怕沈婉身子受不住。沈氏三姐妹告辞之后，只剩下原先的四个。

“庄姐姐，还有什么事儿，快说吧！说完了也得回宫补补觉了！”瑞妃拿起方才沈婉换给她的锦帕，轻轻捂住嘴打了个哈欠，脸上露出几分疲态。

庄妃轻笑着点了点头，也只是捡了几句无关紧要的话说，然后就让她们都散了。

对于庄妃这有些敷衍的态度，斐安茹的脸上露出几分深思的神色，心里头似乎有了些苗头，却又总感觉哪里不对劲，抓不住重点似的。

总算看着沈婉安全到了寝宫，沈娇便先回去了，倒是沈妩被留了下来。

“妹妹先坐会儿，我进去换件衣裳，这几日懒散惯了，裙衫穿身上怪难受的。”沈婉刚进入殿内，便扯了扯衣襟，脸上露出几分痛苦的神色，嘴里轻轻地抱怨着。

她轻轻地对着沈妩点了点头，便带着一个大宫女走进了内室。沈妩坐在椅子上，眼睛轻轻眯起，紧盯着她的背影瞧。那个花开并蒂的香囊就挂在她的左腰侧，沈婉每走动一步，都会带动上面的流苏摇晃着，倒显得俏皮可爱。

过了片刻，沈婉才慢慢地走出来。她连忙让准备糕点，姐妹俩坐一处闲扯。虽然沈妩的心底疑窦重重，但是沈婉没有开口，她也决定先不问，静观其变。

“四妹妹，我们姐妹好久都没一处用膳了，不如今儿午膳就在奇华殿凑合一下吧？”沈婉从盘子里夹起一块桂花糕递过去，脸上带着几分征询的意味，声音里也充满着期盼。

沈妩端起手边的小盘子接了她的桂花糕，嘴角上扬泛着几分笑意，点头应允下来，心底却是疑窦重重。沈婉若有什么动作，应该是支开她，才更好实施一点。不过瞧着现在的架势，像是要把她留下来，当个见证者吗?

她边在心底琢磨，边低垂着眼睑，悄悄看了一下沈婉左腰侧，香囊还挂在上面，花开并蒂的图案也是原来那个。

沈婉似乎铁了心地不让她走，竟是让人去取了围棋来，要与她厮杀。琴棋书画中，沈妩还就下棋学得最好。曾经沈王府里，几位姐妹都不是她的对手，即使是先学了好几年的沈娇，也都是她的手下败将。倒是沈婉现在提出来，拖住她的意思，也越发明显了。

两人下了三盘棋，沈妩有意放水，才把时间磨掉了。总算是用完了午膳，沈妩张口想要说离开。

哪知沈婉像是明白了她的心思一般，率先开口道：“还记得小时候我们姐妹几个经常在祖母那里睡着了，然后祖母就会让人把我们抱到一张床上躺着。记得当时睡觉不老实，经常会互相踢到呢！”

沈婉拉着她的手走进了内室，边走边轻声地讲着小时候的趣事，脸上的神色十分平和，像是沉浸在当时的天真无邪之中一般。

沈妩沉默地听她说着，不由得想起了小时候，她躺在沈婉和沈韵中间，姐妹几个的确有过这样的童真岁月。两人手拉着手进入内室的时候，绣床上已经铺好了锦被，两个被窝显然是准备让沈妩留下来睡的。

“再陪三姐睡一个午觉吧！”沈婉先走到了床边，三两下便踢掉了绣鞋，直接钻进了靠近床里的被子，顺手拍了拍身侧空下的位置，轻声建议道。

沈妩站在门帘处，静静地盯着床上的沈婉，脸上的神色十分平静，眉头轻挑像是深思着什么。

沈婉等了片刻，却迟迟未听到沈妩的回答，便轻轻抬起头看向她。瞧见沈妩面上略显严肃的神色，沈婉先是愣了一下，转而心底盘算开了。她一向知道这个四妹妹，除了脸蛋漂亮之外，脑子也很灵活。

今日的事儿说起来还是有些破绽的，沈婉不由得心底叹了一口气，不能功亏一篑。想到这里，她便轻轻笑出了声，脸上方才愁思的神色已经消失得一干二净。

“自家姐妹，一张床上歇歇也没什么，难道四妹妹是害羞了？”沈婉边说边抬起手撑着下巴，偏过头来瞪大了眼睛看着她，眸光中带着几分显而易见的狡黠。

沈妩被她这么一说，也跟着笑了起来，不再犹豫直接走到床边，脱了绣鞋便睡在外头。

室内点着安气凝神的熏香，过了片刻，沈妩便沉沉地睡去了。呼吸平缓的沈婉，却忽然睁开眼睛来，她慢慢地偏转过头，瞧见身边的沈妩睡得正香，不由得松了一口气。

她慢慢地从腰上将香囊解了下来，放在鼻尖狠狠地嗅了一下。香味浓郁，直冲鼻尖，那种幽香像是长了手的藤蔓一般，慢慢袭遍五脏六腑。她忽然感到肚子一阵抽痛，秀气的眉头下意识地挑起。她慢慢咬着下唇，小心翼翼地将香囊重新系回了腰间。

肚子的疼痛感越发明显，她的脸上却露出一抹淡笑，诡异非常。

“嗯，啊！”沈婉轻蹙着秀眉，轻轻地扭动着身体，嘴里痛苦的呻吟声不断传来。

一旁熟睡的沈妩一下子惊醒了，连忙坐起身来，扭过脸看向她。只见沈婉轻闭着眼眸，显然像是还没醒，但是由于疼痛又不停地扭动着，嘴里发出低沉的闷哼声。她的眉头紧蹙，像是不愿意醒来一般。

“姐姐，三姐姐！”沈妩还有些迷糊的神志，一下子清醒了过来，她的手心里沁了一层冷汗，抬起手小心翼翼地推搡着沈婉。

沈婉被她推醒了，迷迷糊糊地睁开眼来。伴随着神志的清醒，她似乎感到更加疼了，便一把抓住了沈妩的一只手腕，颤声叫道：“四妹妹，肚子好疼啊！”

沈婉边说边抽着气，眼眶立刻就红了。

沈妩不敢大意，见她疼得脸色都狰狞了，连忙一把揭开锦被。沈婉身下的被子已经染了一块血红色，并且有继续往外渲染的姿态。

沈妩一瞧这刺眼的红色，甚至都能嗅到一股若有似无的血腥味。她的脑子“嗡”的一声，像是紧绷的弦断了。

沈婉见她傻呆呆地愣在这里，不由得轻轻推了她一把，扬高了语调冲着外头候着的宫女喊道：“快去宣太医，本嫔见红了！”

外面几个宫女听到之后，其中一个慌慌张张地跑出去找太医，另外几个则都冲了进来，围在沈婉身边，一副手忙脚乱的模样，却都帮不上忙。

沈婉躺在绣床上，因为疼得狠了，她整个身子蜷缩着，抖动着，就像一条被放在砧板上的鱼一般，做最后的挣扎。

沈妩由开始的怔愣反应过来之后，心底就不停地盘算开了。她上下打量着沈婉，只见沈婉的手臂紧贴着身体，此刻左手的手心里紧紧地攥住那香囊，似乎是使了全身的力气一般。沈妩的脑子里灵光一现，像是抓住了最重要的一点。

“你们都出去，我和婉修媛有话要说！”沈妩猛地冷下脸来，冲着身后的几个宫女挥了挥手，低声催促道。

那几个宫女并不敢真的离开，而是伸长了脖子看向沈婉，似乎在等她的指示。沈婉此刻是痛得快要晕过去了，顾不上那么多，只是顺着沈妩的话说下去：“快下去！”

沈妩见她如此痛苦，轻轻抓住她的柔荑。沈婉犹如溺水之人抓住浮木一般，一下子便紧紧地握住。

“姐姐，怎会忽然见红了？香囊给我！”沈妩急声问了几句，便猛地跪坐起来，伸手要去夺沈婉左手握住的香囊。

哪知沈婉竟是握着香囊躲了一下，似乎不想给她一般。

“姐姐，赶紧给我！今儿这一切都是庄妃和你设的局是不是？”沈妩半站起身来，沈婉此刻痛得死去活来，哪里能禁受得住她这样的抢夺，最终香囊还是落在了沈妩的手里。

她放到鼻尖闻了一下，眉头立刻紧紧蹙起，不禁扬高了声音道：“麝香？这里头怎么会有如此重的麝香味？”

前世沈妩入宫第五年，总算下定了决心怀上孩子。为了保住腹中的胎儿，她曾经学了不少。对于能导致小产的各种香料药材，都摸得十分透彻。这麝香就是最常见的一种，此刻她刚把香囊拿到手里面，就有一股浓郁的香味传来。

“妹妹认……认得这香吗？一定是瑞妃要害……害……”沈婉痛得连话都说不全了，却还是努力地从牙缝里一个字一个字地往外挤。

沈妩连忙跳下床，连鞋子都顾不得穿，立刻打开所有的窗户通风，手里拿着那个香囊乱转着，似乎想把它藏起来，但是又觉得藏哪里都不妥。

“四妹妹，做什么！瑞妃要害我腹中孩儿，这……这个香囊就是凭……凭证！”沈婉见到她这一系列动作，顿时心底一凉，忍着下身的疼痛往外挪，似乎想要从沈妩的手里把香囊夺回来一般。

“姐姐，怎么这么傻！对瑞妃出手有何用？报仇的法子多得是，一定要和庄妃一起吗？这法子是庄妃想的吧，她怎么不怀个孩子，然后硬生生地流掉小产呢?”沈妩焦急地说道，她此刻也顾不得沈婉了，连忙把候在外头的明心叫进来。

沈妩把香囊递给了明心，轻声叮嘱了几句，便让她退下了。明心听完之后，脸色都发白了，轻轻看了一眼沈妩，见沈妩的脸色非常难看，她一句多余的话都没敢说，便躬身退下了。

“四妹妹，把香囊还回来！”沈婉眼睁睁地看着明心拿着香囊退了出去，整个人使了全身的力气往前面趴过来，只是身下的疼痛感更甚，让她一步都不能动。

沈妩站在床下看向她，颇有些居高临下的意味。赤着的脚踩在地面上，一股股寒凉从脚底传到心里。她慢慢地走到沈婉身边，将沈婉扶着躺好。

过了片刻，太医总算是来了。竟是杜院判亲自来诊脉，显然是对沈婉这肚子里的孩子看得十分重要。

沈妩已经退到屏风后面了，杜院判刚进殿便闻见了血腥味，脸上的神色就不大好看。沈婉的手腕露在帐外，上面搭着一块锦帕，杜院判没有多耽搁什么，连忙开始诊脉。

为了不打扰杜院判诊脉，殿内外都是一片寂静。沈妩心跳得十分快，杜老头从医几十年，对于药材这种事儿十分敏感。她心底有些忐忑，这屋子里头的麝香味没有散尽，被这个老狐狸察觉到会不妥。

杜院判也不敢拖拉，诊断了片刻，便立刻开方子让宫人去抓药。这边沈婉还没脱离小产的危险期，那边庄妃已经带着人来了。沈妩一听到通传庄妃的轿辇到了，她的眉头便紧紧蹙起。

“杜院判，您安心诊脉，庄妃那里有本嫔挡着！”沈妩被迫无奈，从屏风里走了出来，杜院判抬眼瞅了她一下，脸上带着几分讥诮的笑意。

沈妩不由得白了他一眼，这个老头儿当真掉以轻心不得。她刚出了殿门，就瞧见庄妃带着两个贴身宫女站在外头，脸上的神色透着几分冷厉。

“庄姐姐，太医正在里头诊脉呢！嫔妾陪姐姐侧殿坐坐，待会儿再进去，免得闻见一股子血腥味！”沈妩轻轻挽住她的手，脸上带着几分笑意，边说边把她往侧殿拽。

庄妃并不领她的情，看着沈妩脸上的表情，眉头一下子便挑了起来，她甩开沈妩拉扯的手，冷声问道：“婉妹妹什么都没说吗？”

沈妩被她这种态度弄得一愣，转而脸上的神色也变得冷了下来。心里头对于庄妃这副咄咄逼人的态势，感觉堵得慌。

“庄姐姐以为她会说什么呢？”沈妩轻轻扬起下巴，原先那副高傲的神色又回来了，眼睛轻轻眯起，带着几分讥诮。

庄妃没想到她会这么说，一时愣在了当场。沈妩那张娇笑的脸近在眼前，庄妃瞧着却觉得异常刺眼，嘴巴张了张，却是一句话都说不出。喉咙里犹如卡了一根鱼刺似的，吐不出也咽不下。

“婉姐姐没来得及说什么，不过嫔妾倒是有许多话要跟庄姐姐说。这里人多口杂，不是说话的好地方，这边请吧！”沈妩见她半晌不回话，脸上的笑意冷了几分，伸手冲着偏殿的方向做了个“请”的动作。

庄妃看了她一眼，最终还是顺着她指的方向往前走。沈妩就跟在她的身后，两人一前一后往偏殿走。

早有宫女将偏殿收拾好了，小桌子上摆好了热茶和糕点。沈妩一进去，就抬手挥了挥，让候在旁边的宫女都退了下去。

“这事儿本宫已经派人通知了皇上，有什么话尽快说！”庄妃捡了张椅子坐下，端起一旁的茶盏轻抿了一口，冷声提醒了一句。

她的话音刚落，沈妩的眉头就轻轻挑起，脸上的神色也逐渐变冷。

“庄姐姐还真是迫不及待啊！如此急匆匆地告诉皇上，也不怕风大闪了舌头！”沈妩挑了张她旁边的椅子坐下，心里对于庄妃所做的这事儿感到不舒服，嘴里所说的话就有些没遮拦。

对于她这种无理的攻击，庄妃的脸色当场就冷了下来，偏过头盯着她瞧，眼神里阴冷十足。

“姝修仪当真是越发张狂了，风大闪了舌头这种事儿，更应该注意才是！”庄妃毫不客气地反击了回去，只是捏着茶盏的指节，微微泛白，显然是用力过猛。

“既然这样，那不妨把话挑明了说。不知道你是如何劝动了婉姐姐，让她和你一起联手演了这出戏。但是这样不可能把瑞妃彻底扳倒，今儿请的那几个人之中，又有多少会成为你的帮手呢？至少像斐安茹那样聪慧的，就不会为你所用，甚至她还会站在同属于新贵势力的瑞妃那边，反咬一口！”沈妩没有再多说废话，直接有理有据地分析开了。

如果今儿早上，庄妃没有叫上斐安茹一起，说不准这事儿还好办些。可惜现在也只能祈祷悬崖勒马，为时不晚。

沈妩的话音刚落，庄妃就轻轻挑起了眉头，她仔细思考了片刻，脸上就露出了几分淡淡的笑意。

“这一点本宫自然想到了，原本这计划就存有漏洞。所以才让婉妹妹把你留下来啊。到时候在皇上面前对峙，你这个皇上的心头好，自然就有了用处，不信会败给斐安茹！”庄妃见她已经识破，便没有再隐藏，相反还耐心地跟她解释了一下。

沈妩抬起头，对上庄妃自得满满的笑意，心里忽然觉得堵得慌，对于庄妃这样理所当然的认识，她不禁冷笑出声，低沉地说道：“庄姐姐什么时候变得如此有趣了？竟然不问过我的意见，就直接利用了！第一，我不赞同婉姐姐把孩子弄掉；第二，我更不赞同她舍弃了沈家，竟然只为了跟你联手；第三，陷害瑞姐姐对沈家姐妹三个没有任何好处，反正她若是从妃位上掉下来，那个空出来的位置，又不会留给我们！”

沈妩的话语掷地有声，她说这些话的时候，始终专注地看着庄妃，一字一句都是从自己的利益出发。待她的话音落下，殿内陷入了一片沉寂。

庄妃有些惊讶地看着她，待反应过来之后，脸上却露出几分镇定自若的笑意，她轻轻抬手理了理发髻，柔声道："那又能怎样呢？已经没有退路了，杜院判亲自诊脉，婉妹妹究竟是如何滑胎的，一定逃不过他的眼睛。此刻的奇华殿估计到处都是一股浓郁的麝香味儿吧！若是不帮沈婉，她也只有被瑞妃和斐安茹联手整治的分儿了！"

庄妃冷笑了一声，一副丝毫不把沈妩放在眼里的模样。她说完这几句话，像是不愿再与她纠缠一般，直接站起身准备走出殿门。

沈妩看着她的背影，轻轻眯了眯眼眸，眸光里闪过几分阴狠。转而轻轻扬高了语调，冷声道："那真是要让庄姐姐失望了。这事儿不会牵扯瑞姐姐，因为那个花开并蒂的香囊，已经让人烧了！连渣都不剩！"

沈妩边说边站起身来，待她说到最后一句，正好与庄妃站成一排。庄妃猛地回转过身看着她，脸上露出几分难以置信的神情，眼睛瞪得老大，恨声道："竟然烧了！那沈婉的孩子不是白流了！"

"做你的春秋大梦去吧！婉姐姐的孩子还没掉呢，即使真的要掉，也绝对先把你拉下水！"沈妩冷声打断她的话，气狠狠地甩下这么两句，便头也不回地离开了。

抬脚跨出殿外，外面湿热的空气被吸入脾肺，心底那股沉闷的火气才减缓了一些。庄妃真当沈婉肚子里的孩子，是凭空变出来的吗？想要就要，想流就流。最可恨的是，庄妃竟然妄想把她拖下水，简直就是欺人太甚！

庄妃心头也是怒火中烧，她在后宫里一直坐着头一把交椅，即使性子如瑞妃那般，见到她也得顾着三分颜面。偏生这个沈妩，竟然使她这样难堪。况且这一切都是沈婉同意的，沈妩又出来逞什么英雄！事情简直搞得一团糟！

待二人一前一后走进主殿的时候，已经看到身穿龙袍的男人，郁郁寡欢地坐在主位上，手里拿着茶盏却一口都没喝。英气的眉毛紧紧蹙起，脸上挂着一副生人勿近的表情，让周围的人都跟着胆战心惊起来。

"朕的爱妃、朕的爱嫔，你们两位终于舍得来见朕了？"男人将手中把玩的茶盏猛地往小桌上一扔，"啪"的一声闷响，没有盖子的茶水四溅，甚至有几滴都喷到了男人的衣袖上。

皇上的语气十分恶劣，一见面就有发脾气的征兆。沈妩二人刚到这里，还不清楚究竟是哪个地方惹恼了他。

两人连忙俯身行礼，态度谦卑，方才剑拔弩张的气氛早已消失不见了，只有低眉顺目，生怕皇上的怒火蔓延到自己身上。

"朕不管你们私底下搞什么小动作，最好全斗死了，还天下一个太平清静！朕只有一条底线不能触碰，那就是皇家的子嗣！"齐钰显然是真的怒了，他大力地拍着桌面，手掌和木头接触所发出的闷响声，震得耳膜发疼。

沈妩二人自是不敢接话，她们不知道皇上究竟对这件事儿了解多少，说多错多。此刻庄妃更是后悔把皇上请来了，若是知晓了沈婉临时反悔，她也不会巴巴地请了他来，搞得现在如此尴尬。当真是请佛容易送佛难！

“婉修媛的孩子若是保住了，一切都好办。若是保不住，你们几个谁都别想逃！别把朕对你们的客气当成福气，朕随时都会翻脸！”男人见她们不说话，脸上不耐烦的表情更甚，他紧紧地皱起眉头，冷声警告着。

两人皆轻声应承下来，殿内再次陷入沉寂。齐钰不愿意再瞧见她二人的脸，索性闭上了双眸养神，只等着杜院判诊治的消息。

沈婉见红这事儿，连太后都惊动了。这位平日不出殿门的太后，竟是坐着轿辇来到了奇华殿，一进殿就瞧见皇帝跟座供佛似的安然坐在主位上，而庄妃和沈妩则像是犯了滔天大错一般，低眉顺目地侍立墙边。

看着沈妩没了平日里的张扬跋扈，太后心里头那叫一个舒坦！她在春风的搀扶下，坐到了皇上旁边的椅子上。

“母后怎么都来了，朕不是让人通知寿康宫了吗？待会儿等结果出来了，再去告诉您！”皇上脸上的阴沉表情稍微收敛些，语气也变得缓和了，只是语调中的僵硬任谁都听得出。

“罢了罢了，哀家知道皇上恼了。哀家也是听丽妃说起才知晓，不过是她们几个姐妹一处玩闹罢了，互相送送东西而已，没什么大不了的！”太后挥了挥手，瞧见皇上如此雷霆震怒的模样，倒是轻声劝慰了几句，脸上也露出了几分笑容。

太后的话音刚落，齐钰脸上的神色就更加难看了。他不由得勾起了嘴角，露出一丝冷笑，轻哼了一声，才扭过头对着沈妩二人道：“哦？原来是互相送东西啊！一个个的本事真是大，眼看着都要翻天了，没事儿找抽！”

太后见效果已经达到，便闭了嘴不再多说。她的确是听丽妃说的，庄妃这些小动作之前可能看不出，但是沈婉和瑞妃刚交换过信物，沈婉就见红了，若说是巧合谁信哪！

庄妃和沈婉要对付瑞妃，这还真关系不到许家。太后心里头暗自得意，索性就直接过来看戏了。

“母后倒是清楚得很哪，她们都不告诉朕！母后还知道什么，正好顺带着一起告诉朕！”皇上一扭头就换上了一张略带笑意的表情，他轻轻眯起眼睛看着太后，只是本该撒娇的话语，被他这么一说，倒是讽刺意味十足。

太后原本准备看好戏的悠闲心情，一下子化为了泡影。皇上总有一种功能，那就是他若不开心了，可以搞得所有人都不开心。

此刻殿内上上下下，从主子到奴才，没一个心情愉快的，都苦着一张脸，等皇上折腾完！

031

保胎保命

“皇上言重了，哀家也只是听丽妃说了几句。当时在场的还有瑞妃、娇修容和瑾容华，您可以一一问过！”太后收敛了脸上闲适的笑意，轻轻坐直了身体。面对皇上极有可能的狂轰滥炸，她也害怕招惹上！

殿内再次陷入了一片尴尬的沉寂之中，好在杜院判及时出来了。

“婉修媛怎么样了？”皇上抬眼望过去，脸上阴沉的神色没有半点好转的迹象。

众人的目光都投射到杜院判的身上，脸上的神情各异，皆等着他说出诊断结果。

“方才喂下药，此刻已经止了红。孩子是保住了，只是估摸着日后会受影响。婉修媛的身子也弱了些，最近一两个月都不能下床，安胎为主！”杜院判轻轻抬手抹了一把额头上的汗，脸上的神色虽是波澜不惊，实则心底早就嘟囔起来了。

这些女人可真能折腾！非要把这一个独种给弄死了，这不是要皇上断子绝孙的节奏吗！

皇上听了轻轻地点了点头，他慢慢站起身往内殿走去。众人没有他的吩咐，也不敢跟进去，生怕听到什么不该听的。

齐钰大步走进去，内殿早已被收拾干净了。炉鼎里也焚着熏香，室内萦绕着一股淡淡的幽香。沈婉面色苍白地平躺在床上，明明已经六月份了，她却还盖着一床厚实的锦被，不用细瞧都知道她此刻是虚弱得紧。

听见男人的脚步声，沈婉慢慢地睁开眼，扭过头来，却是一动不动与皇上对视着。她的眸光里早已褪去了昔日的柔顺和娇弱，倒是透着一股子倔强和坚持。

齐钰瞧见她这副反常的模样，也只是眉头皱了皱，冷声道：“朕从来不强人所难，强扭的瓜不甜，朕也不稀罕强求你们这些自命清高的名门贵女。不过对于子嗣这件事儿，朕只对你说一句话，这孩子你若是再保不住，就等着死吧！小产之日，便是你受死之时！”

他的语调扬得十分高，殿内外都是一片寂静，所以此刻他的声音便听得清清楚楚，振聋发聩。无论是床上的沈婉，还是殿外的几人，心跳都在不停地加速。

这是皇上第一次在众人面前，表露他对子嗣的态度。因着大秦后宫这个留子去母的规定，所以皇子在各宫主子的眼里几乎是个禁忌。因着皇上这样难伺候的性子，很少有妃嫔入得了他的眼，所以怀有身孕的倒是少之又少。即使偶尔有几个幸运真的怀上了，最后也是以小产告终。

“嫔妾知晓了。”沈婉的脸色更加苍白，她的两只手紧紧抓住身下的锦被，几乎从牙缝里把这句话挤出来一般。

待沈婉应承下来之后，齐钰便看都不再看她一眼，转身出了内殿。

太后依然坐在椅子上，沈妧和庄妃也还站在原地，只是三人脸上的表情称不上好看，甚至带着几分惊疑不定。

“母后，您不是来瞧婉修媛的吗？此刻她醒了，可以陪着您说说话！”齐钰脸上的神色还是很阴沉，即使面对着太后，语调里也是抑制不住的僵硬。

太后的脸色也极其不好看，提起子嗣，就不得不提已经登上皇位的齐钰了。虽说谁都看不透皇上对于子嗣这方面的态度，但是身为间接害死自己母妃的皇上，心里头对这个制度，肯定是恨极了的。对于太后和许家，也是从来没有好脸色。

太后心底有些担忧，毕竟皇上生母的死，与许家脱不开关系。恐怕此刻面对不保胎的沈婉，皇上心底则想起了自己的生母。这么一对比，简直就是天壤之别，所以才会引发如此大的火气。太后不敢再多想，也不顾皇上的口气里带着几分命令，便站起身搀扶着春风的手走进了内殿。

“你们也真该庆幸婉修媛保住了她腹中的孩子，否则朕也不知道会不会扒了你们的皮！”齐钰慢悠悠地走到沈妧二人面前，他微微低下头凑近她们，语气森冷，语调悠缓。

沈妧不由自主地抬起头，恰好对上了他的眼眸。男人眸光里的认真、不甘还有痛苦，皆是非常浓厚而复杂的情绪，这让沈妧知道，他说的都是真的！

或许此刻在齐钰的眼中，沈妧、庄妃这些人就像曾经的太后一样，使尽手段要害死沈婉腹中的孩儿。虽然沈婉是自愿的，但是这种情况，很容易哄骗得手。皇上恐怕是透过这个未出生的孩子，看到了自己曾经的坎坷命运。通过沈婉的无奈和倔强，也了解到了自己母妃难过的境地。

“记住朕说过的话，不要在子嗣这方面挑战朕。这是朕的底线！”皇上瞧见她二人都低着头不说话，顿时也没了再继续发火的兴致，冷声丢下这一句话，便带头出了奇华殿。

李怀恩连忙跟在身后，一大群龙乾宫的宫人，都浩浩荡荡地跟在身后。平日里最惹宫人注目的皇上身后的奴才，此刻都点头哈腰的，奴性一目了然。

龙辇总算是彻底离开了奇华殿，沈妩和庄妃也都松了一口气。太后并没有待多久，很快就走了出来。脸上的神色算不上多好，她连眼神都没给一个，直接把沈妩二人忽视了，便匆匆走了出去。

庄妃觉得没必要再待下去了，这次的事情，原本她和沈婉商量得好好的，此刻被沈妩一搅和，不仅买卖没了，连仁义都不存在了！等于是彻底撕破脸了，她此刻最不想瞧见的就是沈家人！

“成事不足败事有余的东西！”庄妃看向沈妩，冷哼了一声，厉声说出这么一句来。

“心如蛇蝎狡诈伪善的庄妃！”沈妩丝毫不怕她，立刻抬起头瞪着她，顺口就说了这么一句反驳的话来。

一时之间，倒是把庄妃堵得哑口无言。庄妃愤恨地看了她一眼，最终也不能把她怎么样，只好转身就走。她生怕自己再多待一刻，就要不顾礼仪章法，直接冲上去撕扯沈妩那张脸。

沈妩深吸了一口气，让自己翻涌的情绪平静下来，才慢慢地走进了内殿。沈婉一直扭着头往外看，直到瞧见沈妩的身影，她才松了一口气，显然是专门等着沈妩。

“坐吧！我们许久未好好说过话了！”沈婉有些吃力地将手臂从锦被里伸了出来，指着对面的花梨木椅子，轻声说了一句。

沈妩轻叹了一口气，吩咐一旁的宫女把那椅子搬到了床边，她就坐到了沈婉的跟前。两个人离得很近，沈婉索性就握住她的手。

“头一胎我还不知道，孩子就被瑞妃给罚跪小产了。这一胎我倒是不敢要了，我才十八岁，入宫三年而已。不想这么快就要为了孩子而死，总想着以后还有机会。”沈婉虽然刚见红，不过此刻瞧着倒是精神上佳。

她也不需要沈妩开口附和，自顾自地说起来，像是只要找一个倾听者一般。沈妩一直没有说话，只静静地看着她的脸，经过一整日的折腾，沈婉脸上的珍珠粉早就掉得差不多了，此刻脸上有些深色的斑痕，便瞧得一清二楚。

“可是杜院判方才告诉我，我这胎生不好的话，有可能再也不会怀上了！”沈婉的语调一转，脸上就露出了几分悲切的神色。

沈妩也是一惊，她下意识地攥紧了沈婉的手，脸上的神色慢慢变得僵硬起来。姐妹俩对视了一眼，沈婉的眸光里充满了不甘和悔恨。

“我总想着还年轻，就不敢要这个孩子。我记得有身子的人都会有诸多忌讳，遂找来太医一一问清楚。只要太医说不好的，我就去做。不能吃太多的动物肝脏，也不能饮酒，我却都反着来，后来被庄妃知晓了，她便来找我商量。总之头一个孩子也是瑞妃害的，我就想着正好报仇得了！”沈婉努力控制着情绪，想着细细地把前因后果跟沈妩说清楚。

不过她没能说完，眼泪便直接掉了出来，鼻子酸涩得难受，嗓子里根本发不出声音来了，只要一张口，就是呜咽的哭声。

沈妩瞧见她这副模样，心里也觉得难受。沈婉从小就很懂事儿，沈妩几乎没瞧见她哭过。而此刻面对哭得快成泪人儿一般的沈婉，她真的不好再苛责什么。

计划总会被现实打乱。沈婉也不是不想生孩子，只是觉着应该晚几年。可是她完全忽略了，几年之后，她的容颜不再，挑剔成病的皇上是否还会多看她一眼！

“三姐，你好糊涂啊！这种事儿再怎么说，也该跟亲姐妹商量，庄妃那样的人儿，能信得过吗？就看阿姐都要怕她三分，你又怎么能从庄妃那里讨得到好处？”沈妩从怀里掏出锦帕，小心翼翼地替她擦拭着眼泪，语气尽量和缓着。

即使事情已经到了这种地步，但是要说的还是不能落下。沈婉抽噎着点了点头，因为带动着全身都在动，肚子再次痛了起来，眉头也慢慢地蹙起。

“这事儿还没完，庄妃那样的人，你临时反悔害得她计谋失败，她肯定还得背后捅上一刀！瑞妃那里必须事先打点一下，免得她恶人先告状。”沈妩不再念叨她，只是慢慢筹划着接下来该如何应对。

经过这事儿，庄妃是彻底恨上了她们姐妹俩，必定会有所行动。既然心底有了猜测，沈妩自然不能坐以待毙。

沈妩轻拧着眉头，暗自思索着这事儿要如何跟瑞妃开口。沈婉依然盯着她，瞧见她如此愁思的模样，不由得轻叹了一口气。

“瑞妃给我的香囊是兰花香的，当时我趁着进来换衣服，让人把里头的香料换成了麝香。这会子原先的香料还在，只需找个并蒂花开的绣样儿就行。”沈婉细细回想了一下，低声说道。

沈妩见她脸上的神色累极，却又强撑着，不由得再次叹了一口气。

“这事儿就交给我吧，姐姐只需安心养胎即可。我知道姐姐的难处，这宫里头如今一个孩子都没有，姐姐这胎生下来，无论男女都有可能遭人妒恨，再加上庄妃又是个背地阴狠的主儿，怕她会背后捅刀子！姐姐只管安心把孩子生下来，我会帮着你的！”沈妩站起身，替她掖了掖被角，认真地看着她的眼睛，像是许诺一般说了这几句。

因着她这几句承诺，沈婉忐忑不安的心情，忽然就平静了下来。她轻闭上眼眸，很快就进入了浅眠之中。沈妩见她睡了，才轻手轻脚地走了出来。

早有奇华殿的大宫女，将香囊里原先的香料拿了过来，悄悄递给了候在一旁的明音。沈妩刚出了奇华殿的殿门，就瞧见沈娇的轿辇停在外头，沈娇一身素雪绢云形千水裙，安然地坐在轿辇上，显然是在等她。

“阿姐。”沈妩快走了几步，站到轿辇的旁边。

沈娇显然是在出神，听到她的叫唤才转过头来，连忙从轿辇上走了下来。

“婉妹妹身子如何了？我就不进去了，总归见到她那副半死不活的模样，我这心里头肯定是堵得慌，还不如不见！”沈娇的脸上露出几分不耐的神色，秀气的眉头紧紧蹙起，不过这奚落的话倒是一句不少。

沈妩的嘴角露出几分无奈的笑意，轻声回道：“她的身子还得调养。”

沈娇点了点头，姐妹俩面对面站着，却是无话可说，气氛一时有些尴尬。沈娇低着头看着绣鞋上精致的图案，心里头在暗自盘算着，过了片刻才开口道：“如果，我是说如果，你想要对付庄妃了，有什么我能出得上力的，尽管开口！”

沈娇的语气虽然有些不确定，不过这段话却表明了她的立场。沈妩有些愣怔地抬起头，认真地看向她。却见沈娇的脸上闪过一丝阴狠和愤恨，转瞬即逝。对上沈妩探究的目光，她有些毫不在乎地道：“我可不是沈婉，胳膊肘往外拐，自然是自家姐妹最靠得住！”

沈娇丢下这句话，便转身上了轿辇走了。只留沈妩一人，看着她的背影远去。

“自家姐妹最靠得住吗？那么你为何要对我赶尽杀绝？”沈妩想起前世，无论她怎样苦苦哀求沈娇放过她，最终还是被逼惨死。想到这里她忽然笑了，嘴里面轻声念叨了两句，脸上尽是讽刺的冷笑。

身后的明心没有听清楚她所说的话，以为是她下了什么吩咐，便向前跨了一步，低声问道：“主子有何吩咐？”

“没什么，回宫吧！”沈妩摆了摆手，明心立刻招来了轿辇，一行人往锦颜殿走去。

“明心，香囊挖出来没？”到了内殿，沈妩独留了明心一人，轻轻压低了声音问道。

明心一听她这话，连忙从衣袖里将香囊取了出来。只是原本素淡的香囊上，却是沾满了泥土。细细瞧过去，连明心的指甲上都带着泥土。

“主子，埋东西这事儿真不是什么好活儿，还是在别人的地盘埋下去的。奴婢又急又怕，挖出来的时候，上面带了好大的土块，奴婢都没顾上擦，直接塞袖子里了。现在还是一胳膊的泥呢！”明心难得地抱怨了几句，她边说边晃了晃衣袖，许多颗粒状的泥土，立刻就从她的衣袖里滚落在地。

明心另一只手托着香囊，却不见沈妩接过去，脸上就带着几分询问的神色。

“先去把里面的麝香全部弄出来，再把上面的尘土都弄干净，去明音那里把原先的香料要来，我要一个跟原先一模一样的香囊！”沈妩并不看她，只是低沉着声音吩咐道。

明心苦着一张脸退了出去，为了避免让旁人看见，又把香囊塞回了衣袖里。

沈妩倚在榻上，闭目养神。这将近一整日的折腾，总算是消停了会儿。只是还不待她歇够，那边皇上的口谕已经传来了。

“修仪，皇上传召您去龙乾宫。”明语挑着珠帘走了进来，脸上的神色有些苦恼。

今儿刚承受过皇上的怒火，皇上就传召过去了，怎么能如此的小心眼！分明就是找姝修仪过去蹂躏的吧？

“嗯。”沈妩打了个哈欠，浑身的骨头都躺懒了，她脸上的神情并没有多少震惊，相反十分镇定。

“修仪，皇上此刻可能很难与人沟通，您悠着些。奴婢听李总管说，皇上最近迷上了射箭，还让木匠给他做了一张精简的小弓箭，您要不要带把匕首防身？”明语见她这副无所谓的模样，心里头总是有不好的预感，右眼跳得厉害。便开始滔滔不绝地把她所知道的消息，一股脑说了出来，最后甚至还好心地建议。

沈妩听她这般一本正经地说，脸上露出几分错愕，最终好笑地抬手，弹了弹明语的额头。她坐在床边，明语也不顾额头被她弹得轻微的疼痛感，连忙蹲下身替她穿鞋。

“皇上即使迷恋上杀人了，本嫔也自有法子让他不会冲着我动手。只不过是龙乾宫罢了，去一下又不会怀孕！”沈妩站起身来，走到铜镜前仔细理了理衣襟，才让明语和明音跟上。

沈妩的轿辇就行驶在前头，明语和明音落后半步跟在后面。这一路上明语的脑海里，不断回响着沈妩先前所说的最后一句话。

“怎么去一下就不能有喜呢？婉修媛也没去过几趟，不就有喜了？”明语低声嘟囔着，脸上尽是不明白的神色。

明音就走在她旁边，隐隐约约能听见声音，却是听不清。只知道她不停地反驳自己先前所说的话，最终明音实在忍受不了，耳边像是有苍蝇一般不停地“嗡嗡嗡”。

“闭嘴！这么多话留着到皇上面前说！”明音猛地扯了一下她的衣袖，声音虽然压得极低，但是语调却透着十足的不耐。

明语扭过脸瞥了她一眼，根本不理会，低下头继续念叨着。

明音瞧见她胆子竟然变这么大，心里头也不由得好奇，轻声冷哼了一下，低声道：“想知道上次坠儿是怎么死的吗？”

明音故意压低了嗓音，并且边说边凑到明语的耳边。明语喋喋不休的嘟囔声立刻便停止了，僵直着身体快步往前走。

沈妩刚下轿辇，李怀恩便迎了上来，显然是等候多时了。

“李总管怎么亲自来了，皇上那边不需要伺候吗？”沈妩瞧见他一脸惊慌的神色，不由得试探着问了一句。

李怀恩一听她说这话，脸立刻皱成了一团，心里长叹一口气，就差捶胸顿足地呼喊，姝修仪，求别提！

“奴才是被皇上给撵出来的。皇上问奴才能不能换张脸，他说看得生厌了。”李怀恩虽然想尽量保持自己大总管的气度，可是一开口，就耐不住怨妇口吻。

他心底也纳闷，他和皇上虽日日都要见面，可是他对皇上真的一点非分之想都没有！皇上为何要对他说出这样惹人遐想的话来，明明只有夫妻之间，才有两看相厌的吧？皇上，奴才真的不懂你啊！不想染指你，也不想被你染指啊！求放过！

沈妩当然不知道他心里头的想法，只是面对皇上所迁怒的这句话，有些无奈地笑了笑。真不知道她这张脸，皇上何时能生厌？

“所以你就退出来躲着他？”沈妩脸上的笑意不减，调侃地问了一句，眼角眉梢皆因为这抹笑容，变得柔软了起来。

沈妩的话音刚落，李怀恩就夸张地嚷嚷起来了。

“哎哟喂，姝修仪，您可真高看奴才这狗胆了。哪是奴才退出来躲着皇上，分明是皇上让奴才滚出来迎接您哪！皇上这回的怒火又上升了，您待会儿可得撑住了。里头还有几位宫人，姝修仪您是菩萨转世，把皇上哄好了就留他们一条命活！”李怀恩像是在叮嘱后事一般，替内殿的宫人求情，生怕皇上心情变得更糟糕之后，直接让人把里头的人“咔嚓”了，那可真就不美好了。

沈妩瞧见他吓成这副样子，脸上的笑意更深，最后竟是笑出了声。恰好她走到殿门口，两边的宫人立刻把门推开，俯下身子迎她进去。

李怀恩看着她那道婀娜多姿的背影，心里顿时百感交集。姝修仪方才是在嘲笑他吧？

成啊，修仪，您有能耐！进去准备受死吧！

沈妩走进殿内，偌大的宫殿寂静无声，带着几分令人难过的压迫感。隐约看到黑色龙袍的一角，她停下脚步深吸了一口气，才慢慢地抬脚往里面走，脸上带着几分柔和的娇笑。

伸手不打笑脸人，她要保证皇上看见她的第一眼，心底的怒火就消下些，至少不会冲着她撒气。她就这样保持着脸上完美无缺的笑意，慢慢走进了殿内。

“嗖——”的一声，沈妩猛地停下脚步，一支羽毛箭破空而出，几乎擦头而过！

沈妩的眼睛猛地睁大，她左耳边的碎发甚至还在随风飘着，那道弓箭破空的声音始终在她的脑海里回响，甚至擦过耳边时带来冷风的感觉，都慢慢侵蚀着她的感官。

“噔！”弓箭射进沈妩身后的廊柱，由于用力过猛，箭尾还在上下晃动着。沈妩的腿一软，险些摔倒在地，身上惊出了一身冷汗。她完全没想到，这事儿竟然被明语猜中了。

皇上真的要拿弓箭射死她！

她竟然自信地没带匕首！真是高估了她自己的魅力啊！

沈妩有些艰难地抬起头，和皇上对视着。只是待她看清楚对面的男人时，险些吓晕过去。

皇上手拉着弓箭，稳扎着马步，弓拉到最满，那用铁铸成的箭尖就这么直对着她的眉心。沈妩的头往旁边扭了扭，那支箭也跟着动了动。男人的目光森冷，一直紧盯着她看，像是猎人在观察猎物一般，随时准备放手，一箭射死她。

“皇上，那弓箭是真的，会射死人的！”沈妩的声音十分柔和，带着几分试探和小心翼翼。

齐钰听了她的话之后，面无表情的脸上终于出现了一丝裂痕。他慢慢地露出一丝冷笑，嘴角扬起的弧度极其诡异。

“爱嫔，朕方才射偏了，你觉得这次会中吗？”男人的声音十分阴冷，就像是从地底下冒出来一般，阴森森的。

沈妩瞪大了眼睛看着他，犹如看见一条吐着红芯的蛇，那目光怨毒无比。她不知道皇上怎么一下子就病入膏肓了，这症状根本就是无药可救了。

“当然是看皇上的意愿，皇上想中就中，想偏就偏！”她的脸色有些苍白，嘴唇发干，不由得伸出舌头轻轻舔了舔。

齐钰听得她说这句话，忽然朗声笑了出来，笑得整张脸都带着几分狰狞。他始终看着沈妩那有些苍白的脸，冷声道：“爱嫔永远都是这么会说假话，朕听着虽然耳朵舒服，但是心里硌硬！”

伴随着男人这句话话音的落下，他也猛地松开了那只手。箭一下子射了过来，这回依然是射偏了，几乎擦着她的右耳，射进了廊柱里。

那根粗粗的廊柱上，两支箭并排地深深插入其中，中间的距离恰好够沈妩的头钻进去。

沈妩的心脏正狂跳着，“扑通扑通”的似乎要从胸膛里跳出来一般，浑身产生了一种无力感。

齐钰看着她被吓成这副惨样，心里头顿时觉得痛快了一些。这个女人，竟然敢在他的眼皮子底下骗他！他见沈妩被整治得够惨了，便直接将弓箭挂到了墙上。

他刚挂好弓箭，就有人端来了铜盆让他净手。齐钰认真地洗着手指，拿过一旁的锦帕细细地擦了擦。

“爱嫔，朕的箭术如何？”男人慢悠悠地坐到了椅子上，朝着沈妩低声问了一句，脸上带着几分戏谑的笑意。

沈妩也从惊吓之中回过神来了，慢悠悠地走到他的身边坐下，瞧着他如此高的兴致，便低声夸赞了几句："嫔妾没学过射箭，不过在嫔妾看来，皇上的箭术十分高明。只要不射中嫔妾，怎么样都好！"

男人对于她的回话，明显是有几分不高兴，眉头一拧，抬手就掐上了沈妩的脸颊。掐在手里的肉十分细嫩，不过却只有一丁点儿，甚至他的骨节都能被沈妩脸上的骨头硌到。

"太瘦了。"齐钰轻轻眯起了眼眸，低声说了一句，便松开手不忍再捏。

"改日朕教你射箭吧！"男人手托着下巴，似乎猛然想起了什么一般，轻声说了一句。明明是该问询沈妩意见的话语，他的语气却是极其肯定，显然已经替沈妩决定下来了。

"若是能学会百步穿杨，嫔妾倒是愿意一试！"沈妩难得也起了些兴致，前世她就是被束缚在这阴气森森的后宫之中，虽然皇上的阳气不弱，但是却把她娇养得摔不得碰不得。

仔细想想，当初临死前，她若是会射箭的话，一定要手拿弯弓，来一个射一个，来两个死一双。

齐钰听得她的问话，脸上带了几分促狭的笑意，像是专门等着她如此问一般，轻轻扬高了声音道："你不需要学那么精通，会点皮毛即可，能把箭射出去摆摆花架子就可以出师了。到时候朕和你对射，直到谁把对方射得躺下了，才算赢家。怎么样？"

男人的话音刚落，沈妩就猛地抬起头，难以置信地看着他。皇上，您敢再无耻一点吗？

"那嫔妾更应该学会百步穿杨了，到时候让李总管站在前头，替您挡箭！"沈妩一下子被他激出了斗志，冷声说道。

齐钰正喝着茶，被她这一句话说的，险些将嘴里的茶水给喷了出来。他恶狠狠地看了沈妩一眼，冷声道："你这女人就是不能惯！蹬鼻子上脸的！"

"朕想着跟你温柔地进入下一个话题，既然你不需要，那我们就粗暴地开始好了。瑞妃不能动，至少在斐安茹升到妃位之前，她必须得坐镇正二品！"皇上亲手倒了一杯热茶，推到了沈妩的手边。话语里带着十分的郑重，显然是在提醒她。

沈妩不由得挑起了眉头，习惯性地曲起食指，慢慢地敲击着桌面，脸上的神色有些难看。皇上说这话，证明已经猜到了这事情是针对瑞妃的，只是她摸不透皇上究竟了解多少。一时之间，倒是无法开口。

"这茶是茉莉茶，蛮好喝的，你尝尝！"齐钰瞧见她一脸难做的模样，并不着急，相反态度变成了十分罕见的温柔，又将茶盏往她手边推了推，轻声推荐着。

沈妩有些不好意思，先端起茶盏轻抿了一口，茉莉的茶香沁人心脾，让她的周身都舒爽了不少。

“皇上不应该来告诉嫔妾，嫔妾原本对瑞姐姐就无意针对，皇上可以去找庄姐姐问问。”沈妩似乎爱上了这茶的幽香，又小口地抿了两下，低声建议道。

皇上对沈妩使用美男计的温柔，沈妩就投桃报李地告诉他一些消息。方才皇上这难得一见的乖觉，自然值得她卖一个消息。

不知是皇上的态度，还是这茉莉茶的清香所致，沈妩的脸上逐渐被温柔的淡笑取代。她低垂着眼睑看向茶盏，眼角、眉梢都染上了几分亲和的笑意。

“啧啧，难怪世人常道，女人都是傻的。男人只要上下嘴皮子一碰，稍微哄哄她，就能得到男人想要的。爱嫔方才为朕尽忠的模样，真是和世人所说的女人一模一样！”齐钰却忽然变了脸，他将下巴抵在桌面上，非常认真地观测着沈妩脸上的表情，嘴里奚落的话语自然而然地就说了出来。

不过他在心底补充了一句，那也得他爱去骗这个女人。如果今天在他面前的人，换成了许衿，恐怕喝的茶早就变成蒙汗药了。

沈妩抓着茶盏的手，不由得紧了紧，脸上的神色阴晴不定。皇上这又是抽风了！刚进殿被他用弓箭吓唬威胁的事情，还没算账呢！这会子又来作死，当真是她不发火，就被当成病猫吗！

“嫔妾可以拿这茶水往您的脸上泼吗？”沈妩边说边高高扬起了胳膊，然后猛地一松手，手心里攥住的茶盏就直接摔到了小桌上。

滚烫的茶水四溅，就坐在对面，俊脸贴着桌子的皇上自然是不能幸免。一大片茶渍就这样溅到了他的脸上，烫得他嗷嗷直叫。

一直候在殿内的角落，眼观鼻鼻观心的几位宫人，此刻听到皇上的惨叫声，也不能再装死下去了，连忙快步跑了过来，赶紧找到干的锦帕，轻轻擦着他的脸，心里长叹道：皇上和姝修仪的战争又要开始了！

“沈氏阿妩，你最毒妇人心！”待齐钰脸上的热烫感消失之后，他才得了闲伸出食指，直戳向沈妩的脸，声音里充满了控诉。

“皇上既然都这般说了，那嫔妾就不客气了。庄姐姐一向八面玲珑，估摸着皇上会竹篮打水一场空。您只有两条路可选，要么把庄姐姐拉下马，要么尽快升瑾容华的位份，让她踩到瑞姐姐的头上，庄姐姐的视线自然会转移！”沈妩从桌上挑了一个干净的茶盏，拿起茶壶替自己斟满了一杯茶，毫不客气地替他分析着局势。

听她说得如此头头是道，齐钰的脸色却是猛地冷了下来。敢在他面前对后宫的局势指手画脚的，沈妩是第一个。但是他并不感到生气，相反心底还多了几分思量。

“拉庄妃下来，让你上位吗？那世家可不就真的变成了鬼魅，一个个都跟个妖精似的能吃人了！至于让斐安茹上位，现在还不是时候！”齐钰的声音渐渐压低，眸光也变得深邃起来，显然在思考着此刻的局势。

沈妩并不打扰他，只是双手捧着茶盏悠然地抿着。殿外冷风嗖嗖，李怀恩正挨冷受冻，殿内却是一片灯火通明。沈妩感到有些新奇，她和皇上面对面而坐，一起商讨着如何安置后宫里的其他女人。这一点是前世所未曾经历过的，就像是她一时兴起，找到了另一种和皇上的相处方式一般。

032

太后找茬

第二日沈妩起来梳洗的时候，床铺旁边早已没了人影，显然皇上已经去上朝了。

明心走到了她的身边，从衣袖里慢慢地掏出香囊，也只是露出了一角，又很快地塞了回去。显然是怕被旁人瞧见，这里是龙乾宫，自然不能那般胆大妄为。

沈妩从她的袖子里，将香囊取了出来，塞进自己的衣袖里。待明音和明语带着几个小宫女替她梳好妆之后，她便乘着轿辇前往寿康宫。

她刚一下轿辇，瑞妃就已经走了过来，脸上的神色十分难看，像是沈妩欠了她什么东西一般。

“妹妹妹真是好手段啊！和婉修媛竟会那么狠，不惜用她肚子里的孩子，来谋害本宫！”瑞妃慢慢走近，轻轻压低了声音说道，带着几分咬牙切齿的意味。

由于两人走得近，这两句话也刚好够沈妩听清而已。瑞妃满脸都是愤恨的神色，眼眸里的犀利显而易见。

“这锦帕替本宫还给婉修媛，本宫真是承受不起了！”她猛然从衣袖里拽出锦帕来，想都不想就往沈妩的怀里一塞，脸上恼怒的神色更加明显。

对于她这种反应，沈妩倒是不怎么意外，只是轻挑着眼角，脸上露出几分嘲讽的淡笑，慢条斯理地将锦帕整理好，塞到衣袖里，然后抬起头低声问了一句：“庄姐姐找过你了？”

因为沈妩脸上那太过自信的笑容，外加她主动提起庄妃，瑞妃原本怒气冲冲的态度忽然变得犹疑起来。她虽然性子易怒，并且抓住了把柄绝不留情，但也不是没脑子之人。在后宫浸淫这么久，什么样的手段没见识过，事情的表面是这样，待掰开了、揉碎了却又变成了另一副模样，自然不能听信别人的一面之词。

“是又如何，难道姝修仪有何辩驳之词？”瑞妃稍微冷静了下来，口气也没有当初那么冲了。

昨儿瑞妃刚收到沈婉见红的消息，还正腹议着，片刻之后就见到庄妃冲了过来。

“庄姐姐怎么跟你说的？”沈妧并不着急，而是抬起头，笑吟吟地看着她。

周围的妃嫔们已经有不少开始关注这边的动向了，毕竟这俩人算是有些过节，而且性子在后宫里都属于带刺儿的一类，瞧着方才瑞妃的态度，便知这二人是又惹了什么事端，此刻正在对峙之中。

瑞妃的眉头一皱，有些不耐烦地说道：“她说了什么，关你什么事儿？只需把你所知道的告诉本妃就成了，最好连心中那些腌臜的想法都别漏下！”

眼瞧着这请安的时辰就要到了，瑞妃不想再跟沈妧耗下去，她要尽快地逼问出答案，也好及早防备，甚至是主动出击。

跟瑞妃急躁的情绪相反，沈妧则是一脸悠然的笑意。她慢慢地从衣袖里掏出个东西，轻轻地在瑞妃眼前晃了晃。

瑞妃定睛一瞧，竟是昨日她和沈婉互换的那个香囊，她的脸色立刻就变了，带着几分惊诧。

“怎么会，不是说为了防止发现，已经烧了吗？”瑞妃边说边下意识地抬手去夺，眼睛始终一眨不眨地盯着那香囊。

沈妧手一缩，就把香囊又塞回了衣袖里，看着瑞妃暗自失望的眼神，不由得抿嘴轻笑道：“瑞姐姐这回能说了吗？庄姐姐昨日究竟在你面前说了什么，让你如此大的火气，竟是一刻都忍不住，直接在寿康宫等着嫔妾了，弄得周围的姐姐妹妹不少都仔细瞧着呢！”

瑞妃秀气的眉头猛地一蹙，看吧，沈妧就是如此不讨人喜欢。若是想要指责她在大庭广众之下欺负人，直说就罢了。非得弯弯绕绕地嘲讽她，弄得她的心里更加难受。不过既然有这香囊了，就证明庄妃昨儿晚上所说的话已经带了撒谎的成分，她也不需要再隐瞒什么。

“她一进来先向我道歉，说当时不该拿香囊这种东西交给婉修媛。说你和婉修媛准备利用这香囊害我，她曾特地问过诊脉的太医，确认婉修媛见红就是因为麝香。若是把里面的香料换成了麝香，那也只有百口莫辩的分儿了！因着皇上一通火发下来，婉修媛又走了狗屎运，孩子没掉，你二人才放弃了计划，把那香囊给烧了！”瑞妃大概地说了几句，脸上不耐的神情越发明显。

当时因为沈婉刚见红，香囊这种事儿又不是没有过，所以庄妃那么一说，瑞妃这心里头就有些不踏实，脑海里自动地把庄妃所说的想了一遍，越想越觉得是真的。这才有了方才的怒气冲冲，但是此刻再仔细一想，发现不是那么一回事儿了，似乎漏洞还挺多。

“既然庄姐姐如此说，嫔妾也不好反驳什么，不过只是想告诉瑞姐姐两点。第一，替婉姐姐诊脉的是杜院判本人。第二，既然瑞姐姐不要这锦帕，那这香囊自然也只有原物奉还！”沈妩再次将香囊从衣袖里掏出，直接往瑞妃的手里一塞，便错开身往前面走了。

瑞妃拿着香囊发了一会儿呆，思绪却是转得极快。既然是杜院判诊脉，那么庄妃根本不可能从那个倔强又难搞的老头儿那里买到消息。所以这点就被推翻了，连诊脉结果都是假的，就更别提麝香这事儿了，说不准根本就是扯淡！

想到这里，她又连忙将香囊打开，兰花的香味一下子萦绕鼻尖，她却是一眼都不瞧，只是小心翼翼地将香囊的里层慢慢往上翻。一个用金线绣制的小小的“瑞”字映入眼帘，她立刻就相信了沈妩所说的话。

这个字绣得极为精确，位置又偏，而且是她自己绣的。绣功并不是很好，所以她很清楚这针脚的摆法，根本不是旁人能够仿制的！所以是庄妃说了谎！

正在瑞妃惊讶的时候，穆姑姑走了出来，传唤她们进殿。沈妩下意识地回转身瞧了一眼，瑞妃已经回过神来，跨着大步往前走。

沈妩收回了视线，待她往前看的时候，恰好对上了庄妃一脸阴沉的表情。不同于庄妃脸上僵硬的神色，沈妩则是冲着她展颜一笑。庄妃有些僵硬地扭过头去，不看她。却不想又对上瑞妃投射过来的视线，其中的火气和愤恨，当然是十分汹涌。

庄妃不由得一阵胃疼，明明这个计谋可以顺利地进行下去，没想到最后竟然会栽在沈妩的手上，当真是马失前蹄。

太后坐在凤椅上，看着殿下两排人向她请安，也只是轻轻抬了抬手，让她们起身。

待众人依照着位置坐定，太后眼睛一扫，才发现世家那边空出了个位置，眉头便轻轻皱了起来。

“今儿缺了谁？哀家没听说有人告假啊？”太后抬起手冲着那空位指了指，语调带着几分波澜不惊。

经太后这么一说，众人的视线顺着她指的方向看过去，才发现的确是缺了一个人。沈妩微微扭头打量了一下，那空出的位置旁边坐的是崔瑾，双胞胎缺了一个，自然不少人都知晓了。

“启禀太后，姐姐方才在路上弄脏了衣裳，此刻回去换了。嫔妾本以为她能赶上的，没想到有些晚了，还请太后见谅！”崔瑾慢慢站起身，冲着太后行了一礼，嘴里轻柔地说着告饶的话，低垂下去的眼睑，遮住了目光中的担忧。

太后的脸上露出几分不耐的神色，伸手挥了挥，显然不准备深究了。不过嘴里的话却是不饶人，只听她冷声道：“也不知跟谁学的，一个两个对待请安这事儿，都是极其敷衍，哀家真的是老了啊！”

太后长叹了一口气，嘴角露出几抹苦涩的笑意。大殿内寂静了一下，众人心里琢磨着太后这是在借题发挥呢！先前和姝修仪过招，彻底打了脸之后，就暗自想着要找回来吧。

最后还是丽妃出声搭腔道：“太后想什么呢！您可是皇上的母后，这殿内的人都一直想着如何向您表表孝心呢！”

太后的脸色稍缓，正准备说话的时候，崔绣总算是进了大殿之中。只是她的半边脸有些红肿，像是被谁打了一巴掌，即使抹上了厚厚的脂粉，也依然遮不住嘴角的血丝。况且她的眼睛也是通红一片，显然是哭过了，此刻瞧着十分柔弱无助。

打她的人应该是使了全力！

“嫔妾该死，嫔妾有东西落在殿内了，又折回去拿，所以才耽搁了请安的时辰，还请太后责罚！”崔绣急匆匆地走了进来，连忙对着太后行了一礼，轻声地告罪。

坐在一旁的崔瑾，听了她的理由，不由得挑了挑眉头。殿内顿时安静了一下，这姐妹俩找的理由可都不一样。再一瞧崔绣脸上的红肿，众人的心底便纷纷猜测起来。

难不成姐妹俩闹翻了，崔瑾一时情急，便伸手打了崔绣？

太后的脸上不由得勾出了一丝冷笑，这回显然是不准备放过她，便低声道：“哦？是落下了什么东西，片刻不能离身吗？竟是比向哀家请安还重要！”

太后的话语掷地有声，质问的语气颇有几分咄咄逼人。崔绣不过是个刚升位的嫔位而已，而且性格又不比沈妩那样难以攻破，很显然她还是那种十分好欺负的类型，正是太后重新树立威信的好踏板。

崔绣没想到太后会这么问，当场脸色就白了，她的手心开始冒汗，颇有几分支支吾吾的意味，她的眼神有些无助，自然而然地瞥向世家那边，似乎在寻求帮助。

她刚偏过头，沈妩便端起茶盏，低着头装作喝茶。她自己都是焦头烂额，根本无暇顾及别人，况且太后早已恨她入骨，若是她此刻开口求情，就变成了火上浇油，直接判崔绣死刑了。

恰好崔绣的求救目光就是看向沈妩，毕竟沈妩现在的位份不低，而且在皇上那里又得宠，最主要的是前几次面对太后的刁难，沈妩都是逢凶化吉。所以在崔绣的心目中，沈妩是帮助她脱离困境的不二人选。

无奈沈妩就是不抬头，她抿了一口茶水，轻轻挑了挑眉头，似乎觉得有点烫口，便把杯子拿得远了些，对准了轻轻地吹了吹。那样细腻而专注的动作，让人误以为她对茶水是迷恋上了一般，都到了浑然忘我的境地。

因着崔绣的目光停留时间太长，众人的视线也跟着投向了沈妩。打量、审视、猜测等无数种意味不明的目光一起投注到沈妩的身上，她却依然悠闲自得地品茶，像是根本没有察觉到一般。

崔绣暗暗咬了咬牙，视线继续往后扫，看到沈妩旁边坐的沈娇，脸上又重新燃起一丝希望。无奈沈娇的动作，竟是跟沈妩一模一样，只是她是挑拣着小盘子里的糕点，轻轻地放进嘴里品尝。

姐妹俩一个品茶，一个吃糕点，坐定了置之不理的姿态。崔绣有些颓败地低垂着头，像是已经放弃了寻求帮助一般，弯着腰显得精神颓靡。

“太后，姐姐她今儿起来有些犯迷糊，路上的时候冲撞了瑞妃娘娘，所以被罚了。嫔妾瞧着她身上衣裳脏了，而且她的脸上也忘记施粉了，嫔妾便提醒她回去先收拾好自己！”还是崔瑾站起身，轻声地向太后解释。

她低着头，瞧不清脸上的神情，语调虽波澜不惊，但是沈妩瞧见她放在身侧的两只手，死死地攥紧。显然是把今儿崔绣所受的侮辱记在了心上。

崔瑾这么一解释，众人心里头皆明白是怎么一回事儿了。原来这姐妹俩一大早晦气得很，出门就遇上了心情不好的瑞妃，然后被修理了一顿。崔绣的性子比较单纯，可能是口无遮拦地说了什么，所以受的罪就比较多。

“放肆，哀家有问你吗？”太后对于崔瑾替崔绣解围的回话行为，十分不满。

这一个两个若是不整治，当真是翻了天！竟都不把她放在眼里，都快爬到头上来了！今日，对着崔绣，太后是铁了心的要发威了！

太后的语气太过森冷，毕竟是当惯上位者的人，此刻真的发起怒来，那气势也不是一般人能承受得了的。崔绣吓得一下子便跪倒在地，身体不由自主地开始发抖，像是已经遭受了什么酷刑一般，眼泪竟也“吧嗒吧嗒”地往下掉。

太后一瞧她这副委屈得梨花带雨的模样，心里的怒火就更涌上来几分。她还没怎么样儿呢，这人就哭了！当真是脆弱得很！

再反观崔瑾，她仍然面无表情地站在那里，只是当听到崔绣的啜泣声之时，她的眼中闪过几分担忧和焦虑。

庄妃一直打量着这双胞胎姐妹，方才崔绣遇到了困难，却没有向亲妹妹崔瑾求助，相反宁愿求助表姐妹，也不愿意理会崔瑾。显然这两姐妹是闹了矛盾，否则方才崔绣迟到这借口，就不可能不统一。

她的目光长久地停留在崔瑾的身上，看着那人笔直地站在椅子前，眼神坚定，身段一流。简直就是摆足了大家闺秀的谱儿，庄妃的脑子里很快就活跃了起来，她的脸上逐渐露出了几分笑意。

“太后，您何必跟一个刚升位的小丫头计较呢！免得伤了您的身子，绣妹妹也是刚进宫，您大人有大量，就饶过她一回吧！”庄妃轻轻站起身，笑吟吟地替崔绣求情。

太后脸上阴冷的神色不变，她是没想到庄妃会插上一脚。庄妃最是八面玲珑，在后宫里能坐上世家的头一把交椅，自然不是吃干饭的。若是往常，用一个正五品嫔位的人来让太后撒气的话，庄妃绝对是置之不理，此刻她竟然反常地求情了。

沈妩不由得皱了皱眉头，她下意识地抬起头，打量着庄妃。事出反常必有妖！庄妃不是那种会充当圣母，做出对自己没有好处的事儿的人！

“绣妹妹，太后一向宽宏大度，后宫里的姐姐妹妹无不感恩在心。你今日既然迟了，就罚你日后请安早来半个时辰，伺候太后梳洗！”庄妃不给太后开口反驳的余地，连忙又对着崔绣说道。将她的处罚一锤定音，太后也不好再出声推翻了。

崔绣一时愣在当场，竟是有些不知如何反应。还是崔瑾先行跪倒在地，膝盖和地面接触发出的闷响声，让人心头一颤。

“嫔妾也自愿领罚，本该提醒姐姐的，却没有做到。嫔妾愿意与姐姐一起，每日早来半个时辰伺候太后！”崔瑾边说边冲着太后的方向磕了一个头，脸上的神色十分严肃。

太后看了一眼跪在地上的双胞胎，有些烦闷地挥了挥手，低声道：“罢了罢了，庄妃都替你求情了，那哀家就不追究了。至于这每日提前半小时来寿康宫，哀家一向赏罚分明，只绣嫔一人过来便可！”

太后的眼神轻轻打量着殿下的二人，这两人究竟谁更好拿捏，她自然一眼便能瞧清楚。正好她心头不痛快，就不信连个正五品的嫔都揉搓不了。

“嫔妾……”崔瑾被拒绝了，心里顿时涌上了几分不安，便扬高了声音，似乎还想再说什么！

“慧嫔！”庄妃连忙出声制止了她。因着崔瑾的名字与斐安茹的封号重了，所以皇上特地赐了她“慧”这个封号。

“太后已经如此仁慈了，作为晚辈可不能不识抬举！”庄妃的语气压得有些低，话语也变重了，明显带了几分警告。

崔瑾在心底低叹了一口气，妥协般地冲着太后行了一礼，低声道：“嫔妾谢过太后，谢过庄妃！”

伴随着她谢恩的话音落下，一直处于状况外的崔绣似乎才反应过来，也跟着行礼再次重复了一遍崔瑾方才所说的话。

面对这样不堪一击的崔绣，太后和庄妃竟同时皱起了眉头。沈妩忽然想起前世曾有人对她说过一句话，在这沾满了血的后宫里，不是每个人的命格都能与后宫吻合的，有些人从初进宫起，就能看出是早死的命。

现如今看着眼前的崔绣，沈妩才觉得这句话，简直就是为了她量身定制的。

“好了，哀家也被折腾得乏了，都退下吧！”太后的脸上逐渐露出不耐烦的神情，抬手轻轻挥了挥。

众人连忙站起身冲着太后行了一礼，待春风搀扶着太后走进内殿，殿内的人方才按着品阶一个个躬身退了出去。

崔绣姐妹俩一前一后走下了台阶，崔瑾一直站在崔绣身后半步，距离控制得不远不近，似乎是怕崔绣不让她靠近。

此刻出了寿康宫，崔绣也顾不得什么，眼泪就一直没停过。反正她的脸已经完全丢没了，回去抹粉完全就是为了遮盖脸上的红肿，结果却被崔瑾说了出来，还不如当时就直接来寿康宫，也免得因为迟了被太后抓住，斤斤计较！

她越想越委屈，最后竟是直接抽噎起来。周围的妃嫔都向她投来异样的目光，多大一点儿事，太后被沈妩打脸打得才叫狠呢！瑾容华、妍嫔哪一个不是被沈妩当众扇耳光，结果人家两个人依然好好的，没见谁像她这样要死要活的！

直到上了轿辇，崔绣都没有停止哭泣。崔瑾长叹了一口气，跟着她上了后一辆轿辇，眼神却始终没有从她的身上移开过，像是害怕再出什么差错一般。

轿辇一路摇晃，总算是到了两人的宫殿。因着二人是双胞胎，皇上便让她二人住在一座宫殿里头。轿辇刚停下，还没放稳，崔绣就拿出锦帕捂着脸，一下子冲进了殿内。

崔瑾脸上无奈的神色更是明显，她轻声吩咐了几句，便快步追了进去。

姐妹俩的房间是隔开的，所以崔瑾直接冲进了崔绣的房间，却发现她打开了衣柜，正费力地把衣裳全部抱到床上，显然是准备收拾东西。

“姐姐，你在作甚？”崔瑾一下子便急了，连忙冲上去按住她的手腕，语气急切带着十足的惊慌。

“你这么聪明，眼睛长的不是拿来用的吗？我要搬出去，再也不要看见你这张脸了！”崔绣一把挥开她的手，脸上厌恶的神色十分明显。

正因为是最亲密的人，所以一旦产生了厌恶情绪，那就会由爱生恨！她们是同吃同住一起长大的双胞胎，此刻因为这后宫种种，终于也到了要决裂的时刻。

崔瑾被她的话弄得整个人都惊到了，傻愣愣地看着她把衣裳裙衫，一件件收拾起来。

“来人哪，把本嫔的东西收拾走！”崔绣扬高了声音，气冲冲地冲着殿外喊了一句。

立刻就有两个宫女冲了进来，却不敢上前，只站在门口悄悄抬眼打量着里头的动静。

“姐姐，你能搬去哪儿？这是皇上下的旨意，怎么能随随便便地违背！”崔瑾的火气也一下子涌了上来，她平常都不爱说话，遇事也一直十分冷淡，但也只有对上崔绣，她才会十分在乎。

崔绣却不理会她的爆发，虽然心底有些惊诧，但是早就为怒火所淹没了，她心头的委屈谁能知晓。

“你们两个还愣着做什么，本嫔唤不动你们了吗？至于住的地方，不需要你操心，我这就去向皇上恳请，跟你分开住！”崔绣先冲着那两个宫女吼了两句，又扭过脸来冷声对着崔瑾说道。

这无疑像是一颗炸弹，触发了崔瑾最后的耐性。眼看着那两个宫女走过来，她冷喝了一声：“都给本嫔滚出去，这里不需要你们伺候！”

崔瑾的语气十分吓人，那两个宫女瞧着意见相反的两位主子，最终冲着她们福了福身，转身离开了。

崔绣看到两个人竟然不听她的话，脸上的表情怒极反笑，她抬起食指直指着崔瑾，连声说了三个“好”字。

“妹妹可真是厉害，侍寝当日皇上只宠幸你一人，让我坐在内殿，隔着青帐听了半宿你们的欢好。最后要送我们出来的时候，他随口一提要给你高位，可是你却说愿意放弃高位，只想着跟我一样，并且同住在一座宫殿里，方便照顾。当时我非常感激你，真的！”崔绣索性也不再整理了，而是走到她面前，和她对视着。

崔瑾要高些，所以此刻崔绣站得近，就只有微微扬起下巴看着她。

崔瑾听她提起侍寝的事儿，红唇不由得抿紧了些。那的确是她们姐妹二人产生隔阂的开端。明明长相和身段差不多，只有性格不大相同，但是到了床上男欢女爱，不就变得一样了吗！可是皇上偏偏瞧不上崔绣，就让她站在帐外候着，无论谁知道了，都觉着这是一种侮辱。

“但是现在呢？今儿遇到瑞妃，被打的人是我，她连你一根手指头都没有碰。方才那两个宫女选择听你的话，对我的吩咐却是置若罔闻。就连这些奴才都知道，我所得来的这一切，都是靠着你。这个宫殿真正的主人，是你啊崔瑾！与我崔绣一点儿关系都没有！”崔绣几乎拼尽了全力冲她喊道，边说边不停地流泪。

正因为她性子单纯，而且内心脆弱，从小到大多有崔瑾帮着她。此刻遇到了挫折，她根本就像是温室的花朵被移到了悬崖峭壁上一般，立刻就要完蛋了。

由于心里的委屈和屈辱已经超过了一定的临界，到最后她直接呜咽地哭出声。像是小兽在独自舔着伤口一般，异常的可怜悲惨。

崔瑾站在她的对面，瞧着她哭成了个泪人儿了，心里也纠作一团。连忙抬手抚上她的肩，似乎想要轻拍着安慰她。

“别碰我！”崔绣却是猛地抬起手，一把将她的手拍了下去，脸上露出几分嫌恶的神色。

“你现在还强求着我留下，这又是为何！难道是要我继续听着你和皇上欢好吗？”崔绣显然是被气得昏了头，边说边气恼地往前走着，像是要在气势上彻底逼退她一般。

崔瑾被她逼迫得不停后退，直到腰肢抵到了梳妆台上，退无可退了，崔绣才放过她。

面对崔绣的质问，崔瑾有些失神。原来崔绣竟是这般想的，她向皇上求位份，只不过是一心想对她好而已。就像小时候一样，拿了一块糖，姐妹俩绝对是要分着吃的。位份和宫殿在她的眼里，也不过跟小时候吃的糖一样，只有两人一起吃，才会觉得甜。

对上瑞妃，那她就更控制不了对方了。瑞妃在打人的时候，还特地让宫女抓着她的手臂，不让她上去解围。为什么崔绣只看见她没被打，却没听见她舍下身段冲着瑞妃求饶呢！

“为什么不说话，是不是我这些话都说到你的心坎里了！你还记得吗？以前娘亲总会跟我们说故事，最多的就是这后宫的故事，姐妹相轧，亲人反目。当时我还很庆幸，我们是双胞胎，最亲密的姐妹。原来你也变了，拿这些东西在寒碜我吗？还是你就想着要我听你和皇上欢好，听你娇嫩的嗓音！然后——”崔绣抬起双手抓住崔瑾的肩膀，边失声控诉着边伤心地号啕大哭。

对最亲密的人，说这样狠的话，就像拿把刀往自己身上戳一样。因为能够把她伤得体无完肤的人，只有自己！

只是她的话还没说完，崔瑾就一下子抬起手来，猛地扇了一巴掌到她的脸上！

“姐姐，你究竟在说什么！你知不知道你在说什么！这些淫词艳语你准备用在我的身上？我所做的一切都是想对你好，想我们姐妹一起过得好！倒是你，今日在寿康宫，宁愿求助沈家的人，也不愿意看我一眼，我们十几年的姐妹之情，难道还比不过两个外人？”崔瑾打完那一巴掌之后，就觉得自己的掌心痛得很，像是被无数根针刺了一般。

这几句气话还没说完，她便不停地喘息着，双手也拼命地拍打着胸口，像是被人扼住咽喉停止了呼吸一般。

崔绣被她这副模样吓了一大跳，想要上来搀扶她，又想起小时候她俩吵架，崔瑾为了让她先来哄，总是会在她面前装病。这回她往前走了两步，又猛地转过身不再看她。

“无论你说什么都好，我们姐妹之情已经不如从前了。你身体不舒服，就让人伺候你休息，我去求皇上单独给我分个宫殿！”崔绣留下这几句话，便立刻提起裙摆跑了，头都不敢回。

她生怕一回头瞧见崔瑾难过的模样，就会心软。原本总是共同进退的双胞胎，忽然有一个人走进了天堂，而另一个人却坠入了地狱，这样的对比和心理落差，任谁都受不了。更何况此时受难的是心理最为脆弱的崔绣，分道扬镳是迟早的事！

033

二人世界

沈妩乘着轿辇回宫，刚走到殿门口，便瞧见明语探头探脑的模样。待看见沈妩的轿辇过来时，明语的脸上明显露出几分安心的神色，甚至夸张地松了一口气，像是看到了救星一般。

沈妩的脸上带了几分浅笑，轿辇停稳之后，明语便走上前来搀扶住她的手臂。

“修仪，皇上来了，在内殿里已经等了一会子了！”明语的声音里带着几分讨好的意味，瞪大了一双眼眸，一眨不眨地看着沈妩，似乎想要通过观察她脸上的神色，来猜测沈妩在寿康宫究竟过得如何。

沈妩脸上的笑意更甚，她刚才瞧见明语这副模样，便已经猜出是皇上来了。明语搀扶着沈妩走在前头，明音和明心二人落后了两步。瞧着明语堆着满脸的笑容，不停地冲着沈妩说话的谄媚模样，明音不由得长叹了一口气。

“怎么了，叹什么气？小心被兰卉姑姑听见了，又要抓着你念叨！”明心的脚步也放慢了些，听见明音唉声叹气的，不由得问了一句。

明音连忙摇了摇头，脸上哀叹的神色立刻收敛了，重新变回了严肃，却不忘微微偏过头，靠在明心的耳边说道：“没什么，其实就是看着明语那蠢样儿，心痒难耐，好想弄死她！”

明心保持着侧耳倾听的姿势，此刻听得她如此说，竟是一下子愣住了，脚步也停了一下。待她反应过来以后，立刻朝侧边走了一步，和明音保持距离。

该死的，她竟然忘了，明音是个杀人不眨眼的宫女！兰卉姑姑有意培养明音当刽子手，这么重要的事情，她怎么能忘了！

瞧着明心忽然和她隔这么远的距离，明音不仅没有诧异，相反还十分高兴地扯了扯嘴角。明心不由得挺了挺胸膛，加快脚步跟上沈妩。

待进了内殿，果然见到皇上坐在花梨木椅上，手里捧着杯热茶，悠然地品着。一旁的小桌上还放着几盘糕点，李怀恩和几个小宫女低眉顺眼地站在角落里，免得碍了他的眼。

男人身穿宝蓝色的常服，玉带紧束，瞧着倒是一身的干练。

“嫔妾见过皇上。”沈妩连忙俯身行礼，声音低柔。

齐钰的脸上露出几分不耐的神色，挥手让她起来，指着身旁的椅子示意她坐下。

“今儿怎么去了这么久，母后又闹出了什么幺蛾子？”皇上举起桌上的茶壶，亲手替她倒了一杯茶，慢慢地推到她的手边，语气中的不满丝毫没有遮掩。

沈妩先端起茶水轻抿了一口，轻轻地摇了摇头，柔声道：“没出什么大事儿，只是绣嫔妹妹来迟了，太后便问了几句。”

沈妩就着茶水吃了两块桂花糕，顺带把请安时候发生的事情前后说了一遍。齐钰始终都木着一张脸，像是对她所说的这些话不感兴趣一般。沈妩有些不满地撇了撇嘴，便停下话头不说了。

“崔家姐妹俩虽是双胞胎，不过这性子倒是相去甚远。总之赖不到你头上就是了。”皇上对于她所说的话，最后也只总结了这一句，便结束了这个话题。

沈妩低下头，却是在他看不见的地方龇牙咧嘴了一下。明明就是他要问的，结果却又一副兴趣缺缺的模样，当真是找抽的！

“对了，爱嫔以前在沈王府里最常玩的是什么？”齐钰抬手摸着下巴，像是忽然想起了什么一般，身体往前倾，脖子冲着她的方向伸长了些，脸上带着几分好奇的神色。

沈妩微微愣了一下，有些不明白皇上为何会对这方面感兴趣，却还是轻蹙着眉头想了想，低声道：“嫔妾是姑娘家，嫔妾的姨娘又最重规矩，自然不能玩儿什么出格的东西。往常也只是绣绣花，逛逛园子，或者姐妹几个一处喝茶，到了再大一些的时候，几位姐姐都出了闺阁，只剩嫔妾和两位妹妹，就跟着教引嬷嬷学规矩了！”

沈妩边说边纳闷儿，这样的生活离她已经很远了。可是以前没觉得有什么，此刻说出来却透着枯燥和烦闷，真不知当时的她是怎样熬过来的。

皇上倒是点了点头，低声咕哝了一句：“比朕过得还惨，难怪会经常性发疯，应该是小时候被憋惨了，性格有缺陷！”

他的声音压得极低，就连坐在他旁边的沈妩都没听清楚，只知道他在说话。

“皇上说什么？”沈妩怕他是有什么吩咐，便往他的方向凑近了些，低声问了一句。

齐钰立刻闭上了嘴巴，轻轻地挥了挥手。自从昨儿晚上，托着沈妩的福，让齐钰用五指兄弟解决过一回生理反应之后，九五之尊就把沈妩这反常的表现放在心底了。他日也想夜也思，究竟是什么原因，让他那千娇百媚的姝修仪，一下子变得冷淡起来了，太反复无常了！

就在今儿早上朝会的时候，他猛然想起来了。一个人的性格养成，与他小时候的成长经历相关。当时他就激动地拍了一下桌子，把下面正讨论得唾沫星子横飞的朝臣们吓了一大跳，以为皇上又要抽风了！

“没什么，爱嫔有放过风筝吗？”齐钰下意识地伸出手指，轻轻敲击着桌面，脸上恢复了最初的面无表情。

“啊？”沈妩这回彻底愣住了，由于太过惊讶，竟是直接发出了惊叹声，脸上也是惊诧十足的表情，瞪大了眼睛一眨不眨地看向他，透着几分询问的意味。

齐钰见她如此惊讶，颇有几分恼羞成怒的意思，一挥手冷声道：“朕问你话呢，啊什么啊，快回答！”

沈妩轻轻挑了挑眉头，细细想了一下，才道：“小时候倒是玩儿过几回，不过每每都有娘亲看着，嫔妾怕她说姑娘家跑着不雅观，所以风筝从来没上过天。长大后就没碰过了，连家门都出不去，更别提放风筝了！”

齐钰一听她这话，心头顿时畅快了不少，信心大增。

“没事儿，朕也没玩儿过。今儿天气甚好，不如朕就陪着你一起去御花园放一回，弥补儿时的遗憾！”皇上当场就拍着桌子定下了，脸上挂着喜滋滋的笑容，心头更是舒畅万分。

姝修仪儿时所遭受的罪，导致现在性格扭曲，他就要把她拧过来。以防下次还让他独自一人纾解，那也太憋屈了，此刻就先从放风筝开始！

沈妩愣愣地看着他，她是真不知道皇上今儿究竟怎么了，脑子秀逗了，才把批奏折的时间用来陪她放风筝？这要是传出去，她不就是妲己褒姒之流吗？虽然她的心底，一直想做那样的宠妃！但是估摸着她还没让皇上挖了朝臣的心，皇上已经用箭把她射死了！

“李怀恩，愣着做什么，快去让人准备风筝！朕要腾龙的，替姝修仪做个嫦娥奔月的！”皇上这心里头是越想越坚定，虽然改造沈妩这条路，肯定是异常辛苦的，但是越有挑战性的东西，他就越想要征服。

沈妩见他这般模样，也知道是无力挽回了，去御花园放风筝这件事儿已经板上钉钉了。她连忙起身，让明语几个进去内室，替她换身轻便的衣裳。

李怀恩一溜小跑着出去，让人赶紧做风筝。

“有多少个就拿多少个来，一定要好看结实的，别是花架子！风筝没上天就坏掉的，别来找虐！”李怀恩抓着一个小内监，扬高了语调叮嘱着。

他最了解皇上的脾性了，一个腾龙怎么够他折腾的！更何况那俩都没放过风筝，待会儿一定又是一场极其虐身虐心的情景。

待一切收拾妥当，齐钰拉着她坐上了龙辇，往御花园进发。早在他们二人到达之前，李怀恩就已经按照皇上的口谕，派人把园子里的人都清空了。皇上要和姝修仪度过美好的二人世界。

齐钰拉着沈妩的手走进御花园，身边也只带了两个负责拿风筝的小太监。李怀恩一干人等都留在外头守着。

时间一点一点地流逝，李怀恩抬头看看天。啊，天空真蓝啊，一碧如洗！一只鸟风筝都没见着啊！皇上、姝修仪，你们说好要把风筝放上天的呢！

“阿妩，快放线！”皇上手里牵着线拼命地往前跑，不时回头看看沈妩，扬高了声音指点着她。

沈妩抬起头看着半高不低、摇摇晃晃的风筝，一阵阵腿软。她无论是前世还是今生，都是从大门不出二门不迈的姑娘娇养大的，何时这样奔跑过，她早已气喘吁吁，累得跟狗一样啊！

再反观皇上，眼看着要把风筝放上天了，却因为跑得太快，又过分关注沈妩那边的动静，他自己手里的风筝，成功地挂到树枝上动不了了。

齐钰一开始还耐心地左右晃动着身体，胳膊换着不同的方向扭动，妄想把风筝扯出来。可是他果然太天真了！风筝怎么可能会屈服于如此愚蠢的人类！

他的耐心尽失，于是破罐子破摔似的用蛮力往外扯。“吧嗒”一声闷响，他手中的风筝线成功地断了！

齐钰抬起头，看着在树枝上飘摇的风筝，他忽然心头一阵无奈。那风筝摇晃的模样好像在嘲讽他一般。什么叫宁为玉碎不为瓦全，这只腾龙的风筝就用它的尊严向皇上证明了这句话！

宁愿线断，也不愿被渣帝放上天！

沈妩见皇上手中的风筝线断了，她一直坚持的动力似乎也没了，便直接放弃了。她停住奔跑的脚步，慢慢弯着身子，双手扶着膝盖，大口地喘着粗气。

头顶上那原本就摇摇晃晃的风筝，彻底没了力气，直接摔了下来。两个人加起来都四十岁的人了，却被风筝给打败了。齐钰偏过头去，看着一副筋疲力尽模样的沈妩，脸上露出一副深思的表情。

果然是性格扭曲到已经连风筝都放不起来了吗？齐钰伸手摸着下巴，暗想着接下去要怎么办！虽然他直接忽略了，其实他自己也放不了风筝，但是即使想起来了，也绝对会把罪责推到沈妩的身上。

“皇上，嫔妾实在是放不起来。”沈妩休息够了，才慢慢地站直了身体，边说边抬起头对上了齐钰的眼眸。

两个人的眼神相遇，脸上皆闪过几分挫败的表情。怎么会真的输给风筝！

李怀恩站在御花园门外，听着里头不时传来男女的调笑声，不由得长叹了一口气。他抬头望望天，自然还是一碧如洗，万里无云。因为那俩货已经放弃放风筝了，他俩拿着风筝往水里丢，借着水面的浮力，开始傻傻地牵着风筝线跑呢！

呵呵，一定是他站立的姿势不对！要不然为什么这俩货的智商如此低！小朋友都要甘拜下风好吗？

一旁的明语有些站不住了，她不由得扭过头，冲着他们几个问道："你们说，这馊主意谁想的？如此惊天地泣鬼神！"

明心有些无奈地瞥了一眼园内，低声冷笑了几下，才幽然道："他俩谁都有可能！"

她的话音刚落，几个人就一同抬头望天，真特么的忧伤！没有蛋也疼！

她们几个无所事事地低头盯着鞋尖，努力想要忽视里头的笑声。可是御花园里那俩货自然不会顾忌其他，笑得异常欢乐，银铃般的笑声像是符咒一般传进耳朵里。

众人又是一叹：低智商能不能收敛些，再这样秀下去的话，不敢保证不会有人拿着板砖进去拍死你们啊！混账！

李怀恩垂手站在一边，他忽然觉得听了这么久两人在水里放风筝的对话，有一种大彻大悟的感觉。感谢救苦救难的观世音菩萨！只是还不待他心里发牢骚完毕，一抬头就瞧见一位美人快步地走过来。他连忙眯起眼睛，定睛一瞧，才发现竟是绣嫔。

明音几个也瞧见了，她与明心今儿跟着沈妩去请安，自然也知道当时崔绣究竟受了怎样的侮辱。

"李总管，本嫔听龙乾宫的人说，皇上和姝修仪在里头放风筝。本嫔有急事儿求见皇上，还请李总管通融一下，去和皇上禀报一声！"崔绣几步走到李怀恩的跟前，深吸了一口气，低声说道。

李怀恩的眉头立刻挑起，虽然心里早已高兴万分！终于有人要救他们的耳朵于水深火热之中了吗！

只是他还没开口说话，御花园内就响起了男人扬高的声音。

"阿妩，你方才不是说跑不动了吗？为何现在跑得比朕还快！你手里头的凤凰风筝是朕的！还回来！"男人边追着沈妩跑，边激动地喊叫着。

把风筝线拉在手里，将大风筝放在水里，就这么绕着石桥快速地奔跑。那波光粼粼的湖面为风筝所搅扰，掠起一阵阵水花，在阳光的映衬下显得美极了。

两人方才放风筝遭受了巨大的打击，为此才想到了这么个简单粗暴的玩法儿！一个破风筝而已，骄傲个屁！既然不想上天，那就乖乖地在水里待着吧！

李怀恩想说话的欲望，因为男人的这声呼喊，而减了大半。他轻轻抿紧了嘴唇，等里头终于安静了些，便深吸了一口气，刚准备说的时候，里头又传来女子娇脆的说话声。

“皇上，您不认识动物吗？这分明不是凤凰，是一只大公鸡！而且你手里已经抓着一条蛇了，为何还要这个！”沈妩真的是跑累了，她停了下来，喘息了半晌才扬高了声音回道。

“因为两个放在一起更好玩！”齐钰说出这句话，便立刻手拉着蛇风筝，如箭一般地冲向沈妩，要去夺她手里的风筝线。

“啊！”沈妩尖叫了一声，立刻撒开腿就跑。

由于两人跑得太猛，水花都被溅了起来。

“绣嫔，您说要找谁来着？”李怀恩总算是镇定了下来，伸长了脖子轻声问了一句。

崔绣有些不耐地皱了皱眉头，此刻她听着里头的调笑声，无异于雪上加霜，浑身难受得很。

“本嫔来找皇上，不就在这御花园里吗？李总管就通传一声吧！”崔绣耐着性子，勉强和声细气地说了一句。

李怀恩长叹了一口气，御花园内的嬉笑声还在不停地传出来，他心里的无奈感也越发严重。最终他往前走了一步，距离崔绣更近了些，悄悄压低声音道：“绣嫔，不瞒您说，这御花园里的人玩闹成这样，奴才不认识啊！”

他的声音虽压得低，不过身后的明心三人都是屏住了呼吸，仔细听着。此刻听清楚了，不由得嗤笑出声。

明语慢慢地走上前来，脸上的笑意不减，慢慢地冲着崔绣行了一礼，柔声道：“绣嫔，您别听李总管胡诌，他是想讨皇上的罚呢！不过这可真不好帮您。您听听，皇上和我们修仪正在里面放风筝，这会子哪个奴才敢进去，那不是纯粹讨打的吗！”

明语这几句话，话里话外都带着几分炫耀的语气，像是纯粹给崔绣添堵一般。崔绣的面色果然变了变，红唇轻抿着，眼角挑起的模样看起来倒有几分吓人。她现在就是要找皇上求分旁的宫殿的事儿，如果见不到皇上的面，她可不愿意再这么巴巴地回去找崔瑾。

李怀恩瞧着崔绣脸上难得的凶狠模样，脸上又换了几分笑意，拿捏着嗓音低声道：“这丫头就是不会说话，绣嫔请多包涵。不过这话糙理不糙，若是没人担待着，就算借奴才几个胆子，也不敢进去打扰啊！您说是不是？”

“哼，谁都瞧不起本嫔，连你们这些奴才都是这个模样！捧高踩低，皇上若是怪罪下来，一切罪责全由本嫔担着！”崔绣冷哼了一声，瞧见明语和李怀恩这样的一唱一和，明显是早就有了默契，心里头更是难受异常，嘴里说出来的话就没什么遮拦了。

李怀恩和明语几个就等着她这句话了，终于听她说出来之后，几个人一同行了行礼。李怀恩在众人“多保重”的目光下，迈着大步走进了御花园。

皇上和沈妩正好玩累了，两人就这样扯着湿答答的风筝走向湖心亭，将风筝线拴在一旁的廊柱上。二人便坐到了里头的石椅上，湖面上的风吹来，带着几分凉爽。

“皇上。”李怀恩离湖心亭的距离越近，他的腰杆就越往下弯，原先的大跨步也变成了娘们儿似的小碎步，就连说话的声音也是细如蚊蝇，生怕搅扰了九五之尊的雅兴。

“你来得正好，朕和姝修仪方才遛风筝遛得累了，去找人端些茶水糕点来！这几只风筝腻人得很，待会儿再找些别的玩意儿来！”齐钰一瞧见他，没先让他起身，倒是吩咐了一大堆的事情。

李怀恩听他说着遛风筝，眼角不停地抽搐！皇上，求求您了，别把在水里拖风筝说得这么好听行吗？别人会以为你跟遛狗一样的啊！混账，风筝的一世英名就毁在你这种渣帝手中了！

李怀恩下意识地扫了一眼廊柱上拴的几只风筝，顿时就感到了来自皇上和姝修仪的恶意。那风筝自然没有一个是完整齐全的，那只所谓的凤凰风筝，此刻瞧着的确像是一只被扒光了毛的鸡，至于蛇还有其他几个，更是惨不忍睹，不是这里缺一块，就是那里断了支架。

当然一开始他俩进御花园时，手里拿的腾龙和嫦娥奔月，更是连渣都没看见！

李怀恩痛心疾首地闭了闭眼眸，风筝兄弟，黄泉路上慢慢走，说不准过几日他就追上了！

“李怀恩，你耳朵聋了还是怎么回事儿！光盯着风筝瞧什么，朕说的话听见没！”齐钰见跪在他脚边的人，一直扭着头看风筝，对他的话却是置若罔闻，顿时心头大怒，猛地跺了跺脚，语气急切地吼道。

李怀恩下意识地颤了颤身体，连忙收敛起方才的胡思乱想，低声道：“皇上，绣嫔在外头要求见您！说是有急事儿相告！”

他的话音刚落，有些漫不经心的沈妩，意识便集中了起来。她下意识地抬起头，一下子就对上了男人深思的目光。

“传她进来吧！”齐钰轻轻蹙着眉头，低声说了一句。

李怀恩连忙站起身，悄悄抬眸瞧了一眼石桌旁的二人，腿一抖险些跪下。两个人都是面色红润，即使此刻因着崔绣的拜访，神色之间带了几分严肃，却依然不影响他们的神采奕奕。他们眼神轻轻发亮，心情显然很好，就像是刚得了新玩具的孩童一般。

“对了，把那几只拴着的风筝带走吧！下回找些结实的！”就在李怀恩快要走出湖心亭的时候，身后传来齐钰的叮嘱声，他的脚一滑，险些摔倒。

李怀恩轻轻地应承了下来，再次伸着头看了一眼正在水中漂浮的破败风筝，最终实在下不了手，才对着候在亭子外面的两个小内监道：“把这些都收了，别再碍着皇上和姝修仪的眼了！”

他甩下这句话，也不管那两个小内监愿不愿意，撒开腿就往外冲。面对那样惨的风筝，他实在不忍直视了。被皇上和姝修仪轮番虐过之后，就会变成那样吗？似乎已经预示着龙乾宫和锦颜殿所有宫人的下场了，待会儿出去一定要告诉明语那些人，让她们提前庆祝一下自己悲惨的命运！

片刻之后，李怀恩就带着人进来了。崔绣微微低着头，身上的裙衫还是早上请安时所穿的，她一回去就和崔瑾吵架冲出来了，根本没有打理一下自己的仪容。此刻要走到皇上面前了，才暗自懊恼着为何如此狼狈地就过来了，先前的勇气似乎一下子消失了大半。

“嫔妾见过皇上，见过姝修仪！”她刚跨进湖心亭内，便弯下身行了个礼，声音有些低沉，头都不敢抬一下。

李怀恩手一挥，几个一起进来的宫人，就一下子涌入亭子里，将手中的茶壶杯盏，还有各色糕点，都一一摆放在石桌上。待摆齐了之后，这些人又都悄无声息地退了下去。

“起身吧！”皇上轻声唤了一句，伸手倒了两杯茶，推了一杯到沈妩的手边。

面对悠然自得的两个人，崔绣有些拘谨，起身之后，似乎手脚就不知道往哪儿放了一般。

沈妩端起茶盏，轻抿了一口，方才由于遛风筝而弄得浑身汗涔涔的，此刻坐在这里吹吹风，手里再捧着一盏香茗，简直就是人间仙境一般。

“绣妹妹也过来坐坐，喝杯茶再说？”沈妩脸上带着几分笑意，声音降得有些低，语调却是放得极其缓慢柔和。

只不过她也只是嘴皮子上下动了动而已，其他动作根本没有，而且这句话是用疑问的语气，其中客气一下的意味就显得尤为明显。

崔绣虽然性子单纯些，但是此刻敏感而紧张的她，对于这些人情世故倒是看得通透。面对沈妩的邀请，她轻皱着眉头想了想，便立刻摇头推辞道：“嫔妾不坐了，打扰了皇上和姝姐姐的雅兴，嫔妾罪该万死，嫔妾说几句就走！”

她边说边跪在地上，冲着皇上行了个大礼，姿势规矩，态度恭谨，脸上的神色也完全严肃了起来，显然是准备直接进入正题了。

齐钰这才把目光从茶盏上移开，投注到她的身上，轻轻地“哦”了一声，语调上扬，带着几分不置可否的意味。

“别整日死啊死的，有什么话就直说。恰好姝修仪也在这里，朕若是不能帮你解决的，你也可以让她帮着瞧瞧！”皇上难得没有对崔绣露出不耐的神色，相反还和颜悦色的。

崔绣见他如此好心情，心里也有了底，遂大着胆子扬起了声音道："嫔妾恳求皇上让嫔妾搬出听风阁，随便让嫔妾住在哪里都行！"

她这话说出来的时候，皇上和沈妩不由得对视了一眼，两个人的脸上都没有惊诧的神色，相反还是一副意料之中的模样。

依着今儿早上请安的那副场景，沈妩就知道这对双胞胎姐妹之情堪忧，估摸着已经闹掰了。没想到竟会到这样严重的地步，崔绣不顾沈妩这个外人在场，也要向皇上恳求，很显然是到了不可挽回的地步了。

皇上则是因为他亲自导的这一出戏，自然结果就得往他想要的方向去了。世家那边还不够乱，双胞胎姐妹也不过是个开始罢了！

"你要搬出去的事儿，慧嫔知道吗？"皇上轻声问了一句，轻轻眯起眼眸，仔细地观察着崔绣脸上的神情。

他的话音刚落，崔绣的神色就僵硬了一下，转而变得阴沉了，显然是心情变得糟糕。此刻，她连听到旁人提起崔瑾，心里都会难受得很。

"她已经知道了，嫔妾二人虽然是双胞胎，从小吃住在一起，但是现在已经入宫，自然得按着后宫的规矩来办。嫔妾不想拖累她，也不想她拖累嫔妾，索性分开罢了，这样反而对彼此都好！"崔绣此刻暗自咬了咬牙，直接把狠话甩了出来。

皇上装模作样地沉思了片刻，才低声道："答应你也不是不行，毕竟后宫里多的是宫殿，多你一个也不多。可是慧嫔这心里会不会记恨朕？当初她可是苦苦哀求，让朕给你和她同样的位份以及同住一座宫殿的！"

皇上的话刚说完，崔绣就立刻开腔道："皇上请放心，嫔妾已经跟她说得非常清楚了，她不会怪到您头上的，再说她也没那个胆子！"

齐钰这回不再犹豫了，他猛地一挥手，冲着李怀恩道："拟旨吧，在绣嫔的极力要求下，特把她和慧嫔分开，赐住竹意轩！"

李怀恩连忙应承了下来，跪在地上的崔绣听到这圣旨之后，也长长地舒了一口气，显然是放下了一桩心事儿，立刻磕头谢恩。

"嫔妾谢主隆恩，如若没有旁的事儿，嫔妾就不打扰皇上与姝姐姐游玩了，先行告退！"崔绣不想再待在这里，看着这两人在面前扎眼，况且此刻又了了一桩心事儿，当真畅快了不少，便急着要赶回去收拾。

皇上也不拦她，挥了挥手便让她退下。

沈妩扭过头，眼睛一直盯着她的背影。明明是刚得偿所愿，崔绣的背影却显得有些萧瑟，脚步匆匆，只是脚步蹒跚的模样，倒带着几分狼狈。

"可惜了，一母同胞的姐妹之情，就这样烟消云散了！"皇上顺着她的眼神看过去，轻声呢喃了一句，像是感叹什么一般。

沈妩却是勾起唇轻笑了两声，从盘子里捏起一块糕点，慢慢地送到嘴边，轻轻咬了一口。

“不是所有的同胞兄弟姐妹，都能如皇上和九王爷那般要好的。大多被权势和金银迷了眼！”其实沈妩这话有些逾矩，毕竟皇上和九王爷不是她能够议论的，偏偏她所说的都是好话，而且句句属实。

最重要的是皇上是个弟控，对于九王爷这个弟弟，那真的是掏心掏肺，连女人都能让的！当初沈家两个嫡女都送进了宫，原本想着就是皇上一个、九王爷一个。作为兄长的皇上，自然是先挑了，他瞧过之后，还是觉得沈家二姑娘顺眼些。哪知道九王爷过来，一眼就相中了二姑娘。皇上二话不说，当场就勉强接受了身为嫡长女的沈娇。

其实他的想法十分简单而粗暴，反正都是他没感觉的女人，睡谁不是睡！

“啧啧，这话只要经由爱嫔的嘴说出来，都能长出花来，怎么听怎么顺耳！”齐钰虽然嘴里的话带着几分调侃，但是心情大好，拿起茶壶又亲自替她续了一杯茶，整个人喜洋洋的，像是对这种伺候她的动作甘之如饴一般。

沈妩但笑不语，捧起茶盏轻抿了一口，茶的香味很快便溢满了唇齿，似乎比往日更加回味悠长。

“你觉得她缺了妹妹的保护，能活多久？”皇上扭过脸来，轻声问了一句，态度有些漫不经心，好像只是随口一问。

“如若真的要嫔妾猜的话，不过三日！或许三日都嫌多！”沈妩先是一愣，转而也变成了无所谓的态度，嘴上挂着一抹浅笑，低声回道。

皇上抬手摸了摸下巴，似乎在估量她这几句话的真实性，最终半合着眼眸，像是有些不相信，轻声问道：“不会吧，她这么弱！三日都撑不过？”

沈妩抿着红唇轻轻笑了笑，后宫之中的女人，整日闲来无事，脑筋自然就动在争宠和害人之上了。手段自然是层出不穷，阴毒狠辣。想她前世，浸淫后宫六年，最后还不是被人联合给害死了。更何况是没有根基的崔绣，若有人真的想动手，她自然很难逃过！

“凡事都讲究先机，占尽先机者，得胜！如若三日之内搞不定，崔绣会提高警觉性，崔瑾调整了势力，也自然会想方设法帮助她！后面再想整治她，就难上加难了！”沈妩轻轻开口，却是挑了另一个答案告诉皇上。

皇上心目中的答案，自然不会是前者。后宫的女人手段如何肮脏，都不关他的事儿，只要不算计到他的面前，他一概不理会。

“成啊，那朕就拭目以待了。朕倒要好好瞧瞧，爱嫔究竟有没有说中！”齐钰眯着眼眸轻轻笑开了，似乎是真的开心，眼角眉梢的笑意都带着几分柔软。

此时恰好有一只白色的蝴蝶飞进来，上下挥舞着翅膀，几乎擦着齐钰的嘴唇翩飞远去。两人的视线都跟着那只蝴蝶出了湖心亭，最终停留在一株盛放的牡丹上。

沈妧正在出神，手腕却被皇上一下子抓住了。

“对了，爱嫔，你儿时可曾抓过蝴蝶，或者捕过蜻蜓吗？”皇上将方才后宫之事一扫而空，一下子记起他带着沈妧来这里的目的，既然放风筝失败了，那就捉蝴蝶，一定能把她的性格缺陷扭曲过来的。

虽然捉蝴蝶这件事儿的根本，非常娘气，但是为了以后的性福生活，他愿意忍！

沈妧一偏头，就对上了皇上那双充满期待的眼睛，一时有些无语。皇上这又是抽的哪门子疯！

李怀恩顿时觉得身心俱疲，肝胆一颤。皇上拉着姝修仪一起秀智商下限的事情，还没完吗！谁来拯救他们的智商！！

034

温馨时刻

崔绣回到听风阁收拾东西的时候，并没有看到崔瑾。她心里虽然有些难受，却也忍住了没问。守着殿门的小宫女瞧见她回来，张开口一副欲言又止的模样，但是看着崔绣脸上那冷若冰霜的表情，她又乖乖地闭上了嘴巴。

崔绣心里还在赌气，过了片刻，龙乾宫的内监就带着圣旨过来了。她接了圣旨，把圣旨放在小桌上留给崔瑾。因为新分了宫殿，又调拨了不少宫女太监给她，她都召集了过来将听风阁她自己的东西全部搬走了。

足足搬了一个半时辰，东西才算是清理得差不多了，殿内却依然没有瞧见崔瑾的身影。崔绣也只认为她是不想见自己，便也跟着走了，一句话都没留下。

沈妩和皇上最终也没能捉到蝴蝶，两人休息完毕从石凳上站起来的时候，沈妩直接摔坐了回去。双腿竟然开始发麻，控制不住地打战，甚至已经传来了隐隐的酸痛感。显然是平时不运动，忽然这么没命地奔跑导致的。

沈妩轻哼了一声，赖在凳子上不起来。齐钰则是经常和武先生切磋，文韬武略都不曾落下，所以此刻也只相当于活动筋骨，并没有感到有多累。

“走了，你要当狗皮膏药贴在石凳上，朕可不管！”齐钰边说边转身，迈着步子要离开。

只是衣袖却被沈妩一把拉住了，齐钰一回头，便见沈妩借着拽住他的力道，慢慢站起身往他这边靠过来。

齐钰以为是要他亲自搀扶着她，暗想这女人一定是虚荣心作祟，让他亲自扶着出去的话，来来往往的宫女太监定是又要传个遍。心里虽然这么想，不过看在她玩儿得这么尽兴的分儿上，皇上也只是冷哼了一声，便伸出手主动要去搂她。

哪知沈妩并不往他怀里靠，而是扶着他的手，走到他的背后。然后咬着牙忍住痛，使出全身的力气奋力一跳，双手成功地钩住了他的脖子，双腿也顺势夹住了他的大腿。整个人像只八爪鱼一样纠缠着他。

她这么忽然地猛力一纵，皇上根本就没反应过来，整个人受着惯性的作用就要往后仰去。

李怀恩他们几个都站在亭子外，距离太远，眼瞧着也救不了。李怀恩心底高呼，这是要摔个四仰八叉的节奏吗？后宫上下喜闻乐见！

齐钰毕竟是练过武的，他两条腿分开猛地一用力，一个标准的马步就出来了，身形也跟着稳了下来。他暗自咬了咬牙，额头处的青筋毕露，但是背上的沈妩却是用头蹭了蹭他的后背，找了个更舒服的位置靠着，一副丝毫不怕摔倒的模样。

“沈氏阿妩，谁让你上朕的背的！朕没说要背着你啊！还有你做什么事儿的时候，不能提前跟朕说一声吗？要不是朕有神功护体，早就完蛋了！”齐钰近乎气急败坏地吼道，脸上带着几分焦急的神色。

这倒不是摔不摔倒的问题，而是关乎面子。这么多宫人瞧着，他平时以雷霆万钧的残暴手段折磨这些人所积攒下来的威仪，不就因为这一跤给摔没了吗！

李怀恩看着皇上依然保持着扎马步的动作，脑海里回荡着皇上之前所说的“神功护体”四个字，眉头不停地跳。扎马步算个毛线啊，神功不是这种鸟玩意儿好吗！整个档次都被拉低了啊！

“嫔妾好累，嫔妾如若事先跟皇上说，要您背我，您会让嫔妾上您的背吗？这叫先斩后奏！皇上，背着人还是挺累的，您赶紧往轿辇那边走吧！”沈妩的声音越来越低，像是真的撑不住了一般，说到最后已经闭上了眼睛。

沈妩清浅的呼吸，就喷洒在他的脖颈后，带着几分温热的气息。齐钰原本很烦恼而暴躁的情绪，忽然就平和了许多。最终也改变了想要把她扔出去的决定，慢慢地站直了身体，双手往后轻轻托住她的大腿，将她整个人朝上托了托。

“回宫吧！”齐钰柔声吩咐了一句，便背着她往外走。

从湖心亭出来，走在石桥上，波光粼粼的湖面反射着阳光，有些刺眼。不过这样好的天气，似乎把他的心情也带得慢慢变好。

正当他扭头看着湖面的时候，脸侧忽然被人用手指轻轻刮了一下。皇上脸上原本温和的神色，因为她这一刮，转而又变成了一副龇牙咧嘴的模样。

他愤然地扭过头，怒瞪了她一眼。却见原本昏昏欲睡的沈妩，已经将头搭在他的肩上，就等着他扭过头来，然后冲着他嫣然一笑。

皇上心底那一点儿恼羞成怒，也全部消散了。他有些不甘地想到：有些人的脸天生就是上天的馈赠，只要她一笑，不止让周遭的一切都变得美好，同时也惊艳到了他的心底。

当然，皇上心底仍然孤注一掷简单天真地认为，沈妩在他心底的惊艳，除了脸和床技之外，其他的没什么不同！

“嫔妾的兄长幼时很是顽皮，他还养在娘亲身边的时候，整日只想着玩泥巴打泥弹，后来去了王妃那里，他才变得老实起来。皇上幼时最常玩儿的是什么呢？要不要嫔妾下回也陪着你？”沈妩趴在他的身后，轻声说着。本着你来我往的精神，她还善解人意地提了起来。

跟在他俩身后的李怀恩，头上已经冒出汗来了。究竟是什么时候，这两人开始进入寻找童年时期的！真的很虐有没有啊！姝修仪，你确定要拉着皇上去玩泥巴吗！这都是什么熊孩子的脏玩法儿啊！你娘亲不是一向规矩甚严吗？为什么你兄长活得如此荡漾啊，你却如此苦逼！你是亲生的吗？

齐钰弯下身再次把沈妩朝背上托了托，低声道：“你兄长如此顽皮，到了王妃身边，定是受了不少罪才改了性子吧！”

他直接忽略了沈妩的疑问，而是关心起沈妩的兄长。沈安陵作为沈王府的世子，名声和才学在一帮纨绔子弟里面，绝对算得上佼佼者，再配上他的身份，称得上是声名远播了。齐钰能够重视他，也不算意外。

再加上从亲娘跟前，到嫡母身边存活，齐钰也算是有经验之人。不过好在他当时在斐家长到了年岁挺大才回宫，所以也没受什么折磨。沈安陵却不是，明明还是玩泥巴的年纪，就被送走了，想来是极其辛苦的。

听着皇上的问话，沈妩的眼神不由得暗了暗。其实这些她也都是听元侧妃提起的。待她记事之时，兄长已经送到沈王妃的身边了。当初元侧妃之所以那样放任沈安陵玩闹，正因为想把他按照纨绔子弟培养，庶长子想要活下去，哪有那么容易。

只是没想到沈王妃最后竟是不能生了，所以直接把沈安陵抱走了。既然把他当作嫡子养着，王妃就不会坐视不理，所以为了纠正他那顽皮性子，还曾狠狠地折磨了一番，才有了现如今进退有度的沈王府世子。

“从庶长子变成嫡长子，肯定是很辛苦的。嫔妾不是他，想来也体会不了！皇上确定不要玩泥巴吗？”沈妩搭在他肩膀上的脑袋，又往前伸了伸，语气里带着几分调侃和轻笑。

齐钰再次扭头白了她一眼，二人已经出了御花园，恰好龙辇就在眼前。齐钰毫不迟疑地将她从背后甩到了龙辇上，他自己也快步走上去坐下。

结果当日晚上在龙乾宫休息，皇上并没能干起他想做的事儿，因为这样胡乱地跑了那么久，他自己也累了。躺倒在床上，片刻工夫就睡着了。

两个人显然是累了，都休息得很好。第二日，齐钰也是神清气爽地穿上龙袍去了前殿，信心满满地坐在龙椅上。嗯，今日一定能将那些朝臣的废话全部听到耳朵里，争取左耳朵进右耳朵出！

待沈妩到了寿康宫门前时，便见到不少妃嫔聚拢在一起，似乎在瞧什么热闹，隐隐约约还能听到瑞妃尖厉的嗓音。沈妩慢慢停住了脚步，细细听了片刻，似乎瑞妃在和庄妃理论什么，显然是有好戏瞧了。

她带着明语和明心快走了几步，往那瞧热闹的队伍里钻。身边的几个妃嫔，正瞧得津津有味，被她这么一搅扰，都有些不耐地回过头，但是一瞧见是她，又立刻缓和了面色，努力往旁边挤了挤，给她挪出地方来。

“瑞妹妹，马上就到了请安的时辰，我现在不想和你理论！”庄妃一脸的无奈，转身似乎想离开，虽然神情不大好看，但是语气却尽量地放缓。

瑞妃岂是那种善罢甘休的主儿，她一把拉住欲离去的庄妃，脸上带着几分冷笑，扬高了声音道：“庄姐姐，这事儿怎么是你与我理论，该是我和你理论才对。明明是你踩脏了我的裙衫却不道歉，我跟你提出来了，你却依然只想着躲避。庄姐姐，你是宫里头的老人儿了，总该给底下的妹妹们做做榜样。你也别嫌丢脸，做错了事儿道歉，这是天经地义的。更何况我虽尊称你一声姐姐，但是我俩的位份相同，原本便是平起平坐的，只因你年纪大些，我才让着你！”

瑞妃一长串的话说下来，是算准了不给庄妃留脸面了。四周的妃嫔们都十分安静，只瞧着看她们如何收场。

对于瑞妃这段话，庄妃可谓气白了一张脸。她真没想到瑞妃竟为了这种小事儿就不依不饶的，搞得人尽皆知，而且她又不是故意的，纯粹是瑞妃自己撞了上来。只因为瑞妃今儿穿了曳地长裙，所以才会倒霉些，直接被庄妃踩上了两个脚印。这样表面瞧着，的确像是瑞妃被庄妃撞了，理亏的也是庄妃。

更何况瑞妃方才的话里，可谓阴损至极，直接拿年龄这种事儿来说道。这不纯粹就是嘲讽庄妃年纪大吗！

庄妃深吸了一口气，她总算是明白了，什么叫作阎王好见小鬼难缠。瑞妃存心就是不想让她好过，对于庄妃来说，什么样的阴谋手段她都见识过，也容易化解。偏生像瑞妃这样整日拿着小事儿烦她，不依不饶的，黏在她身上无论怎样都甩不开的，才最让庄妃头痛。

“瑞妹妹莫恼，的确是姐姐错了，把你这条裙子踩脏了，改日你去我宫里，我给你拿条新的！”庄妃抬起手揉了揉眉头，脸上闪过几分疲惫和无奈。

周围有一大圈子围观的人，无论怎样，从表面看来的确是她的错，所以她也只有咬着牙，努力从脸上挤出一抹僵硬的笑意，柔声道歉。

瑞妃轻哼了一声，提起裙摆甩了一下，那曳地长裙的裙摆便转了个方向，恰好将踩脏的那一处遮住了。

听了庄妃的道歉，瑞妃也没有什么表示，直接拨开人群转身往自己的位置上走，留给看戏的人一个异常潇洒的背影。不少人偷偷捂着嘴笑，瑞妃这是不接受庄妃的道歉呢！还真是又打了庄妃一次脸。

庄妃气得牙痒痒，却也无可奈何，只能忍着怒火，慢慢地走到自己的位子上。不过她脸上僵硬的神色，任谁都能瞧清楚。

沈妩的脸上不由得露出了几分笑意，瑞妃果然是战斗力极强，手段虽然上不得台面，不过庄妃这种自命清高的人，还就怕极了这样的无赖。所以说，这个世界上，果然还是谁最无赖谁就无敌！

好戏看完了，第一回合以瑞妃险胜告终。众人纷纷散开之后，沈妩提起裙摆往上走，却是一眼便瞧见了崔瑾。崔瑾的面色十分苍白，看起来甚是吓人。一夜之间枯槁了不少。

“慧嫔妹妹，你没事儿吧？我瞧着你脸色不好，要不要去向穆姑姑告假回去休息！”沈妩走到了她的面前，慢慢地停下脚步，轻声地建议道。

崔瑾连忙摇了摇头，脸上勉强挤出一丝笑容，柔声道：“谢谢姝姐姐挂心，我不碍事的，就是昨儿晚上没休息好！不耽误这片刻工夫的。”

她这几句话刚说完，就开始喘息起来，甚至掏出锦帕捂住嘴巴，轻轻地咳嗽着，瞧着有些吓人。沈妩不由得轻轻蹙了蹙眉头，仔细观察了一下她的面色，苍白如纸，而且连站着都显得有些吃力。

“你要是想硬扛着，我也不拦着你。不过身体总归是自己的，以后的苦痛也得自己受着，还是多注意些！”沈妩估摸着她硬撑着这口气也要过来请安，肯定是为了崔绣，也不好再多说什么，只留下这两句话，便转身走到自己的位子上。

穆姑姑很快便走了出来，让她们进入内殿。不过瞧着她的面色比往常还要难看，应该是太后那里出了什么差错。崔瑾的眼睛一直盯着穆姑姑瞧，心底有些忐忑。崔绣一向是那种遇事容易紧张，然后就会搞得乱七八糟的主儿，期望这回在太后那里，能长点儿出息！

众人按照两列走进去，也不知是故意还是巧合，瑞妃在跨门槛的时候，竟是猛地崴了一下子，然后整个人就冲着左边倒过去，恰好倒在了庄妃的身上。瑞妃这么猛的冲击力，庄妃根本就没有料到，由于惯性的作用，直接侧摔在地上。

瑞妃还压在她的身上，两个人的体重冲击在地上，庄妃这一跤明显摔得不轻。她被惊得直接叫出了声，又察觉到失态了，连忙闭上了嘴巴。这两人一起摔下去，动静太大，把周围的人都吓了一跳。两个领头的人摔倒了，后面的人也只好停了下来，一个个皆伸长了脖子，想要一探究竟。

沈妩不由得眨了眨眼，看着瑞妃躺在庄妃身上吸气，却一点儿没有要起来的意思。最后还是丽妃看不过眼，连忙走上来把瑞妃拉了起来。

瑞妃哼唧着爬了起来，只是要站起的时候，腿跟着一软，再次跪倒在庄妃的身上，两个膝盖狠狠地压上了庄妃的大腿，再次惹来庄妃的一阵闷哼声。

周围瞧见的人，纷纷都吸了一口气，下意识地摸了摸自己的大腿。看着都那么痛，更别提受害者庄妃了。

丽妃暗中轻轻地掐了一把瑞妃，连她都看不过眼了，不带这么没品折腾人的。瑞妃不由得扭过头来，怒瞪了她一眼，却也麻利地站起来，不再啰唆。不过最后的时候，她的绣鞋直接踩到了庄妃的裙摆上，立刻就留下了一个鞋印。

“庄姐姐莫恼，不是妹妹的错，只是寿康宫的门槛太高，我一时失神才摔倒了，把你这条裙子踩脏了，改日你去我宫里，我给你拿条新的！”瑞妃几乎把原先庄妃所说的话奉还了回去，脸上丝毫没有愧疚之色，相反还透着几分显而易见的嘲讽。

庄妃侧趴在地上，几乎爬不起来，一半是因为羞耻，另一半则是因为真的很疼。身上摔得不轻，大腿又因为瑞妃方才那么狠厉一跪，早已有已经断掉的错觉。

庄妃挣扎了两下，却是浑身都使不上力气，根本起不来。身后的妃嫔连忙上前来搀扶她，结果庄妃踉跄了好几下，才勉强站稳。

瑞妃扶着丽妃的手，眼瞧着庄妃已经站稳了，便轻轻甩开了丽妃的手，带着右边的队伍继续往前走，找到自己的椅子坐了下来。

倒是庄妃一时走不动路，偏偏对面那支队伍的妃嫔已经坐好了，一排的人都转过头来看着她们。站在沈妩身后的沈娇不由得轻轻挑起眉头，有些不耐地“啧”了一声，低声嘀咕了一句：“装什么柔弱，赶紧的。自己想要当猴子被人看，我们又不想！”

最后还是两个妃嫔架着庄妃的胳膊往前走，好容易才把她送到位置上。这内殿里的女子，皆是手无缚鸡之力的娇贵妃嫔，哪里能架得动一个大活人啊！所以一趟下来，直接气喘吁吁地累瘫在椅子上。

坐在对面的瑞妃，手捧着茶盏轻抿了一口，眼睛瞧了瞧那两个正在喘息的妃嫔，冲着庄妃笑了笑，低声道：“庄姐姐，你也该少吃些了，瞧瞧把那两位妹妹累得哟！”

她的话音刚落，就掏出锦帕按住红唇，轻笑出声，然后状似不经意一般地低声说道：“跟拖猪似的！”

她这句话由于声音压得低，听得不真切，带着几分似是而非的感觉。庄妃气绿了一张脸，原本还准备之后再和她算账的，此刻也顾不得了，一下子抬起手猛地拍着桌面，厉声道：“瑞妃，你方才说什么！”

庄妃猛地冷下脸来，语气如此严肃，带着几分咄咄逼人，再加上她直接舍弃了往日的姐妹相称，所以听起来就分外严肃。

庄妃很少露出这种阴冷的表情来，不少人已经被吓到了。瑞妃却依然是一副怡然自得的模样，她伸出食指拨了拨茶盏里沉浮的茶叶，慢慢地将茶盏放到小桌上，冷笑了一下，柔声道："姐姐这又是怎么了？我都已经诚意十足地道过歉了！我方才说了那么多话，姐姐说的是哪一句！不过姐姐你也知道，我这人就是嘴碎，前一句说什么，下一句我就能忘了。您还是别问的好！"

两人的目光接触到，自然是一片互不相让的气氛。穆姑姑轻咳了一声，太后已经从内室里走了出来，现如今这些人却还没发现，实在是太过意不去了！

"见过太后！"众人在穆姑姑的提醒下，终于看到了太后她老人家的身影，连忙起身弯腰行礼。

往常熟练的动作，到了刚摔过一跤的庄妃身上，简直就是一种折磨。她慢慢地站起身，当弯腰行礼的时候，好几次都因为站不稳险些摔下去。

太后自然把她这副凄惨模样看在眼底，却也只是轻轻地瞥了一眼，又很快地忽略了。

"起吧。"太后轻声地唤了一句，众人皆慢慢地起身。

崔瑾一步步挪回了位置上，却是没有看见崔绣的身影，心里不由得着急。她抬起眼看向太后，太后此刻恰好端着茶盏在喝茶，低垂着眼睑根本看不到她的眼神。

崔瑾有些坐立不安。太后轻声地关怀了几句庄妃和瑞妃，让她二人要以和为贵。毕竟都是正二品，处处这么对着干很惹眼，而且影响实在不好。

庄妃和瑞妃都应承了下来，太后今日明显情绪不够高涨，叮嘱了几句，便要她们退下。

太后既然下了逐客令，众妃嫔也都纷纷起身，准备离开。崔瑾最后还是忍耐不住了，一下子站起身，高声问道："太后，请问绣姐姐今儿早上没来伺候您梳洗吗？"

那些妃嫔迈出的脚步又都收了回来，沈妩一下子又坐了回去，还有好戏上演，谁走谁是傻子！

崔瑾若是不问还好，这么一问就把太后好容易才压下的火气一下子撩拨起来了。太后扶着春风的手，显然是准备起身离开的，此刻也把手放了下去，看向崔瑾的时候，脸上带着几分冷笑。

"哀家还不曾见过那样蠢的人，又不是三岁孩子，还是从世家里出来的，说出去谁信哪！竟连一碗粥都端不好，直接撒到了哀家的身上。穿好的衣裳又得重新换一身，此刻她正跪在内室反思呢！"太后直接讽刺出口，可见对崔绣有多失望。

被太后如此嫌弃的妃嫔，崔绣还是第一个。沈妩坐在椅子上，手里捧着一杯茶盏，轻抿了一口，明明该回味悠长的大红袍，此刻在嘴里却带着些苦涩。前世的太后最喜欢用这招儿，以前沈妩不敢违逆，只有生受着。不过上回太后被她用雪梨水糊脸上之后，自然不敢再用这招对付沈妩了。

可是永远不缺遭受这种不公平对待的人，此刻的崔绣就是其中之一。果然是人善被人欺，太后专挑这种软性子的人揉搓。

崔瑾微微愣了一下，她显然没想到崔绣竟会这么惨，第一天就把太后得罪了，而且还是这样的理由，犯了如此的错误。

“嫔妾恳请太后饶过绣姐姐这一回，她一直在心底敬仰着您，经常在嫔妾面前说您大度、慈和，所以才会失了分寸，一时不慎将碗里的粥撒了。”崔瑾一下子跪倒在地，竟是替崔绣求起情来。

太后微微愣了一下，瞧瞧崔瑾这理由找的。崔绣竟是因为太过于崇拜太后，所以内心紧张，才导致失手打碎了碗。太后抿了抿唇，当真不知该直接免了崔绣的罪责，显示自己的大度贤良，还是为了心里痛快继续惩罚她。

太后微微思索了片刻，就决定选前者，毕竟大度慈和这种高帽子都扣了下来，太后也不好再斤斤计较了。她只好挥了挥手，低声道：“罢了罢了，既然你替她求情，那哀家就饶过她好了。穆姑姑，待会儿你就让绣嫔起身吧！就说慧嫔为她求情，哀家念她们姐妹不易，便准了！”

太后甩下这句话，便带着人离开了，穆姑姑则留下来一直将她们送出殿外，才慢慢地回转过身。

崔瑾一直站在殿门外候着，似乎不等到崔绣出来，她就誓不罢休一样。沈妩回身看了看她的背影，轻声叹了一口气，太后倒是有一句话说对了，姐妹相处不易。

过了片刻工夫，崔绣便从殿内走了出来，只是脚步有些踉跄，脸上的神色也是恹恹的，显然所受的打击过大。她一抬眸便看见等在外殿的崔瑾，眼眶一下子便红了。

一出来便瞧见崔瑾在外面等她，崔绣心里的委屈仿佛一下子被扩大了无数倍，只想着要找人倾诉个痛快。她就这样慢慢地走到崔瑾的面前，眼睛已经红得跟小兔子眼一般了。

“姐姐。”崔瑾苍白的脸，总算在她走近的时候，慢慢地露出了一抹微笑。崔绣忽然张开双臂抱了她一下，慢慢地紧了紧，嘴唇凑在她的耳边，低声道：“谢谢！”

说完之后，崔绣便立刻放开了她，提起裙摆迈着小步子冲了出去。崔瑾诧异了片刻，又想着她可能是害羞了，便看着她急速奔跑的背影，并没有追上去，脸上的笑意更甚。

因着昨日陪着沈妩逛了一整日的御花园，皇上的龙案上就积攒了众多的奏折，简直快要堆积如山了。齐钰暗自咬了咬牙，心里念叨着自作孽不可活，便任劳任怨地拿起狼豪，一一批阅着奏折。

沈妩请安之后，没有立刻回宫，而是绕去了奇华殿。沈婉正躺在床上，手里拿着针线，显然在缝制着小衣裳。看见她来了，便小心翼翼地朝床里面挪了挪，伸手拍了拍身侧空出的地方。

沈妩也没客气，直接脱了鞋子，爬上了床，慢慢地凑到沈婉的身边，瞧着她手里精致的小衣裳，脸上露出几分笑意。

“啧啧，姐姐的女红还是如此好，每回瞧着都觉得自己笨手笨脚的，真不像一个亲爹生的！”沈妩从她的手里拿过小衣裳，翻来覆去地看了几遍，越瞧越觉得可爱，颇有几分爱不释手的模样。

沈婉瞧见她如此奚落自己，不由得“扑哧”笑出声来，抬起手轻轻地戳了一下她的额头，有些无奈地道：“都多大了，说话还这般没正形儿！小心这话传出去，让全后宫的人都跟着发笑！”

沈妩侧过头，瞧着沈婉的面色已经好看了不少，虽然还有几分苍白，但是嘴唇总算是恢复了血色，精神也上佳，显然是调养得不错。心底想起崔家那双胞胎姐妹的情形，再一对比沈家入宫这四个姐妹，最小的沈韵已经出塞和亲了。沈娇自幼与她就不亲近，也只有沈婉这个姐姐在身边，还可以说几句真心话。

沈婉发现她的情绪有些不对劲，猜测着肯定是发生了什么事儿，才让沈妩有些失态，但也不好开口询问，便轻声调笑道：“这又不是什么稀罕物什，待你日后怀了孩子，这些小衣裳我全部包了。”

沈婉原本只想逗她开心，就顺口说了出来，可是话音落下才发觉有些不妥，也不知沈妩心里头的想法，或许此刻怀上孩子并不是什么好事儿，便又嬉笑着改了口：“也不等那么久了，就说现在，反正我现在空闲的时间多了，你有什么想要的尽管告诉我，姐姐都帮你做了！”

沈妩轻轻地摇了摇头，思索了片刻才轻声道：“其实前几日崔家双胞胎闹僵了，崔绣都从听风阁搬出来了！”

沈妩轻声慢语地将这几日有关崔家姐妹的事儿，前后大略说了一遍。沈婉就这么安静地听着，待她说完，沈婉才长叹了一口气。

“以前大家都在一处玩儿过，那姐妹俩是孟不离焦焦不离孟的，特别是崔瑾护姐姐的本事，那是一个顶俩。当时阿姐性子骄纵，还曾试探地欺负过崔绣，结果被崔瑾狠狠地打了一顿，最后还到处被追着打。”沈婉轻轻眯起眼眸，似乎陷入了漫长的回忆之中，只是语气中的低沉，却让人听出她的叹惋。

似乎是想起以前沈娇难得地吃瘪，沈妩竟是轻轻笑出了声。姐妹俩又说了几句体己话，沈妩让人把她带来的山参、燕窝等补品都放了下来。

“姐姐待会儿找太医来瞧瞧，看哪个合适吃的，就炖些补补，你实在太瘦了！”沈妩轻轻抬手捏了捏沈婉的脸颊，没有多少肉，一摸都是骨头，瞧着倒是更加楚楚可怜了。

沈婉低声应承了下来，便让人送她出去。兴许是在沈婉那里把心情调整了过来，沈妩之前的感慨消失了几分，这才命人将轿辇抬回锦颜殿。

夕阳西下，竹意轩内一片寂静，崔绣正呆坐在椅子上，桌上的茶水早已冷透了。她手撑着下巴，眼神放空地看向窗外，似乎在期盼着有谁过来一般。

“绣妹妹！”一道轻柔的嗓音响起，在偌大的宫殿里带起了回音。

崔绣有些惊诧地回过头，看到来人之后，不由得轻轻蹙起眉头，下意识地偏过头看了看殿外。并没有宫女过来通传，有人过来拜访。

“妹妹不必找了，那些宫人都是踩低捧高的。妹妹如今这副光景，那些人早就对差使敷衍得很，所以我就这么进来了！”来人丝毫不客气，一屁股坐到了椅子上，只不过行动之间显得有些僵硬，似乎是哪里受了伤一般。

崔绣看着她这副略显失态的动作，有些愣住了，这跟平日的她简直判若两人。

来人似乎察觉到了崔绣的目光，脸上噙着一抹淡笑，轻声道：“其实慧妹妹心里是最关心你的，今儿也只有她，宁愿冒着惹怒太后的风险，也要替你求情。”

崔绣听她提起崔瑾，脸上的神色暗了暗，低着头神色间带着几分抑郁。其实今儿听着穆姑姑所说的话，她的心底就有些后悔了，只是面对崔瑾，她还是不知道该如何道歉。从小到大，似乎都是崔瑾先来哄她的。

来人一瞧她这副表情，便知道她心底想和好的想法了，眼中闪过几分阴狠的神色，脸上却是带着十分自然的亲切笑意。

“这样吧，本宫就替你们张罗张罗，你俩也该和好了！双胞胎之间哪有隔夜仇的，你写张字条约她晚上出来，到了僻静的地方再舍下脸面道歉，也不会有人知晓，正好环境僻静，姐妹俩又可以好好说说话！”来人恢复了原本的和善，像是一位知心大姐姐一般，声音里透着几分鼓励。

崔绣的脸上还有几分忧郁的神色，明显是有些踌躇，但是很显然她已经心动了，只是还差些火候罢了。

“我听说你搬过来那日，慧妹妹一直没出来见你，是因为她一直待在偏殿，请太医替她诊脉。今日我瞧着她面色那般难看，恐怕是因为伤心拖累得身体跨了，你这个做姐姐的，可不能再摆架子了！”来人边说边亲自到一旁的书桌上，取了笔墨纸砚过来，将纸平铺在小桌上，把毛笔塞到崔绣的手里，带着几分不容置疑的意味。

035

崔绣之死

崔绣终于不再纠结，提起笔就写。她低着头，写得非常认真。来人轻轻地瞥了一眼，十分娟秀的小楷，可惜了这手好字了！以后估摸着就见不到真迹了！

崔绣写完之后，小心翼翼地把有字的地方裁了下来，慢慢地竖起来，轻轻吹了吹，让上面的墨迹干得快些。待墨迹彻底干了后，崔绣手捧着字条又仔细看了两遍，脸上露出几分满足的笑意，带着几分期盼。

“好嘞，这字条就由本宫亲自送给慧妹妹。这可是你俩之间的秘密，最好不要告诉旁人哦！”来人一把将字条抢了过去，最后还竖起食指放在红唇上，脸上露出几分调皮的神色。

崔绣愣了一下，转而轻轻地笑开了，郑重地点了点头。

来人把字条捏在手中，转身便走了。只是在她跨出竹意轩的门槛时，脸上却闪过几分狡黠和阴狠的神色。

崔绣看着她的背影，陷入了一片失神之中。待回过神之后，才想起今晚是要跟崔瑾道歉的，便立刻四处翻找着，似乎在想着用什么赔礼。

“娘娘。”一个宫女瞧见自家主子出来了，便立刻迎了上去，脸上带着几分慎重。

“回去瞧瞧这里头的笔迹能不能模仿，尽快按着本宫的意思改掉！”那人的脸上早已没了原先亲和的笑意，只剩下满脸的冷硬和阴狠，似乎此刻就要把谁活生生吞掉一般。

“是！”那个宫女小心翼翼地拿过字条，往衣袖里一塞，便跟在她身后往回走。

到了晚间，周遭一片寂静，崔绣为了行动方便，身上穿着披风，也只带了一个宫女往御花园走去。她与崔瑾约的地方在御花园的一片小湖泊旁，位置比较偏僻，并不会有太多的人来。

只是这一路上走来，都没几个人，好容易有几个侍卫巡逻，二人也是躲在花圃后面堪堪避过，这么一瞧，这御花园里倒是有些恐怖，崔绣轻咳了一声，强打起精神继续往前走。

待她到了地点，等了片刻却迟迟不见人来，心里头难免有些着急。

“绣嫔，这里有些黑，奴婢去那边没风的地方把灯笼点起来！”身后的那个宫女也是害怕得紧，颤抖着声音说道。

原本两人出门的时候，就提着一盏灯笼，但是由于要躲开其他人的视线，还不能被侍卫抓住，她们也没敢点灯，一路摸着黑过来。此刻天太黑，四处又没有人，那个宫女早就吓破了胆，便哆哆嗦嗦地要去点灯。

崔绣皱了皱眉头，也没阻拦，直接挥了挥手便让那宫女离开了。当初她离开听风阁的时候，心里憋了一口气，所以当时从府上带进宫的两个丫头，她一个都没要，不想听她们在耳边絮叨，此刻身边连个用熟的宫女都没有。这回出来，她随便指了个人，只说了地点，连去做什么事儿都没说。

崔绣想到这里，不由得叹了口气，待会儿见了崔瑾，还得厚着脸皮要个宫女过来才行。她正这么想着，一低头却看见水面浮现出的倒影，似乎她的身后站着一个人。

她吓得张大嘴刚要喊出声，口鼻就被人用锦帕死死地捂住了。崔绣的双手双脚不停地挣扎着，无奈身后的人力量十分强大，崔绣可以感觉到身后的人，绝对不是个女人。而且这锦帕里似乎掺了什么东西，她的眼皮越来越沉，直接晕了过去。

“可惜了，白白嫩嫩的美人儿，咱家都没福气享受喽！”一道阴森森的声音传来，很显然是个太监发出的。

他就着昏暗的月光看了一眼倒在怀里的崔绣，伸手凑到她的胸前，狠狠地捏了一把，感受着女子胸前的柔软，脸上闪过几分下流的神色。不过他也知道此刻不是逍遥的时候，直接将崔绣外衫的前襟撕下了一块，然后便毫不犹豫地将人推进了湖中。

“扑通”一声闷响，溅起了些许水花，崔绣漂在水面上，随着衣服渐渐湿透，整个人也慢慢往下沉。那个太监将那块撕下的锦布放在湖边的地上，从衣袖里拿出一张字条，小心翼翼地放在了那块布的下面，便转身走了。

他绕着湖走了一圈，旁边是一座假山，假山后面躺着一个小宫女，她的手里还拿着打火石和灯笼。显然就是方才准备点灯笼的宫女，此刻呼吸平稳，像是被人敲晕了一般。

那个太监过来瞧了瞧，见这个宫女也没醒过来，又四下看了看，周围没有一个人，这才放心地闪身融进了深沉的夜色之中。

直到一个时辰之后，躺在假山后面的小宫女才被冻醒。已经是半夜了，地上又硬又冷。那个小宫女脑子还有些不清醒，迷迷糊糊地看着周围的环境，才想起来她是陪着绣嫔出来见人的，只是似乎被人打晕了。她全想起来了，整个人打了个激灵，连忙从地上跳了起来，哆哆嗦嗦地摸起地上的打火石，把灯笼点亮。

当她提着灯笼走到湖边时，自然是空无一人。灯笼四处移动着，一下子照到了湖面上漂浮的人，她吓得大声尖叫起来，手上的灯笼直接扔掉了，连滚带爬地往回跑，边跑还边叫着。“救命啊，来人啊！这里死人啦！”她的眼泪被吓了出来，声音带着几分哭腔。

由于没了灯笼照明，她跌跌撞撞地乱跑，再加上这里地处偏僻，并没有多少巡查侍卫。待到那些稍远地方的侍卫听到她的喊叫声赶过来时，崔绣的尸体早已泡得发肿了。

御花园里死人了。这个消息在轮值的奴才之间，扩散了开来。李怀恩瞧瞧外面的天色，已经快要泛起鱼肚白了，只是来回走动着，依然下不了决心去告诉皇上。

这大清早的，吵醒他只为了告诉他，后宫里晦气得死人了，也不知道皇上会是怎样的雷霆震怒。

今儿晚上是明语守夜，她有些拿不定主意，便找了个信得过的小宫女守在外头，她跑到了明音的屋子里。

“你大半夜把我吵醒，就是为了这个？脑子长在肩膀上不是用的吗！现在告诉主子有个屁用，又不能做什么，等到了时辰梳洗了再说！”明音随便抓着枕边的东西，就朝着明语丢了过去，脸上不满的神色十分明显。

明语连忙退了出来，顺手关上了门，悄悄地吐了吐舌头，便乖乖回去守夜，一直等到天亮。

当然此刻吵醒主子的宫人寥寥无几，不过却总有例外。比如此刻根本就没睡的某位正二品妃子，她一直在等消息。直到有个身强力壮的太监走了进来，跪在地上尖声地向她汇报：“主子，办妥了，绣嫔已经死透了！消息也传出去了！”

“嗯，甚好，等得了空闲，本宫自会去给你谋个好差使！”女子娇俏的说话声传来，语调里带着十足的满意。

听风阁里，全宫上下都知道崔瑾和崔绣是什么关系，守夜的宫女自然不敢耽搁，连忙将她摇醒了。崔瑾最近在吃药，治疗咳喘之症，因为她忧思过甚，所以太医便在药材里头加了几味安眠的药。

所以好容易才把她弄得有些意识了，崔瑾的头却是疼痛非常，痛苦的呻吟声不断传来。

“慧嫔，别再睡了。听说御花园的湖里捞出一具女尸，附近有绣嫔身边的宫女在！”那个宫女有些焦急地推搡着她的肩膀，脸上的神色十分紧张。

崔瑾本还是昏昏欲睡的状态，听到此话立刻就清醒了过来，浑身冰凉了一片，似乎全身的血液都凝结了，一下子掀开被子就要下床。

哪知她刚坐起身，脑袋里就是一阵“嗡嗡”的声音，显然抗议她如此大动作。她咬着牙直接站起来，却是腿一软立刻摔倒在地上。

“慧嫔！”那个宫女吓了一跳。

崔瑾深吸了一口气，一把抓住那个宫女的手腕，使足了浑身的力气，才勉强发出声音来，低声问道：“你方才说的可是真的？也就是说那湖里的尸体有可能是姐姐？”

那个宫女不敢再开口回话了，只是被她抓住的手腕，却是钻心般地疼痛，甚至都能听到骨头的咯吱声。

崔瑾又开始喘了，呼吸逐渐加重，眼眶泛红，不知是因为呼吸不畅还是被这个消息吓的。外面有几个宫女听到里头的动静，也都连忙冲了进来，瞧着崔瑾这副模样，早就吓得慌了手脚。

“慧嫔，您先别着急，太医叮嘱过您有哮喘的前兆，需要静养。若是情绪大悲大喜，很容易真的得上了哮喘。”其中一个大宫女身上披着外衣，很显然是匆匆赶了过来，连忙挤到她的跟前，轻轻拍着后背帮她顺气。

“不，快带我去瞧瞧！”崔瑾挥开那个大宫女的手，想要自己站起来，却是刚用力，又一下子跪了下去，她连站起来的力气都没有了。

“好好好，去。先喝完药再去！”那个大宫女连忙轻声哄着她，悄悄地挥了挥手，立刻就有小宫女退下去煎药。

崔瑾这副孱弱的模样，估计根本撑不到御花园那里。

崔瑾也是心有余而力不足，直到灌了一碗药下肚，那些宫人也拦不住了。连忙替她穿衣梳洗，有意磨蹭了片刻，才送她上轿辇。

磨磨叽叽到了那里，天色也渐渐变亮了，那些宫人心中都稍微有了底。有其他主子在，崔瑾要是有个三长两短，也不会怪罪到他们的头上！

待崔瑾乘着轿辇到了御花园的小湖旁，那附近已经围守了一圈侍卫，几个路过的胆大宫人也只敢踮起脚尖在外面打量着，根本不敢随便进入。显然是想着来打探消息，却因为有侍卫守着而不得入内。

崔瑾搀扶着宫女的手，从轿辇上走了下来，她一抬眼眸就瞧见了已经被打捞起来的尸体。不过从她这个方向，根本就瞧不清楚那人的脸。但是她看了一眼那人身上的衣裳，心里就不由得凉了半截。虽然被水浸泡得有些失了原本的形状，但是那花色她却记得清楚，的确是崔绣往常最爱穿的衣裳。

崔瑾想到这里，不由得抖了一下，两条腿也跟着发软，险些跪倒在地。幸好旁边的宫女及时将她扶住了，才没有摔倒。

崔瑾暗暗咬了咬牙，快走了几步，就想走过去细瞧。立刻便有侍卫走上来阻拦。

“这位娘娘，必须得等到皇上来了，才能过去看的！”那个侍卫低着头，轻声劝阻着。

不过崔瑾整个注意力都在湖边的那具尸体上，根本不顾他说了什么话。眼睛一眨不眨地盯着那具尸体瞧，心里越想越怕，眼眶直接红了。

最后还是几个宫女，大着胆子走上前来将她搀扶得远了些，才防止了崔瑾直接冲进去。

皇上是起身之后才知道的这事儿，他的眉头紧蹙，让李怀恩去通知前殿的朝臣，今日辍朝一日。

待他匆匆梳洗赶到之后，周围已经聚了不少人，崔瑾直直地站在距离湖最近的地方，正对着尸体，可惜她却走不过去。崔瑾的背影看起来十分萧索，皇上的眉头再次蹙紧了几分。

“慧嫔，皇上来了。”后面那个宫女先发现了皇上的到来，不由得伸出手轻轻碰了一下崔瑾，低声提醒道。

像是被定格住的崔瑾，这回总算是有了反应，连忙回转过身，一下子跪倒在地，轻声恳求道：“嫔妾恳请皇上，让嫔妾进去看一眼那是谁！”

齐钰轻轻地点了点头，直接抬起手挥了挥，围在旁边的侍卫就向着两边退了退，让出一块空地。

崔瑾立刻就往里冲，不过显然是站得久了，忽然跑起来双腿就不由得发软，步伐也显得歪歪斜斜，最后冲到那具尸体的旁边时，她直接摔着跪倒在地。

地上的人被水泡得发白，脸也被披散的青丝遮住了，看不清面容。崔瑾颤抖着抬起手，一点一点将那遮住脸的青丝撩开，露出面容。

虽然整张脸都被泡得发肿，但是崔瑾还是一下子就认出了，这人就是崔绣。她的手里拨着最后一缕头发，眼睛盯着这人的脸，像是惊呆了一般，整个人都僵硬了片刻。

“姐姐！”然后她才像是反应过来一般，伸出双臂一把将人搂进怀里，凄厉的哭喊声响彻了御花园内外，附近的人听着这样震颤而悲切的声音，心里头都不由得打了个战。

李怀恩瞧着崔瑾把崔绣的尸体死死地搂住，那样大的力气，像是要硬生生地揉进自己的骨血一般。

“皇上，慧嫔如此伤心欲绝，还是让她先行回避吧！”李怀恩慢慢地走上前一步，轻声建议道。

崔瑾那副哭哭啼啼的模样，像是立刻就要昏厥过去一般，任谁瞧了都觉得可怜。

齐钰轻轻眯起眼，看着痛哭的崔瑾，慢慢地摇了摇头。

“慧嫔宁愿站在这里等着朕，要亲自确认，也没派人去竹意轩问问绣嫔在不在。

恐怕是她的心里已经知道，死的是崔绣了，她不敢派人过去吧！此刻就让她好好哭一回吧！”齐钰轻叹了一口气，看着崔瑾那样动情地哭泣，他竟然想起自己当初哭号母妃的时候。

怀里抱着自己最亲近人的尸体时，心里一定是不好受的。原本温热和亲和的触感，全部被冰冷和僵硬替代。那个人再也不会冲着自己笑，也不会参与以后的人生，从此阴阳两隔。

崔瑾搂着崔绣的尸体，一直哭了好久，直到她的嗓子都已经嘶哑难听，眼泪也快流干了，她才抽噎着停了哭号。等到瞬间冲击的悲伤过后，崔瑾才慢慢冷静了下来，将怀里的人从头到脚地打量了一遍，似乎在确认什么。

她的目光停留在那缺了一块的衣襟上，崔瑾的脸色一变，轻轻将崔绣平放到地上，眼神在四周扫了一圈，一下子就发现了那块衣襟。她连忙快走了几步，一把抓了起来，一张字条从里面滑了出来。

瑞妃，前几日是嫔妾错了，今晚子时，御花园西南湖边见，崔绣。

上面一行娟秀的小楷，的确是崔绣的字迹，崔瑾脑海里的最后一根弦被挑断了。她拿起那张字条，便立刻起身冲着外面跑来。脸上的神色带着十足的阴狠，像是要去和谁拼命一般。

那些侍卫瞧见她这副杀气腾腾的架势，都惊诧了一下。李怀恩更是悄悄往前迈了几步，离齐钰更近。他一向是个善解人意的奴才，若是有什么危险，离皇上近的话，方便皇上保护他！

齐钰冷眼瞧着她往御花园外冲，无非又是要掀起一番风浪来，总之不打杀到他的头上，就不用担心太多。反正这么多女人，多死一个，也不算多。

崔瑾带来的宫人们也连忙追了出去，让她乘着轿辇再过去。

寿康宫外，已经有不少妃嫔等在外面了。沈妧远远地站着，轻轻眯起眼瞧了一圈，果然没有崔瑾的身影。庄妃和瑞妃又因为鸡毛蒜皮的小事儿掐了起来，不过今日庄妃一反常态，竟是寸步不让，弄得瑞妃有些烦躁了。

忽然，一座疾行的轿辇映入众人的视线之中，正是崔瑾。沈妧的脸上闪过一丝惊讶，她还认为崔瑾今儿来不了，没想到竟是按着正常时辰到了。

崔瑾冷声催促着轿辇停下，她一下子从轿辇上跳了下来，眼神四处一扫，就看见了瑞妃的所在地，直接冲了过来。

瑞妃正拉扯着庄妃准备说什么，眼角一挑，便见到崔瑾冲了过来。瑞妃刚想让她滚开的时候，“啪”的一声脆响，脸上就被狠狠地扇了一巴掌。

所有的人都愣住了，不知道一向守礼的崔瑾，怎么忽然如此大胆，竟是直接冲上来给了瑞妃一个耳光。瑞妃的脸当时就红了，她也有些呆愣，从小到大只有她打人的分儿，何时挨到别人打她了。

只是还不待她反应过来，崔瑾的第二巴掌就扇了过来。瑞妃这回总算是有了反应，她这些年作威作福，可不是白作的，自然积累下无数打人的经验，更何况还是有人来挑战她的权威。

崔瑾动手，瑞妃就动脚。她先张开两只手，对着崔瑾那张白嫩嫩的脸，恶狠狠地就抓了过去。瑞妃的指甲留得都十分长，此刻抓起人自然是得心应手。崔瑾的脸上立刻涌出了几道血痕，她下意识地抬起手捂住脸。说时迟那时快，瑞妃就趁着这个机会，抬起脚一下子踹在了她的小腹上。

崔瑾虽然因为疼痛而呻吟出声，却是强忍着没有跪倒在地，而是咬紧了牙关冲了上来，一下子将瑞妃扑倒在地。

“贱人，你为何要杀我姐姐，为何要杀她！”直到崔瑾压在了瑞妃的身上，才把心底这句质问吼了出来。

围观的所有人都惊呆了，这二人的掐架根本就不像女子所为了。这才有妃嫔反应过来，连忙喊着身后的宫女去拉架。这两人，一个是正二品的妃子，另一个是正五品的嫔，现在却都灰头土脸扭打在一起，而且都打红了眼。

崔瑾的双手掐在瑞妃的脖颈上，脸上的神色十分狰狞，显然已经失去了理智，眼眸里的杀意毕现。瑞妃本来就被她压着，位置不利根本不好反击，此刻再被她掐住脖子，也只有被动地张大嘴巴，似乎快要窒息了一般，脸都憋得通红。

“快去拉开！”一旁离得近的丽妃，都已经尖叫出声了。这再闹下去，就要出人命了！

好几个宫女冲上去拉着崔瑾，但是崔瑾像是铁了心似的，一定要置瑞妃于死地，掐着瑞妃脖子的双手硬是不松开。那几个宫女用力拉扯她，她竟是生生地掐着瑞妃的脖子，把瑞妃也带了起来。

周围的妃嫔哪里见过这种不要命的架势，早就花容失色了。瑞妃已经开始翻白眼了，她本着求生的本能，双手胡乱地挥舞着，一下子摸到了头上的簪子，猛地扯了下来，直接用力戳上了崔瑾的后背。

尖细的簪子，穿透了崔瑾的衣衫，直接刺进她肩胛骨的下方。

掐在瑞妃脖子上的手，慢慢地松开了，特别是左手，竟开始疯狂地抖起来，根本不受控制，显然是受了后背伤的影响。

见她们二人已经停手了，那些宫女连忙用劲儿把崔瑾从瑞妃的身上拖下来。两人从扇巴掌开始，也不过片刻工夫而已，竟像是有杀父之仇一般，直接掐脖子动簪子了。

沈妩站在人群之外，眉头紧紧地蹙起，对于崔瑾的突然发难，也因为那句质问瑞妃的话，而变得理由清晰了。很显然，崔瑾认为崔绣的死，与瑞妃有关，而且还是她一手造成的。

瑞妃扶着两个宫女的手，勉强站稳，她还在不停地喘着粗气，连一句话都说不出来！

崔瑾大闹过一场之后，突然被拉开，似乎有些浑身发软。背后的伤疼痛异常，猩红的血已经染透了衣衫，她甚至能嗅到血腥味，再加上原本她就处于大病之中，此刻陡然放松下来，眼一黑便晕了过去。

待瑞妃喘息结束，再想找她算账，一看人已经晕了，气得直跳脚。张张口似乎想骂，可惜心有余而力不足，她的嗓子也因为方才被崔瑾那么使劲地掐，而疼痛难忍，此刻根本发不出声音来。

崔瑾半歪在两个宫女的怀里，姿势极其别扭。因为怕弄到她后背的伤口，众人都离得特别远，完全是被她方才那种不要命的架势给吓到了。

瑞妃只能瞧到崔瑾的正脸，并不知道她的后背伤得如何，细细一想觉得自己还是吃亏，便扶着宫女的手，踉跄着往前走，似乎还要趁着崔瑾晕倒了狠狠地打回来才是。

“瑞妃娘娘。”一道略显清冷的女声传来，穆姑姑带着太医过来了，她已经看出了瑞妃的心思，不由得轻声唤了一句。

瑞妃抬起头瞧了她一眼，见到她身后跟着太医，也只好隐忍着没有发怒。冷哼了一声，便偏过头去。

“瑞妃娘娘，先去偏厅吧，让太医诊断一下，免得身上留下什么伤。”穆姑姑冲着瑞妃身边的两个宫女使了个眼色，一行人便往偏厅走去。

又有几个宫女过来，小心翼翼地把崔瑾也半拖半扶着往另一个方向走。显然是要把瑞妃和慧嫔分开了，免得诊脉的时候再闹出什么幺蛾子。

“太后今日身子有些困乏，诸位娘娘就不用请安了，各自回宫吧！”穆姑姑站在门口，声音扬高了，以确保她们都能听见。

见了这样一场惊心动魄的好戏之后，不少人都凑在一处，轻声地探讨着离开了。沈妩坐在轿辇上暗自出神，果然被她料准了，不出三日，崔绣便没了。只是这其中的纠葛，似乎还挺复杂。

崔绣没了的消息，皇上并没有隐瞒，直接以嫔位之礼下葬了。原本追着瑞妃要拼命的慧嫔，却是忽然一病不起了，显然是受的刺激太大了。期间不停地说胡话，大多都是有关崔绣的事情。

瑞妃回去也是连续休养了好几日，她的脖子和脸上都留下了红红的手指印，是活生生被崔瑾扇巴掌和掐出来的。

绣嫔是落水而亡，不过皇上的旨意里却是一句都没提。偏偏崔瑾病倒了，崔家夫人想进宫探视，也不知道投奔谁，只有干着急的分儿。最后还是沈王妃递了牌子来，不过皇上也只让她见到沈娇一人，沈妩恰好在龙乾宫待着，而沈婉那里，则谢绝见客。

“这个沈王妃，自己府里都顾不上了，还巴巴地帮着旁人，好似嫌不够乱似的！”齐钰坐在案前，桌上摊着一张地图，边看边轻声念叨了一句，语气里带着几分嘲讽。

沈妩坐在他的旁边，面前放着一本《洛阳见闻以及风土人情》，一字一句认真地看着。偶尔还轻轻蹙起眉头，显然在认真地思考着。

她听到皇上的抱怨声，不由得轻笑开了，眼神从书中移开，看向男人英俊的侧脸，低声道：“这也难怪，崔家毕竟是沈王妃的娘家。王妃在沈王府的地位，一部分是要靠崔家支持的。就跟后宫里的某些道理是一样的，没什么可惊讶的，兴许沈王妃心里也不乐意蹚这浑水。可是即使冒着被打脸的风险，她还是递了牌子进宫来了！”

皇上听她跟自己讲起大道理来，脸上不由得露出几分浅笑。也就沈妩有这么大的胆子，敢如此说，甚至还把沈王妃的境况，与后宫中的妃嫔牵连起来，看样子真是不怕皇上疯狗的性子！

“听爱嫔这意思，怎么像是在跟朕抱怨呢！你们沈家三位姑娘，朕可是压下嫡女，把你给抬上来了，还有什么不满意的？”他将手中的地图朝旁边一推，手撑着下巴，好整以暇地看向沈妩，语气里带着几分逼问。

沈妩不由得耸了耸肩，手中的书已经翻了大半，对于洛阳也了解得差不多了，便合上了书册。

“皇上选好去哪个避暑的行宫了吗？嫔妾觉得洛阳这个就不错！”沈妩并没有回答他，而是直接转移了话题。

齐钰轻轻挑了挑眉头，也不再追问，拿过地图来又随意看了一眼，脸上露出几分不耐的神色，显然是有些难以抉择，他双手抱着头晃了晃。

“几乎年年都去避暑，这些行宫朕都差不多住遍了，真是没什么新意！”皇上显然是烦躁到一定境界了，竟然没有意识到自己方才那个动作有多么像幼稚孩童。

沈妩有些诧异地盯着他看了片刻，脸上不由自主地露出了几分淡笑，轻声道：“皇上既然不喜欢，为何还要年年颁布出去避暑的旨意？老祖宗并没有这个规矩，先帝就不喜欢长途跋涉。”

听到沈妩提起先帝，齐钰不由得“啧”了一声，偏过头冷冷地看着她，最终才道：“父皇一向勤勉，朕不能与之相比。去避暑的话，就不用日日早朝了。朕不想日日见朝臣的心，就与你不想见太后的意愿是一样的！”

他边说边往后倒去，直接侧躺在坐垫上。难得瞧见他这样耍赖一回，沈妩的脸上露出几分怀念的神色。

前世的她和皇上熟悉之后，也偶尔能瞧见九五之尊不同的一面。现在正好以这些作为目标，皇上是一个十分机警的人，他的领土意识十分强，只要谁不经过他的允许越界了，他就会毫不犹豫地攻击过来。

沈妩此刻所要做的，就是一点点打破他的防线，从他的身再到心，都要占领绝对的高位，直至顶端！

“难得爱嫔替朕拿主意，那就去洛阳的避暑行宫好了！李怀恩，开始准备传旨！随行人员的名单，外殿和后宫分开，让人拟一份过来给朕过目！”齐钰又猛地坐起身，一下子拍案决定了下来。

沈妩的眼眸眨了眨，伸出手轻轻地摩挲着手中书册的封面，脸上露出几分浅笑。前世的她总是会劝着皇上多带几个宫妃伺候，以显示自己的贤良。这一次她自然不会那么傻，相反只要她去了，就一定会想法子霸占住皇上。

日日夜夜，夜夜日日，常伴君王侧！

皇上一声令下，自然底下人的办事效率就高起来了。没过几日，便把这名单敲定了。皇上这回也只带了五个妃嫔随行，沈妩自然在其中，其余四个分别是丽妃、沈娇、斐安茹和许衿。

这名单一开出来，倒是有些让人诧异。本以为彻底失宠的沈娇，竟然也在其中，而且世家这边去的两个妃嫔，竟然都是出自沈家。那些朝臣心里难免又多了几分思量，上回皇上关注沈家，就把沈韵弄出去和亲了，这回不会又有倒霉事儿落到沈家头上了吧！

知道这个消息之后，最激动的莫过沈王爷了。他在沈王妃面前，难得地强硬了一回，甩着一张冷脸，抬手指着沈王妃，恨声道：“本王都叫你莫要为崔家的事儿进宫，你还偏不听！上回是韵儿去和亲，你这个嫡母也是一副不痛不痒的模样，这回可是有你嫡姑娘的名字呢！到时候若皇上真是针对她，有你哭的时候！”

沈王妃紧蹙着眉头，心里也是十分惊慌，她害怕被沈王爷说中。毕竟从自己的肚子里爬出来的沈娇究竟有几斤几两，她最是清楚。正因为是王府里的嫡长姑娘，所以旁人都要让她三分，再加上入宫较早，又被旁人带的成了外强中干的性子，当真是没多大用处。要说真的和沈妩单枪匹马斗起来，不用说沈娇肯定是失败的。

沈王妃心里头担忧，便想着要去提醒沈娇，可是她才刚进过宫，此刻是万万不能再去的。

偏生后宫这几日不太平，导致前殿的朝臣念叨得也越发严重，虽然不明说是后宫，却句句不离要皇上顾好后院。

齐钰心中恼火异常，崔瑾躺在床上，昏迷不醒，又不是他愿意的；瑞妃险些被毁了容，也不是他的过错。要怪只能怪这些女人太能作！

最终他实在忍受不了，便勒令李怀恩加紧办，日子很快就定下了。入夏之后，太后经由沈妩折腾得那一场大病，搞得身体伤了元气，时好时坏的，根本无法舟车劳顿，所以只有放弃了随行。

后宫便交由太后主管，庄妃和瑞妃协助打理。

终于到了启程的日子，百官随行。齐钰一时离了宫，就如脱缰的野马似的，一定要发发疯，这心里头才舒服。他竟是偷偷地换了件常服，准备出来跟着侍卫一同骑马。不过他这计划还没实行，就被礼官看到了，又是一阵死谏威胁，他一气之下把缰绳一摔，便进了马车之中。

“李怀恩，去把姝修仪接过来！”他冷着一张脸，冲着外面扬声喊了一句。

李怀恩被特地恩准骑马随行，无奈他的骑术极差，正急得满头大汗，以为自己是少了个蛋，才会落得这样悲惨的下场。要不然为何前后的侍卫都骑得极好，还不是因为他们都是真男人！老天爷真鄙视假男人！

待他听到齐钰的吩咐之后，心里一急，想要勒住缰绳让马转头，没想到一激动竟是直接甩出了手中的马鞭。好嘛，他跟离弦的箭一般冲出去了！

036

甜甜蜜蜜

“啊啊啊——皇上，奴才弄不来姝修仪了，请您恕罪啊！您自己看着办啊！”李怀恩直接冲出了队伍，他在马背上被颠得极其凄惨，还不忘向皇上告罪，只是他的声音越来越小，而且被马颠簸得根本听不清楚。

齐钰有些不耐烦地掀起车帘，一眼就看到李怀恩策马奔腾的背影。不由得轻拧着眉头，不满地“啧”了一声。

要说这李怀恩真是蠢毙了，皇上登基后，几乎年年都要出行避暑山庄，偏生他这骑术真是长进缓慢。只不过从不能上马背，变成了现如今的被马骑。真是弱！

“停车！”齐钰不耐烦地喊了一句，马车立刻停了下来。后面长龙一般的队伍也跟着陆续停了下来，以为皇上有什么吩咐。

只见身穿黑色常服的男人，从马车上跳了下来，跨着大步子往后头走。李怀恩被马骑得消失了，自然有旁的内监跟上来。

“皇上，您要什么，奴才给您找！”那个内监知道方才皇上因为没能骑上马，此刻心里正窝火，所以声音压得极其谦卑，整个人都显得小心翼翼的。

齐钰不耐烦地挥了挥手，暗想着一两个都是没用的废物，便冷声道：“朕自己找！”

沈妩和沈娇两人坐一辆马车，姐妹俩原本就不亲近，再有上回皇上在锦颜殿处置沈娇，此刻两人就显得更加尴尬起来。况且面对如此盛宠的沈妩，沈娇心里头也是嫉妒心作祟，便不愿搭理她。

一旦气氛安静下来，沈妩便觉得这等待的时间过长，悄悄伸手慢慢掀开帘幕的一角，却一下子瞧见面色阴沉的皇上往这边走过来。

沈妩微微一愣，下意识地就放下了车帘，像是做错事儿被抓住的孩子一般，心里竟然带了几分惊慌。

“唰”的一声，车帘被人猛地掀开了，皇上那张不耐烦的脸就彻底瞧清楚了。

“躲什么躲，看见朕过来还不把帘子打起来。”他冷声抱怨了一句，一抬眼便瞧见车内的两个人，都有些傻愣愣地看着他。

齐钰不由得烦躁地“啧”了一声，伸出手一把扯住了沈妩的手腕，就往外拖。

“皇上！”一旁的沈娇不由得轻声喊了一句，却被齐钰一个阴冷的眼神瞪过来，立刻乖乖地闭上了嘴巴。

“你一个人在马车里坐着，朕独自一人有些无聊，借姝修仪用用！”他语调坚决地甩下一句话，话语里虽十分客气，不过语调却是没有半分商量的余地，直接半拖半抱地把沈妩扯了下来。

车帘再次被人放了下来，沈娇只有眼睁睁地看着，皇上拉着沈妩的手，快步往领头的马车走去。她原本不错的心情，忽然就涌起了几分气恼和委屈。同样是妃嫔，皇上您怎么只想着借姝修仪呢？这车上还有个娇修容啊！

当然她抱怨的声音，不会有人听见了。直到手里抓着沈妩嫩滑的手腕时，齐钰心底的烦躁才减少了几分。他不由得轻舒了一口气，暗自想着莫非这沈氏阿妩，除了侍寝之外，又再添新功能了？

他俩手拉手走这一段距离，自然不少人都瞧见了。众人心底也只能感叹姝修仪的好命，皇上简直一刻都离不开，坐个车而已，还得亲自接走。

明心和明音也跟在身后，自然是沈妩到哪里，她俩就得跟到哪里。明音瞧着皇上步伐那么大，沈妩跟在身后有点跌跌撞撞的模样。暗想着皇上是不是没断奶？把沈妩当成奶娘了，要随身携带！真是的，这么大热的天，奴才奴婢们都被虐成狗了，好吗！你们这些作死的主子！

谈恋爱都不能正常一点儿！

沈妩低头看着男人的手背，耳边还回响着他方才所说的话。心里忽然感到好笑，闷得慌想让她去陪着，就不能好好说吗？非得把她比喻成东西似的，需要接来接去的。

她这么想着，便轻轻地捏了捏齐钰的手掌。在前面迈着大步子的男人，察觉到了掌心的异样，猛地停下了脚步，轻轻地扭过头来，上下打量了她一番，低声道：“怎么了，有什么地方不舒服？”

沈妩连忙摇了摇头，扬起头冲着他温和一笑，轻声回道：“没，就是嫔妾脚有些痛，那日遛风筝的后遗症还在！”

她本想戏弄一下他，便放缓了声音，带着几分撒娇的意味说道。

哪知男人一下子转过身，把她打横抱了起来，脸上却露出了几分不耐烦的神色，还丢了个白眼给她，冷声道：“要怎么说，你就是麻烦精转世！别以为朕不是女人，就不知道你的构造！哪里有那么痛，都过了好久了！下回找个像样点的借口！”

齐钰边一句一句数落她，边加快了脚下的步伐。身后几个太监宫女，立刻小跑着追上来。明音看着沈妩舒服地躺在皇上的怀里，而自己却跟狗一样在后面追着，暗自咬了咬牙。

姝修仪，你脸上的笑容敢再荡漾一些吗！别拿奴才不当人看！不过，皇上那个座椅，看样子的确挺舒服的，又稳当还免费带着她跑，省得走路了！

明语的眼神在皇上有力的肩膀上扫了一下，心里做了以上的总结。

皇上这边的动静，自然是处处受人关注着，当皇上抱起沈妩的时候，沈娇听到了自己心碎的声音。她气愤地将车帘摔了下来，暗自咬了咬牙。真是手贱才会去掀开车帘，看到人家秀恩爱，马上就要瞎眼了！

皇上丝毫不受影响，很快便到了马车边。自然有人掀开车帘等候在那里，齐钰猛地一扬手，跟抛球似的把她摔进了马车内。

沈妩整个侧着身摔进了马车，甚至能听到“咚”的一声闷响。她挣扎着爬起来，心里头方才那一丝甜蜜都烟消云散了。皇上有对她好过吗？一定都是她的错觉！

齐钰也一下子爬上了马车，冲着外头的人沉声吩咐道：“启程！”

马车再次行驶起来，车轱辘碾压在路上，发出沉闷的响声，为这炎热的天气增添了几分烦躁。

沈妩总算是坐了起来，皇上乘坐的马车自然是极其宽敞的，甚至连小桌子、微型睡榻都摆了一套。

她伸手按了按被摔痛的腰肢，有些嗔怒地瞪了过去。齐钰兴许是抱她走得渴了，拿起桌上的茶水，一扬脖便咕噜咕噜饮尽。

“看什么，爱嫔你似乎比上回重了！再多吃，朕就抱不动也背不动你了。那个时候，你就等着进冷宫吧！”齐钰毫不客气地嘲讽了她几句，脸上的神色没有原先那般难看了。

沈妩白了他一眼，也取过桌上的茶盏，替自己斟了一杯茶，捧在手心里一口一口地抿着。

“既然皇上已经识破了嫔妾的话，为何还要一路抱着嫔妾过来？”沈妩还在纠缠着之前的事情。

以齐钰的性子，应该是直接把她扔在原地，让她找难看才对。

“好多人瞧着，再磨磨蹭蹭的，朕嫌你丢脸！”齐钰冷冷地看了她一眼，便拿起桌上看了一半的书，继续低着头看了起来。

沈妩悄悄地冲着他龇牙咧嘴了片刻，瞧着齐钰认真看书的模样，她这心底就有些纳闷。把她死活拖来了，竟然只是为了让她看着他独自看书的吗？那她不过来，他也能看书啊！

她又耐着性子等了片刻，但齐钰的眼神就没从书上移开过。沈妩实在有些受不了，就伸出食指轻轻地戳了戳他的胳膊。

齐钰依然头都没转，伸手朝左边指了指，沉声道：“那里有不少适合你看的书，全部是逗小孩子玩儿的，你可以挑几本看看！”

沈妩一听他说这话，就对马车角那一摞书没有丝毫兴趣了。她手撑着脸发呆了片刻，最终没法子还是挪到那边瞧了瞧。

她一拿到书随手翻了翻，就觉得整个人都不好了！

呵呵，《三字经》！《诗词三百首》！《地方童谣两百句》！

齐钰！你把每日陪你睡的女人，当成女儿养吗！

“皇上！”不在沉默中爆发，就在沉默中跳墙！此处没有墙给她跳，她也只有大着胆子去骚扰皇上。

正一本正经看书的男人，听见她这声略带着不耐烦的叫唤，嘴角竟是浮现出一抹笑意，立刻合上了手中的书本，冲着她招了招手。

“真是拿你没有办法啊！独自一人不能读《三字经》吗？来，朕陪你一起！”他坚持认为沈妩是从小生长环境过于恶劣，才导致的性格缺陷。这种有人陪着温馨地读《三字经》的时刻，她肯定没有过！

这是人生最重要的经历，能够把一个人培养得宽厚有礼，虽然他也几乎没有过！不过这不妨碍他带着沈妩一起追求美好性福生活！

沈妩直接把书往他那张脸上扔，皇上的脑子里一定是被什么新神经病毒感染了！要不然为什么思想这么难以沟通！

男人带着一脸欠扁的笑意，轻轻一偏头便躲开了她的书册袭击。他轻轻地眨了眨眼，想到这时候不能生气，只能用别的东西诱哄。

“好吧，既然阿妩不愿意读《三字经》，那朕就陪你玩儿别的！童谣会唱吗？虽然朕从来没唱过……”他边说边慢慢挪到沈妩的身边，从她的手里翻出那本《地方童谣两百句》，轻声念叨着。

皇上边说边翻开了书册，低着头认真地上下扫着童谣，脸上的表情极其严肃而又深沉。

沈妩瞧着他这一本正经的表情，眼角不停地抽着跳了起来。她的目光一直投射在他的身上，带着几分不满和嫌弃。

齐钰自然能够察觉她这怨怨怼怼的目光，却是头都没扭过去看，心里不由得嘀咕了起来。这些童谣虽然简单上口，但是让他这个不会唱的人，究竟用什么语调哼出来啊！

最终他轻吸了一口气，暗自下定了决心，硬着头皮张开口。

“长——亭——外——古——道——边——，芳——”皇上一哼出声，沈妩就感到整个人都不好了，一下子用手捂住他的嘴，禁止他再发出声音来。

好好的一首童谣，硬是被他哼得南腔北调，听不出原来的旋律。而且九五之尊为了显示自己的歌艺超群，竟每唱出一个字就转换一个音调，简直就是要人命！

沈妩柔嫩的掌心贴在他的薄唇上，鼻尖萦绕着几分淡淡的馨香。他呼吸的热气一点点扫在她的手背上，本该温馨的画面，却因为两人的对视而破坏了。

二人皆是冷着一张脸，明显心情都不爽。皇上是因为正唱到高潮的时候被打断了，他好容易兴起了要唱童谣的心，沈妩竟然这么不给面子。沈妩则是有些忍受不了这人的音痴程度，即使没听过，瞎哼哼也不该如此魔音绕耳，简直太惨不忍睹了！

“这首《送别》嫔妾恰好会唱，皇上唱的一个字都不对！”沈妩最终还是没忍住，尽量语气平和地说出这个事实。

齐钰轻轻地挑了挑眉头，直视着她的眼眸盯了片刻，又低下头去，继续翻着手中的书册，低声道：“那正好，朕不怎么喜欢这首童谣，换一首来唱！”

他的话音刚落，手上翻书的动作就停了下来，眼前又是一首新的童谣。沈妩看了一眼，正是《游子吟》。男人看了一遍词，脸上露出几分清浅的笑意，眼神也跟着一亮。

嗯，这首超级棒！描写亲情的，最适合沈妩这种缺爱的人了！

他刚张开嘴，还没发出声音，嘴巴再次被一只手盖住了。熟悉的馨香味传来，齐钰的眉头猛地蹙起，脸上不满的神色越发明显。

“算了，嫔妾真的是怕了你了！既然皇上如此想唱童谣，那嫔妾教你这首《送别》吧！”沈妩直接从他的手里将书册夺了过来，有些无奈地摇了摇头，声音里带着几分妥协。

她是真的不敢再让皇上翻下去了，更不敢听他唱了。明明就是瞎唱，还那么理直气壮。她小时候学礼义廉耻、仁义孝道之时，元侧妃还真唱过一回《游子吟》给她听。死活不让皇上开口，沈妩只是不想让他毁了自己那原本就没什么温馨回忆的幼时。

对于她这种主动请缨的举动，齐钰有些不领情地轻哼了一声，显然不满意沈妩比他还热情。明明是他带着沈妩找童年，此刻这么一瞧倒像是反过来一般。

“可是朕不喜欢这首童谣，一听就是难过的。朕要童真童趣、透着痴傻的那种！”齐钰伸出手一把按住《送别》的词，不让她看到。

此刻她坐在榻上，他盘腿相对坐在她的脚边。她低着头，齐钰扬起头，两人的目光相碰。男人的眼神里带着几分执着，语气里也透着些许的不高兴。

“没有痴傻的童谣！皇上您如此鄙视童谣，为何还要唱！就这首《送别》了，您爱听不听。不然嫔妾就躺下来歇息了！”沈妩所剩无几的理智，终于被他逼迫得一点儿都不剩了。

皇上永远都有这个本领，他不开心了谁都别想开心，他开心了基本上身边的人，也没几个能跟着开心。

“好吧，朕果然是太纵着你了！都敢在朕面前大声喧哗了！”齐钰长叹了一口气，妥协似的将爪子缩了回来，脸上带着几分感慨的神色。

沈妩忍着想要伸出脚踹他的冲动，低头看着书上的小楷，慢慢地平静了一下。酝酿了片刻，才轻咳了一声，低声哼唱道：“长亭外，古道边，芳草碧连天……”

沈妩的声音压得有些低柔，此刻马车摇晃，周遭的环境都十分僻静。车外的马蹄声似乎都在为她的歌唱伴奏，轻柔的哼唱声在马车内回响，就连这燥热的天气，都变得沁凉了几分。

原本还是吊儿郎当、无所谓态度的齐钰，待听了几句之后，脸上的神色一下子就变了。他慢慢地背过身，后背轻轻靠在沈妩的腿上，头往后仰放在她的膝盖上，轻闭着双眼，安静地听着这古调悠长的童谣。

李怀恩总算在屁股被磨掉之前，被马骑回了大队伍中，好容易才跟着到了齐钰的马车旁。刚想扯开嗓子号几声，就听见里面隐隐约约传来轻柔的哼唱声。他原本因为没有蛋而忧伤的情绪，一下子就被治愈了。

嗯，其实没有蛋也挺好的，至少骑马的时候，不会误伤到蛋。平常蛋也不会疼！所以说待会儿到了行宫里，他还得向那些小太监宣扬一下，他们都是聪明的男人。仅用一次的蛋疼，换来一生的蛋不疼！

沈妩唱了一整首之后，发现男人已经枕着她的膝盖睡着了。她只要一低头，就能看到皇上的正脸。齐钰轻轻闭着眼眸，马车摇晃着，偶尔有阳光透过浮动的车帘投射进来，恰好照在他的脸上。

男人脸上的轮廓十分精致，即使凑近了瞧，也依然觉得十分完美。到了驿馆的时候，齐钰才被轻轻地推醒。他一睁眼，就瞧见了沈妩那张挂着轻柔笑意的脸。

“到了吗？”他轻声咕哝了一句，声音里还带着几分迷蒙。

只是当他想抬起头的时候，却是痛苦得呻吟出声。这样仰着睡，把脖子睡得扭了，导致现在只要一动脖子，就酸涩异常。

沈妩自然也发现了他的疼痛之处，有些无奈地叹了一口气，伸出手来慢慢地帮他捏着，过了片刻才好了些。齐钰总算是能坐起身来了，只是睡姿不好，导致他的身体各个部位都有不舒服的现象，脖子依然还是得歪着，才能好受些。

沈妩瞧着他这副惨状，不由得捂着嘴偷笑起来。齐钰抬手捂着脖子，恶狠狠地瞪了她一眼，便慢慢弯着腰走到马车边，猛地撩起了车帘，一下子跳了出去。

马车停下已经有一会儿了，队伍后面的主子几乎都从车内下来了，就在等着齐钰出来之后，先行进去。齐钰仍然是一只手捂着脖子，不少人的目光都投射到他的身上，暗想着皇上这又是怎么了。

他张张口刚想说话，就听到车内传来“扑通”的一声，似乎是什么东西撞到了车壁上。齐钰微微一愣，暗想着是沈妩把什么东西碰倒了？待他掀开车帘一瞧，顿时有些傻眼了：沈妩趴在地上，脸上露出痛苦万分的表情。

伴随着车帘的掀开，阳光也一下子照射进来，沈妩慢慢地抬手遮住眼睛，似乎想要躲避那刺眼的光线一般。

她慢慢地抬起头，看了一眼齐钰，有些无奈地低声说道：“腿麻了。刚起来就摔倒了。”

这回换他笑出了声，该，这就是报应！

“把手给我！”男人好心地冲着她伸出了手臂，轻声说了一句。

沈妩有些吃力地抬起手，把手放到他的手心里。结果齐钰又冲着她晃了晃另一只手。沈妩便呈现举起双手的状态，显得有些狼狈，她刚想借助皇上支撑着双手的力道，弯着膝盖准备站起身，却不料男人直接抓住她的双手，微微使力，将她整个人从马车里面拖了出来。

李怀恩早就从马背上爬了下来，此刻颤抖着双腿等在那里，心里不停地念叨着，姝婉仪也太害人了，还不赶紧从马车里滚出来！他都快站不住了。

沈妩被拖了出来，样子当然是十分狼狈的。不少人瞧见了她这副模样，都纷纷低着头暗自偷笑。最终还是齐钰大发慈悲，用力扶着她让她站起身来。

直到折腾了许久，沈妩才勉强在明音和明心的搀扶下走进驿馆。也不知是故意还是巧合，沈妩她们五人的房间要么是对面，要么就是相邻。这样无论做什么，对方都很容易知道。

明心和明音正在匆忙地收拾着，沈妩坐在椅子上，双腿不停地抖动，到现在都是麻得很，动一下就难受异常。早知道她当时就不该硬咬着牙，让皇上一直在她的腿上睡，真该直接一巴掌扇过去，把他那张令人讨厌的脸摔到车壁上抠都抠不下来。

沈妩正在心底不满地抱怨着，李怀恩一瘸一拐地走了进来，颤着声音道：“姝修仪，皇上让您尽快收拾一下，他在外面等着您！”

李怀恩一只手揉着屁股，另一只手不停地擦着汗，他还得歪歪斜斜地往地上跪。真是苦命的人，他还没歇口气，皇上就要出去逛逛。

此时只是到了益州，离洛阳还有一日的路程。他其实有些不明白，天已经快黑了，有什么好逛的！不过就是为了能与姝修仪单独相处吗！想要二人世界的话，关在一间屋子里不行吗！非要糟蹋旁人也跟着受罪！

明音和明心一听说能跟着出去，收拾东西的动作立刻变快了。最终主仆三人换了轻便的衣裳，派了两个小丫头留了下来，便匆匆出去了。

齐钰一身深褐色的长衫，玉带轻束，正站在驿馆的院中等候着。门外的马车早就准备好了，只等着沈妩她们过来。

“益州算是大秦比较富裕的地方了，一到了晚上，听说是热闹非凡。当地的官员说主要吃食比较多，正好去瞧瞧！”两人坐到了马车里，齐钰轻轻掀开帘幕的一角，眯起眼睛看着外头的景象。

马车一路晃过，有些繁华的街市还是人来人往的。路上卖吃食的果然很多，各种香味立刻就蹿了过来。

齐钰让人把马车靠在路边停下，他索性撩起了车帘，静静地看着街市上闹腾的一切。沈妩有些惊诧，不由得偏过头看了一眼齐钰，她是真猜不中皇上把车停在这里作甚。

李怀恩他们几个，都是下人打扮，皆站在车子前后。此刻也跟着皇上学，抬起头仔细地看着人来人往。

李怀恩的眼睛轻眯，不由得咂了咂嘴巴。瞧那个男人的熊样儿，竟还翘着兰花指，可不是像个娘们儿一样吗！当然他自动忽视了，自己也曾像个娘们儿一样。

“皇上在看什么？”终于沈妩还是忍不住问出了声，她心里有些好奇，方才早就盯着街市瞧过一遍了。即使真的是繁华盛世，齐钰瞧了这么久，虚荣心也该满足了，为何眼睛都不眨一下？

沈妩方才瞧得仔细，这街市上来来回回走的女子，她也都看过了。不提说跟她比，就连长相清秀的妍嫔都比不过，没一个是值得齐钰的眼神停留这么久的。

齐钰转过头来，对上沈妩的眼眸。他的眸光里满满的都是兴奋，像是瞧见了什么异常新奇的东西一般。他慢慢地凑近沈妩，眼睛始终一眨不眨地盯着她的眼睛，忽然撤了回去，长叹了一口气。

“这大千世界，值得朕留神的何止千千万！可惜朕方才在你的眼眸中，看到的只有虚无和狭隘！”皇上似乎所受刺激过大，竟然像诗人一般，略带忧伤地说着。

边说还边露出哀叹的神色，似乎沈妩此生已经无望了一般。

沈妩暗自咬了咬牙，一脸沉郁地看着他。因为外围有侍卫在护卫着，所以几个宫人都离马车极近。此刻听见皇上如此不客气地嘲讽姝修仪，皆慢慢地低下了头，像是要忍住笑意一般。

“嫔妾惶恐，那是因为嫔妾的眼中只有皇上一人！所以才可能是如此的虚无和狭隘吧！”沈妩毫不客气地回击，语调里带着几分显而易见的讥诮。

齐钰再次怒瞪她，冷哼了一声，便偏过头去，继续看着街上的车水马龙。

李怀恩离得最近，不过他很少见到皇上如此吃瘪的场景，一时不察，就没憋住笑出了声来。

那声近似嘲讽的“噗”，让马车内外的气氛陷入了一片尴尬之中。众人都在心底默默地为李总管点上了一根蜡烛。李总管，帝王牌愤怒欢迎你！

“李怀恩，方才那是什么声音！”齐钰丝毫没有要姑息的意思，直接冷着声音问了出来。

李怀恩腿一软就要往下跪，却被齐钰的一声暴喝吓得又站起来了。

“不许跪，这里是外面，回到驿馆有你跪的时候！”齐钰冷着声音呵斥道，脸上的神色透着几分不耐和恼羞成怒。

这个牙尖嘴利的女人，他迟早要让她知道厉害！就等把她心里那扭曲的童真找回来之后，他一定要让沈妩讨饶！

沈妩自然不知道皇上心底究竟在想什么，她虽然奇怪于最近皇上很不正常。从放风筝起，皇上的思维就已经处于天马行空，她根本无从猜测。不过她也没太放在心上，毕竟皇上的思想本来就不正常，若是被猜到了，她也变得不正常了！

“去买几个糖人回来！”皇上方才就看到街上有卖糖人的，此刻想起自己的重任来，便冷声吩咐着李怀恩过去。

李怀恩微微愣了一下，心里直犯嘀咕：怎么回事儿，糖人这东西，皇上明明二十岁的时候就不玩儿了，怎么这会子又想起要了！多长了五岁，难道还倒退回去了？

不过他偏着头，又仔细一想，便想通了。皇上喜欢的东西多得是，但是记性也不大好，前一阵子不是还把泥人和脸谱又玩儿了一遍吗？说不准这会子他又忘了曾经玩糖人是什么感觉了。

李怀恩不再迟疑，直接一路小跑过去，从衣袖里掏出一锭碎银子递给那个小贩，从上面抽出四五个糖人，恰好有个腾龙形的，他又拿了几个手持大刀英雄的图案，就急急忙忙地往回跑。

齐钰一抬眼，远远地就瞧见了李怀恩手里拿的糖人，脸色当场阴沉了几分。

好容易待李怀恩气喘吁吁地跑回来，齐钰就直接喊出声了：“你买这些糙汉子图案做什么？姝修仪能拿来玩儿吗？让她玩过之后还怎么下口吃啊！换掉！”

李怀恩对着手中的糖人长叹了一口气，立刻转身跑过去换。原来是买来哄女人的，谁让您不早说呢！

沈妩还没反应过来，手里头已经被塞了几个兔子、蝴蝶造型的糖人。她扭过脸刚想开口，就听齐钰让车夫掉头回驿馆了。

“这糖人的图案栩栩如生，爱嫔瞧着有没有觉得心里舒坦，似乎手里抱着兔子一样的感觉？”齐钰的脸上难得地露出几分笑意，带着几分认真看着沈妩，似乎是极其想得到她肯定的回答一般。

沈妩实在不知道他又发什么疯，但是看着眼前的糖人，却始终无法苟同。她就在齐钰炙热的目光下慢慢地摇了摇头，低声道：“嫔妾想象力匮乏，实在感受不到一丝一毫的小兔子感觉。还是小兔子在皇上那里，都不是毛茸茸的，而是黏糊糊的，还散发着甜香？”

齐钰对于她的问话，脸上的神色僵硬了一下，最终忍着心头的不耐，慢慢地凑近她，伸出手指向其中一个兔子形状的糖人，轻声道：“爱嫔，你瞧好了，这兔子明显是受了惊，吓得想要跑，然后——”

他的声音戛然而止，一路平稳行驶的马车，忽然来了个急转弯。然后他的身体不受控制地左右晃动，那根手指就直接戳到了兔子的头上，一下子按爆了小兔子的头，只剩下半个身体。糖质十分脆，损坏的地方留下参差不齐的痕迹，看起来甚为吓人。

“啊，皇上，您的手指化为大凶器，戳爆了小兔子的头！糖人的图案栩栩如生，皇上瞧着有没有心里难过，因为兔子被你弄死了！”沈妩瞪大了一双眼，盯着齐钰看，眼神里透着几分无辜。

齐钰暗咬着牙，沈妩几乎把方才他所说的话原样奉还了。他气得冷冷看沈妩一眼，手撑着下巴，偏过头看向外面，不再搭理她。

沈妩瞧着他这副别扭的模样，心里又颇觉过意不去。毕竟皇上虽然神经了一点儿，可是这糖人是他专门让人买给自己的，不捧场就罢了，还不小心弄伤了皇上脆弱的心灵，当真是说不过去。

其实皇上此刻已经腹议起来，啊啊，好想让沈氏阿妩变成刚才那个兔子！好想啊，马车再晃一下，朕就用手掌捏爆她！

沈妩将手中的糖人翻来覆去看了看，并不是人用嘴巴吹起来的那种，而是偏向于糖画的那种扁平的。她在哄皇上还是爱干净之间，做了艰难选择。最终还是咽了咽口水，大着胆子张口咬了上去。

齐钰正在郁闷地想要弄死沈妩的时候，旁边便传来“咯吱咯吱”的声音，像是老鼠啃东西一样。他慢慢地扭过头，就见到沈妩正低着头啃糖吃。只见她轻轻咬下一块，细细地咀嚼着。

他轻咳了一声，脸上阴郁的神情，立刻便缓和了下来，然后就从她的手里，将那只被他捏碎的兔子抽了出来，左右看了看，似乎准备下口咬，但是洁癖症又犯了，浑身好难受，嗓子里不停地冒出唾沫，好想吐！

“得了，不想吃就别吃了，其实也不怎么甜。还不如上回的桂花糖味道好！”沈妩见他缓和过来了，便立刻停下吃糖人的动作，轻声劝慰了两句。

虽然齐钰非常想真男人一回，直接闭着眼睛准备塞进嘴里吃一口，但是那往嘴里送糖的手，不停地在颤抖。

沈妩长叹了一口气，看着他这痛苦的表情，她是真心不想再细瞧了，于是一把夺了过来，直接扔出了车外。

齐钰似乎有些反应不过来，待他睁开眼的时候，眼神里还是一片迷茫。忽然他抬起头看向沈妩，然后侧过身，伸出双臂一把搂住沈妩的纤腰，低声道："阿妩，你真好！朕没白疼你！"

沈妩干笑了两声，心里已经冒出了一个字：呸！

皇上，你的疼爱如此廉价，一个糖人就能把你逼到这种境地！

李怀恩终于一瘸一拐地走到了驿馆，他都快号出声来了，两条腿抖得跟麻花似的。明音和明心都特地站得离他远些，省得他一下子晕了，连累到她二人。

037

糖人欢爱

皇上当晚回到驿馆之后，所做的第一件事儿，就是命令在益州停留一日。不少人都有些纳闷，这益州不知来过多少回了，每次皇上都是急匆匆地让离开，想着早日到达行宫。怎么这回转了性子，难不成当真是皇上新发现了什么玩意儿，让他甘愿停留在这里？

立刻就有人来李总管这里探听消息了，想知道方才出去究竟发生了什么事儿。李怀恩已经快累得去地底下见祖宗了，根本没有精力应付这些人。瞧见那一个个小太监、小宫女拼命往他手里塞银子，嘴里夸他的好话更是没停过。

李怀恩冷哼了一声，端起桌上的茶水，狠狠地灌了两盏。一想起他跟着跑前跑后，拿着小命伺候那两位主子，这些狗娘养的就想用钱财和好话，骗走消息？门儿都没有！老子就等着看你们主子如何作死呢！

“成啊，咱家的要求也不高，你们这些人里头，谁若是能长出个蛋来，咱家就告诉他！”李怀恩这几句话可谓掷地有声，影响力非凡。

围着他一圈的人，嚅动了一下嘴唇，最后都灰溜溜地走了。前来询问的人里头，除了宫女之外都是太监，谁都长不出蛋来！

李怀恩看着那些人垂头丧气的背影，狠狠地啐了一口。没出息的东西！从学骑马开始，他的人生就一直处于和蛋相克的境况。他偏过头看着外面彻底黑下去的夜色，长叹了一口气。

明儿一早，他还得爬起来，跑出去给皇上办事儿。

沈妩没有回自己的房间，而是和皇上睡一间。两人稍微沐浴了一下，便都躺倒在床上睡了过去。一整日的颠簸，全身的骨头架子都快被颠散了，根本无暇顾及其他事情。

因为没有早朝，齐钰美美地睡了一个好觉。昨晚就叮嘱过外头守夜的宫女了，就算天塌下来都不许来打扰他和姝修仪休息。

待日晒三竿了，两人才迷迷糊糊地睁开眼，纯粹是被饿醒的。却都不大愿意动，直到肚子传出了抗议的“咕咕”声，九五之尊和姝修仪才慢慢地从床上坐起。

“来人哪！”男人有气无力地喊了一声，立刻就有一排宫女捧着各式梳洗的物什走了进来。

待他俩吃饱喝足了，李怀恩才一瘸一拐地走了过来。他走到二人面前，慢腾腾地跪下来行礼，沈妩甚至能听到他骨头碰撞的“咔嚓”声，足以见得这位大总管昨儿真是受累了。

“启禀皇上，一切材料都准备好了！此刻便可呈上来！”李怀恩轻声说道，脸上的神色有些僵硬和掩饰不住的疲惫。

沈妩一听他这话，心里头便生了几分好奇。仔细盯着他瞧，只见李怀恩面红耳赤，似乎是太热了，脸上竟全是汗水，身上的衣裳也湿透了，像是刚从水里捞出来一般。

“怎么，不是让你请专门做糖人的匠人来吗？为何你倒是气喘吁吁的，像是亲自动手了一般？”齐钰自然也瞧见了他这副凄惨的模样，不由得轻声问了一句，脸上带着几分嫌弃的神色。

李怀恩这副模样，显然是没有把自己好好打理过就来了，齐钰难免会嫌弃他身上的汗味儿。而李怀恩一听皇上提起这个，脸上就露出一副欲哭无泪的神情，然后抬手在自己的脸上抹了一把。

“皇上，您有所不知啊，那些民间匠人脾气古怪得很，不管你给多少银子，都必须要奴才亲自动手熬糖稀。奴才没法子，只好亲自动手。而且那糖稀又不能隔时间太久，奴才便大着胆子过来了！”他边说边又抹了一把汗，有些汗珠子都从他的手掌上落了下来。

齐钰斜着眼看向他，脸上的神色逐渐变冷。李怀恩跟在他身边这么久，自然知道他是什么意思，立刻跪倒在地，此刻也感觉不到自己身上痛了，只连声保证道：“皇上，奴才之所以身上这么些汗，就是在头上手上套了太多的外衫，防止有脏东西落在里头。还有几个小太监站在一旁，瞪大了眼睛看着，保管那糖稀干净得很！”

得了他如此的保证，齐钰脸上的神色才稍微好看了些，低声道：“那把东西都呈上来吧！动作利索点儿，别耽误了朕与姝修仪做糖人！”

李怀恩见齐钰总算是开了口，不由得松口气，手往后一挥，立刻就进来一排小内监，端着做糖人的物什走了进来。

有冒着热气的糖稀，还有普通的平板，跟厨房里的切菜板有些像，一大碗油，一个小铲子，外加两个带着像茶壶嘴一样东西的小碗。

东西一上齐全，齐钰便挥了挥手让他们退下。他直接挽起了衣袖，似乎就准备动手了。倒是沈妩一头雾水，她可是从来没做过糖人，根本无从下手。

“皇上怎么想起要做糖人了？”沈妩有些好奇地问出声，不过是昨晚偶然碰见的而已，没想到皇上竟然对这东西念念不忘。

齐钰并没有回答，而是冲着她眨了眨眼睛，脸上露出几分狡黠的笑意，直接拿起其中一个小碗盛了半碗糖稀，又用油把案板轻轻地刷了一层。

“待会儿你就知道了！”他边说边把小碗举到案板上，上下盯着瞧了瞧，似乎在估量着尺寸，然后手腕忽然动了起来。

一个来回，一个简单的圆圈就出现了。但是他似乎有些不知该如何往下做了，有些不耐烦地皱了皱眉头。沈妩也没有干看着他出丑，自己也拿起另外一个碗，按照齐钰之前所做的步骤又来了一遍。当然，她这个生手也好不到哪里去。

皇上似乎已经完工了一个图案，只见他拿起铲子，小心翼翼地将凝结的糖刮了下来，然后用手捏着，小心翼翼地在沈妩的眼前晃了两下。

“能认出来这是什么吗？”皇上的脸上带着几分显而易见的欣喜神色，那目光里带着十足的炫耀。

沈妩盯着他手里那个圆圈上带着一道波浪线的东西，勉强辨认出来，很给面子地道：“包子？”

“啧啧，朕第一个糖人竟然就做得如此成功！”齐钰被她这一声包子彻底逗笑了，显然十分开心，坐在那里洋洋自得起来。

两个人都是头一回接触做糖人，兴奋是难免的，嬉闹声不断，一直传到外面来。玩儿了一会儿，齐钰就开始不老实了，直接用手指刮了一下未干掉的糖稀，一下子抹到了沈妩的侧脸上。

沈妩也毫不客气，恰好她在画一只蝴蝶，碗里的糖稀还没用完，却已经不大热了。她直接将手掌按进去，便猛地往齐钰的脸上扑过去……两个人你来我往，玩儿得不亦乐乎。

最终还是沈妩受不了了，脸上和手上都是糖稀，虽然有些干了，直接掉了下来，但是还会觉得难受。

“好了，嫔妾怕了你了！这些糖稀弄在身上不舒服。嫔妾出去洗洗！”沈妩抬眸扫了一眼四周，这里到处都是糖稀，桌上更是被他二人弄得惨不忍睹，根本不好再叫人进来收拾。

而且瞧着皇上兴致盎然的模样，显然还没玩儿够。她只有自己纡尊降贵地出去洗干净了。

哪想到她刚站起来，衣袖就一下子被人拽住了，然后猛地一扯，她就坐到了齐钰的大腿上。

“爱嫔不用急，哪里难受待会儿告诉朕！”齐钰一只手搂着她的纤腰，将她固定在怀里，动弹不得，然后慢慢俯下身，靠到她的耳边，压低了声音道，“朕一个个帮你舔干净！”

他的声音故意压得有些低，带了几分蛊惑。说完之后，他还伸出舌尖舔了舔，也不知是有意还是无意，舌尖竟是刮到了她的耳垂，引起一阵阵酥麻感。

这么暧昧的气氛，沈妩要是再不知道皇上想要做什么，那她真的是白活了两世！最近皇上虽然经常把她召到身边，但是他那奇怪的提议总是搞得两人筋疲力尽，根本无暇顾及床笫之事。

“爱嫔不是问朕，为何忽然要亲手做糖人吗？”齐钰将头抵在她的肩膀上，另一只手拿起小碗，继续在案板上画着什么。

“朕昨日弄坏了你的兔子，今日就还一支凤钗给你！”男人的手腕动得很快，先前连个包子都做不好的人，此刻却把一支凤钗的模样完全画了出来，动作十分娴熟。

沈妩看得不由得发呆了，真不知他是熟练还是陌生？竟会有如此大的反差！

“皇上先前是在伪装给嫔妾看吗？”沈妩微微低下头，让男人好把那支凤钗插进她的发髻里。

糖稀干掉之后，非常脆，十分容易碎。所以齐钰的动作显得极其小心，一点点拨开她的头发，慢慢地插进去，那样细致的动作，像是对待无上的至宝一般。

“不是，做这个必须先把要做的东西连笔画熟了。朕从昨儿晚上就惦记着，没事儿就用手指画两笔，所以才会如此漂亮！为了能让这支凤钗配得上你，朕可是耗费了大工夫！”齐钰轻声解释着，只是为了防止大动作会弄碎凤钗，压低了声音。

齐钰温热的呼吸，就扫在她的脖颈处，带着几分淡淡的痒。那支凤钗显然是皇上最得意的作品了，待凤钗插好之后，他便伸出手指轻轻地挑起了沈妩的下巴，眯起眼眸仔细地打量着。

沈妩的动作有些僵硬，她根本不敢用力乱动，生怕把头上这支脆弱的凤钗给弄碎了。到时候估摸着皇上的怒火，可不是好安抚的。

“等会儿，朕拿镜子给你瞧瞧！”皇上的脸上露出几分笑意，显然对这支凤钗十分满意，他边说边站起身走了两步，到外间的梳妆台上拿了一把小铜镜过来，对着沈妩照了照，让她自己瞧清楚。

沈妩慢慢地歪了歪头，小心翼翼地调整了一下位置，便瞧见了插在发间的凤钗。糖稀凝固之后，呈现着些许透明的颜色，配上她这满头乌亮的青丝，当真是相得益彰。

她轻轻抬手拢了拢发髻，脸上自然而然地露出了几抹清浅的笑意。齐钰一把将铜镜扔了出去，就对上了她那张笑脸。之前一直忙着出行避暑的事情，再加上他对于自己动手解决生理需要，心理阴影实在太重，因此一直没有碰沈妩。

这场做糖人儿的戏，是他早就策划好的，要把沈妩拐上床。此刻瞧见她这样的笑意，皇上的心底早已春心萌动了。

既然动了色心，齐钰自然没必要再忍着，伸出手一把将她搂进怀里。沈妩一个重心不稳，脸直接撞到了他的胸膛上，硌得她鼻子酸痛了一下。

“皇上，凤钗要碎掉了！”沈妩似乎听到头上传来一声清脆的声响，连忙轻声地提醒道。

明知道这个糖稀干了就会变得异常脆弱，怎么还使出如此大的力气。

齐钰一听她这么说，眉头就轻轻地挑起，有些不耐烦地“啧”了一声。然后将她从怀里拖了出来，一只手轻轻地按住她的后脑，让她呈现低头的姿势。

“咯吱”一声，皇上张开嘴猛地将凤钗头咬到了嘴里。那细细的钗尖自然就断成了几截掉了出来。

沈妩抬起头，刚想张口抗议，男人的唇已经覆了上来，舌头趁机钻了进去，将嘴里的糖分了一半给她。柔软的舌头相碰，夹杂着几块硬硬的糖，这样的触感带了几分新奇。这回与上次他们在御花园中，争抢同一块桂花糖的时候，截然不同。

上次是谁都不让谁，这回倒是透着几分温柔缠绵的意味。

沈妩的手臂情不自禁地钩住了他的脖颈，两人的舌头将一块糖夹在中间，不停地纠缠搅动着，甜味一下子充满了舌尖。当嘴里的几块糖都这么被化完的时候，男人的舌头依然没有离开，相反一点点往她的口里探入，舌尖扫过上颚，带着几分痒的感觉。又一颗颗扫过描摹着她的牙齿，像是玩儿什么游戏一般。

一吻结束，沈妩已经有些透不过气来，脸上早已飘满了红晕，眼眸里也染上了一层水光。

齐钰轻轻地伸出舌头，舔了舔唇角渗出的银丝，脸上露出几分笑意。他低着头，一直紧盯着沈妩瞧，看着她这副面色红润的模样，眸光不由得暗了暗。

他伸出双手，捧着沈妩的脸，眼神专注地盯着她瞧。沈妩被他这么突如其来的认真给吓了一跳，努力将憋得慌的喘息声降到最小，也瞪大了眼眸瞧着他。

“让朕瞧瞧，爱嫔是左脸上沾了糖！”他边说边细细地打量了一下，然后便低下头来，伸出舌头，细细地将她脸上的糖舔干净。

男人的舌头像是故意的一般，总是若有似无地轻轻刮过，并不是将那块糖直接弄下来。原本已经干掉的糖，此刻被他这么细致地舔着，倒是又像要化掉一般。

晚上用膳的时候，沈妩好容易才睁开眼，几乎是明心和明音端着碗，一口口喂进她的嘴里。

第二日启程的时候，沈妩直接就被皇上拉到了头一辆马车内，她连旁人的面都没见到。坐到马车里，她才后知后觉地发现，在驿馆待了两日，她除了一开始在自己的房间内转悠了一圈，两个晚上都是宿在皇上的房间里。

跟在马车后头的明心和明音，则是苦不堪言。她俩好容易把东西收拾好了，沈妩硬是一眼都没来瞧过，今儿一早又得原样收拾起来。明音已经不知道叹过多少气了，此刻她唯一的乐趣，就是看着李总管被马骑的怂样儿！

李怀恩完全没有在意四周投向他身上的异样眼光，他根本无暇顾及，整个人的注意力都在身下的马上。马走动的时候，整个脊背都要运动，虽然被马鞍阻挡了些，但是李怀恩却能感觉到。

马一动，他也跟着动，最后就变成他整个人跟得了癫痫似的，不停地扭动着。驮着他的马，因为他这样躁动不安的情绪，也烦躁起来，眼看着就要爆发了。

马车内，沈妩依然坐在榻上，手里被皇上硬塞了一本书册，还是那日的《地方童谣两百句》。她的脸上挂着几分无奈的神色，但是嘴里哼唱的歌曲却没有停下。

“长亭外，古道边，芳草碧连天……”悠长的古调在车内回响，齐钰躺在她的腿上，又是一副昏昏欲睡的神色。

马车走了几日，沈妩就唱了几日的《送别》，皇上似乎爱上了这首曲调，不厌其烦地让沈妩一遍又一遍地哼唱着。中途又停了一个驿馆，才算到了洛阳的行宫。

几日来的路途跋涉，总算是有个像样的地方用来规整了。众人都暗自松了一口气。

这回随行的五位妃嫔中，丽妃的位份最高，所以分配给她的院子离皇上最近。沈妩的位份第二，倒也选了个不错的位置，不远处就有个莲花池，倒是凉快些。

当日抵达行宫后，众人都忙着收拾行李，倒是相安无事。与行宫这边的安宁不同，缺少了皇上的后宫里，倒是斗得凶猛。

皇上走的第二日，瑞妃就冲到了听风阁里。崔瑾还处于情况不稳定中，一会儿清醒一会儿又迷糊地睡过去。瑞妃赶到的时候，崔瑾恰好醒过来，倚靠着床头喝御膳房送过来的补汤。

宫女还没来得及进来禀报，瑞妃就带着一帮宫人，浩浩荡荡地走了进来。她一眼就瞧见了喝汤的崔瑾，崔瑾的脸色十分苍白，显然是失血过多。不过瞧见瑞妃之后，原本双眼无神的崔瑾，却一下子就来了精神。

她猛地推开站在身边的宫女，朝着瑞妃的方向扑过去，似乎要从床上跳下来。可惜她现在这副病恹恹的模样，只做了这么一个动作，就开始咳喘起来，瞧着甚是吓人。

瑞妃轻轻拢了拢发髻，脸上露出一抹冷笑，她的脖颈上缠着几圈锦布。当日御医诊完脉之后，就告诉了瑞妃，可能会有痕迹留下，然后开了消肿的方子给她，让人熬成水，每日涂抹在脖子上。

果然如太医所说，第二日她的脖子就疼痛异常，嗓子都哑了，几乎说不出话来。脖子上更是留了十根指印，根根分明。足以见得当时崔瑾是使了全力，真的想要置她于死地。

皇上走了之后，瑞妃刚休养好了些，就冲了过来。她莫名其妙地被崔瑾打了，还是往死里打，哪有不报仇的道理。

“哟呵，慧妹妹竟然这般有精神，看样子太医所说的话不能尽信啊！不是说你悲伤过度，引发了哮喘，要休养上一段时间才能好。怎么现如今瞧着，倒是生龙活虎的！”瑞妃扬高了声音，脸上露出几分不屑的神情，语气里几尽嘲讽。

当初她听说崔瑾得了哮喘，心里头还舒畅了好几日。这就是报应！哮喘这东西，很难治愈。一想起以后若是到了冬日，崔瑾肯定还有的罪要受，瑞妃就越发得意。

崔瑾坐在床上，慢慢地让自己平静下来，原本咳喘得厉害，此刻也好了些。听到瑞妃如此说，崔瑾抬起头，斜看着她，目光幽冷而怨恨，脸上却是露出几分笑意，只是显得有些狰狞，此刻瞧着诡异十足。

瑞妃被她这样的眼神瞧着，心里有些发毛。好像面前就躺着一条毒蛇一般，还“嗞嗞”地冲着她不停地吐毒芯。

“你能等到看着我好的时候吗？你活不了那么久的！”崔瑾的双手，死死地抓住身边的锦被，脸上的笑意逐渐消失，完全被愤恨取代。

“贱人，你在说什么！”瑞妃被她气得脸色发白，猛地要往前冲，双手向前已经做好了要攻击她的准备。

崔瑾这句话刚说出来，瑞妃身后的几个宫女就做好准备，此刻瑞妃一动，立刻就有人冲上来拉住她。瞧着慧嫔那样儿，眼看也挨不了打。瑞妃又是一向以没轻没重闻名，若是一个激动，把慧嫔给弄死了，那么这一屋子的人都讨不了好。

“我说什么？说你早死呢！”崔瑾却依然不依不饶的，双眼早就被愤怒染红了，面色苍白，嘴唇上连一丝血色都没有。此刻这副癫狂的神色，倒像是厉鬼索命一般。

瑞妃被身后的宫女扯着，也不好真的不管不顾冲过来，索性站稳了身子，原本濒临爆发的神色，也冷静了下来。瑞妃在后宫里，毕竟是靠挤兑人和整治人出名的，此刻脑子一清醒，面对崔瑾这样的言语攻击，就有了对策。

只见她轻轻挥开宫女的手，将额前的碎发别到耳后，脸上恨恼的神情消失得干干净净，轻轻抬起头，竟是大笑出声。

“慧妹妹，你可真会开玩笑。本宫在这后宫里浸淫这么多年，依然活得很好，怎么可能一朝一夕就完蛋了。本宫可不像你那个短命姐姐，一眼瞧过去，便知是蠢货一个。本宫虽然没有对崔绣出手，也不明白你究竟误会了什么，要找本宫报仇。不过本宫告诉你一句，崔绣的死，是这后宫里不少人的期盼！她死了，才能证明这个后宫一直没有变，蠢货不配活在这个地方，免得污了旁人的眼！”瑞妃嘲讽的话语，一句接着一句来。

每一句都像是一把锋利的匕首，狠狠地戳进崔瑾的身体里。崔绣的死，一直哽在她的心头，她始终带着几分自责。若是当时她再坚持一下，死活不让崔绣搬出去的话，或许崔绣就能一直活着了。

此刻瑞妃这般诋毁崔绣，更把崔瑾心底的伤口撕开了。她的情绪不断地翻涌，身体的五脏六腑似乎都带着疼痛。她张了张口，刚想说话，没想到竟是一下子喷出一口血来。

整个屋子里的人都愣住了，看到锦被上的血迹，周身发凉。显然崔瑾是被瑞妃这番话狠狠地刺激到了，怒极攻心，才吐了这口血出来。

瑞妃反应过来之后，就伸出手来指向崔瑾，扬起头开始狂笑。

“哈哈，慧妹妹，本宫看着你吐血，真是心头畅快。你方才那几句话还是留给自己吧，多活几日好让本宫慢慢折磨你！”瑞妃边笑便冷声警告崔瑾，她整个人都笑得花枝乱颤，似乎真的遇到了天大的喜事儿一般。

崔瑾推开往她面前凑的宫女，伸出手来抹了一把嘴角的血迹，轻轻抬起头，看着瑞妃笑得那副张狂样儿，心底恨到了极点。她的眼神一扫，便瞧见了放在一旁的青花瓷碗，里面还盛着半碗燕窝。她直接抄起碗就往瑞妃的方向扔过去。

瑞妃正笑得得意忘形，没注意那碗过来，待她看见的时候已经晚了。那个碗直接就砸到了她的腿上，燕窝也跟着撒到了罗裙上。

尖锐的笑声戛然而止，瑞妃弯下腰伸手捂住被砸到的地方，不得不说痛得要死。她很想冲上去与崔瑾再来一场肉搏，但是身后的大宫女不停地劝慰着她，顺带着还提了一下太后与庄妃，瑞妃才稍微冷静下来。

太后主管后宫事务，她和庄妃是协理的，若是她此刻犯了什么错，恰好就让太后和庄妃联手了，说不准她还得受到惩罚。

瑞妃细想了一下，便冷冷地瞧了崔瑾一眼，然后搀扶着宫女的手，一瘸一拐地往外走去。

崔瑾坐在床上，心口烦闷异常。瑞妃方才所说的话，像是魔咒一般，不停地往她脑海里钻。她越想越气恼，心口一痛，再次吐了半口血出来。吓得侍立的几个宫女一阵惊呼，连忙派了个小宫女出去找太医。

瑞妃和崔瑾这回的对抗，两人都没讨到好处，一个被碗砸到瘸着走出听风阁，一路上被人围观着；另一个则连吐了两口血，病情更加严重了。

这二人都暗自下了决心，一定要让对方不得好死！

瑞妃在听风阁闹出了这么大的动静，不过一顿晚膳的工夫，就已经传到了太后和庄妃的耳朵里。两人都只是大概了解了情况，并没有要插手管的意思。

太医去听风阁诊脉过后，慧嫔身子每况愈下这个消息，却是传遍了后宫。庄妃一听，立刻派人送了许多补品过来，宫里头不少人就跟着风，也纷纷表示自己的关怀。

038

皇上撑腰

听风阁倒是收了许多人参燕窝，宫女每日都按照太医的叮嘱，分量适当地炖给崔瑾吃。听风阁里到处都散发着中药味，崔瑾的药量也增加了。

瑞妃这边倒显得收敛了许多，也不再到处乱蹦跳了，只是每日请来大夫诊脉，似乎怕得了什么病症一般。

崔瑾坐在床头，手里捧着一碗药一口一口地吞咽着，秀气的眉头紧紧蹙起。那股苦涩的味道，总让她心底泛起一阵恶心和抵触感。直到最后几口的时候，她实在是咽不下去了，皱拧着眉头，将碗推到一边。身边看着她喝药的宫女，立刻将装有梅子的小碟子递了过来。崔瑾连忙捏了两粒塞进嘴里，酸甜的味道一下子涌上来，将那股苦涩的味道压下去。

酸甜和苦涩一下子相撞，竟是生生地把她的眼泪都逼出来了。宫女手里还端着药碗，里面还有几口。

“慧嫔，您再把这几口药喝了吧！太医说这药必须定时定量才管用！”那个宫女将药碗朝她面前推了推，那股子浓郁的中药味再次传了过来，把崔瑾的鼻子都熏得发酸，她摇了摇头，双手不停地推拒着，心里头的排斥感越发明显了。

“这药似乎比前几日的要苦上许多，太医为何换了方子？”崔瑾眉头依然皱得紧紧的，脸上满是不耐烦的神色。

先前的药方，并没有这么苦涩，可是前几日听说要换药，如今一喝才知道有多苦。就连平日里不怎么怕苦的她，遇上了这药，也得心里害怕。

“太医说您身子需要调养，病情与前几日也有些变化，就调整了方子。”那个宫女虽然见她讨厌喝药，但是并没有妥协，相反轻声细语地解释着，手中的药碗却一而再再而三地往她面前推着。

崔瑾没有法子，心中虽然烦闷却也不好对着身边的宫人发火，只有接过碗来，屏住呼吸扬起脖子，快速地往嘴里倒，希望这样能减少一点儿苦涩，结果却恰恰相反。嘴里方才吃了酸梅，那酸甜味道显然已经沁入心底，此刻再接触如此的苦，就有些承受不住。

“哇”的一声，她直接倾身倒向床外，将嘴里的药吐了出去。心里那股子恶心感更为严重，她开始不停地呕吐起来。方才好容易喝下去的汤药，这回悉数吐了出来，甚至连之前的午膳也呕了出来。

崔瑾趴在床边，不由得呻吟出声，全身都难受极了，胃里一阵阵皱缩，呕吐感觉始终没有消失。这几日她还恰好来了葵水，也许是因为病情恶化，这几日葵水也属于不正常的范围，量特别多，经常一动弹就是波涛汹涌。导致她躺在床上，经常一动都不敢动。

她这副憔悴的模样，着实吓人，此刻是不停地抽搐着，整个人都在打战。几个宫女瞧在眼底，心里都是着急和惊慌。慧嫔这身子当真是一日不如一日，而且这葵水来得真不是时候，更加雪上加霜了。

一旁的宫女递来一杯热水，喂她喝下，又从衣袖里掏出锦帕，细细地替她擦拭着嘴角的污物。

“扶本嫔起来吧！”崔瑾又漱了口，才感觉好些，轻声指示了一句。

那个宫女轻轻地扶住她的胳膊，稍稍用力要搀扶起她。只是眼神一扫，余光扫到了一处红红的地方。那个宫女动作便停顿了一下，下意识地仔细看过去，待瞧清楚之后，她整个人一惊。

那里通红一片，全都是血。并且是从崔瑾身下流出来的，宫女脸色当场就变得苍白如纸，嘴唇也哆嗦起来。

“慧嫔，您流血了，好多血！”那个宫女把她扶着坐好，便猛地后退了几步，显然是受到了惊吓。

其他几个宫女，也连忙凑了过来。经她这么一提醒，崔瑾似乎才发现自己的肚子异常胀痛，下意识地掀开锦被，低下头瞧了一眼。

浓郁的血腥味传来，几乎将她熏得晕了过去。那刺眼的红通通一片，让她心惊。

“还愣着做什么，去宣太医！”崔瑾一下子便急了，猛地扬高了嗓音喊道，只是她微微一用力，身下又是“哗啦”一下，床上血又多了一些。

她整个人都吓得震颤了，不仅仅是因为身体的疼痛，还有这样多的血流出来，几乎让她感到绝望。

“回来，直接去找杜院判，就说本嫔忽然流了好多血，让他来救命！”崔瑾脑子急速地转动着，似乎想到了什么，连忙将那个跑到殿门口的宫女唤了回来，急声地叮嘱着。

那个小宫女点了点头，脸上也带着几分仓皇神色，见崔瑾没有其他要吩咐的了，便连忙撒开脚丫子跑了出去。

由于失血过多，崔瑾已经有眩晕、意识不清醒的反应了，最后直接躺在床上，只能任身下血液染红了锦被，一阵阵腥臭味充斥着内殿。守在一旁的几个宫女，瞧着她这副奄奄一息的模样，都红了眼眶，显然是极其害怕，以致全身发抖起来。

待杜院判提着药箱匆匆赶到的时候，瞧见的就是这样的场景。内殿里隐隐传来女子的抽泣声，几个宫女一个赛一个悲伤，脸上都是一副如丧考妣的神情。而崔瑾躺在绣床上，身上并没有盖被子，不过身下那红红一片，却是瞧上一眼，便觉得触目惊心。

整个房间里散发着血腥味，也是刺鼻得很。杜院判连忙让人打开窗户，他立刻坐到小凳子上，手搭上了崔瑾的脉搏，细细诊治了一番，脸上神色猛然一惊，又逐渐变得难看起来。

“你们主子喝了什么药？”杜院判语气有些低沉，眉头也紧紧地蹙起来。

“就是太医院开的方子，外头还有些，奴婢立刻端过来！”其中一个大宫女走近了几步，轻声回复道。

她看到杜院判亲自过来，心里就稍微有了些底。毕竟杜院判素来就有妙手回春的美名，崔瑾被治好的概率大些。

杜院判接过那碗药，仔细放在鼻尖嗅了嗅，脸上的神色就是惊诧万分。他有些不解地问道：“明明就是葵水时期，为何这药里头会有凉药配方，这不出血才是怪事儿！”

殿内几个宫女被他问得有些丈二和尚摸不着头脑，药理这东西，她们作为奴才又不会懂。此刻杜院判即使问她们也不会有结果。

杜院判轻挑了一下眉头，不再多说废话，直接打开药箱开始救人。他先从一个小玉瓶里倒下一颗药丸，让宫女喂崔瑾服下，那是吊命药丸，此刻情况危急，也只能下虎狼之药了。

又从箱子底层摸出一个布包，一层层打开，才发现是无数大小不一的银针。显然他要施针救人。

但是他又不能把崔瑾衣裳脱掉，只能派人找来司药司懂穴位的宫女，又让用屏风遮住了，才慢慢地指点着。

折腾了半晌，才算是把穴位都找齐了，崔瑾身下的血也总算是止住了。听得止了血，杜院判才算是松了一口气，连忙到一旁的书桌前，提起笔就开始写方子。

“对了，上次帮你家主子诊治的是哪位太医？”杜院判让宫女下去抓药，又伸手招来了另一个小宫女，轻声问了一句。

“回院判大人的话，是姓崔的太医，年纪挺大，似乎耳朵也不大好使！不过因为旁人都说请资格老的太医，诊治得有保障，所以才请了他！”那个小宫女口齿极其伶俐，三言两语就讲述清楚了，面对着杜院判也不害怕，非常直白地说出了口。

杜院判一听，脸上的神色就不大好看了，他低低地应了一声“哦”，紧接着就长叹了一口气。

“这崔太医前日刚告老还乡，立刻就带着一家老小离开了京都。恐怕你们主子这罪要白遭了！”杜院判替这后宫大大小小的主子诊脉几十年，早就练得一双火眼金睛，洞察先机。

这崔太医资格比他还老，的确到了告老还乡的时日，所以前日向他请辞，他便同意了。辞呈批得特别快，原本他还想着请这老家伙去喝一杯，没想到请帖递到的时候，早已人去楼空。显然这事儿是崔太医故意为之，而且连后路都铺垫好了。

那个小宫女，一听他这么说，脸上就流露出几分戚戚然的神色。杜院判的医术是太医院最好的，听说年轻时候，就在外漂泊，在民间很有名气，曾有“神医”一称，后来也不知何事，入宫当太医，很快便成了院判。后宫里请他前去诊脉的人，自然多得数不胜数。崔瑾只是一个嫔而已，而且近来又许久未曾受宠幸，自然是不敢贸然请杜院判过来。

这才让人钻了空子！

“院判，慧嫔那里收拾好了，您再去诊治一下吧！奴婢瞧着她面色依然难看！”司药司宫女走了过来，冲着他轻轻行了一礼，低声建议道。

杜院判也不再磨蹭，立刻从椅子上站起来，走到床边手搭上崔瑾手腕，仔细地诊治着。崔瑾眼睛紧闭，脸上豆大的汗珠不停地冒出来，甚至滴进了衣襟里，连满头青丝都湿透了。整张脸也泛着惨白，似乎是出血过多，导致整个人都抽搐起来了，瞧着甚为可怜！

杜院判这次的诊脉时间较久，眉头紧蹙着，显然在愁思着什么。当他撤回手来的时候，长叹了一口气，对于病情却是未置一词。

“我再开个药方子给你们主子，待她醒过来，再传我过来吧！”杜院判边说边坐回书桌前，提起笔就写。

一座奢华异常的宫殿里，瑞妃躺在贵妃椅上，悠然地轻晃着，手里把玩着一个玉扳指。忽然一个宫女走上前来，靠在她的耳边，轻声说了几句话。

瑞妃原本一副兴致盎然的神情，待听了这个宫女的回话之后，脸上的神色一下子就变得僵硬了起来。

她猛地从贵妃椅上坐起，脸上带着几分难以置信的神情。一伸手便把旁边小桌上的茶盏扫落在地，声色俱厉地道：“好个杜院判，老不死的东西！竟然去替那个贱人诊治，坏了本宫的好事儿！”

瑞妃脸上的表情带着几分狰狞，候在内殿的几个宫女，纷纷跪倒在地，低垂着头不敢多说一句话。

瑞妃花了不少钱财，才买通崔太医，并替他一家老小安顿好，才换来崔瑾何时来葵水这个消息，又让崔太医开了凉药，这才让崔瑾血崩了，本以为她是必死无疑，没成想竟被救活了过来。一切的努力就白费了！

崔瑾醒过来的时候，已经是第二日晌午了，她依然十分虚弱，稍微动一下都像是即刻要死过去一般。她被灌下一碗药之后，又晕过去了。

待再次醒过来的时候，一睁眼便瞧见了杜院判坐在对面的椅子上。阳光透过窗户投射进来，恰好照在他的身上，那老头儿竟然靠着椅背打起了瞌睡，瞧着倒是没了平常的顽固不化。

“慧嫔醒了，奴婢喂您喝口热水！”站在床头的宫女首先发现她已经醒过来了，连忙端着一碗茶走过来，慢慢地将她倚靠在床头坐起。

看着她端茶过来，崔瑾才有些后知后觉地发现自己的嗓子很干，下意识地伸出舌头舔了舔嘴唇，才发现嘴唇上也已经起皮了，干裂得甚至能察觉到一股血腥味。

一闻到淡淡的血腥味，崔瑾下意识地就皱起了眉头。昨天大出血的场景，又一下子涌入脑海里来。

杜院判被这边的动静惊醒了，慢慢地睁开了眼睛，看着崔瑾将一碗水喝完。崔瑾知道杜院判是有话要对她说，便冲着身边的宫女轻轻地挥了挥手。

“多谢院判大人昨日救命之恩。”她只说了这么一句话而已，就开始喘息起来。

杜院判一挥手，制止了她下面要说的话，低声道：“慧嫔客气了，这是老臣该做的。至少皇上回宫之前，这后宫里各个主子的生命安全，老臣还是要竭尽所能地救治。你的药里被加了黄连、生地黄等，这些都是凉药的药材，所以药汤才会很苦，恰逢葵水时期，顿顿喝凉药，自然就引起血崩了！”

杜院判的语调十分平稳，他的话音刚落，崔瑾就紧紧地蹙起了眉头，陷入了深深的思虑之中。

“老臣告退了，慧嫔还该静养才是。”他轻声说了一句，便慢慢地退了出去。

杜院判一步三摇地晃回了太医院，进门之前，他鬼使神差地抬起头看了一眼，明明还是青天白日，可是此刻天上却是乌云密布，颇有几分悲壮低沉的意味。

“又要变天喽！”杜院判下意识地轻哼了一声，然后就走进殿内，嘴里悠然地哼着小曲儿，脸上带了几分轻松的笑意。

到了洛阳行宫这边，沈妩当日晚上还是和皇上住在一起。随行的宫妃虽然有五人，但是皇上一直召幸沈妩，其他四人就犹如摆设一般，不少臣子也都注意到了，看样子姝修仪盛宠的传言不假。

其他几个人还算是沉得住气，偏生沈娇急得跳脚。她对于自己从正二品变成从二品末位的位份，一直感到耿耿于怀。得知皇上这次避暑将她带出来，她的心底重新又点燃了几分希望，就靠着这次的避暑之行，她准备在皇上面前露脸，再将妃位夺回。

哪晓得皇上根本就完全迷上了沈妩，只围着她一人转，对于其他嫔妃都是爱搭不理。

沈娇心里头憋得慌，一路上看向沈妩的眼神就不大对劲。这次跟着皇上出来避暑的沈王府也上报了名额。不过却不是沈王爷，而是身为世子的沈安陵，并且皇上还欣然应允了。

其实沈王妃是不赞同的，沈王爷要留下来，完全就是因为离开京都将近一个月之久。他怕时日太长，待他再回来的时候，如烟阁里他好容易勾搭上的头牌，会把他给忘了。于是他便将这个重任交给了长子，即使沈王妃不停地念叨着，也被沈王爷直接忽视了。

偶尔太过分了，沈王爷便把崔绣的死拿出来数落一下王妃。立刻四周便清静了下来。

沈娇心里暗自琢磨着，若是沈王爷来的话，她还可以派人去暗自联络一番，大倒苦水，再让沈王爷联合有心的朝臣向皇上进谏，不要太偏宠沈妩。可是偏偏来的就是沈安陵，那可是和沈妩从一个娘胎里爬出来的，可想而知，根本就不会帮她的。

沈娇怎么想，心里都觉得憋屈，最后索性就派人把沈妩请了过来。沈妩正思索着今儿晚膳该开什么菜单给小厨房，就见到了沈娇身边的宫女。

“姐姐。”沈妩推门而入，声音里带着几分好奇。

她身穿藕色的罗裙，因为不用出去，整个人的妆容很淡，发髻也比较简单。面对这样的沈妩，沈娇心里头涌出一丝嫉妒。沈妩长得俏，这样素淡的打扮，就能用一句“清水出芙蓉，天然去雕饰”来概括。如果换成沈娇自己，恐怕没有那一层厚厚的脂粉遮着，脸几乎不能见人了。

而且她还比沈妩年长了五岁，二十岁的后宫女人，与十五岁的娇艳少女，是不能相提并论的！

“妹妹来了，坐。瞧我现在年岁大了，这么一会子工夫，就已经等得睡着了！”沈娇歪在榻上，脸上露出几分自嘲的笑意，神色倦怠像是真的睡着了一般。

沈妩轻笑了一下，脸上闪过一丝嘲讽，很快又消失不见了。听着这开场白，就知道沈娇下面没什么好话要说。

一旁的宫女连忙上来倒了杯茶，沈妩端起一旁的茶盏轻轻地抿了一口，看向沈娇只是笑而不语。

沈娇微微眨了眨眼，脸上闪过几分尴尬。她完全没想到沈妩不接话，一般这种情况，不都要客气地安慰几句吗？沈妩这般不给面子，沈娇已经不知道该如何引出心底想说的话了。

沈娇不开口，沈妩就一直低着头喝茶，那悠哉的模样着实让人恨。

“这几日的马车坐过来，我这副身子着实承受不住了，头晕眼花的，也不知能不能见到皇上了？”沈娇憋了片刻，最后还是忍不住开了口。

沈妩原本就是硬骨头，难啃得很。沈娇对付她，也只有厚着脸皮这一招了。

沈妩听着她直接这么问出口，嘴角轻轻上扬，脸上露出几分笑意，低声道：“姐姐不用担心，待会儿我若是见到皇上，便让他不要翻你的牌子，让你好好休养几日才是！”

沈娇一口气憋在嗓子眼儿里，弄得胸口沉闷，异常痛苦。怎么沈妩的回答，竟跟她原先想的有天壤之别！

“我不是这个意思，已经请随行的太医瞧过了，开了一服方子吃过，身上已经大好了。只是这几日皇上一直待在妹妹那里，姐姐也想着沾个光。我们毕竟是亲姐妹，可不比另外三个不相干的人。妹妹若是念着姐妹之情，不如在皇上面前提一提我。也不是要争妹妹的宠，这一个月的时间，皇上哪怕只来个一两晚，我这脸面也说得过去，更不会丢了沈家的面子。你说是不是？”沈娇轻拧着眉头，暗自斟酌了一下，才再次开口。

这么一长串的话，也多亏她能圆得过来。

她的话音刚落，沈妩就“扑哧”笑出了声。沈娇这是老毛病又犯了，眼红沈妩的受宠，以姐妹之情来逼迫沈妩替她引荐。看样子上两次的处罚，她还没受够！

沈娇对于沈妩突然这样狂笑，有些拿捏不准。不知道这位庶妹，究竟又想干什么。

“好说好说，今儿晚上我就在皇上面前替你美言几句。姐姐说得对，我们毕竟是亲姐妹！”沈妩慢慢地坐直了身体，脸上的笑容不变，直接应承了下来，丝毫没有犹豫的意思。

沈娇见她答应得如此爽快，心头有些犹疑。毕竟沈妩从入宫之后，就一直所向披靡，从没吃过亏。而那些窥视她宠爱的妃嫔，则一个个受到了责罚。沈娇自然也是其中一员，上一回是被皇上抓了个正着，这次也不知道沈妩会不会背后阴她。

“姐姐也就是这么一说，若是你不愿意，便罢了。别弄得你心情不好！”沈娇装模作样地婉拒道，眼神却是一下子都不离开沈妩，似乎在试探她的反应。

“不过几句话的工夫，姐姐就在这里等着好消息吧！”沈妩轻轻地挥了挥手，脸上露出几分不在乎的神色，似乎对于分宠这事儿，一点儿都不介意一般。

看着沈妩摇曳生姿的背影，沈娇心里有如打翻了五味杂瓶，也不知是喜是悲。

沈妩出了她的屋子，脸上柔和的笑意就消失殆尽了，只剩下一片阴冷和嘲讽。

直到差不多用晚膳的时辰，皇上才风尘仆仆地回来了。他先到内殿沐浴过后，才披着头发走了出来，脸上的神情十分难看，显然这一整天的奔波让他累得够呛。

“开办花会的日子定下来了？”沈妩瞧着他一脸抑郁的神情，心里有些纳闷。

洛阳的牡丹最负盛名，五六月份的时候，开放得最为旺盛，现在虽然已经到了七八月，不过还是能一观奇景。皇上也只不过是去和底下的官员确认日期，以及具体的流程，怎么去了将近一整日？

沈妩不说还好，一提起这个，齐钰心底的火气又往上涌了几分。他一下子坐到了沈妩的旁边，小桌上的菜肴散发着香气，却也无法勾起他的食欲。

“别提了，洛阳这帮好吃懒做的官，倒是会享受。为了巴结朕，搞出了不少新花样。说什么恰好带了五个妃嫔娘娘过来，弄出五条赏花的路，让朕去找人！这不是吃饱了撑的是什么！朕的女人需要去找吗？好好地摆在那里不行吗！”齐钰气得瞪大了眼眸，一口气抱怨出来。

这么大热的天，他过来就是为了偷懒来的，结果那帮拍马屁的官员，没拍到点子上，相反拍马腿上了。皇上要是真的有这份闲情逸致，直接在后宫的御花园弄一个花会就得了，只要稍微布置一下就行了。

沈妩冲着他展颜一笑，对他的抱怨不置一词，安静地端过一盆清水来，给他净手。

齐钰看见她这副笑颜，心底的火气顿时像是被扎破了的气球一般，一下子就泄气了。他将手放进盆里，沈妩将自己的衣袖撩起，亲自帮他搓了搓手掌，才拿过搭在盆边的干布，细细地替他擦拭干净。

“不说了，用膳！”齐钰挥了挥手，示意一旁站着的宫女退开，他亲自拿起筷子夹菜吃。

显然这一整日的奔波，让皇上是真的累着也饿着了。早没了平日的斯文和挑剔，相反是大口吃饭，腮帮子微微地鼓起，用力地嚼着饭菜，看着都觉得香。

沈妩就坐在他旁边，细细地瞧着，见他吃得急怕噎着，便连忙盛了一碗汤递过去。她秀气的眉头轻轻蹙起，手里拿着筷子却并没有动。

“怎么不吃？这个茄子，你好像最爱吃！”大口吃饭的男人，总算是发现了她的异常，勉强从碗里抬起头来，伸出筷子夹了一块茄子递到她的碗里。

沈妩轻轻笑了笑，眯起眼睛看了看碗里的茄子，除去茄子上沾的两粒米粒之外，皇上能够夹菜给她吃，还是很不错的！并且能够发现她爱吃茄子，证明平时用膳的时候皇上用心记下了。不过对于皇上这样好的表现，她还是得兜头浇下冷水。

“皇上的妃嫔自然不用您亲自出去找，自然会摆在您面前任您挑的，更有甚者还要想方设法地在您面前露脸呢！巴巴地让人在您面前美言几句呢！”沈妩轻笑了几下，脸上的神情极其温和。只是说出来的话，却带了几分犀利。

皇上正扒饭的动作停了下来，将一口红烧肉塞进嘴里，抬起头来正经地看着她，脸上的神色有些不大好看。

“有人来找你说情了？”他一下子就想到了这方面，只是原本清冷的声音，却因为嘴巴上沾了一层油，而失了威仪。

就坐在他对面的沈妩，瞧着男人薄唇上一圈油光发亮，不由得暗自好笑。却要狠狠地憋住了，只能低着头脸色扭曲地点了点头。

齐钰快速地咀嚼着，连忙将嘴里的肉和饭咽下，伸出舌头将嘴巴一圈舔了舔。他瞧到沈妩低着头，以为她是因为自己又成为受气包了，便伸手揉了揉她的发顶。

“这次一起来的其他四个人中，朕想来想去，也就你那费事儿姐姐，会蠢到来招惹你！朕给你撑腰！”皇上兴许是吃得高兴了，再次舔了舔发亮的嘴唇。说完之后便偏过头，又悄悄地瞥了一眼桌上他没吃完的饭菜，好想吃！

这随行的厨师厨艺真是超级棒，他吃得甚是舒心！当然他已经忽略了，他这一日被气得几乎没吃过东西。

沈妩虽然低着头，但是一直抬起眼睑，仔细地观察着皇上脸上的表情，当然是一丝一毫都没错过，瞧见皇上盯着饭碗的神情，比见了亲娘还亲，她就更想笑了。

“皇上，您还是先吃吧！”沈妩慢慢地活动了一下脸部的肌肉，才让自己变得严肃起来，她慢慢地抬起头，善解人意地说了这么一句。

齐钰似乎有些纠结，看了一眼温柔可人的沈妩，再瞧一眼那半碗米饭，上面还堆着一块色泽诱人的红烧肉，一副十分难选的模样。

最终他伸开双臂，轻轻地搂了一下沈妩，低声道：“阿妩，你对朕真好！”

皇上状似情真意切地说了这么一句，便扭过头来，毅然决然地选择了饭碗。抓起筷子就继续埋头苦吃起来，他实在是太饿了！面对着那一帮大臣用膳的话，估计他会吐出来，还是阿妩好，温玉在旁，让他吃得更香。

沈妩显然早就料到了这个结果，她和饭碗相比，当然是吃饭重要！

皇上总算是麻利地吃完了一碗，他刚放下筷子，那边沈妩的手帕就递了过来。他细细地擦了擦嘴角，脸上露出几分满足的神色。

“好久没吃得这么畅快了。沈娇那边，朕自然会处理！不过依你对付妍嫔、许衿那样狠的手段，没必要一个沈娇都收拾不了吧？还是就想着朕来动手？”齐钰双手放在身侧撑着，头往后仰着，似乎想要放松刚被塞满的胃部一般。

他的话音刚落，头就微微偏过来，脸上露出几分探究的神色，看向沈妩。偏偏他这个姿势极其怪异，倒是没了平日的严肃和癫狂。

看着这样的齐钰，沈妩的脑海里忽然浮现出一幅诡异的画面。似乎皇上这个动作，应该配上光着脚丫往嘴里送，边啃边流口水的造型。

她连忙摇了摇头，挥散那些不切实际的想法。

“娘亲曾经教过嫔妾，女人之间的斗争，之所以避免不了，正是因为身为家主的男人没有表态。皇上，娇修容毕竟是我亲姐姐，她一而再，再而三地如此做，也不过是看准了我不好跟她撕破脸皮，否则在沈王府过活的娘亲，肯定是要受到牵连的。所以现在正是皇上替嫔妾撑腰的时候了！”沈妩边说边慢慢凑近他的脸，仔细地盯着他看。

皇上一直保持着后仰的动作，似乎有些难受，抬起手揉了揉脖颈。

“爱嫔，朕发现你这张嘴，当真能骗过世人。连朕都心甘情愿地为你所用啊！”齐钰吃饱了就心情好，伸出手来轻轻捏了捏她的面颊。

他冲着一旁侍立的宫人挥了挥手，低声道：“去把另外四位妃嫔主子，请到大堂去，朕有话要说！”

沈妩一听他要把人都凑齐了，脸上就露出了几分诧异的神色。

齐钰坐直了身体，扭过脸来冲着她淡淡一笑，脸上带着几分狡黠，难得地放缓了声音解释道：“朕今儿吃得有些撑了，恰好把她们都叫过来耍耍，消消食儿！”

沈妩一脸的恍然大悟，心里却是溢满了鄙视。呵呵，皇上，您真高端。如此狂拽炫酷炸天的消食方法，天下间仅你一人而已啊！拿收拾妃嫔当成一种运动，这也是人干的事儿？

待大堂的人到齐了，齐钰才带着沈妩走了出来。两人一前一后，齐钰手背在身后，脸上恢复以往的阴沉，似乎全天下的人都欠了他银子一般。沈妩也是轻轻扬起下巴，脸上的神色淡淡，依然是一副张扬跋扈的样子。

明音就跟在沈妩的后面，低头瞧着他俩几乎统一的步伐，不由得在心底冷笑了两下。看您二位跟花孔雀似的，能别这么欠扁吗！

“见过皇上。”几个人都纷纷起身行礼，沈妩也趁机走到了属于自己的位置上。她就坐在皇上的左手边，对面就是丽妃，旁边坐的是沈娇。

齐钰稳稳当当地坐到了主位上，面对底下的五位妃嫔，脸上带了几分冷笑，并没有说起身。

那五个人也只有一直弯着腰，保持着行礼的姿势。

“都先站好了，让朕仔细瞧瞧！”齐钰靠在椅背上，神色之间带着清浅的笑意。

在场的五个人，都是了解皇上脾性的，不少人还直接被他凶残地折磨过。此刻一瞧见他脸上那似笑非笑的神情，头皮就是阵阵发麻。

另外四个纷纷瞧了一眼沈妩，神色之间带了几分询问。这大晚上的，皇上又抽什么风！

沈妩始终保持着目视远方的神态，整个人都处于放空之中，根本不搭理那几个人。

“朕听说，有的人又长了狗胆，开始背后搞小动作了！”齐钰没有多说废话，他将拇指上戴着的玉扳指拿了下来，放在手里把玩着，语调里并没有疑问，相反是十足的肯定。

大厅内一片寂静，丽妃、斐安茹和许衿已经收回了目光，不再看向沈妩。这事儿不用说，肯定是沈妩向皇上告状了，皇上这个便宜男人就出来替沈妩挡灾了。反正她们没有去招惹她，谁招惹她了，心里头最清楚！

039

惩治沈娇

不同于其他三人的淡然，沈娇的小心肝儿不由得一颤。她这心里头有鬼，自然就没那么镇定，脸色慢慢变得苍白，眼睛盯着沈妩瞧，一直就没离开过。

由于身边关注的眼神实在太过炙热，沈妩只好偏过头回看过去，轻轻地冲着沈娇笑了笑。一切尽在不言中！

“娇修容，你是腿病又犯了吗？想着爬谁的床呢！”皇上将玉扳指戴回手上，恰好桌上有一杯茶，他直接抓起茶盏就往沈娇的脚边摔去。

齐钰毕竟是练过骑射的，此刻扔茶盏也是一手一个准。那茶盏应声而碎，把沈娇吓得尖叫了一声，连连后退想要躲避。没想到身后就是椅子，她退得过猛，直接坐了上去，后仰的力道太大，导致她连人带椅子都往后翻了。

“咚”的一声闷响，殿内所有人都是一副面面相觑的神色。他们皆受到了惊吓，皇上这还没发火呢，怎么娇修容就自己摔倒在地了，有点出息行吗！

齐钰的眉头紧蹙，他的脸上带着十足的不耐烦。他还没消食呢，沈娇就这般没用！皇上此刻黑着一张脸，周围的宫人也不敢上来搀扶沈娇。

只见沈娇摔了一跤之后，一声都不敢吭，又连滚带爬地从地上站起。

“皇上，嫔妾没有！只是礼法甚严，后宫一向秉持着雨露均沾，嫔妾怕那些随行的朝臣们会——”沈娇走到大厅中央，一下子跪了下来，脑子里都被吓得乱成了一锅糨糊，此刻嘴里说什么，自己也有些不清楚，只想着要摆脱罪责。

可惜她这样的话，只是惹得皇上更加恼怒。齐钰猛地从椅子上站起，脸上阴狠的神色显而易见，大跨着步子走到她的面前，一脚踹到她的脸上。直接用力将她踩得整个人后仰，“砰”的一声闷响，她的后脑勺直接撞到了地上。

殿内的人都僵直在那里，纷纷屏住呼吸，谁都不敢动弹一下。李怀恩一脸严肃地守在门口，心里却在哀号：完蛋了，皇上获得了新技能！不止踩脸了，还把人家直接踩着躺到了地上啊！

沈娇的后脑勺被这么一撞，脑子里晕晕乎乎的，眼睛紧紧闭着，她甚至能嗅到男人靴子底下的青草味，尘土更是落下来，直往她的鼻孔和嘴巴里钻。

“朕的朝臣们会说什么，岂是你一介妇人能说的！后宫不干预朝臣，沈娇你是都忘了吗？这次避暑之行，是你的兄长头一回随行，你自己不要脸了，能替他考虑一下吗！”男人边说边冷笑着动了动脚腕，靴子底不轻不重地摩擦着她那张柔嫩的面颊。

沈娇屏着呼吸，被这样的动作弄得都快窒息了，她整个人仰躺的姿势也极其不舒服。齐钰冷冷的警告声，却从四面八方传来，让她阵阵心惊。

沈妩看着她被踩在地上，心里一阵畅快。却因为皇上提到了沈安陵，脸上露出了些许担忧的神色。

她原本是要趁着这回的避暑之行，彻底弄掉沈娇的。可是皇上这么一说，她才想起，若是这回沈娇出了什么事端，沈王妃定是要在王爷面前责怪沈安陵的。

齐钰踩了两脚之后，就收回了腿，看着沈娇一脸脏兮兮的模样，他的眼中闪过几分嫌弃。

不错，沈娇的脸上，赫然印着一个鞋印。

“娇修容，给你家长点儿脸吧！你的位份若是不想要了，只需跟朕说一声，回了宫朕立刻就抹了你的位份，让你回沈王府养着！你该感谢你的兄长这次来了，朕不想让他的前程受到你这样女人的影响！这是最后一次，你若再犯错，朕说到做到！”齐钰偏过头，并不看她。声音越发幽冷，警告意味十足。

殿内的人，虽然早已对他的发脾气习以为常，可还是被这样的他吓到了。那些胆小的宫人，纷纷缩着脖子，根本不敢再抬头瞧一眼，生怕看出皇上是厉鬼转世。

“还有你们几个，也是同样的！避暑之行，原本就是来消遣的，朕不想因为你们而坏了心情，朕想宠幸谁就宠幸谁，若是再有那些拎不清的，绝对没有这般好过！”齐钰冷着一张脸，眼神一一从丽妃她们三个人身上扫过。

沈妩四人则一起俯身行礼，轻轻地应承下来。

齐钰挥了挥手让她们起身，眼神直接对上了沈妩的，悄悄地冲着她眨巴了一下右眼，然后下巴往里屋的方向扬了扬，示意她跟着自己走。

“散了吧！”齐钰轻哼了一声，带头先往里屋走过去。

沈妩也不停留，直接跟上了皇上的步伐，就往里头走。

剩下的丽妃三人，互相对视了几眼，也都各自散开了。只余下沈娇一人，依然躺在地上，直到那些主子的宫人都跟着退下了，整个大厅里只剩下她和带来的两个宫女时，她才“嘤嘤”地哭出声来。

脸上被泥土留下的鞋印，也立刻被她的眼泪冲刷出两道沟壑来，露出原本白皙的肤色，这样瞧来倒是十分怪异且好笑。

那两个宫女连忙走过来搀扶她，皆低着头不敢说话。沈娇心底是着实委屈的，偏生又不敢大声地哭，只有遏制在嗓子眼儿里，不停地抽噎着。

沈妧跟着齐钰回到了内屋，刚关上门，皇上便急得转过身来，轻轻地抬起头看向她，眼神里带着几分打量的神色，似乎想要从她的脸上瞧出什么来。

沈妧不由得微微一愣，下意识地便抬起手摸了摸自己的脸侧，柔声问道：“皇上这是怎么了？”

齐钰这样打量人，被她识破之后，颇有几分不自在地轻咳了一声，斟酌了一下，才轻声道：“朕原本想削她的位份，不过你瞧这样踩她的脸，心里更舒服是不是！最主要还有利于运动，增快消化！”

齐钰似乎是怕沈妧不高兴，毕竟虽然让沈娇当着丽妃几个人的面出了丑，可是沈娇原本的脸面就没剩下多少，以后说不准好了伤疤忘了疼，她还会出来兴风作浪的！

沈妧并不说话，只是轻笑着看向他，眼神透亮似乎让他避无可避。

齐钰抬手摸了摸鼻尖，有些不自在地说道：“其实朕是觉得你兄长的某些治国之策不错，堪为大用。只要沈王妃不给他捣乱，他日后绝对是平步青云的料子！”

沈妧见皇上如此肯定沈安陵，脸上也多了几分笑意，不由得伸开双臂，讨好似的搂住他的脖颈。

“皇上如此看重嫔妾的兄长，嫔妾自然是高兴的。娇姐姐那边就罢了，毕竟若是王妃知道了，这事儿因嫔妾而起，恐怕嫔妾的娘亲也不会好过！”沈妧轻声劝慰着，像是在安抚皇上，又像是在对自己说。

齐钰见她如此温顺，便顺手将她搂到怀里。沈妧轻轻踮起脚尖，将头埋在他的脖颈处，脸上的神色却是越发阴冷。

她要的不是沈娇降位，而是永远地失去在后宫翻身的机会！这样沈王妃就不敢轻易折磨元侧妃泄愤了，因为沈王府在大秦后宫的姑娘，只剩下两位。沈婉此刻又不能争宠，保胎还得靠沈妧从旁协助。沈王妃自然不敢轻举妄动！

第二日，待皇上出去体察民情的时候，沈妧便招来了明音。

“你找人盯着沈娇身边的宫女，只要一有动静，就汇报给本嫔。特别注意她有没有与外面的人联系。以她的性子，昨儿受了那样大的难看，若是不找茬儿才叫怪事儿！”沈妧细细叮嘱了几句，便挥手让明音下去办。

明音毕竟是从龙乾宫出来的，而且跟在皇上身后也学了不少整治人的法子。所以一般在宫中混了些日子的宫人，都知道明音的本事儿。此刻明音又是沈妩身边的红人儿，那些宫人自然都是上赶着巴结。让明音办这件事儿，再恰当不过了。

花会定在五日之后，洛阳地方的官员与京城来的礼官，凑在一处商量了许久。越想越觉得让皇上从五条路之中，选一条路去找妃嫔这法子，实在是太美妙了！皇上一定能感受到他们的良苦用心！

而在这五日内，沈娇果然被沈妩猜中了，动作频频。不过她也知道低调些，每回都是让小太监借口出去买些地方小玩意儿，从而传递书信。明音为了查证那小太监究竟跟谁会面，曾经大着胆子亲自出去跟踪。

两个人是在酒楼的包厢里见面，明音用了一锭银子就从店小二的口中套出了那人是谁，洛阳当地的一个从四品官员，正是参与这次布置花会的官员，也曾受过沈王爷的恩惠。

“奴婢见到他二人的时候，看到那个小太监从怀里掏出一封信来，似乎是沈王爷给娇修容随身带的，若是娇修容有什么难处，请那位大人出手相助的。那位大人看了信之后，便将五条路线图掏了出来，对那太监指着其中一条，不停地比划着什么，似乎要在路线上动手脚，有琴声阻碍，奴婢听得不太清楚。”明音轻叹了一口气，脸上露出几分惋惜的神色。

沈妩紧蹙的眉头慢慢松开，显然明音这丫头把事情都打听得七七八八了。既然知道是路线要出问题，那就从这方面着手防范，到时候让沈娇自己露出马脚便是！

沈妩瞧着明音一脸淡然的神色，心里却着实纳罕：这酒楼的包厢隔音最是严密，明音又是如何听到他二人的谈话？更何况听明音方才话里的意思，似乎还有琴声干扰。

“本嫔很好奇，你是怎么听到他二人说话的？”既然心底有数了，沈妩心里便松了一口气，有了闲心思开始关心起旁的来了。

明音听她这么一问，脸上露出几分怔愣的神色，像是没有想到她会如此问一般，脸上慢慢地爬上几抹红晕，竟是害羞了。

沈妩一瞧她这副模样，心里头越发好奇。便手托着腮，认真地注视着她，不让她有逃避的可能。

明音被她这般盯着，脸上闪过几分不满，最终咬了咬牙，像是放弃什么一般。

“奴婢若是告诉修仪了，您可不许笑！”明音首先给沈妩一点思想准备。

沈妩被她这番认真逗乐了，想她两世为人，什么样儿的事情没碰上过，还能被一个小宫女探听消息时所做的事儿吓到不成！

“没事儿，你就说吧！本嫔是被吓大的！”沈妩轻轻地挥了挥手，脸上带了几分不满，显然对于明音如此瞧不起她，而感到心头不快。

“其实奴婢也没怎么，就是牺牲一下色相，乔装打扮了一番，装作是孤苦无依的卖艺女子。在他们那屋弹琴的就是奴婢！”明音边说边把发髻散开了些，遮住了小半张脸，这么一瞧倒的确和原先有些不像。

沈妩着实愣住了，她从来不曾想过，一个小小的宫女而已，却有这般胆量和心机。她的脸上露出几分笑意，一把拉住明音的手，轻扬着语调，急声说道：“哎哟，我的明音啊！你怎么这么鬼机灵啊！真乃女人中的智士也，咱可说好了，日后本嫔要是与皇上翻脸了，你得向着我！”

明音瞧着沈妩这副故意装出来的夸张模样，胆子也越发大了些，仗着自己刚立了大功，便轻轻地甩开了沈妩的柔荑，轻声道：“姝修仪，您省省吧！别逗奴婢了好吗？您能轻易跟皇上翻脸了？那岂不是要便宜旁的女人了！”

沈妩被她这么一说，脸上的笑意更甚，拼命让她讲讲是如何学会弹琴的。一个伺候人的宫女而已，若是连琴棋书画都会了的话，那些拼着命往龙床上爬的妃嫔，岂不是都要觉得羞耻了！

明音一听她说到这个，脸上立刻露出了一副难以忍受的表情，她“呵呵”了两声，肃着一张脸看向沈妩，低声道：“修仪，您忘了奴婢原先是伺候谁的吗？在皇上身边的人，没有一技傍身，是想找死的节奏吗？就连明语那呆蠢丫头，都会唱几曲江南小调呢！”

这可是沈妩头一回听说，原本她只是以为皇上身边的宫人，都有非同常人的忍耐力和价值观。没想到连这种技艺都会，谁得了皇上身边伺候的宫人，不是等于拿了宝贝回家吗？

“不会吧，这后宫里会唱曲儿弹琴的妃嫔不在少数，本嫔可没瞧见皇上找人来消遣过啊！”沈妩的脸上还是一副难以置信的神色，对于这个事实，她始终有些难以接受。

“那怎么成！万一那唱曲儿的人是在念什么咒语呢！万一那弹琴之人所带的琴上抹了什么毒香呢！在皇上的眼中，后宫里大多数的妃嫔都是为了害他才进宫的！所以奴婢估摸着，他每次都得怀着万分恐惧的心情，去床上和妃嫔主子们哔——”明音这么大倒苦水之后，往常心里爱奚落主子们的习惯，就这么自然而然地流露出来了，而且还该死地讲出来了。

沈妩整个人都惊呆了！她看着明音，忽然有些不知道该如何是好。

皇上这是有被害妄想症的节奏！原来看起来那么强悍没有人情味儿的人，竟然内心遭受这样的煎熬，难怪会得神经病！

“修仪，您别这么看着奴婢，奴婢害怕！”明音一下子拉住她的手，跪倒在她的身边。

完蛋了，姝修仪被她吓傻了！再叫你嘴贱，如此强悍的姝修仪都傻了，皇上明日会让人活剐了她的！

“奴婢说着玩儿的，皇上怎么会怕人害他。那些东西没到他跟前，就已经被查出来了。皇上让身边伺候的宫女太监都有一技傍身，是因为方便省事儿。想什么时候放松一下，就什么时候来。最重要的是，奴婢们这些脸，都是他见惯了的，一般他都当作空气一样直接忽略了。那些妃嫔们有些半年没见到一面，皇上怕入不了他眼的，会把他恶心到，所以……”明音这才把正当理由说了出来，她整张脸上的表情都十分僵硬，心里头也异常难受。

完蛋了，跟爱作死的主子待一起太久，她也已经走在作死的路上，一去不复返了！

沈妩这才反应过来，瞪了一眼明音。她早就该想到，皇上不会如此没出息。抬起手慢慢地拍了拍胸脯，还好还好，她只相信了一下下，立刻就否决了！

“下回再敢胡说八道，这般没谱，本嫔就把原话告诉皇上！”沈妩知道了原因之后，立刻过河拆桥地威胁道。

虽然她心底更盼望事实就是明音所说的前一个，可惜事与愿违。

“奴婢保证！”明音冲着天的方向竖起三根手指，像是诅咒发誓一般。

她的心底却不以为然，其实她明白姝修仪的心里跟她一样，盼望着皇上是个娇弱的少年！

“去把明心叫进来，本嫔有事吩咐她做！”沈妩轻轻地挥了挥手，面色已经恢复了常态。

明音立刻从地上爬起来，快步走了出去。她再也不要跟姝修仪说心里话了！到时候若是皇上和姝修仪掐起来了，她谁都不帮，就坐壁观两个神经病斗！

明心得了吩咐，便匆匆跑去了朝臣住的院子里。她神色如常，步伐却是小心翼翼的，直到找着了沈安陵的住处，她才轻轻地松了一口气。

皇上回来的时候，就瞧见沈妩歪在榻上，一脸沉郁的表情。

“怎么了，谁又惹你不高兴了？”男人的双手放在她的腰上，就这么用力地推了她一把，直接替她翻了四个身，恰好朝着里面滚了一圈。

沈妩根本没有料到，还处于呆愣之中，整个人已经转过圈了。她看向齐钰，有些不满地“啧”了一下，就在方才，她以为自己是齐钰养的小狗，被揉拧了一下。

齐钰也没多说什么，直接脱了鞋子就在她的旁边躺下。

“啊，好累。洛阳这帮年老色衰的地方官儿，真该换换。整日吹嘘，比朕还好大喜功！”齐钰不满地抱怨了一句，也不管自己是不是用错成语了，累得连脑袋都不愿意动了。

“皇上，嫔妾幼时就与兄长分开，为了不让王妃猜疑，嫔妾与兄长见面的次数寥寥无几。这几日既然闲了下来，又机会难得，可否让嫔妾与他见上一面？”沈妩翻了个身，背朝上趴在榻上，双手支撑着上身，脸上带着几分哀求的神色，语调也是极其柔软。

齐钰慢慢扭过头来看着她，脸上疲惫的神色显而易见，眼神透着些许的迷离，像是已经处于快要睡着的境地了。

“你说什么？啊？嗯，成啊！明日让李怀恩安排一下，别在这边的屋子里见面，后院有个观赏用的园子，在那里会面吧！环境还僻静，正适合你们兄妹俩掉眼泪。别太心伤，免得……”齐钰似乎还处于状况之外，呆愣了片刻才反应过来。只是后面的话还没说完，他便已经睡着了。

沈妩瞧着他如此疲惫的样子，轻叹了一口气。九五之尊虽然浑身毛病，到处挑刺儿，但是却对这次花会的安排十分配合，并且积极地体察民情。不过他却不知道，有人利用这其中的线路，想要谋害此刻躺在他身边的人。

而被视为眼中钉的沈妩，也不准备告诉他。而是为了扳倒幕后黑手，来一招螳螂捕蝉黄雀在后的戏码。明明想要掌控一切的人，偏偏总是因为站得高，而被众人联合隐瞒。

第二日，皇上果然信守诺言。沈妩起身的时候，便瞧见李怀恩候在门口，才知道皇上带着宫人已经走了，留下李怀恩先安排好他们兄妹俩的会面，再去皇上那边。

沈妩带着明心和明音，身后又跟着两个小太监，走到了皇上昨日所说的园子里。沈安陵就在一处凉亭里等候着，远远地瞧见沈妩，脸上先露出了个如沐春风的笑容。

“咱家就不过去了，在这里等着修仪。”李怀恩也知道他们兄妹俩有体己话要说，便在离凉亭有一段距离的时候，停下了脚步。

“劳烦李总管了，皇上那边离不开你，现在就过去吧！本嫔说完话就回去！”沈妩轻轻地点了点头，脸上露出几分客气的笑意，柔声说道。

李怀恩立刻摆了摆手，低声道：“皇上特地吩咐下来，让奴才送您回去才行。您去说话吧，无论说多长的时间都不碍的！”

这也是皇上的一片好意，沈妩不好推辞，再次笑了笑便走进了凉亭里。

沈安陵身后也带了两个小厮模样的人，只是那两人才十三四岁，看起来眉清目秀，身子根本没有长开，瞧着倒与沈妩的身材一般纤细。而且若是这么乍看过去，这两个小厮的脸型轮廓也偏阴柔。

“你过得如何？”沈安陵的眼神细细地在她身上扫了一圈，见到沈妩面色红润的模样，心里头也稍微放松了些。他眼角的余光打量到守在外头的李怀恩，眉头轻轻挑起。

沈妩也注意到他的神色，脸上露出一抹笑意，忽然就扑向他，双手扯住他衣裳的前襟：“哥哥，阿妩好想你啊！”

沈妩的声音里带着几分委屈和娇嗔，她这么一扑过来，吓得沈安陵抖了一下。在凉亭里候着的几个人都被沈妩这个动作惊到了，姝修仪这么深情款款，是怎么了！

李怀恩正好奇地勾着头往亭子里面瞧，沈妩那声叫唤的语调也特意抬高，他自然是听得清清楚楚。

沈安陵的身体猛地僵了一下，不说他和沈妩从来没有这般亲近过，就算平时连见面都很少，何曾如此热情洋溢的投怀送抱。他下意识地低下头，恰好对上沈妩那张娇俏的脸。

只见她仰起头，冲着沈安陵调皮地眨了眨眼眸，嘴角处闪过几分狡黠的笑意。

“有旁人瞧着，我们不怎么好说话。”沈妩的声音压得极低，仅够他二人听到的。

沈安陵立刻明白了她的意思，脸上僵硬的神色逐渐缓和了下来，重新换成了如沐春风般的笑意。他慢慢地抬起手，轻轻地拍了拍沈妩的肩头，柔声道：“都多大了，还这般黏人。已经身为修仪了，若是再这般，可要被宫人笑话了！”

沈安陵的声音比平常要温和上许多，只是若是仔细观察，还是可以瞧出他身体的僵硬，一动都不敢动，像是生怕惊扰了怀里的沈妩一般。

站在凉亭外的李怀恩，心里正纳闷着：都说这兄妹俩年幼就分开了，怎么这会子瞧来，比寻常人家的兄妹还要亲昵。他虽满腹狐疑，却也不好意思再紧盯着瞧，便轻轻侧过身去。

沈安陵看到李怀恩不再往这边看，心里便立刻松了一口气，连忙抬起手轻捏了一下沈妩的肩头。沈妩便慢慢远离了他的怀抱，脸上的笑意不变。她扭过头，冲着一旁站着的明音使了个眼色，明音便认命般地往凉亭外走去，凑到李怀恩的身旁。

沈妩瞧着明音已经开始跟李怀恩拉扯起来，便松了一口气。

“昨日让明心通知哥哥找的人，是后面这两位吗？”她轻声问道，眼神下意识地打量着沈安陵身后的两个人，脸上露出几分满意的神色。这两人因为相貌阴柔，从某一个特定的角度看过去，的确有些像女子。

“是，他们两个虽然年岁小，可都是有功夫傍身的。不过拳脚功夫不怎么利索，也只能防备一二，不能当成高手使唤！”沈安陵轻轻地点了点头，他不知道沈妩找这样相貌身量的小厮，而且还得会功夫的，究竟是为何。不过也不好开口问，有些不放心地叮嘱了几句。

“当然，花会那日，哥哥最好找人一同前行。就要他吧，找个僻静的地方换下衣裳，待会儿跟着本嫔走！”沈妩知道沈安陵是在担心，但是这事儿不是一时半会儿能说清的，索性含糊地应承了几句，就随手指了一个小厮，让身后的小太监与这个小厮悄悄出去换衣裳。

沈安陵一见她这意思，是要把小厮带在身边，脸上不由得闪过了几分惊诧的神色，有些着急地道：“你带个半大的男人在身边，是不是有些不方便，而且也太冒险了！”

虽说这些小厮，不过才是半大的孩子，因为跟着武先生练过几日功夫，才被沈王妃拨到沈安陵身边使唤。平常这些小厮也都是跑腿，还是沈妩派了明心来要人，沈安陵才想起有这样的人。不过毕竟是跟在沈妩身边，若是被人发现了，什么样的罪名，都能冒出来的。

“无事，我心里有数。不会让旁人发现的！”沈妩摆了摆手，脸上是一副自信满满的神色，显然已经安排好了。

沈安陵见她如此肯定，也就不好再过问了。两人说了一会子话，待那小厮换完了衣裳，沈妩先行出了凉亭。

她走到李怀恩面前的时候，脸上的神色有些伤感，一副不忍与兄长分离的神色。李怀恩瞧见她这副模样，也不敢多说话，只是抬眼悄悄打量了一下，便低着头跟在后面走着，根本没有发现那个走在后头始终低眉顺目的小太监，已经换了人。

傍晚皇上回来的时候，沈妩坐在饭桌前，脸上还是一副郁郁寡欢的神色。显然齐钰已经听李怀恩说过他们兄妹见面的过程了，此刻便走上前去，一屁股坐在她的身边。

“花会的事儿终于定下来了，朕会去走你赏花的那条路。还有两日便到了日子，到时候你就能再见到沈家世子的，没什么好难过的！”齐钰边说边亲自动手盛了一碗米饭，推到沈妩的手边，示意她举起筷子用膳。

皇上亲自盛的饭，沈妩自然不好再是一副没有食欲的表情。她低头捧着饭碗安静地吃着，虽然脸上的神情还有些沉郁，不过气氛已经好了些。

后两日，皇上便清闲了下来，也不再去街上体察民情了。一心待在行宫里，带着沈妩瞎逛，似乎是为了让她转换心情。

皇上如此有心思地逗她开心，沈妩自然也是倾力配合。当然这配合，是在床上实行的。对于沈妩这种乖顺又温柔的伺候，齐钰仿佛又回到沈妩初进宫那会儿，整日神采奕奕，龙腾虎跃的，浑身有使不完的力气！

沈妩看着皇上一日日缓和的面色，脸上也是笑意连连。只是嘴角扬起的弧度，却越发带着几分诡异。

总算到了举办花会那日，原本这主要是为了愉悦皇上而搞的活动，所以随行的官员都十分有眼色地选择了在不远处的大园子里观赏。除了限定的五条路之外，还有其他不同方向的小道。沈安陵记着沈妩那日所说的话，并不曾走远，一直跟着人群在园子里瞎逛。

沈妩她们也已经拿到了路线图，对于自己所要走的路线谨记于心。今儿还是沈娇被责罚后头一回露面。她脸上的神情瞧不出什么，只是偶尔会悄悄将眼神投注到沈妩的身上。待沈妩察觉到，转过头去看的时候，沈娇已经收回了目光。

沈妩今日特地穿了件轻薄的罗裙，身上还披了件墨绿色的薄披风遮阳。天公不作美，原本还艳阳高照的天气，忽然就变得阴沉沉的，甚至还带了几分凉意。

沈妩的身边只带了明心与明音二人，快要出发之前，皇上走到她的面前，将她披风后面的帽子给她戴上，并且还替她将帽子上的锦带系好。

“身边不带旁人，真的没关系吗？要不你把李怀恩带着？”齐钰看了看她身后长得跟瘦弱小鸡似的明音和明心，脸上露出几分不赞同的神色。

明音二人被他这么一瞧，纷纷低下了头，默默地在心底冲着皇上竖了个中指！呵呵，皇上，待会儿姝修仪要玩儿个游戏，叫逗你玩儿！

“不碍的，李总管又不会武艺，嫔妾带上也没用。况且皇上是要过来找嫔妾的，没多长时间！”沈妩轻轻地摆了摆手，低声劝慰着。

两人耳鬓厮磨的模样，自然是惹眼得很，其他几位妃嫔就被晾在一旁。沈娇看向他二人的身影，眼中闪过一丝歹毒。

“出发吧！”齐钰手一挥，脸上的神色慢慢变得阴冷。

沈妩等五个人从五个不同的方向走，在各自小路的尽头，有一个凉亭。那里便是目的地，到达之后只需等待皇上的到来即可。若是半个时辰之后，并不见皇上的身影，证明皇上没有走这条路，即可原路返回。

沈妩抽到的路线，恰好是比较曲折的，弯弯绕绕的好不麻烦。她刚走了十几米，就已经绕了两个弯，皇上和那些朝臣宫人的身影早已瞧不见了。

“是在这里吗？”沈妩根本无心欣赏沿路的风景，她停在一处假山前面，回过身来轻声问了一句。

“是。”明音仔细瞧了瞧周围的环境，轻轻地点了点头。

五条路线图，早在之前皇上就给沈妩瞧过了。其他四条路都还算平缓，就这条路最过崎岖。要出什么岔子，肯定是这里了，所以沈妩就先让那个小厮潜入这里。

明音的话音刚落，就有一个穿得跟沈妩一样轻薄罗裙的人走出来，身量与沈妩一般高，面相阴柔，这么一打扮，倒的确像个娇弱的女子。

“前面的路还有一段，这里毕竟是洛阳，本嫔不敢找人大张旗鼓地调查。后头肯定是有风险的，你要小心。让这位明音姐姐跟着去，到时候若是遇到危险了，按第一计划行事！”沈妩边说边脱下了身上墨绿色的披风，亲自替那个小厮穿上，神色严肃，冷声提醒着。

说到最后，她还转过身来，抬起手指了一下明音。明音正悠然自得地四处赏花，听到沈妩这句话之后，立刻转过头来看着沈妩，满脸惊呆了的神色，她忽然感到来自沈妩的恶意！

明知前面有风险，还让她去！怎么不让明心跟着！

明音一脸怨恨地看向沈妩，亏她还选择了一同欺瞒皇上，帮着沈妩。怎么一扭头，姝修仪就翻脸了！这就是忘恩负义的节奏吗！

040

蛇群来袭

“明心，修仪让你跟着去呢！”明音装作没听见，抬手推了一把站在旁边的明心，下意识地后退了两步，脸上带着几分不情愿与惊恐的神色。

明心扭头看了她一眼，又瞧了一下似笑非笑的沈妩，最终默默地抬起脚，慢腾腾地走到沈妩身后站定。主仆俩一起扭过头看向明音，统一战线。

“明音，你就认清现实吧！主子是让你去的！你胆子大，而且脑子灵活，此等重任非你莫属！”明心探头探脑地轻声夸奖了几句，只是态度不坚决，听起来有几分言不由衷的感觉。

明音欲哭无泪地瞧了她们二人一眼，只好慢慢地走到那个小厮身后，深一脚浅一脚地往里头走。谁让她一时鬼迷心窍，答应了要帮姝修仪，结果此刻骑虎难下，她不帮也得帮！谁让她们是拴在一根绳上的蚂蚱呢！

那个小厮将披风帽子裹得紧紧的，头轻轻低着，从背影瞧过去，简直和沈妩一模一样。再加上明音曾经特意教过他女子走路时的姿态，这个小厮模仿得十分到位。那弱柳扶风的模样，分明就是女子的姿态。

两个人一前一后沉默地走着，越往里走道路越曲折，明音的心跳也越来越快。她有些腿软，暗自想着姝修仪上回对娇修容，是有点不厚道。不想帮人家在皇上面前美言，直说就是了！为什么要作死地去告状，害得此刻她跟着倒霉！

一阵冷风吹过，两人又绕过一个弯。带头走的人先行停了下来，却依然低着头。明音也跟着停下脚步，下意识地抬起头，一瞧不远处竟是图中标出的凉亭。

明音轻轻地松了一口气，总算是到了目的地。她虽然庆幸这一路没有遇上埋伏，不过却不敢掉以轻心，越到最后就越容易出事儿。

两人都屏住了呼吸，明音有些受不住此刻冷寂的气氛，连忙快走了一步，凑近那个小厮的旁边。

“嗞嗞”，一阵令人心烦的噪声，打断了这诡异的安静，而且声音越来越近，明音听着这声音，心底直发毛。

她下意识地抓紧了那个小厮的手臂，不停地咽着口水，瞪大了眼睛看着。忽然她瞥见两道比较熟悉的身影，虽然没有穿着宫中的衣裳，但她还是一眼就瞧出那是沈娇宫里伺候的内监，这次也跟着出宫来了。

“小德子，别跑！”明音大着胆子扬高了声音喊出一句，只是尾调都在打战，根本不见平日里的气魄。

那两个小太监听了她的喊声，跑得更加快了，每人手里都拿着一个极大容量的麻袋，显然是装了什么东西。

身边的小厮终于抬起头朝着那两个太监逃跑的方向看了一眼，秀气的眉头轻轻蹙起，被明音快要捏爆的手臂动了动。不得不说，这女人的手劲儿真大！

一股子腥臭味传来，数十条花皮蛇从牡丹花丛中钻了出来，它们瞪着那双凶狠的眼眸，嘴里的红芯子不停地吞吐着，纷纷朝着明音两人这边包围过来。

“嗞嗞”，那种扭曲的爬行方式，让明音一阵腿软，头皮发麻。这难耐的声音越来越近，也越来越响亮，像是一道催命符般，宣示着这两个可怜人的下场。

这些蛇一瞧就是剧毒无比，被咬上一口随时都能致命，很显然沈娇没准备要让沈妩活着出去，她要的就是沈妩那条命！

“怎么办？你倒是说句话啊！”明音不敢乱动，只好用手不停地掐着那个小厮的手臂，急得快要哭出来了。

她还是如花似玉的年纪啊，不要被沈妩坑死在这里！再叫她作死地背叛了皇上，选择沈妩啊，简直就是天下最赔本的买卖啊！

“我还没嫁人，我还这么年轻！哼嗯！”明音此刻早就不顾及什么理智了，眼泪吧嗒地开始哀号。

“头上的簪子借我用用！”那个小厮实在是忍受不了她的号哭了，一下子扭过头来，顺手从她的头上抽走了一根簪子。好在对于这些金银饰物，沈妩一向不吝啬，对明音这种近身侍候的宫女，更是赏了不少。

所以他此刻拔出的簪子，质地精良，并不是那种易弯折的银簪。

明音收了眼泪，似乎想起沈妩临行前的交代，暗自咬了咬牙，抬起手擦了擦眼泪，死也要死得壮烈。她连人都弄死过，还会怕这些畜生吗！

明音再次瞧了瞧那些凶残的冷血动物，顿时又抽噎了一下。好可怕！

“给，这香囊里头混合着雄黄。我们出去训练的时候，经常会遇到蛇，武先生让人做的。这个留给你挡一下，等我开始杀蛇的时候，你就要拼命地喊叫，引来皇上。”那个少年从腰上将香囊解下，手上的金簪一下子戳破了香囊外头的锦布，香料便都撒了出来。

少年小心翼翼地拿着香囊，绕着明音撒了一圈，又用脚将香料踝了踝，确定明音身边都有这种香料护着。

明音此刻已经冷静下来，默默地点了点头。即使在皇上身边被折磨，她也是一直未出过宫的柔弱女子，哪里见过这么多的蛇聚在一起。不过此刻身边这个比她还小一岁的少年，却是异常镇定冷静，也瞬间感染了她。

有了雄黄味的刺激，那些蛇果然不敢再靠近，却依然紧紧围绕着二人，迟迟不愿离去。

那个小厮抬起手拍了拍明音的肩膀，便一个箭步冲了出去。前方的那些蛇，好几条都张开了血盆大口，露出尖锐的毒牙，要来咬他。他就这么举着手中的金簪，猛地一下就刺进了蛇头。再猛地一甩，将那条蛇甩得老远，继续刺杀第二条拥上来的毒蛇。

“来人啊，有蛇啊！快来人啊！姝修仪不见啦！”明音深吸了一口气，大声地喊叫道。

她看着那身穿绿色披风的少年，一步步往蛇堆里钻，硬生生地用一根簪子杀出一条血路来。蛇血很快就将那绿色的披风染红，腥臭味也更加浓郁。这样的血腥味，似乎将毒蛇体内的凶残激发出来了，不少蛇都围着那个少年转。

明音呼救的声音逐渐带了几分颤抖的哭腔，她整个人都在发抖。

沈妩和明心与他二人别过之后，就躲在假山后面，此刻听到明音的呼救声，沈妩不由得心底一凉，脸色惨白。她几乎想都没想，就要冲出去。沈娇怎么敢用蛇来对付她！

一直注意着四周动静的明心，却是一下子反应过来，连忙伸出手捂住她的嘴，一把将她扯了回来。

沈妩怒瞪着一双眼，只见明心冲着她嘘了一声，朝着前方努了努嘴。沈妩下意识地偏头看过去，只见皇上带着一群侍卫冲了过去。齐钰一马当先冲在前头，身子腾空跃过，偶尔脚尖点一下地面。

沈妩透过假山，恰好看见了皇上一闪而过的侧脸，苍白而焦急。

待这帮人走后，才是跟在后头跑得气喘吁吁的李怀恩外加一队宫人。等周围的人都走光了之后，明心才放下手来，低声道：“主子，不能功亏一篑。皇上都已经过去了，明音和那个小兄弟肯定按着计划行事，你不能坏了事儿！你得替他们还有你自己讨回一个公道！”

明心原本是想着好好规劝沈妩的，哪知她边说边红了眼眶，说到最后竟是颤抖地呜咽起来。她不知道自己是怎么了，就是心慌，难受得很！那种想救人，又无能为力的感觉，让她有一种深深的挫败感！

沈妩不停地深呼吸，鼻子也跟着泛酸。方才是她坚持要明音跟过去的，她根本就没想到沈娇竟真的一出手，就是如此狠毒的杀招！一点余地都不留！她才入宫半年而已，沈娇竟是如此迫不及待地要她的命！

明音跪在地上，那个少年已经开出一条路来，眼看就可以离开了。可是忽然一条蛇逮住了，几乎一下子咬在了他的胳膊上。少年却是眼睛都不眨一下，将手中的簪子换到另一只手里，继续杀蛇。

“簪子下次再还给你！”那个少年又举起手中的簪子杀了一条蛇，原本金光灿灿的簪子，早已被鲜血染红。

他说完这句话，便快速地跑走了。那些蛇也追不上了，徘徊了片刻，便转了回来。

明音的声音已经喊得嘶哑了，她正处于绝望的时候，忽然几声殷切的呼喊声传来。

“阿妩，沈氏阿妩！”皇上急切的声音，在此刻听来，简直有如天籁。

大队人马的到来，让那些蛇也感到害怕，有不少已经退下去了，却也有几条被饿得狠了，依然处于狂暴的状态。

那些侍卫一过来，就拔出腰间的刀，三两下就解决了这几条剩下的蛇。齐钰一把拽起跪在地上的明音，一瞧不是他要找的人，脸上焦虑的神色更加严重。

他抬起头扫视了一圈，只瞧见满地蛇的尸体，鼻尖还萦绕着血腥味，却唯独不见那一抹身穿绿色披风的身影。

“姝修仪呢！”他扯着明音衣襟的手，微微用力，手背上的青筋都能瞧见，这种失去的滋味，他已经许久未曾感受过了。

明音有些惊魂未定，不过事前演练过无数次的场景，她很快就进入了情绪，眼泪未干的眼眶，直接落下了泪珠。

“瞧见这么多蛇来了，奴婢便死死护住姝修仪，让她赶紧先走。皇上来的路上，没有瞧见她吗？”明音的声音里带着哭腔，面色惨白，嘴唇上连一丝血色都没有。

齐钰的眉头紧紧蹙起，他根本没有瞧见沈妩，这一路上连个人影都没有。

明音深吸了一口气，脸上悲恸欲绝的表情已经酝酿好了，忽然整个人惊了一下。

“修仪退着跑出去的时候，身后还跟着几条蛇。莫不是被蛇咬了吧？会全身变得黑紫吗？会毒气攻心，死得异常痛苦吗？”明音原本只是想让皇上着急一下而已，哪知越说越想起那个被蛇咬到的少年，竟真的泪流满面，一时哭得不能自已，整个人都痉挛起来。

不知道那少年还能不能活下来！

齐钰认为她是真情流露，心里对沈妩的担忧也越发深重。他的脸色更加白了几分，一把将明音摔在地上，扬高了声音怒吼道：“不可能的，阿妩不可能死的！”

男人此刻明显情绪有些不稳定，他抬起头四处张望着，像是要寻找往日熟悉的身影一般，但是此刻他根本就看不见。

他的心并不感到痛，只是有些难受。空落落的，像是把一件很重要的东西遗落了，再也找不回的感觉。

“皇上，等等奴才，姝修仪吉人天相，一定会没事儿的！”李怀恩这才带着众宫人磨磨蹭蹭地赶来，他先瞧见了明音，便自然而然地认为沈妩肯定也是安全的，嘴里劝慰的话就直接蹦出来了。

只是他说完之后，才发现气氛不对劲。明音跪在地上哭哭啼啼的，整个人如丧考妣的模样，根本没有平日里的淡定冷静。李怀恩这心里头就“咯噔”了一下，小心翼翼地抬起头，恰好对上皇上那张冷厉的脸。

他整个人一哆嗦，腿一软就跪倒在地。许久都未曾见过皇上如此阴冷低沉的模样，脸上的杀机毕现。

“阿妩，阿妩，你在哪儿？！”齐钰快步冲过来，一把推开李怀恩，就原路返回去找人。

李怀恩刚刚经历一段长跑，上气不接下气的，此刻哪里能承受得住齐钰这样狠力一推，直接摔倒在地上，似乎都听到骨头的脆响声了。

“阿妩，沈氏阿妩！”男人焦急的呼唤声，隐隐约约传来，显然皇上已经找过来了。

躲在假山后面的沈妩，面色阴沉，低着头看向一旁的碎石，眼中闪过一道狠厉。

“主子，皇上快要过来了，您快准备一下！”明心一直趴在假山后面盯梢，此刻听到声音，连忙低声提醒沈妩，脸上带了几分焦急的神色。

只是她一扭脸，就瞧见沈妩弯腰捡起脚边带着尖锐棱角的碎石，一下子踢掉了脚上的绣鞋和足袋，露出光滑白皙的玉足，她根本想都没想，直接用石头往脚上狠力一戳。鲜红的血液，一下子流了出来，她的眼泪也被生理上的疼痛，硬生生地逼了出来。

“主子，你做什么！”明心整个人都被吓傻了，她不知道沈妩方才还好好的，为何忽然要如此阴狠地自残。原先的计划里根本就没有这一项，只需要沈妩假装崴了脚，引得皇上垂怜就行。

沈妩疼得根本就顾不上回答，只是拼命地吸着冷气，眼泪无声地往下掉，忍着疼痛，将足袋和绣鞋慢慢地穿上。

血，很快就染红了绣鞋。

“我要皇上根本无法留有余地，我要堵朝臣和天下人的口，我要沈娇那条贱命！贱人，我沈妩一定要你不得好死！”沈妩边哭边狠声地说着，她的声音在打战，整个人也跟着发抖，不知是疼的还是气恼的。

明心原本还是惊慌失措，忽然就冷静了下来。她的脑海里回想起原先明音的呼救声，心里的恨意又增添了几分。

明心没有再劝，而是咬着牙搀扶着沈妩走出了假山，绣鞋上的血迹逐渐增多，最后走到路中央的时候，地面上甚至能印出一整只绣鞋的印记。那样的鲜红色，触目惊心。

“阿妩，你在哪儿？朕来找你了！”男人的脚步和呼唤声越来越近，也越发的清晰。

明心不再迟疑，连忙小跑着躲到假山后面。沈妩慢慢地坐在地上，放低了身体变成趴在地上，她眼睛里的泪水早已将视线模糊掉了，眼前的景物根本就瞧不清楚。

她却努力地拖着那只带血的脚，用双手抠住地面往前爬。

这一石头戳下来，不仅是为了让苦肉计变得逼真，让皇上心疼，更是为了她自己！她要永远记住这一点：即使沈妩回来，转变了性格，要张扬跋扈地潇洒过活，曾经的贱人们还是一点都没变，总会跳出来想方设法要杀死她！

既然无法改变别人，就只有转变自己！她不仅要表面风光，她还要名副其实地虐杀！

齐钰赶到的时候，沈妩正朝着他的方向侧爬过来，他的脑袋忽然有些发晕：那个如弱柳扶风一般的爱嫔，此刻拖着一条血迹，往他这边爬过来。这是他根本不敢想的事情！

“阿妩，阿妩，你怎么了？”皇上的面色苍白如纸，想要冲过来，却感到腿发软，有些不得劲。

先皇在世之时，齐钰作为皇子必须有战功加身，他还曾披甲上阵过。当初面对千军万马，他都能谈笑风生，此刻面对眼前这个伤痕累累的女人，他却走不动路。

“太医，太医！”他踉跄着跑过来，猛地将沈妩抱到怀里，开始疯狂地往回跑，嘴里不停地喊叫着太医。

沈妩的双手下意识地抓住男人的衣襟，紧绷的神经一下子松开，便直接晕了过去。

皇上抱着她一路飞奔往园子中央，侍卫队也紧跟其后。过了片刻才是李怀恩带着的宫人们，明音也走在队伍里，她的精神虽然有些萎靡，不过浑身上下却没有一点受伤的地方。

明心的眼神四处乱看着，显然在寻找明音，待她瞧见明音安全的时候，心里也长长地松了一口气。

明音被人搀扶着，看到假山的时候，原本沉郁的面色忽然变了一下。她慢慢地抬起头，扭过脸看向假山，恰好就对上了明心对望过来的眼神。明音冲着她使了个眼色，待队伍往前走了走，明心便悄悄地走了出来，跟在队伍的最后面。

齐钰一路狂奔抱着沈妩出现在众人的面前，有不少朝臣根本就没走远，此刻看着皇上一脸阴沉地抱着受伤的沈妩出现时，众人的脸上皆闪过一丝惊诧。

其中有一个洛阳的地方官儿瞧见沈妩这副模样的时候，整个人都僵住了，他的手抖了抖，掌心里捧着的茶盏就摔落在地。这个人正是先前与沈娇的人接头的四品官员。

听到皇上急声的叫唤，太医连滚带爬地跟着进了休息的房间里，连忙让随行的司药司宫女帮沈妩止血。仔细地诊了脉之后，立刻提笔开方子。

沈妩当时气急，拿着石头往自己脚上戳的时候，力道没有控制好，所以这伤口就扯得有些深，还好并没有伤到筋骨。只是因为怒极攻心，才会直接晕倒了。

太医不仅开了药方子，还让人出去炖补汤。他瞧着皇上如此着急的模样，说出来的话自然就斟酌了几分。

“姝修仪这是情绪极其不稳定，像是受了什么刺激，奔跑之时被石头直接划伤，这样深的伤口，很显然当时情况紧急，她急于摆脱，才会弄成这样！”太医不知道沈妩究竟发生了什么事儿，也只能模糊地说着。

不过他这几点，倒是恰好吻合了皇上脑子里构想的场景。齐钰立刻就雷霆震怒，他指着太医的鼻子道：“别跟朕说这些乱七八糟的，立刻就去诊治！一定要把她救醒过来！”

太医不敢再耽搁，亲自盯着人熬药炖汤。又找来了珍藏的药丸，让沈妩含着。几个司药司的宫女一起，来帮着沈妩的脚止血，各种珍贵药材自然都用上，片刻之后，血便止住了。

“明音呢？把她叫过来！”齐钰心头的怒火难平，他又怕自己吵到沈妩，便走出了房间，冲着身后紧跟的小内监问道。

那个小内监浑身冒冷汗，方才回来的路上，明音忽然把李总管拉过去说话了，到现在都没见到他二人，李总管就随手指了个小内监来皇上身边服侍，偏生倒霉的就是他。

他咽了咽口水，心想肯定没救了，正愁皇上会选择哪种法子杀死他，便瞧见李怀恩和明音的身影了，心头不由得舒了一口气。

“皇上，李总管和明音一起过来了！”那个小内监伸手指了一下，便慢慢地退回到齐钰的身边。

齐钰冷着一张脸，看向慢慢走过来的几个人。李怀恩带头，身后便是一个小宫女搀扶着明音，后面还有几个太监扣押着两个人。

几个人一走过来，李怀恩冲着皇上行了一礼，便自动站到一边。明音则直接跪倒在地，那几个太监直接伸脚踢上了押着的两个人的膝盖，那两人便直接跪倒在地。

“皇上，奴婢今日斗胆恳求您为姝修仪做主啊！”明音先是干净利落地对着齐钰磕了三个响头，声音哀切十足，脸上的表情惊恐万分，显然还没回过神来。

齐钰的眼睛轻轻眯起，眼神幽冷地看向明音，似乎等着她说出什么话来。

“姝修仪和奴婢走到凉亭附近的时候，忽然听到‘呲呲’的怪声，然后就涌出好多蛇来。奴婢正纳闷为何牡丹园里会有如此多的蛇，便瞧见这两个人，拿着麻袋往回跑。奴婢认得其中一个，就喊他，他却越跑越快！”明音的声音哀切，她虽然低着头，但是眼睑上扬，始终在偷偷打量着皇上的神色。

皇上听了她的话之后，脸上愤怒的神色消了些，紧皱着眉头显然在思考她所说的话。

明音心里一凉，那个少年被咬了之后，她的理智就一直处于崩溃的边缘，就只想着赶紧把沈娇咬出来，便让李怀恩立刻去捉拿小德子等二人。可是她却忘了，此刻站在她面前的，乃是大秦的九五之尊。即使他的情绪为沈妩的受伤所迁怒，但是不代表他就没了脑子。

明音受了如此大的惊吓，怎么还会如此头脑清醒地去想着抓人。应该等着皇上来问，然后再惊慌失措地回想起来，最后才是去抓人。结果她这一下子三级跳，倒是要坏事儿。

心急吃不了热豆腐！

她暗自皱了皱眉，走在路上的时候，明心就悄悄地走到她身边，把沈妩自己划伤了脚这事儿告诉她。都已经到了这种关键时候，怎么能因为一点小瑕疵而功亏一篑！

明音猛地抬起头来，忽然从地上爬了起来，抬起双手亮出长而尖的指甲，一把就抓上了小德子的脸。

“你为何要害我主子，姝修仪根本就没见过你！你害我主子，我岂会放过你！”明音边说边恶狠狠地用指甲去抓挠，脸上的表情十分狰狞可怖，那略显癫狂的模样，着实让周围的人都呆愣了一下。

这里大半都是龙乾宫出来的人，和明音都是比较熟悉的，还是头一回看见她如此疯狂的模样。

齐钰的眉头皱得更紧，不过他的脸上倒是少了几分猜忌的神色。

“把她拉开。”男人轻轻挥了挥手，立刻就有两个太监走上前来，慢慢地拉开她。

明音早已赤红了双眼，双手依然保持着往前伸的动作。待把她拖走之后，众人才瞧清楚，小德子那张脸已经被抓花了，上面留有非常清晰的手指印，并且鲜血淋漓，瞧着甚为吓人。

“告诉朕之后发生的事情。”齐钰重新冷下了语气，挑着眉头看向她。

明音不停地抽噎咳喘着，几乎整个人都处于极度悲伤和气愤之中。她抬起一张脸，有些楚楚可怜地看向齐钰，但是根本说不出一个字来。只是不停地颤抖着，瞪大了眼睛看向他。

齐钰眉头皱得更紧，似乎对于明音这种半死不活的状态，已经忍耐到了极限。还是站在一旁的李怀恩，实在看不下去了，连忙走上前半步，低声说道："皇上，这两个狗奴才都是娇修容身边的人。明音这样子，恐怕是受惊过度，方才跟奴才说要抓人的时候，也是战战兢兢的，像是硬撑着一口气似的。此刻见到已经抓到人了，估摸着那心里紧绷的神经便松懈下来了，恐怕意识有些不清醒。"

李怀恩这样的人精，最擅长的就是说好话。此刻他心底原本就偏向明音，所以说出来的话自然就头头是道，而且一般还难以辩驳。

"好，这事儿就交给你来查办！"齐钰一听到沈娇的名字，脸上就闪过几分阴狠的神色，额头上的青筋毕露。

他暗自咬了咬牙，并没有当场发火，而是把这件事儿交给李怀恩来查。

沈妩被灌下了药，呼吸逐渐平稳了下来，像是睡着了一般，苍白如纸的面色也慢慢有了些血色。

丽妃她们四人从各自的路线上回来的时候，都察觉到气氛不对劲。园子的朝臣已经散去差不多了，周围也是好几排侍卫把守，像是提防着什么一般。

沈娇的面色有些不对劲，瞧这气氛虽然比较诡异，但还算是平静，根本就不像是死了人的。她第一个冒出来的念头就是，这次很有可能又被沈妩侥幸逃脱了。

"皇上想请四位妃嫔娘娘先在这里逛逛，待会儿他有事儿要宣布。"走过来四个小宫女，领头的那个轻声说道。

丽妃四人的脸上皆露出几分惊诧，她们从小路里刚出来，走了那么久的路，自然是浑身酸软疲累的。原本这里就提供她们休息的房间，可是此刻却不让进去，而是派了宫女来监视她们吗？

四人的脸上皆露出几分惊疑的神色，却又不好开口问，只好在那几个宫女的示意下，慢悠悠地四处闲逛。

沈娇一脸的心不在焉，她虽然做了安排，却也不知现在情况究竟如何。此刻皇上又让人带她们在花园里绕圈，她这心里头如何都不大踏实，就像是百爪挠心一般，难受异常。

其他三人明显就镇定多了，身正不怕影子斜。直到今日，许衿还未从沈妩请她喝茶的阴影中走出来呢！而且对于那些需要细品的贡茶，她更是不敢喝了，只要一沾上，就能想起当日她到底有多惨，足足拉肚子拉了一个下午。

斐安茹则无心去争，她上头还有个瑞妃没倒，也不稀罕她上蹿下跳地收拾人。丽妃就更不会出手了，明显有沈娇这个蠢货在，根本不需有人从旁协助，这沈家姐妹俩就能掐上一出好戏。

过了半晌，身穿黑色长袍的男人才走过来，他脸上的神色带着几分沉郁，眸光里隐隐约约透着杀气，让人不敢与之对视。

他身后自然是跟着李怀恩，后头还有无数的宫女、太监。这些人早就感受到了皇上身上的低气压，皆是低头敛目，生怕有任何一点响动，就会惹来皇上不快。

“见过皇上。”丽妃等四人原本就没走远，见到男人来势汹汹的模样，心里虽然怔了一下，行礼的动作却如行云流水，丝毫不受影响。

齐钰的目光一一在她们身上扫过，脸上露出一抹冷笑。

“在各位爱妃、爱嫔起身之前，朕想先给你们看样东西！”男人阴冷的声音传来，但是语调却轻轻上扬，像是即将要陪着她们看什么美好的风光一般。这样强烈的反差对比，听到各人的耳朵里，带着十足的诡异。

齐钰往旁边站了站，他抬起手猛力一挥，就有太监拖着两个麻袋过来了。众人的眼光都被吸引了过去，只是刚瞧过去一眼。“啊——”就有人尖叫出声。

那两个麻袋的容量很大，里面鼓鼓囊囊的，显然装了不少东西。慢慢地在地上拖着，一路走来留下一道血迹斑斑的印记，瞧着好不吓人。再怎么说，这里大多是女流之辈，特别是丽妃她们这样的，即使真的对谁下过狠手，却也很少看到这样血腥的场面。

站成一排的四个人，都是脸色苍白，额头上冒出了细密的汗珠，根本不知道皇上这唱的是哪一出。那两个太监就这么直直地把那两个麻袋拖到她们四人跟前，浓重的血腥味传来，几乎让人眩晕。

最重要的是那麻袋里似乎还有什么活的东西在动，瞧着更是心里瘆得慌。

“打开，把里头的东西倒出来！”齐钰面无表情地冲着拖麻袋的两个太监挥了挥手。

那两个太监明显犹豫了一下，抬起头悄悄地瞧了瞧两步之隔的四位娇美人，手上的动作却是不敢耽搁，小心翼翼地解开扎住麻袋口的麻绳，然后便快速地小跑到麻袋后面，一手提住一个角，连忙往外倒东西。

“咝咝——”当那东西露出来的时候，所有的人都惊慌失措地四处散开。血气冲天，每个麻袋里倒出一具尸体，面容模糊，身上盘踞着三条花皮蛇，蛇身上沾染上了尸体的血迹。此刻刚从麻袋里被倒出来，似乎在责怪旁人打扰了它们进餐一般，怒瞪着一双绿眸，红芯子不停地吐进吐出。

许衿和斐安茹毕竟刚入宫，这种腌臜东西见得少，直接跑到一旁恶心地吐了起来。丽妃和沈娇也好不到哪里去，面无人色，浑身冰冷。那蛇还缠绕在尸体上，摇头甩尾的模样，像是已经咬住了自己一般。心底的恶心感，不停地翻涌着。

沈娇感到一阵头皮发麻，虽然那两具尸体的面容已经有些模糊，但是还是可以依稀辨认出来。再加上她一瞧见蛇，心底就开始慌了，一眼便认出来那两具尸体真的是这回随她出行的太监，也正是她派出去偷偷潜到沈妩那条路线的终点，待沈妩到达之后，伺机将蛇放出去的。

此刻皇上让她们看这种东西，还有什么不明白的！

“救命啊，有蛇！”那些没有思想准备的宫女，早就惊慌失措地大喊大叫起来，有的甚至直接晕了过去。

不过喊来喊去，场面还是没有太大的失控。因为在场的所有人，竟只有丽妃四人身边跟随的宫人大喊大叫。而跟着皇上来的宫人，没有一个人开口说话，脸上连个惊讶的表情都没有，仿佛这种场景早已司空见惯一般。

李怀恩努力板着一张脸站在原地，他的脸上还是一副内监总管的架势，只是如果仔细看过去，便可以瞧出，他那两条腿抖得跟筛糠似的。

041

贬为庶人

龙乾宫里头的宫人毕竟是经过皇上折磨，而特殊训练出来的，即使心里恶心到不行，脸上依然能镇得住。李怀恩的余光始终停留在不远处那两具尸体上。

现在被蛇咬的那是太监的尸体啊！以后如果他得罪了皇上，是不是也会落得这个下场？

“娇修容，你觉得这两个人眼熟吗？”齐钰似乎是欣赏够了她们这些人的惊慌失措，这才偏过头来，紧盯着沈娇一个人，眸光里带着十足的阴冷。

沈娇整个人都呆立在当场，身上不由得打着战，脖子拼命地缩着，眼神惊恐地盯着那两个太监的尸体，身体一颤一颤的，像是受到了什么严重刺激一般。听得皇上的问话，她后知后觉地扭过头看向他，不过眼神中却充满了惊恐，好似已经被吓傻了一般。

“娇修容，朕在问你话呢！”齐钰见她半晌不回答，只是傻愣愣地看着，心底的火气不由得更加上升了些，声音猛地扬高，有些气急败坏地喊道。

沈娇整个人一抖，显然是被他吓到了。脸上呆愣的神情逐渐消散，转而变成深深的恐慌，整个人有些手足无措。

“这两人的脸都被咬坏了，嫔妾、嫔妾有些辨认不出了！”沈娇因为太过紧张，连说话都变得结巴了。

此刻她这样慌张的解释，却更惹人怀疑。丽妃她们三个已经站得远远的，冷眼瞧着沈娇，脸上的神色十分僵硬，心里头更是带着十足的埋怨。沈娇一向就是如此，明明使尽心计想要让旁人不好过，结果往往都是搬起石头砸自己的脚，愚不可及！

偏生这回估摸着是把皇上的心头好弄得惨烈了些，皇上的怒火难以宣泄，索性拿着她们一起开刀。

齐钰听得她这样的解释，脸上的笑意更深，似乎对她这样的狡辩并不感到愤怒一般，轻轻上挑着眼角，脸上的笑意也极近温柔，低声道：“原来是这样吗？不应该啊，朕身边不少宫人都认出这两个畜生来了，爱嫔竟然会认不出？”

他的语调轻轻上扬，语气里带着十足的不相信，脸上也露出疑问的神色。其他人看着他这副悠然自得的模样，心里都在暗自滴血。皇上一般都是直截了当之人，很少绕圈子。可是此次显然是被气得狠了，竟是一而再、再而三地和沈娇在这里闲扯。

“看样子爱嫔的眼睛不太好使，既然不好用，留着也没多大用处！来人哪，把娇修容和这几条花皮蛇都扔进麻袋里系紧了！她眼睛不好，朕和其他三位爱妃、爱嫔的眼睛还是好的。待她咽了气，再从里头倒出来让朕瞧瞧，看看那张脸会不会被咬得认不出！”齐钰脸上的神色忽然冷了下来，一开始还是开玩笑的语气，此刻却完全变成了阴冷至极。

齐钰的声音刚落，方才那两个拖麻袋的太监就走了出来。这二人像是训练过蛇一般，一点儿都不怕这种让人颤抖的毒物，其中一个人一下子就捏住了蛇的七寸，慢慢提了起来就往沈娇这边走。

沈娇原本以为皇上只是吓唬她而已，哪知那人拿着蛇直接过来了，心里早就凉了一片。她连忙转过身，似乎想往后跑，嘴里的尖叫声已经喊了出来。不过她一扫后面根本没多少退路，这才反应过来，连忙往皇上身边跑。

“扑通”一声闷响，沈娇已经狠狠地跪在地上，不停地冲着皇上磕头。

“皇上，嫔妾错了，这实在是太可怕了，嫔妾才没敢说真话。嫔妾认得这两人，是嫔妾身边伺候的内监。不知道他们如何得罪了皇上，竟会受这样的待遇，还请——”沈娇边用力地磕头，边高声求饶，哭哭啼啼的样子好不可怜，眼泪一把鼻涕一把的。

齐钰一开始听她求饶，还没什么感觉，待听到她后面质问的口气，心里头的火气再次涌了上来。这女人，已经蠢得没救了！

他想都没想，直接抬起脚就将沈娇踹着滚了一圈。

“沈娇，朕已经查得清清楚楚了，你还想如何狡辩！朕让你自己坦白，不过是想给沈家一个脸面，你当真不要是不是？！朕告诉你，你若是再不说实话，就真的让你被蛇咬死在麻袋里，和你这两个忠心耿耿的狗奴才一起下地狱！朕说到做到！”齐钰几乎是雷霆震怒，他猛地扬高了声音，眼眸里闪过几分杀意。

他的话音刚落，就大跨了一步走到她的跟前，似乎是语言威胁并不能灭掉他心头的怒火，他猛地抬起脚就对着沈娇的心口踹了下去。

连续用力地踩了好几脚，沈娇平躺在地上，根本就无法反抗此刻暴怒的男人，只有被迫地承受他的愤怒。

齐钰一下下踩在她的心口，像是急红了眼，根本不顾沈娇此刻近乎痉挛的模样。

“朕有没有跟你说过，没回京都之前，你最好老实一点。否则就让你求生不能求死不得！你不仅眼睛瞎了，连耳朵也聋了是不是？”齐钰边用力地踩着，边厉声地质问道。

沈娇毕竟是柔弱的女子，被他连踩数脚，早就承受不住了。偏生在旁边看的人，没有一个敢上来劝慰的。皇上已经爆发了，谁还敢来找虐！

“噗——”的一声，沈娇终是没忍住，嗓子一甜，就直直地喷出了一口鲜血。她被皇上活生生地踩吐了血，血沫喷溅，不少都溅到了齐钰黑色的靴子上。

近乎失控的男人，总算是察觉到沈娇快被他弄死了，这才停下了踹的动作。他的脚依然放在沈娇的心口上，轻轻弯下腰慢慢低着头，眯起眼眸仔细瞧着靴子上的斑斑点点，虽然是黑色的靴子看不大出。不过上头用金线绣了盘龙，恰好就有鲜红色的血印在上面。

齐钰的眉头挑得更高，他猛然抬起脚，却是绕过沈娇的心口，直接踢中了她的腰部。沈娇便顺着那力道，在地上滚了一圈。

“啊——”女子极其痛苦的呻吟声传来，嘶哑异常。她浑身都疼，并且不停地冒冷汗，像是刚从十八层地狱里爬出来一般，各种酷刑都受过了，只想着此刻若是死了才好呢，也不用这般痛苦。

“踩死你的话，朕都嫌脏了自己的脚。让太医帮她看看，只要死不了就成。”齐钰慢慢地踱步走了回来，从李怀恩的手里接过锦帕，细细地擦了擦手指。

后面跟着的宫人之中，立刻就有一个小宫女走了出来，低着头走到齐钰面前，一下子跪倒在齐钰的面前，从怀里掏出锦帕，小心翼翼地替他擦拭着靴子上沾染到的血迹。

“李怀恩，拟旨。沈氏阿娇意图谋害姝修仪，手段毒辣，其心可诛，天理难容。即刻贬为庶人，在洛阳期间不得出房门半步，回宫之后立刻打入冷宫！永不复宠！”齐钰轻轻地瞥了一眼躺在地上的沈娇，脸上闪过十足的厌恶，立刻扭过头去，声音阴冷地吩咐道。

沈娇瞪大了眼睛，像是魔怔了一般，死死地盯着齐钰上下碰触的嘴唇瞧。男人的薄唇十分性感，她曾无数次想要亲一亲，可惜皇上有洁癖，欢好之时从来不碰她别的地方。开始的时候解裤腰带，结束的时候把裤子一提就走人了。

而此刻，这张嘴巴却在宣判着她贬为庶人的罪责。言语犀利，一点情面都不曾留。

齐钰说完之后，便动了动腿。那个跪在他面前正擦着靴子的宫女，立刻会意地站起身，缓缓地退到了原先的位置上。

皇上不再回头看她们一眼，转身便走了。只留下两具残缺的尸体，还有两条没离开的花皮蛇。

丽妃等三人俱是脸色苍白，虽然这回受责罚的是沈娇，与她们一丝一毫的关系都没有。但是任谁瞧见了皇上方才阴冷无情的模样，都会胆战心惊，并且皇上是当着她们几人的面，如此不留情面地处罚沈娇，根本就是杀鸡儆猴。

园子里几乎没有什么人了，沈娇躺在地上，心口痛得像是要炸裂一般，仿佛有马车在身上不停地碾压着，从头疼到脚！嘴边的血迹异常刺眼，偶然有冷风吹过，带来不远处那两具尸体的腥臭味，让人作呕。

沈娇的脑子一片空白，心口再次一痛，嘴里再次呕出一口血来。她连动都不能动，只能让那口血顺着嘴角流下，渗进耳朵里，温热的液体带着刺鼻的味道，冲击着泪腺。

“哇”的一声，她开始嘤嘤地哭泣着，可是还没哭几声，就咳嗽起来，再次跟着吐起了血，却因为仰躺的姿势，而导致血液回流，直接呛住了不停地咳嗽。

沈娇身边的宫女总算是反应了过来，两个人磨磨蹭蹭地走过来，脸上皆是一副如丧考妣的神情。她们看了一眼瘫在地上的沈娇，脸上闪过几分苦涩和不耐烦的神情。

使出吃奶的力气，她们才把沈娇从地上搀扶了起来。沈娇已经彻底被皇上摒弃了，所以这二人的动作并不算轻柔。虽然旁人看不出，不过这两个宫女几乎是半拖半拉地扶着她走，步伐迈得非常大，速度也很快，直折腾得沈娇越发难受，五脏六腑似乎都跟着晃动起来，那种呕吐感再次传来，她却连一句驳斥的话都说不出了。

沈娇被服侍着躺在床上之后，就干瞪眼等着太医到来。娇修容一向尖酸刻薄，无论是对待后宫妃嫔，还是底下的奴才，一向都没个好脸色。所以身边伺候的人，对她都是害怕的情愫多。此刻见她虎落平阳了，自然会有那落井下石之人。

皇上已经封了沈娇所有的退路，永不复宠，自然不怕她报复！

身上疼得厉害，她连呻吟声都没了。嗓子也是干涩异常，好容易有个良善的小宫女，端了口茶给她喝。

沈娇根本无法起身，光躺着她都能感觉到胸口疼痛，何况是坐起来！茶盏里的水喝了一半洒了一半，不过沈娇却是已经很满足了。

“太医何时才到？”她支撑着说出这句话来，话音刚落就剧烈地喘了起来，又立刻引起咳嗽。原本苍白如纸的面色，被这么一折腾，透着几分异样的红。

那个小宫女怔怔地看着她，脸上露出几分叹惋，张了张口一副欲言又止的神色。想想曾经风光一时的娇妃，在后宫里几乎可以横着走了。可是自从来了姝修仪之后，沈娇就开始陡转直下。

俗话说一笔写不出两个沈字，但是后宫里，沈妩却容不下第二个姓沈的！

“说。”沈娇再次艰难地吐出了一个字，伸出手一下子紧紧地捏住了那个小宫女的手臂。

小宫女吃痛地皱了皱眉头，眼眶立刻就红了。心里暗自觉得委屈：果然可怜之人必有可恨之处，想沈娇如今没落了，都没人理睬，她做了个好心的举动，却要这样被对待！

“太医都围在姝修仪那里呢！听说修仪刚醒过来，皇上便命令所有随行的太医都过去瞧瞧，生怕她出什么差池！”那个小宫女语气就变得不太好，一下子抬手甩开沈娇的手，快速地跑了出去，不再理会这个被摒弃的娇修容。

沈妩已经回到了行宫里，她躺在绣床上，方才还围在屋子里商讨如何开药方的太医们，已经被皇上撵了出去。

男人就坐在床边，脸色不是很好，身上已经换了一套干净的藏青色袍衫。他就这么注视着沈妩，眸光里闪烁着几分复杂的神色，沈妩也不畏惧，就这么回望过去，嘴角带着清浅的笑意。只是因为脸色苍白，显得这抹笑容带了几分虚弱。

“朕没想到沈娇会那般狠毒，竟然联合了洛阳当地官员，还有你爹那老不羞的东西！”皇上有些干巴巴地开了口，脸上闪过几分愧疚，却又瞬间消失了。只不过语气恶狠狠的，倒一点看不出是来安慰沈妩的。

沈妩也早就习惯了他这副德行，但笑不语。

齐钰见她没有附和自己的话，一时不知该如何开启下一个话题，不由得尴尬地挠了挠头。不过脸上依然绷得十分平静，眼神却是不停地往她身上扫着。

过了半晌，还不见沈妩开口，齐钰总算是败下阵来，轻声问了一句：“还疼吗？当时流那么多血，朕都觉得疼！”

沈妩再次抬起头，眉头轻轻蹙起，露出一个疼痛难耐的表情，低声道：“疼。嫔妾除了怕苦之外，就怕疼了！太医方才说可以适当地按按腿和脚，这样好些。可是嫔妾伤口在脚腕上，按哪里都会痛。”

她撒娇似的向着齐钰抱怨，似乎想到了那种疼痛，整张脸都跟着皱了起来。

齐钰看着她如此痛苦的神色，不由得挑起了眉头，一脸不相信，低声道：“会吗？只按脚和腿，小心地避过伤口，应该不会痛吧？朕来试试！”

男人话音刚落，脸上就一副跃跃欲试的神色，立刻站起身，小心翼翼地掀开锦被。

沈妩连阻止的话都没说出口，男人的手已经摸上了她的腿。她脸上的神情立刻变得僵硬，方才也只不过是向他抱怨几句而已，为什么会发生这样的巨变？她已经不能忍受了。

“不用了，皇上。待会儿让宫女们来就是了！”沈妩干巴巴地开口想要阻止，但是已经晚了。

因为伤在脚腕处，所以沈妩下身只套了一件里裤。齐钰刚掀开被子，就瞧见了沈妩那一双精巧的玉足，沈妩伤在左腿上，恰好靠近床边儿。他便谨慎地将沈妩的里裤裤脚挽起了一些，露出被布巾包起的脚腕。

脚腕上刚抹过药，还带着几分凉凉的感觉。皇上根本不听她阻止的话语，慢慢地将裤脚往她膝盖上面推。沈妩原本便怕疼，再加上对于皇上这样没耐心的性格的恐惧，她便轻轻张开了嘴巴，不时地吸着冷气，似乎这样才能缓解疼痛一样。

对于沈妩这样怪异的表现，齐钰也没有多说任何废话。只是把两只手都伸出来，慢慢弯下腰，就准备把手放在她小腿上按。

“啊啊啊——”男人手还没放上去，沈妩已经急切地叫出了声。

齐钰停下弯腰的动作，有些无奈地扭头看着她，佯装发火地瞪了她一眼。他刚把手放到沈妩小腿上，沈妩整个人就绷紧了，自动进入防备状态。

“皇上，您还是别捏了。嫔妾宁愿好得慢些，况且现才刚开始养伤，根本就不能碰啊！”沈妩伸长了手臂，要去拉他的衣袖阻止接下来的动作，但是她半靠在床头，手臂实在没有那么长，也只有作罢了。

齐钰一偏头，就瞧见了她十分不情愿的神色，那种推拒的模样，让他眉头紧紧蹙起。

“没事儿，放松，朕能按好，一切都交给朕！”齐钰几根手指还是执意地动了起来，慢慢地捏着她小腿上的肉，嘴里不停地说着安慰的话，想让她放松。

原本还咋咋呼呼的沈妩，此刻也逐渐松了一口气。男人动作如此小心翼翼，倒让她感到诧异，身体逐渐放松下来。

齐钰捏完了小腿，又捏了捏她的大腿，但是对于脚，他还是不敢碰。毕竟脚连着筋，只要一动脚，必然会牵连脚腕。他这种生疏水平，还是有自知之明的，以免把床上这位娇气的爱嫔弄痛了，沈妩说不准真会翻脸。

翻脸他倒不怕，只是好容易才治疗得有起色的性格缺陷，可不能因为这件事儿而功亏一篑。

待齐钰将沈妩的一条腿捏完，不仅沈妩心底透着紧张，就连齐钰都出了满身汗，精神一直紧绷着，生怕出了什么差错。

待皇上哄完了她，出去收拾那个与沈娇勾结的四品官员，明音和明心才推开门走了进来，明音已经换了一身干净的衣裳，只是精神还有些萎靡不振。

沈妩根本就不知道事情的经过，便让她坐下，吩咐明心出去守着，才详细了解了其中的过程。待说到那个少年被蛇咬上的时候，明音再次禁不住哭了起来。

“眼睛都肿了，莫哭了。这几日风头肯定紧，我腿脚又不方便，不好和哥哥联系。待回了京都，一定向他询问。虽然沈娇放蛇想要害死我不假，但是我当时毕竟不在场，后来划伤了自己的脚，这中间就怕出了什么岔子。你要控制好自己的情绪，回了京都之后，如果那个少年真死了，本嫔亲自带着你去冷宫惩治沈娇！”沈妩从一开始的悲愤之中，慢慢冷静了下来。

皇上惩治沈娇的事情，她已经知道了。虽然她恨不得沈娇现在就死，但是此时毕竟还是敏感时期，若是处理得不恰当，就怕惹起皇上的怀疑。沈娇可以暂时留着那条贱命，却不代表她会放过沈娇。

明音听了她的叮嘱，慢慢地点了点头，便出去换了明心回来。

待她坐定，沈妩才轻声问道："本嫔受伤时所穿衣物是否皆拿回来烧掉了？"

沈妩语气有些急切，当初因为不知道沈娇究竟要对她做什么，所以这个计划应对得也并不是十分周密。唯一能解开她的后顾之忧的，也只有烧了当时能查到罪证的东西，以绝后患。

明心立刻就皱了皱眉头，慢慢地摇了摇头，脸上露出几分无奈的神色，低声道："主子，是奴婢办事不力。待那个休息的屋子没有多少人的时候，奴婢才敢进去。衣裳鞋子都在，偏偏少了您的足袋！"

她话音刚落，沈妩就怔了一下，皱拧着眉头陷入了深思。忽然她猛地惊了一下，一下子从床上坐起，如此激动以致牵引了伤口，痛得她直接流出了眼泪，呼喊声就这么生生地遏制在嗓子眼儿里。

"坏了坏了！"沈妩边伸手捂着腿，边焦急地低声叫喊着，脸上的神情极其懊恼。

明心被她这个样子吓了一跳，连忙从椅子上站起身，走到床边，轻轻将她的手拉开，小心翼翼地查看着她的脚腕。待看清楚脚腕上伤口并没有被撕扯开之后，才慢慢地舒了一口气。

"修仪，莫要这般激动，免得把伤口挣开！"明心按着太医所说的要领，慢慢地替沈妩揉着小腿，轻声规劝了一句。

沈妩并没有告诉她原因，只是始终皱拧着眉头。从一开始的惊慌失措，变成了现如今的深思。她后知后觉地才想起，当时情绪不稳定，临时变了计划，把自己弄伤了，还留下这样深的伤口。但一时不察，竟忘了那穿在脚上的足袋却是完好无损的。若是有心人，一下子就会推翻她这伤口是太过惊慌，摔倒之时被石头割破的结论！

沈妩紧蹙着眉头，坐直了身体，脸上的神色越发清冷，她皱了皱眉头，再次轻声问了一句："四处都找遍了吗？"

明心瞧她如此看重那双足袋，脸上的神色也变得严肃起来，听得她如此问，连忙点头道："先前的计划中，就是让奴婢把那些东西都找到。唯独少了那双足袋，奴婢自然不敢怠慢，里里外外都瞧过了好几遍。"

主仆俩一下子就变得沉默了，沈妩最怕她的衣物出差错，因为后宫里所发放的同位份的物什基本上都是一样的，最容易被旁人钻了空子。所以每回领来了份例，沈妩总要让人想法子在那些物什上印上记号，并且平日里也看管得甚严。

沈妩此刻身上所穿的衣裳，从头到脚都在不起眼的地方，绣上了一个"姝"字，就是为了防备那些人。没想到此刻倒是弄巧成拙，那双带有独特标志的足袋，究竟是被谁发现了？如果趁着她昏迷之时，已经有人拿着那足袋暗暗地通知了皇上，那她此刻再想挽救也于事无补了。

她蹙紧了眉头，暗自回想着方才应对皇上的时候，是否有不妥的地方。不过越想越懊恼。

主仆俩都是一副郁郁寡欢的神色，此时明音推门而入，还没进入内室就先轻咳了一声。明心立刻退到了一边，沈妩也收敛了面上沉郁的神色。

“姝修仪，外头有个司药司的宫女要求见您。说是您丢了的东西在她那里。”明音的脸上带了几分奇怪的神色，不知道这个司药司的宫女是从哪里冒出来的，竟然直接摸到了沈妩的院子里。

沈妩的脸上也露出几分惊奇的神色，因着行宫人手比较少，天气炎热害怕各位主子中暑，所以沈妩并没有要司药司的宫女过来伺候，只是让身边的几个小宫女跟着学会了换药。不过那司药司的宫女，似乎一定要见到她，她细细一想，一下子就抓住了这句话的重点：丢了的东西！

她的脸色忽然变得阴沉下来，那个宫女是何来意？

明音见沈妩半晌没有反应，只慢慢地等着。想起方才那个宫女低眉顺目的模样，瞧着倒是有几分深沉。

“让她进来吧！”沈妩轻轻挥了挥手，打消了心底的猜疑。

既然猜不中，自然要先见面。

“奴婢司药司宫女云溪，见过姝修仪。”来者是一个十七八岁的宫女，行礼姿势做得如行云流水一般，显然是在宫中浸淫已久。

沈妩轻轻瞥了一眼，心中就已经有了计较。这个云溪的面貌看起来要比明音和明心都大，而且气度也更沉稳些。再历练一两年，估计就是一个姑姑了。

“瞧你身上这宫装配饰，应该是正七品的典药吧？掌管司药司的是两位正六品司药，你只差一点儿了！”沈妩的眼神停留在云溪的穿着上，轻轻眯起了眼眸，意有所指地说了这么一句。

面对沈妩这两句话，云溪面无表情的脸上总算是出现了一些惊诧。这位姝修仪，与她所听到的传言有些不一样。本以为只是一位靠姿色取得帝王恩宠的妃嫔，却没想到她对后宫之中的制度了解得如此透彻，连她这种小宫女身上的配饰都知道得一清二楚。

“回修仪的话，奴婢正是两位司药提携上来的，心中对她们十分感激。”对于沈妩这番试探，云溪很快就摆出了自己的姿态，倒是颇有几分不卑不亢的模样。

对于云溪这番滴水不漏的回答，沈妩只是轻轻地笑了笑。她慢慢放松了身体，重新靠回了床头，脸上的表情十分悠闲。

“方才你说本嫔有东西在你手里头，不知是何物？此刻可以拿出来让本嫔瞧瞧了！”沈妩轻轻地眯起了眼眸，声音里透着几分漫不经心。

云溪抬起头悄悄看了她一眼，转而又偏过头盯着明心和明音二人，脸上露出了几分迟疑。

“无碍的，你说便是。她们都是本嫔的心腹。”沈妩轻轻挥了挥手，声音沉稳。

云溪见她如此说，也不再推脱。手伸进衣袖里摸了片刻，便从里面抽出一双叠得整齐的足袋。露在最上面的锦缎上，赫然有一个小小的刺绣“姝”字。

明心的眼睛陡然瞪大，她刚和沈妩说这事儿，丢掉的足袋便自己送上门来了。这似乎是一个不速之客！

明音自然也认得那个针法，恰好这双足袋上的字还是她绣的。她虽然不知道沈妩丢了足袋，却也猜出其中肯定另有隐情。这个云溪敢拿着足袋，这么冠冕堂皇地站到沈妩面前，肯定是有所图。

“本嫔方才还在说怎么弄丢了一双，没想到竟是你捡了。”沈妩轻轻挑了挑眉头，只是不咸不淡地说了一句，便没了下文。

对于如此镇定的沈妩，云溪倒也不惊诧，而是不慌不忙地道：“其实不是姝修仪丢的，是奴婢擅做主张，把这足袋上的血洗去了，又赶紧晒干，此刻特地来归还！”

云溪边说边双手捧着足袋，慢慢地举过头顶。沈妩冲着明心使了个眼色，明心便立刻走到云溪的跟前来，伸手准备接过那双足袋。

就在明心的指尖要碰到足袋的时候，云溪却是一下子松了手。那一双足袋就这么飘飘然地落到了地上，原本叠得整整齐齐的足袋也都散开了。

明心连忙蹲下身，准备去捡。云溪也已经蹲下身来，两人的手同时扯到一只足袋。明心的手恰好抓在足袋遮住脚腕的地方，她轻轻一摸，才发现上面竖着撕了一道长口子，恰好和沈妩脚腕上的伤口形状一模一样。

她像是触了电一般松了手，那只足袋彻底被云溪抓在手中，正是左脚的足袋。沈妩和明音一直在旁观着这场似是巧合的场景，此刻瞧见那足袋上裂开的口子，心底都是微微愣了一下。

明音已经听过沈妩弄伤自己的脚的事情，明心把过程说得非常详尽，并没有提到把足袋也弄坏了，此刻一瞧明心那副受到惊吓的模样，便知道这道口子是被人后来弄上去的。

“奴婢真是笨手笨脚的，这足袋虽然洗干净了，不过上面被石头划开了一道长口子，估计姝修仪是穿不了了。”云溪歉意地冲着明心笑了笑，又将另一只足袋捡起，仔细叠整齐了再次双手举过头顶，这回却是站在床边，让沈妩亲自接。

沈妩轻轻一低头，就能瞧见上面那道口子，显然云溪是故意的。叠的方法不同，导致露在最上面的地方也换了一个。

沈妩伸手接过，只是瞧了一眼便扔到了旁边，低声道："云溪费心了。本嫔是个念旧的人，即使这足袋穿不了，也一定要找到的。不知本嫔可有什么地方能帮你的，也好对你洗干净这足袋表示感谢！"

云溪的脸上露出几分惶恐的神色，低声道："举手之劳罢了。"

她说完这句话，就轻蹙着眉头停了下来，脸上带着抽搐的表情，一副欲言又止的模样。

"没有什么地方有求于本嫔吗？那便算了。"沈妩瞧她这支支吾吾的模样，声音里透出几分不耐，挥了挥手像是要撵人出去一般。

"奴婢的确有个不情之请。奴婢想调到姝修仪身边伺候！"云溪见沈妩像是要把她打发了的模样，连忙开口说着，也不再拐弯抹角了。

沈妩轻轻挑起眉头，疑问似的看向她。云溪再熬个两年，兴许司药那个位置就该她做了。掌管着整个司药司，难道不比到她身边伺候来得清闲吗？

"后宫派系复杂，即使奴才之间也是一样的。像奴婢这种没有靠山的，最容易无辜受牵连。奴婢今年都十九了，还有几年便能出宫了。奴婢并不求什么荣华富贵，只求修仪能护着奴婢，最后安稳出宫。"云溪一下子跪倒在地，腰板却是挺得笔直，声音里带着几分恳切。

沈妩垂着眼睑，仔细地盯着她看，脸上露出一抹深思的表情。

云溪迟迟未等到她的回答，便慢慢地抬起头悄悄看了她一眼。恰好对上沈妩审视的目光，她的心底涌现了几分希望。

"奴婢能当上典药，是因为对于基本药理，奴婢都掌握得很好，药材也能识别大半，修仪身边正好缺一个会药理的人伺候，到时不仅可以帮您用药膳调理身体，而且面对一些阴毒小人的暗算，只要是关于药这一方面的，奴婢也好甄别一二，防患于未然！"云溪再次低下头去，像是看到了希望一般，滔滔不绝地讲着，让听者心动。

只不过沈妩的眉头却是越蹙越紧，她并没有急着开口，眼神始终停留在云溪的身上。什么样的宫女，最需要迫切地寻找靠山？刚入宫时根基不稳的，才会害怕自己太过稚嫩，而惨死于无辜牵连之中。

像云溪这样的老人儿，位置爬得挺高，大风大浪也见识过了。若是想投靠，早就投靠了。后宫曾经得宠的妃嫔无数，云溪却偏偏在她快到二十岁的时候，才来选择沈妩。先前云溪讲的话，她一句都不信。

"调你过来也不是不可以。但是本嫔不会因为你帮着洗了一双足袋，就答应你。你必须得显示出你的诚意来，本嫔才敢把你往身边放。"沈妩沉静了半晌，总算是开了口。

042

慢性毒药

云溪一听沈妩说这话，就知道是有希望了，脸上立刻露出了几分柔和的笑意。她连忙跪下来磕头，低声道："奴婢谢修仪收留！"

她的声音里带着几分急切和激动，像是知道了天大的喜讯一般，头碰地不停地磕着，这副略显失态的模样，倒与之前的淡然有着天差地别。

沈妩听着"咚咚"的闷响声，足见云溪磕头是用了几分力气的。

"一切还得看完你的表现，才能决定是否把你调进锦颜殿！"沈妩冷声打断她的叩头，脸上的神色变得严肃起来。

云溪没从地上直接起来，依然跪在那里，听到她这句话，脸上反而带着几分喜色，轻轻扬高了声音道："修仪请尽管吩咐，奴婢定当竭尽所能！"

沈妩瞧着跪在地上的人，脸上露出几分冷笑。云溪周身都带着几分欣喜，脸上的表情更是摆足了忠心耿耿的模样。

"其实也没有多难，太医开的药材，不少都是在司药司配置的。不如你替沈娇的药材里头，多放几味药，你看如何？"沈妩淡然地开了口，语调波澜不惊，丝毫没有什么起伏。

内室里一下子变得安静起来，透着一股子诡异的气氛。云溪抬起头，直愣愣地看向她，脸上带着几分不可思议的神色，像是遇见鬼一样，眼神里透着几分恐慌。

一旁的明心和明音也怔怔地看着沈妩，心脏猛烈地加快了速度跳动着。姝修仪说过在行宫时，不好要沈娇的命，但是这下药又是怎么回事儿。

"她是要被打入冷宫的，若是死了，皇上肯定要派人查的！"云溪苍白着一张脸，语气急切地说道。

谋害沈娇的话，她是不敢的。

沈妩“扑哧”一笑，方才阴冷逼迫的神情，消失得干干净净，瞬间转变为亲切的笑意，她柔声道：“云溪，你想哪里去了。沈娇可是本嫔的亲姐姐，本嫔怎么可能会害她。即使我和她之间有仇，也不会要她那条命的，只是让你加几味药而已。不是要她的命，而是让她没那么快好起来，多受些罪罢了！”

沈妩这么一解释，原本惊慌失措的云溪，就稍微镇定了些。毕竟沈娇所做的事儿，早已传遍了整个行宫，沈妩要找她算账也是意料之中的事儿。

云溪抬起衣袖，慢慢地擦了擦额角渗出的冷汗，脸上惊恐的神色慢慢消散了，再次变得谨慎而严肃起来，低声道：“修仪想要加哪几味药，奴婢会着手办的。”

沈妩伸手撩了撩发髻，脸上带了几分甜腻的笑意，轻轻地歪了歪头，像是在认真思考一般，最后才轻声道：“比如关木通、细辛这样的。本嫔对这些药材都不大懂，你看着办好了。云溪如此聪慧，定是知道本嫔的意思，这药材的事儿就交给你了！”

沈妩的话音刚落，云溪慢慢恢复常态的面色，再次失去了血色。沈妩方才举例子的这两味药材都是带有毒性的，的确很好混合在开的方子里面，适量的可以救人命，若是用多了就是慢性毒药了。

明音和明心并不懂药理，自然不知道沈妩单独说出这两味药是何用意。不过瞧着云溪被吓成了这样，也能猜出不是什么好药。

沈妩见云溪迟迟不敢接话，脸上露出几分意料之中的笑意，冲着一旁的明心轻声道：“明心，拿些赏银给云溪，多谢她把本嫔的足袋送回来！”

明心得了吩咐，便立刻走上前来，从衣袖里掏出一锭银子，就要往云溪的手心里塞。

云溪依然跪在地上，一把推开明心伸过来的手，那锭银子就这么摔落在地。

“奴婢愿意，能替姝修仪分忧是奴婢的福分！”云溪再次磕了一个响头，回应的话语掷地有声，脸上的神色也慢慢变得坚定起来。

沈妩挥了挥手，示意明心站回来。对于云溪能答应下来这件事儿，她似乎有些意外，轻轻地挑了挑眉头。

“成，一切就看你的表现了。”沈妩轻笑着回了一句，脸上的神色始终不愠不火。

云溪慢慢地站起身，冲着沈妩行了一礼，便弓着腰退了出去。

待人走远了，主仆几人的面色才逐渐产生了变化。明心和明音皆是一脸不解的神色，明心更是焦急万分，直接急切地冲着沈妩说道：“修仪，您都没查清楚她的底细，就敢让她去给沈娇投毒？这也太冒险了！到时候若是传到皇上的耳朵里，真不知会如何惩治您呢！”

明心此刻是火急火燎的，浑身不好受，因为担心沈妩，嘴里面说出来的话就有些失了分寸。

沈妧却是不以为意，脸上反而带着几分愉悦的笑意，见到如此奓毛的明心，轻声地安抚道：“莫着急，原本我的打算，就是要在行宫里，给沈娇下迷幻剂或者慢性毒药。这会子有了旁人代劳，何乐而不为呢？等着坐享其成便是！况且若是云溪失败了，也怪罪不到本嫔的头上！”

话音刚落，沈妧就轻笑出声了，显然十分满意今儿有人送上门来。沈娇如此暗算她，她自然不会让沈娇好过。既然在行宫这里要留着命，只要能喘气儿就行，无论是迷幻剂还是慢性毒药，都可以一一来过。

原本要实施这个计划，就必须买通太医或者司药司的宫女，此刻有现成的，不用白不用！即使到时候云溪被抓住了，若是供出沈妧的名号来，也不会有人相信。

这种下毒之事，当然是要找身边的亲信来做，委任一个不相识的宫女，有可能吗？但凡有脑子的，都不会相信云溪所说的话。

“若是云溪办到了，修仪真的准备把她调过来吗？”一直没开口的明音，满怀着好奇心问道。

沈妧脸上的笑意停了一下，然后偏过头看向明音，脸上闪过几分狡黠，轻轻地耸了耸肩，低声道：“怎么可能？你把本嫔想得也太好糊弄了吧！她连下毒这种事儿都敢做，只一心要来到本嫔的身边，肯定有更大的阴谋，把她放在身边，我只怕寝食难安哟！”

沈妧丝毫没有遮掩她心底那点无耻而龌龊的想法，非常简洁明了地表达了她的意愿。语气里是十足的理所当然，一点愧疚之意都没有。

明音和明心下意识地对视了一眼，默契十足地闭紧了嘴巴，谁都没有开口。

呵呵，姝修仪，“过河拆桥”这个成语就是为你制造的！

安静了片刻之后，明心还是不放心，眉头始终就没松开过，最后她想到了最坏的打算，语气有些弱弱地道：“那万一要是皇上的人呢？”

她这话一出，其他两个人便都扭过头看着她，那犀利的眼光像是能杀死人一般。沈妧和明音头一回有了十足的默契，异口同声地道：“不可能！”

齐钰有那么无聊吗？若是这事儿已经被他知道了，估摸着方才他替沈妧按腿的时候，就不会那么动作轻柔，更不会小心翼翼的。恐怕直恨得连她的两条腿都直接扯断了吧？

沈妧甚至能猜到皇上会如何嘲讽她，爱嫔，再叫你作啊！既然这么想弄伤自己，那索性两条腿都别要得了！

沈妧一想起这些，就不由得颤抖了两下。这事儿一定不能让皇上知道，否则她一定会死得很惨。

明音则是一副龇牙咧嘴的模样，似乎随时要扑上去、殴打明心一般。皇上若是调了人过来，却不通知她，只能代表明音这个往日的龙乾宫奴才，已经失宠了。皇上不再信任她！

“最近把几个小宫女都看住了，谁都不许和别宫的人太过频繁地接触，免得又被算计上什么。本嫔都成这样儿了，若是谁被暗算了，本嫔可救不了！”沈妩肃着一张脸，拿捏着腔调训话。

明音二人也只有连连点头应承了下来，这一下午折腾过去之后，皇上回来用晚膳的时候，带来了几个消息。

皇上不久之前刚下旨，罢黜了几个洛阳的地方官。其中有一个从四品的官员，直接被抄了家，搜查出不少罪证，全家流放。当然这倒霉的人，就是前几日与沈娇联系的人。

因为沈妩的腿伤成这样，皇上自然是不敢与她同床的，但是又不想分开睡，就让人另外搬了一张床放在内室。

花会的举办失败，再加上洛阳地方官不少人受牵连，这几日几乎没人再敢来烦扰皇上。齐钰索性乐得清闲，只每日抽出两个时辰批阅奏折，其余时间一律陪着沈妩。

有时帮她捏捏腿，有时又去翻箱倒柜找一些幼儿读物，躺在床上与沈妩一起读着，偶尔还交流一些心得。

“阿妩，你瞧这句‘融四岁，能让梨’，从小朕就觉得这句话是错的。”齐钰倚在沈妩的侧腰上，呈一种平躺的姿势，他轻轻扬起手中的书，手指着那句话给沈妩瞧，脸上露出几分不满的神色。

沈妩已经昏昏欲睡了，看了大半个时辰的《三字经》，越看越让她觉得自己跟这些名士大家相比，简直就是一个失败的人，满脑的害人思想，满肚子的防人之道。

此刻听到皇上又要高谈阔论了，她勉强睁开眼眸，睡眼惺忪地瞧过去。书上的字还有些模糊，她不停地眨眼睛，才勉强瞧清楚那句话。

“这句话主要讲的是尊老爱幼，爹娘都是这么教孩子的，有何错处？”沈妩轻声地嘟囔了一句，算是回应皇上的话。

对于她这种敷衍的态度，皇上明显十分不满意，直接扬起了手中的书，就往她那张柔嫩的脸上招呼。沈妩立刻被拍得惊醒了，困意慢慢散去。

“那皇上就说说这话错在哪里，嫔妾洗耳恭听！”沈妩强打起精神，瞪大了眼睛看过去。脸上带着几分嗔怒的神色，似乎若是皇上说不出什么道理来，就要冲上去咬他一般。

皇上晃了晃手中的书，低声道：“朕七岁的时候，母妃怀上九弟。朕十一岁的时候，母妃离世。后来朕就带着九弟一起在后宫里生存，九弟幼时性子比较倔强，如果按着上面所说的四岁就要让梨，若是他不让，难道朕还要跟他抢吗？”

齐钰一脸的不满，紧皱着眉头似乎在认真思考，究竟要不要抢。

沈妩听了他的话之后，是彻底醒过来了，哪里还睡得着。亏他想得出来，连这点都要质疑！

“皇上既然觉得错了，那就去抢吧！后宫里，应该不缺梨子吧？”沈妩懒得和他纠缠，只是有些诧异地追问了一句。

齐钰偏过头来，瞧了她一眼，脸上露出一副不满的神色，觉得沈妩今儿一直像是在敷衍他，顿时心底高昂的情绪就有些低落，英气的眉头紧蹙。他暗自想着：前几日不是还好好的吗？性格缺陷已经不十分明显了，而且还有好转的迹象。

这会子如此冷遇他，是伤好之后，继续让他用五指兄弟解决生理需求的节奏吗？齐钰一想到这里，就感到整个人都不好了，浑身皱缩一下，他再也不要捏痛自己的兄弟了！

“阿妩，你既然如此不喜欢看《三字经》的话，就换成唱童谣吧？前几次唱得挺好的。”皇上边说边从她的侧腰上坐起，随意地穿上鞋子，就去书架上寻找那本《地方童谣两百句》。

但是悲剧发生了，那本书册不翼而飞了，任齐钰翻遍大大小小的角落，就是没瞧见。

躺在身后的沈妩有些心虚，那首歌她已经连续唱了好几日，恳求着皇上换一首。皇上竟像是着了魔一般，硬是不同意，于是她便自作主张地把那本书给扔了。

“书呢？李怀恩！”齐钰找得满头是汗，都没发现那本书，气得脸色都泛白了，他极其愤怒地扬高了声音，冲着外面喊了一句。

李怀恩一听他这语调，就吓得腿软，连滚带爬地进来了，也不敢走近，只立刻行礼，低声道：“皇上有何事？”

齐钰猛地转过身，将手里拿着的《三字经》一下子扔到了李怀恩的脚边，冷声问道：“朕让你派人好好收拾这一摞书，为何那本《地方童谣两百句》不见了！你让姝修仪待会儿照着什么唱歌？”

李怀恩一听原来是书丢了，先松了一口气，待听清楚书名的时候，脸色又立刻暗沉了下来。的确，那本书就相当于皇上的命疙瘩一般，有时候独自一人翻看，脸色都会变得好看许多。

“奴才罪该万死，当时书册放上去的时候，的确是一本都不少。奴才亲自清点过的，还请皇上恕罪！”李怀恩连忙低声求饶，脸上带着几分苦不堪言的神色。

他也不知道那书究竟去哪里了啊，姝修仪躺在这里休养，他总不能派个人进来，日夜不离地守着吧。

李怀恩想到这里，便下意识地偏过头瞧了一眼沈妩，这不看还好，一看他的心中便警铃大作。姝修仪的脸上露出几分同情的、庆幸的神色，当她对上李怀恩的视线时，便立刻闪躲般地移开了。

“姝修仪，您替奴才说句话啊！要不然皇上真的会弄死奴才的！”李怀恩直接跪着转过身，双膝撑着地对着沈妩的方向跪行。

沈妩瞧着他脸上那如丧考妣的神色，最终还是不忍他替自己受过，便轻叹了一口气，低声对皇上说道：“皇上，这事儿虽然全赖李总管。但是他平日里对您一直服侍周全，只这一件事儿没办好，就算了吧。若是皇上还想听那首《送别》的话，也不用再找书了，嫔妾已经会唱了！”

听着沈妩劝慰的话，齐钰暴怒的面色明显缓和了些。

李怀恩听到沈妩的话，脸上露出惊诧十足的表情。他没想到沈妩竟然这般说他！现在仔细一琢磨，这书八成就是姝修仪收起来了，此刻却把罪责全赖在他的头上。姝修仪，您真不仗义！

“行了行了，还杵在这里作甚！既然姝修仪都替你求情了，朕就不再追究了，没有第二次！”齐钰冷声地开始撵人，李怀恩一脸的悲愤难耐。他一下子从地上站了起来，哀怨地看了一眼沈妩，又转过身去瞧了一下齐钰，最后一扭身跑了出去。那急速狂奔的模样，像是也不再害怕皇上治他的罪一般。

不过片刻，屋子里便传来了女子轻柔的吟唱声，让人心底一阵舒坦。当这熟悉的歌声一响起来，众人便知又到了皇上听小曲的时候了。说实在的，这还是头一位在皇上面前展露歌喉的妃嫔，最重要的是来回就那么一首歌，皇上还听得乐呵呵的。可见，他对姝修仪爱得深沉！

瞧见李怀恩一副苦大仇深的模样，明音便凑了上来，轻声道：“李总管，您这又是怎么了？要不要把您不开心的事情，说出来逗我开心一下？”

面对明音这样的问话，李怀恩的脸色更加暗沉。有其主就必有其仆，瞧瞧明音这刁钻的模样，活脱脱就是被姝修仪给带坏了！

李怀恩冷哼了一声，怒瞪了她一眼，便扭过去不理会。即使心底有火，也不好冲着明音发。

明音此刻可不是龙乾宫的小宫女了，而是姝修仪身边的大红人儿，他自然不好仗着身份高些来压制她。

明音讨了个没趣，抬手摸了摸鼻尖，便站在原地不说话。

沈妩这边是一片缠绵悱恻，沈娇那里就是一片水深火热了。直到很晚了，才有太医想起来这位已经被罢黜的妃嫔，提着药箱过来，替她诊治。

“里头的骨头断了，需要静养，不能乱动。尽量吃些流食，少喝水，不然很麻烦。”来诊脉的太医还算仁德，依然态度温和地诊治，匆匆开了一张方子，就让小宫女送去司药司那边抓药了。

太医的话只是含糊带过，他并没有仔细说清楚。一开始沈娇还不以为然，当晚实在是太饿了，便忍着疼吃了一个馒头。伙食质量虽然下降了，但是管饱还是有的。又大口地喝了两碗漂着几片菜叶的青菜汤，这才算是吃饱了。

只是到了晚上，她便受罪了。早就想解手，可是此刻在外面守夜的人几乎已经睡死过去了，根本不理会她的叫喊。好不容易才叫起来，她却连动都不敢动，只是干瞪着眼。

那一晚她极其难熬，直憋到凌晨，她才咬着牙让人搀扶起来。好容易解决了，她却痛得浑身冒汗，泪眼婆娑。

药喝了好几日，身上的疼痛却是一点都没有缓解，相反脑子里还晕晕乎乎的，每日清醒的时间倒是不多。太医也不再来了，一直秉持着皇上所说的，只要不死就好。身边伺候的宫人们，也越发倦怠了，很少让她喝水，饭菜也只有很少的分量。

不过这司药司的宫女，倒是极其负责，每日必定把熬好的药端到跟前来，看着沈娇喝完了才离开。

可惜这么一碗药的时间，也拯救不了沈娇。如此几日的冷遇，倒是把一个几日前还如花似玉的娇修容，生生折磨得不成人形，瞧着都甚为可怜。

经过这么几日的休养，沈妧是吃得好、睡得香，除了遭受皇上的压迫，每日《送别》不离口之外，一切都是那么惬意安然。

这日，皇上和沈妧在榻上下棋，棋盘上黑白双方紧咬住对方，显然是旗鼓相当。沈妧的腿已经能弯曲起来了，只要不碰到脚腕，她就不会再喊着痛。

两人正聚精会神地盯着棋盘看，暗想着要如何才能把对方逼进死胡同，忽然李怀恩匆匆忙忙地跑了进来，脸上带着几分焦急的神色。

“皇上，皇上。”李怀恩边跑边急切地呼唤着皇上，脸色有些苍白，似乎是被什么吓到了一般。

齐钰从冥思苦想之中回过神来，有些不满地看向李怀恩。如此没规矩地喊叫，李怀恩又不是个新入宫的小太监。只是他刚瞧了李怀恩一眼，脸上不耐的神色就已经收敛了起来。

李怀恩的面色十分阴沉，齐钰知道定是出了什么大事儿。

“皇上，姝修仪。”李怀恩好容易才停下脚步，声音里却带着剧烈的喘息，显然是跑得急了，他慢慢地平息了一下，才再次开口道：“宫里头方才传来消息，瑞妃娘娘殁了。这夏日天气热，恐怕遗体存不了几日，太后让您赶紧准备回宫呢！”

李怀恩的话音刚落，整间屋子里就陷入了一片死一般的沉寂。瑞妃竟然殁了！！

齐钰的眼神微微一闪，脸上露出几分诧异的神色，显然是没想到身居高位的瑞妃，竟然会死了。他们临行前，这个霸道嘴巴厉害的瑞妃，还生龙活虎地和人打架来着。

沈妩的脸上也露出了几分惊诧的神色，她从来没想过，浸淫后宫多年的瑞妃，竟也会就这么没了？而且太后那边传递消息的时候，连句像样的说法都没有，只是催着皇上赶紧回宫，显然这其中必有隐情。

“先把太医找过来。”齐钰的脸上很快便恢复了常态，他挥了挥手，打发身旁的小内监下去找太医。

李怀恩通传完消息之后，见皇上并无多大的反应，便也跟着平静了下来。他轻咳了一声，慢慢地退到一边。

“阿妩，该你走棋了！”齐钰的目光重新回到了棋盘上，轻声对着她说了一句。

沈妩回过神来，将手中捏的棋子放到了棋盘上，两人继续厮杀。

太医很快就过来了，不过皇上和姝修仪在走棋，他也不敢打扰，只是垂手立在一旁。

“啧啧，爱嫔的棋艺果然高超，朕应对着都有些吃力。这盘和局吧！”皇上边说边抓起他那边的几颗棋子，朝棋盘上一丢，脸上露出几分赞赏的神情。

沈妩的眉头轻轻挑了一下，她方才分了心，已成败局。却没想到皇上愿意和棋，看样子心也不在此处。

“朕问你，依着姝修仪脚上这伤，此刻能赶回京都吗？”齐钰捧起一旁的茶盏，轻轻地抿了一口，冷声地询问着一旁的太医。

那个太医连忙往前站了一步，慢慢地弯身行礼，轻声回复道：“回皇上的话，姝修仪脚上的伤已经出现发痒的症状，证明慢慢愈合。不过伤口毕竟较深，还是不能太过颠簸，所以坐的马车应该比较平稳才行。连着赶几日的路程是没有大碍的！”

对于他的回答，齐钰慢慢地点了点头，显然十分满意。

“成，若是赶路的话，朕会派人把你安排在朕和姝修仪的马车之后的一辆车上，到时候若是出了什么问题，随传随到。”皇上拍案定了下来，吩咐完太医之后，便挥了挥手让他退下。

“李怀恩，让各人准备东西，明日一早便出发！”齐钰这回又把李怀恩叫到面前来，敲定了回宫的时间。

当这个消息传来之后，各人都忙碌了起来。原本还有好几日才是归期，忽然提前了，不少人都匆匆忙忙地收拾行李。洛阳是个富饶的地方，街市上极其热闹，所以不少人的行李都增添了一倍，要在这么短的时间内收拾好，当真是有些困难。

明音和明心也带着几个小宫女，连夜收拾东西。好在沈妩这腿坏了，几乎没有看到什么好风景，更没有出去逛街，所以行李并没有增加，只是按照原样收拾回去即可。

皇上和沈妩躺在一张床上，两人皆是平躺着，只是各盖各的锦被，中间还留有一小段距离。

灯已经灭了，沈妩却睡不着，她瞪大了眼睛看向帐顶，脸上露出几分怅惘的神色。她记忆中的瑞妃是如何死的，她都已经不记得了，只是希望这一世不要弄得不明不白才好。

“唉——”沈妩长叹了一口气，兴许是想起自己以前的死，心底有些惆怅。

“叹什么气，不吉利。”身旁的男人立刻就开口了，声音压得有些低沉，但是因为两人睡在一起，倒像是在耳边悄声呢喃一般，带着几分磁性。

沈妩有些失笑，头一回听到叹气也不吉利的。她将胳膊伸出锦被之外，小心翼翼地翻了个身，看着黑暗之中皇上的侧脸。窗外的月光有些倾泻进来，只能依稀瞧到他侧脸的轮廓。

“瑞姐姐去了，皇上会舍不得吗？”沈妩手摸着下巴，忽然就开口问道，语气里带着几分好奇。

其实话一出口，她就有些后悔了。方才那番问话，几乎是出于自己的本能，无法控制一般。只是心底非常想知道罢了，兴许是透过瑞妃的死，来忖度上一世她死的时候，皇上是怎样的心境。

“不会，到目前为止，这个世上只有朕的母妃离世之时，朕舍不得过。”兴许是此刻偏暗的环境，又或许是那几分倾泻到他身上的月光太过柔和，竟让他这般毫无防备地将心底的话告诉沈妩。

他说这番话的时候，丝毫没有犹豫，显然对瑞妃，是真的没有一丝舍不得和留恋。沈妩的眸光暗了暗，心口一凉，明明告诫自己不要期待，却总是忍不住带有了希望。

毕竟两个人生活在一起那么多年，即使是个畜生，也该培养出感情来了。

“皇上对瑞姐姐印象最深的地方在哪里？”因为皇上方才的表现，沈妩的胆子也大了些，直接将心中好奇的问题都抛了出来。

齐钰轻皱着眉头，细细想了一下，然后才无奈地摇了摇头道：“朕对她印象最深的就是，朕不喜欢她，朕不喜欢聒噪的女人。”

沈妩微微愣了一下，不由得翻了个白眼。皇上有一副钢铁铸造的心肠，刀枪不入，即使是知道了瑞妃的死讯，一开口却也没一句赞扬的话。

“若是硬要从她身上找出一点朕喜欢的地方，那便是得理不饶人！至少不会随便就吃人亏，不过现在从她已经离世看来，这唯一的优点，也面临着消失的下场。”齐钰再次开了口，不过话依然不好听，浑身长了刺儿一般。

沈妩赌气似的翻了个身，不想用力过猛，竟是直接动到了脚腕。于是她立刻吸了一口气，僵直了身体不敢乱动。

“赶紧睡吧。哪儿那么多废话！”皇上显然是察觉到她的不对劲，便伸出一只手臂来，搭在她的腰上，慢慢地将她翻了个身，两人脸对着脸。

男人的手臂搭在她的腰上，就一直没有拿下去。沈妩轻轻闭上了眼眸，准备入睡。

待第二日清晨，车队就准备好了，直接出发。沈妩被皇上勒令只能躺在里面的榻上，上面铺了好几层厚毯子，十分柔软，却也生生地将她逼出了一身汗，沈妩便有些不乐意，情绪带着几分暴躁，耍了一回小性子，根本就不理会皇上。

齐钰也知道她难受，拼命地让人送冰进来，还得放远些，免得真的冻着她。不过这冰融化快得很，哪里能坚持多久。直到最后，沈妩折腾得睡了，才算是作罢。

太医每日都要被传召好几回，身旁带着个司药司的宫女，随时探查沈妩脚腕上的伤口，究竟恢复得如何了。

跟在太医身后的，恰好就是云溪。她看见沈妩，好几次想张口搭话，但是皇上就在身边守着，一直没找到机会。

自始至终，沈妩都很少跟她说话，只是偶尔有要注意的地方，她才会询问云溪。

沈妩对云溪，虽然是一副不理不睬的模样，其实她的注意力一直都放在云溪的身上。她在悄悄地观察云溪，每当皇上往这边瞧的时候，云溪都会下意识地低一下头或者扭过脸去，不去看皇上。

表面上看起来像是无意的举动，但是次数多了，就惹起了沈妩的怀疑。为了验证她的猜测，她会经常性地突然开口叫皇上。一直专注地替沈妩换药的云溪，每回都扭过头去，还有好几次因为太过突然，手一抖竟是碰到了沈妩的伤口。

好在沈妩此刻已经能忍住了，她总要咬紧牙关憋住，暗自在心底鄙视自己。想要摸清云溪的底，此刻还要自己来遭罪。

马车行进已经有几日了，因为沈妩的腿脚不便，每次到了驿馆，皇上还是下令休息的。今晚便可到京都，太医带着云溪刚下马车，皇上便盯着沈妩看，脸上带着几分似笑非笑的表情。

沈妩的目光还追随着云溪的背影，待她回过神的时候，已经被皇上抓了个正着。

“从什么时候起，爱嫔竟然对一个小宫女感兴趣了？比关注朕的时间还长，只要她来了，朕就相当于不存在一般，爱嫔连个眼神都舍不得给了！”齐钰的语调微微上扬，话语里带着十足的调侃意味，眼睛一眨不眨地盯着她看，似乎要将她的答案逼迫出来一般。

沈妩秀气的眉头轻轻蹙起，她在心底暗自责怪自己不谨慎，却也无可奈何，也唯有想法子应对。

“嫔妾觉得那小宫女有些奇怪。”沈妩思考了片刻，才轻声开口，脸上带着几分纠结的神色。

齐钰听得她如此说，不由得轻轻地笑出声，拿起桌上的茶壶亲自倒了一杯茶，递到了沈妩的手边。

“给朕说说，有何奇怪的地方？”齐钰见她精神好些了，心底便存了捉弄她的心思。她此刻愿意说，他自然也愿意听。

“其实嫔妾是嫉妒了，那个小宫女对于皇上的存在，可是很敏感呢！无论皇上做什么、说什么，但凡您有一丁点儿要靠近她的意思，她就会立刻躲避。有人说若是喜欢一个人，才会在意他。那个小宫女如此在意您，嫔妾就想，这宫里头是不是又要多一位妹妹了！”沈妩半真半假地开着玩笑，脸上虽是一副言笑晏晏的表情，心里却是越发忧愁。

这个云溪，究竟有何目的？原本只以为是有人派她到自己面前监视的，此刻瞧来，云溪似乎更在意皇上。难不成是要通过她来接触皇上？

043

究竟怪谁

齐钰听得她如此说，不由得轻笑出声，伸手在她的脸上捏了两把。低声笑道："这宫里头的女人，对朕敏感的没有成千也有上百，又不差她一个。朕更不可能因为这个，就提携一个宫女。"

齐钰的脸上露出几分无奈的神色，说到最后的时候，更觉得沈妩的话题有些无厘头。爽朗的笑声从马车内传了出来，震得外面正骑马的李怀恩，浑身打了个哆嗦。

何时见皇上笑得这么开心了，果然还是得跟姝修仪在一起，皇上才算是正常人啊！

沈妩见他笑得这样开怀，脸上露出几分不满的神色，慢慢地噘起红唇，有些不以为然地说道："皇上您也忒自信了，嫔妾可以肯定，那个小宫女对您一点非分之想都没有！"

齐钰以为她是吃醋了，一抬眼就瞧见沈妩一本正经地看向他，脸上带着十足的认真。齐钰这回笑得更加开怀，慢慢地挪到她跟前，伸手去咯吱她。

沈妩边躲边笑，还得小心翼翼地不牵动到脚腕，当真是辛苦得很。

"那个小宫女，就是不喜欢皇上。真的不喜欢！"被挠痒痒挠成这样，沈妩还不改口，只是为了说出这几句话，声音便猛地扬高。

马车外头的宫人，听着姝修仪颤抖地说出这几句话，再加上她气喘的笑声，皆知道她此刻定是难受至极的。

齐钰对于她的固执，有些无奈。瞧她如此难受，也不再折腾，索性收回了手。

沈妩笑红了一张脸，待男人的手刚撤离，她就立刻从榻上坐了起来，瞪大了眼睛瞧着齐钰，谨防他再来进攻。方才笑得太狠了，直到现在，她还微微喘着粗气，睫毛上都沾了些许泪珠，显然是被方才的笑逼出来的。

“皇上，要不嫔妾跟您打个赌，那个宫女对您没有爱慕之情，相反却非常惧怕您。比一般的宫人更甚！要么是她太胆小，要么就是您对她做过什么事儿。”沈妩轻蹙着眉头，分析得头头是道。

齐钰对于这种事儿，显然没有兴趣。他倚在一旁的马车壁上，轻闭着眼睛养神。

“一个小宫女而已，翻不出风浪来！”男人冷声说了一句，便扭过头去不再理会沈妩。

沈妩的脸上闪过一丝急躁，云溪隶属于司药司，若是要她插手去摸清云溪的底细，必定要走司药司，十有八九是要惊动皇上的。她原本是想让云溪引起皇上的注意，这样皇上就会亲自去查，正好省得她动手了。

哪知她这心里头的如意算盘打得叮当响，当事人却根本不理她！

“皇上，这话可不对，古人就曾说过‘防微杜渐’。嫔妾就觉着这丫头不对劲，反正闲着也是闲着，不如待会儿嫔妾试探一二，皇上在旁边仔细瞧好了。”沈妩慢慢地下了榻，手扶着桌子，一瘸一拐地走到他身边。

语气里带着几分柔软和恳切，像是在邀请齐钰来玩儿游戏一般。男人慢慢地睁开双眼，细细地瞧了她一眼。

恰好看见沈妩脸上期盼的神色，齐钰的心头一动。这不正是改造她性格缺陷的好时候吗！陪同着她玩游戏，期间让她体会到游戏的乐趣，方能让她的心境变得柔和有灵性。

“成啊。输了的话你要带伤伺候朕！”齐钰的脸上露出几分不怀好意的笑容，边说边将手放到她的左脚上，慢慢地向着她的脚腕处摸索。

沈妩自然知道他所说的是什么，因为她伤了脚，皇上有好几日不曾碰她。此刻他这么一说，她就轻声笑了出来，只是脸色有些僵硬。因为男人的手指已经覆在她脚腕的伤口上，慢慢地摩挲着。

经过这几日的休养，伤口已经开始结痂，偶尔会有痒痒的感觉。此刻男人手指上的力道十分轻柔，这么慢慢地摩挲过来，沈妩只觉得伤口越发的痒，但是偶尔又带了几分微微的疼痛，感觉十分难受。

她轻轻抓住男人的手腕，用力地想要拉过来，不想齐钰竟是和她较上劲儿来，手上的力道逐渐加大。

沈妩气得猛地用力去扯，齐钰也连忙用力往她的脚腕上按。她的力气自然比不过身强力壮的齐钰，惨剧发生了。男人手上的力道用力过猛，沈妩没拉住，他的手指一下子戳到了伤口。

沈妩猛地吸了一口气，那种刺骨的疼痛再次传来，似乎生生地再次划了一道伤口一般。

“啊哼——”沈妩极其没出息地红了眼眶，直接哭了出来，眼泪吧嗒吧嗒地往下掉，嘴里的号哭声也没忍住。她异常委屈地抱着腿，边哭边看着皇上，泪眼朦胧的模样看着好不可怜。

齐钰看着她，忽然有些无法招架。沈妩在他面前，不是没哭过。可是哪一回不是梨花带雨的楚楚可怜，他哄一哄也就好了。可是现在沈妩这哭法，完全不按常理出牌，就像是三岁稚童被夺了玩具一般，异常地委屈而悲伤，仿佛丢掉了全世界。

沈妩这哭声传出来，把马车周围的宫人和侍卫，都吓得抖了三抖。姝修仪怎么会哭成这样？难不成皇上对她做了什么丧尽天良的事情？

明音不由得在心里冷哼了一声，一定是姝修仪又得到了新技能，迫不及待地在皇上面前试验一下。

“阿妩你别哭，朕弄疼你了吗？朕看看伤口如何了？”齐钰也自知理亏，原本想着不要哄她，但是沈妩这哭声实在是太过于丢人了。他沉默了片刻，最终还是先开口服了软。

男人的声音里透着十足的温柔，他边说边伸手摸上了沈妩的脚，似乎想要把她的鞋子脱下来瞧瞧。

沈妩伸手推了他一把，根本不愿意让他碰，号哭声一点都没低下去，反而有越哭越大声的趋势。

齐钰有些不知所措，皱拧着眉头看向她，似乎在深思如何哄。可怜他从小到大，都没安慰过女人，一时遇上想要哄的人，就显得笨手笨脚的。

“阿妩，你别护着伤口，总要让朕看看有没有受伤，好让太医来诊治啊！”男人又耐着性子哄了她几句，便再次伸过手去拉扯她的鞋子。

沈妩这回是真的生气了，用力地推了他一把，哭声虽然渐渐小了下来，但是眼泪还是不断地往下流。

齐钰对她这个充满攻击性的动作，有些惹恼了。他的耐性本来就有限，而且沈妩还这般不给面子，他也一下子就来火了。

“这也不怨朕，明明就是你自己要拉扯朕，才弄到了你的脚腕上！”男人理直气壮地说了一句，语调轻轻扬起，明显是带了几分不耐烦。

沈妩一下子就停止了哭泣，慢慢抬起头，一脸惊讶地看着他。皇上怎么好意思说得出口的！

她脸上的惊讶逐渐转变成了愤怒和不满，齐钰瞧见她如此瞧着自己，轻哼了一声，一下子扬起头，脸上还带了几分不以为然。甚至对于自己那两句话，能够把沈妩的哭泣止住了，还带着几分自得的神色。

沈妩心底的怒火一下子就蹿了上来，后来她也不想哭了，只是为了让皇上道歉而已。没想到一句“对不起”都没有，皇上直接把罪责往她头上推了。

她是越想越觉得憋屈，眼睛四处乱瞥着，视线忽然就停留在齐钰身上的某一处。

等了片刻，竟然没有听到沈妩的抗议声，齐钰便慢慢低下头，准备瞧瞧她在做什么。哪知他刚低下头，就感到裆部被人抓住了，然后狠狠地捏了一把。

“嗷——”一嗓子喊出来，齐钰感到整个人都不好了。他的蛋都快碎了！

那种疼痛，当真是要命。他的视线都逐渐变得模糊起来，依稀只瞧见沈妩那张带笑的脸。他遏制住嗓子里的叫喊，直接侧倒在马车上，双手护住裆部，不停地颤动着，想要缓解那里传来的从内而外的疼痛感。

沈妩瞧着他如此失态的模样，脸上露出几分得意的笑容。再次伸手扶着车壁，慢慢地站起身来，一瘸一拐地往榻上走。

齐钰此刻也只能眼睁睁地瞧着这个罪魁祸首逃离他能掌控的地方。好容易等他的疼痛缓解了些，他便立刻发难，冷声地低吼道：“沈氏阿妩，你最毒妇人心，简直是长了狗胆，想要朕断子绝孙吗？”

面对男人气急败坏的质问，沈妩毫不客气地嗤笑了一声。她有些吃力地伸长了手臂，给自己倒了一杯茶，先往嘴里灌了一口，才看向他低声道：“皇上谬赞了，这可不怨嫔妾，明明是皇上您自己长了这样一个孽根，惹得嫔妾想要用力抓这么一下解恨！”

沈妩将原先皇上所说的话，又几乎按着原样奉还。齐钰气得脸色都白了，却不好发作。只有慢慢地揉了两把自己的裆部，脸上的神色十分阴沉。

这两人谁都没讨得好处，一个手抱着脚腕，一个手捂着裆部，脸上都是疼痛难忍的神色，心里暗暗想着，待会儿一定要整治对方，给自己找回颜面。

马车里头的情形，外面自然是瞧不见。不过皇上那一声喊叫，还是惹起了外头人的关注，待仔细听的时候，里头又没了声音。李怀恩暗自琢磨着这究竟怎么了，难不成皇上对上姝修仪，吃亏的竟然是皇上？

齐钰过了半晌才缓过劲儿来，他坐直了身体，让李怀恩再把太医叫过来。

“朕就要看看爱嫔所说的，究竟是真是假！”齐钰倚靠在车壁上，脸色已经恢复了正常，只是他的眉头紧蹙，眼睛轻轻闭起，一副不爱搭理沈妩的模样。

沈妩原本还蔫蔫的，此刻一听他的话，立刻就有了些精神，脸上也露出几分狡黠。

“皇上就瞧好了！”沈妩的语气立刻变得柔软了，像是对方才的事情，已经丝毫不介意了。

听着她那欢快而上扬的语调，男人不由得轻轻睁开了一只眼，朝她看了一下。沈妩的脸上果然带着几分清淡的笑意，齐钰的嘴角也跟着轻轻翘起，转而扭过脸去不再和她说话。

“见过皇上、姝修仪。”仍然还是太医带着云溪上了马车。

齐钰慢慢地睁开了眼眸，下意识地就瞧了一眼躲在太医身后的云溪。因为马车里不好站起身，所以那两人行礼的时候都显得憋屈异常。

“快给姝修仪瞧瞧吧，方才她不小心手指戳到了伤口上，也不知有没有挣开！”齐钰挥了挥手，让太医二人起身。

太医先过去替沈妩诊了脉，齐钰似乎为了验证沈妩所说的话，他的眼睛一直若有似无地盯着云溪看，显然云溪也察觉到了皇上的目光，她整个人都显得很紧张，拼命地低着头，身体僵直着，一动不敢动。

齐钰的眉头轻轻挑起，他身居高位这么些年，又能从后宫那些阴狠女人的手中活下来，什么样的明枪暗箭没有瞧过，所以看人也是极准的，云溪方才的表现，的确吻合了沈妩所说的话。

云溪低着头，不敢看皇上，甚至对皇上的一切都十分敏感。并不是所谓的有情意，也不是普通宫人单纯的恐惧和慌张，云溪面对着皇上，那是一种本能的排斥感。

“你叫什么名字？”齐钰抬手指向云溪，身体慢慢地前倾，像是对云溪产生了极大的兴趣一般。

面对皇上这样的问话，云溪竟是不由自主地抖了一下，身体下意识地往后撤，就像皇上是什么传染病菌一般，要急忙地逃离。

“奴婢云溪，司药司的宫女。”云溪的声音压得十分低，她死死地垂着头，根本不敢瞧皇上一眼，两只手放在身侧，用力地抓着旁边的裙摆。

齐钰对于这个宫女的表现，越发感到好奇。沈妩的眼睛也一直盯着这边瞧，她轻轻皱起秀气的眉头，暗自琢磨着，她不会误打误撞牵连出什么事情来吧？

“替姝修仪上药吧！”恰好太医诊断完毕，齐钰便挥了挥手，让云溪过去上药。

云溪立刻从地上爬起来，弓着腰走到沈妩面前，轻轻挽起沈妩的裤脚，又替她脱了鞋子。将原先裹住的布巾解了下来，动作始终小心翼翼的。不过她的头却是越埋越低，几乎快贴到沈妩的腿上了。

沈妩看着这样的云溪，脸上的神色越发凝重，她忽然抬起头，对着齐钰轻唤了一声：“皇上。”

正拿着干净布巾的云溪，竟是没来由地打了个冷战，脸上的神色闪过一丝紧张，转而又变成了一副强作镇定的模样。

对于云溪这一番表现，齐钰也尽收眼底。他一挑眉头，神色淡淡地看向沈妩，低声问道：“何事？”

沈妩的脸上露出一抹甜腻的笑意，娇声笑道：“无事，就想让皇上过来瞧瞧嫔妾换药。免得下次再有那谁的蹄子，碰到这伤口上，当真是痛死嫔妾了！”

齐钰冷冷地瞥了她一眼，虽然知道沈妩是想让他过去，好近距离试探云溪，但是听着沈妩这样的借口，他这心底十分不好受，恨不得走过去，抬起脚在那女人的脚腕上狠狠地踝上几脚。让她明白什么才是真正的疼痛！

即使非常不情愿，齐钰还是乖乖地走了过来，就坐在沈妩的身边。云溪原本是跪在地上，替沈妩换药。此刻皇上凑过来，倒像是云溪跪在他的脚边。

皇上这样的靠近，明显让云溪更加紧张了。她深吸了一口气，拿着布巾一圈一圈地裹在沈妩的脚腕上，只是她的指尖却在不停地颤抖。

“等一下，这里要包得紧一些，她晚上睡觉比较调皮会乱动，容易挣——”齐钰一直仔细地盯着云溪的动作看，此刻瞧见她包扎得有些松垮，便伸出手来轻轻地碰了一下沈妩的脚腕。

只是无意间，他的手指竟是碰到了云溪的手背。他正耐心地说着话，手背上却赫然被人抓出了五道血痕，疼痛感一下子就涌上了神经。

马车内就这么四个人，几乎所有人的注意力都投射到皇上那流血的手背上。云溪还抬着手，保持着抓挠的动作，长长的指甲里还带着从皇上手背上抓出来的皮屑。

“奴婢该死，恳请皇上饶命！奴婢不是有意的！”云溪连忙匍匐在地上，不停地磕着头，嘴里求饶的话也一直不间断。

沈妩和齐钰都有些愣神，根本没想到云溪竟会是这种反应！齐钰看着手背上的血痕，脸色彻底阴沉了下来。他长了这么大，也就沈妩这个女人被他骄纵得敢对他动手，此刻这个卑贱的狗奴才，竟是伸手抓了他！

“起身吧。”齐钰淡淡地说了这么一句话，竟是隐忍着没发火。

身旁的沈妩轻轻地挑了挑眉头，原本以为他会雷霆震怒，没想到竟然只是这么淡淡的一句话。

跪在地上的云溪，轻轻地松了一口气，慢慢地从地上站起来。只是她刚准备朝边上跨一步，腰间就被人猛地踹了一脚。

沈妩刚察觉到身边的人站了起来，还不待她看清楚，那云溪已经被踹翻在地。齐钰显然是用了六七分的力气，云溪的身体滑出了一小段距离，最后倒在车上的时候，头还撞到了车壁上，发出了“咚”的一声闷响。

“从哪儿找来的蠢女人，竟然弄脏了朕的手！”齐钰阴沉着一张脸，额头的青筋都暴了出来，显然是被气得不轻。

他的话音刚落，沈妩就乖觉地从衣袖里掏出锦帕递过去。齐钰接过来细细地擦了擦手背上的血迹，脸上阴沉的神色丝毫没有缓解。

“皇上，这是治疗受伤的药末，您抹一点在手背上，过一会儿就不疼了！”太医虽然心底害怕皇上会迁怒自己，但是这事儿就在他负责的范围之内，也只有硬着头皮走了过来，手里拿着一个精巧的瓷瓶。

齐钰一把夺过他手中的瓷瓶，猛地抬起手，指着马车门，冷声道："都给朕滚出去，姝修仪这里，朕亲自来包扎！"

太医瞧了一眼仍然躺在那里的云溪，默默地在心底叹了一口气。原本过来照顾姝修仪这事儿，应该是由旁的宫女来，云溪偏要自告奋勇地换了差使，现在倒好，当真是搬起石头砸了自己的脚。

太医虽觉得云溪可怜，却也不敢忤逆皇上的意思，连忙又转过头掀开车帘下了马车。云溪慢慢地在地上挣扎了几下，似乎想要爬起来。但是齐钰方才那一脚恰好踹在她的腰上，此刻疼痛难忍，她根本就没有力气爬起来。

云溪惨白着一张脸，嘴唇被紧紧咬住，眼眶直接红了。她显然是着急了，甚至都能感觉到皇上厌恶而冰冷的目光在她的身上流连，就像是无数把刀在凌迟一般。

"朕让你滚下车，听不见吗？"齐钰轻挑着眉头，脸上不耐的神色越发明显，显然已经快到了他忍耐的极限。

云溪的身体抖了两下，她总算是能够单膝跪倒在地，一点点努力地往车门处爬，腰肢上的疼痛，一下又一下地刺激着神经，让她随时都有可能崩溃。

"李怀恩，进来把这贱婢拖下去！"齐钰心头的怒火更甚，虽然想直接把她踹下车去，但是又怕脏了自己的鞋子，便扯开嗓子扬高了声音喊了一句。

只是他的话音落下，却是无人回答，一阵寂静之后，才传来李怀恩那有些虚弱的声音。

"皇上，奴才、呕——"这句话还没说完，李怀恩便再次弯下腰去呕吐了。他扶着马车外壁勉强地站稳了，胃里一片翻江倒海。

连日不要命的赶路，早就让他这晕马之人，呈现一种奄奄一息的状态了。偏生皇上又有吩咐下来，他还真不敢不应。

"等奴才吐完的，奴才胃里面难、呕——"他好容易能再说上一句话，哪知道那股子恶心感又涌了上来，他只有再次趴在马车旁，吐得昏天暗地。

齐钰这回是真被惹恼了，一阵风吹来，李怀恩那摊呕吐物的味道，不幸地就钻进了马车内。齐钰瞬间洁癖到爆表，听着外头李怀恩不间断的呕吐声，他都快吐了。他连忙快走了一步，在云溪的腰上又踢了两脚，云溪便直接滚下了马车。

一旁的宫人都吓了一跳，明音和明心瞧见竟然是云溪，二人对视了一眼，便慢慢地走上前来，一左一右地搀扶着她起来。

"李怀恩，你竟然敢在朕的马车旁吐，狗胆又肥了！等回了皇宫，看朕不扒了你的皮！继续赶路！"齐钰暴跳如雷的声音传来，驾车的人自然不敢忤逆他的意思，前头的侍卫骑马刚开始走，这马车便动了起来。

云溪已经被人送回了马车上，众人都对她投以赞同的目光。仿佛在说：同志，你终于找到组织了。

没有被皇上虐过的奴才，不是好奴才！

待队伍走到末尾了，李怀恩才吐光了胃里的东西。他双眼直冒金星，恰好有一辆朝臣的马车经过，他厚着脸皮恳求人家捎上他。好在他是皇上身边的大红人儿，那个朝臣也不觉得有什么，便让他上车。

走在最前面的马车内，气氛陷入了一阵安静。齐钰还是冷着一张脸，僵硬的表情看起来甚是吓人。沈妩倒是满脸的轻松神情，从皇上方才的表现来看，明显对云溪产生了怀疑，一切都顺着她原先的计划。

“脚腕还疼吗？”齐钰暗自调整了一下脸上沉郁的神色，猛地转过头来，轻声问了一句。

沈妩微微愣了一下，后知后觉地摇了摇头，低声道：“已经不疼了。”

她的话音刚落，男人已经走到了她的身边，坐到了榻尾上，伸出手来将她的左脚放在大腿上，继续着之前云溪未做完的事情。

不同于男人方才的暴怒，此刻的齐钰倒是平静了许多。他的掌心十分干燥，此刻小心翼翼地捧着沈妩的玉足，眼睑低垂，倒透出几分温柔的意味来。

沈妩低着头，就这么安静地看着他将布巾慢慢缠紧，最后轻轻地系上了一个活结。

“方才打的赌，是朕赢了。那个宫女就是爱慕朕，所以回宫之后，你就得伺候朕！”齐钰将她的脚放回榻上，然后抬起头，一本正经地对着沈妩说道。

他脸上的神色异常坚定，眼睛瞪着沈妩，连眨都不眨一下。

沈妩方才的好心情，一下子就没了。皇上很温柔什么的，都是错觉！云溪刚才那副样子，只要长眼的人都能猜出来，她对皇上一点儿意思都没有。就算是有，也偏向于厌恶的那一种。

皇上明明也看出来了，最后还泄愤似的，狠狠地踹了云溪一脚。现在为了让沈妩能带伤伺候他，撒谎连草稿都不打一下吗！

沈妩扭过头去不理会他，心里暗自琢磨着，该如何应对才是。

傍晚之前，车队才到了京都。晃晃悠悠地又走了片刻，才进了宫门。各个主子的轿辇早就停在了门口，皇上抱起沈妩下了车，她的身上还裹着一件薄披风。

庄妃带着众妃嫔已经等在了那里，太后因为身子不适没有过来。出来迎接的妃嫔们，都精心打扮了一番。不过都挑着素淡的衣裳穿着，毕竟皇上提早归来，是为了瑞妃下葬这事儿。即使想要让皇上第一眼瞧见自己，也不敢太出格。

就连一向淡然的庄妃，此刻在妆容上也花了不少心思。只是当瞧见皇上抱着沈妩从马车上走下来时，她脸上原本完美得体的笑意，一下子就僵住了。

沈妩这几日连续赶路，再加上受伤了，脸色便有些苍白。可是自从她出现在众人的视线中，就把那些精心打扮的妃嫔，彻底比了下去。

问谁是最美的女人，当然是沈妩！就凭她此刻能躺在皇上的怀里，谁都无法与她争锋！

“见过皇上，皇上一路辛苦了！”众妃嫔都弯下身，冲着齐钰行礼。

娇脆的声音入耳，那一大群娇艳的美人，整齐划一地冲着齐钰行礼。齐钰眼皮都不抬一下，只是轻轻地点了点头，便抱着沈妩上了龙辇。

四周那些妃嫔，脸上皆露出诧异的神色，皇上竟然当着所有人的面，不仅抱了姝修仪，而且还带着她一起乘坐龙辇。这根本就不符合礼法！

沈妩一直用余光打量着那些妃嫔，方才她们行礼的时候，沈妩就有些震撼。她还是头一回见到这么多人对着她行礼，虽然她是沾了皇上的光，心脏却跳得迅猛。

若是有朝一日，她登上皇后之位，那么这些人就都会臣服于她的脚下，不需要沾任何人的光！

“爱妃、爱嫔们的心意，朕都收到了。瑞妃离世，朕心沉痛不已。各自都先回宫吧，庄妃、丽妃以及瑾容华跟着朕去龙乾宫！”齐钰低声说了一句，脸上的神色十分平静，根本看不出沉痛的模样。

男人的声音里透着淡淡的疲惫，但是气魄不凡，透着几分不容置疑。众人自然没有敢忤逆的，瞧着太监将龙辇抬走了，才各自散开。

沈妩就坐在龙辇上，她可以感受到来自四面八方的目光，带着审视和深深的嫉妒，甚至还有怨恨。这些目光像极了曾经她们这些人逼宫的时候，都带着十足的不甘，几乎一模一样。

沈妩头上戴着披风帽，此刻帽子遮住了她半张脸，所以她脸上的表情，根本无法瞧到究竟是什么。她轻轻地扯了扯嘴角，脸上露出一抹讽刺的笑意。

沈娇已经被她整垮下了，你们这些贱人还远吗？

下了龙辇，皇上又亲自抱着她进入内殿，把她丢到龙床上，他便甩了甩两条胳膊，一副很疲累的样子，似乎快要被沈妩压断了一般。

“记着，今儿打赌你可是输了，赶紧让人伺候你去沐浴。等着朕回来收拾你！”齐钰凑到她的跟前来，脸上的神色十分严肃，像是在探讨一件非常重要的事情一般。

沈妩双手捂着脸，“扑哧”笑出了声。齐钰也不理会她这样笑，叮嘱了一旁的宫女几句，便快步走了出去。脚步匆匆的模样，像是有诸多事情要安排一般。

“李怀恩呢？死在路上了吗，朕怎么还没瞧见他！”齐钰出了外殿，在殿门口逮住一个小太监，冷声问道。

那个小太监连忙躬身行礼，低声回道：“回皇上的话，李总管在后头换衣裳，马上就过来了！”

“皇上，奴才来了！”李怀恩恰好就过来了，他苍白着一张脸，远远地瞧着已经累得面无人色了。一副颤颤巍巍的模样，连滚带爬地过来了，诚惶诚恐的生怕皇上因为路上他呕吐的事儿，在这里就找他算账。

齐钰这一路上，心头盘踞了好几件事儿，倒是把李怀恩那件事儿忘得差不多了。此刻看见李怀恩过来，他也稍微松了一口气。人总是用顺手的才习惯。

“姝修仪已经让人缠住了云溪，你立刻让人去搜云溪的屋子，一定要仔仔细细地搜清楚！不允许错漏一个角落！”皇上冷声吩咐道，第一件事儿要办的就是云溪。

他对沈妩那么说，无非就是要光明正大地耍赖，赢那个赌局。

李怀恩立刻就吩咐几个太监，往司药司去。他则亲自带人收拾外殿，不到片刻，方才被皇上点名的三位妃嫔就到了龙乾宫。

“庄妃，你先来说说瑞妃究竟是怎么殁的？”齐钰坐在龙案前，让她们三人各自找了椅子坐下，手指轻轻地敲击着桌面，沉声问道。

庄妃见皇上直奔主题，脸上闪过一丝为难的表情，她轻声道：“当时是杜院判亲自诊断的，皇上还是——”

“朕已经很累了，不想和你绕弯子。这都什么时辰了，杜院判早都回府了，把你知道的告诉朕便是！”齐钰的面色越发难看，眉头也皱得很紧，像是已经忍耐了许久，就等着爆发似的。

庄妃连忙闭上了嘴巴，轻拧着眉头细细想了一下，才低声道：“瑞妹妹先是身上出了许多红色的小点点，当时她以为是花粉症又犯了，便在太后那里告了假，躲在屋子里不出去。后来不到半个时辰，这些红色的小点点忽然就肿了起来，直接变成了大疙瘩，然后那些疙瘩越来越肿，直接变成了肿块。待杜院判赶到的时候，即使是施针救人，也无力回天了！”

庄妃讲很得仔细，她的话音刚落，殿内就陷入了一片寂静之中。瑞妃的皮肤的确是容易起红色小点儿，每到初春百花盛开的季节，她除了晨昏定省之外，基本上都躲在屋子里。

但是这回竟然因为这个死了，其中的蹊跷任谁听了，都会怀疑。

“后来杜院判让御膳房把当日瑞妹妹的膳食单子开了出来，恰好收拾去御膳房的残渣还没来得及收拾。杜院判便亲自过去检查，竟发现其中的鱼香茄子里，混进了海虾的肉末。”庄妃见齐钰不说话，便索性一次性说完。

庄妃的话音刚落，丽妃的眉头就猛地上挑。因着瑞妃这种娇贵的体质，所以每回给她的膳食里，御膳房都把海虾海鱼一类摒弃掉，生怕瑞妃吃出了什么毛病来。没想到这么多年御膳房都没出过差错，此刻竟然让瑞妃死在这上头了！

齐钰不由得冷哼了一声，脸上挂着几分似笑非笑的表情。后宫里发生的事情，每日都会有人写份折子，投递到洛阳，呈给他看。瑞妃生前和谁发生过争执，他自然知道得一清二楚，不过这事儿一下子就被查出来了，似乎又透着几分不简单。

“爱妃认为此事儿与谁有关？”齐钰的眉头轻轻挑起，轻声问了一句，然后微微转过头看向庄妃，脸上带着几分询问的意思。

面对齐钰的问话，庄妃微微愣了一下，根本没想到皇上会如此直白地问她，然后才干干地笑了两声，低声道：“臣妾愚钝，猜不出！”

044

云溪之谜

齐钰听她如此说，脸上露出几分冷笑，他的手指敲击着桌面，就这么一直盯着庄妃瞧，过了片刻才低声道："爱妃可真是爱说笑，这后宫里谁人不晓得你聪慧有加？朕听说慧嫔与瑞妃大闹了一场，你觉得有没有可能是慧嫔？"

皇上这段话问出来的时候，整个殿内都是一片寂静。大秦的后宫一向就是大乱斗，皇上继位之后，妃嫔不明不白死掉的不下百人，甚至还有些连尸体都没找到的，就更别提了。

若是就这么死了，只能证明在争斗方面技不如人。皇上也从不曾派人调查过什么，就例如之前崔绣死的时候，皇上只是让按着嫔的位份安葬，一句多余话都没有。此刻对瑞妃的死，却是这么关心，难道就因为瑞妃是隶属于新贵那边吗？

在场的几个人皱拧着眉头，心底涌出了无数的想法。庄妃又很快把之前的想法排除了，之前的新贵又不是没死过人，皇上也从不曾过问。

"臣妾不敢妄自猜度，不过慧妹妹这几日一直卧床休养，想来和此事没什么关系。"庄妃轻拧着眉头，细细思索了片刻，才低声回道。

皇上手撑着下巴，轻轻地"嗯"了一声，脸上疲惫的神色更显。

"待明日见过母后，就把瑞妃安葬了吧。"皇上停顿了片刻，才低声说道。

庄妃暗自在心底松了一口气，总算是不再问一些奇怪的问题了。

"这回跟着朕去行宫避暑的几位爱妃、爱嫔们都辛苦了，除了已经被贬为庶人的沈娇之外，其余四人皆有封赏。明日朕会让人去宣旨的，朕乏了，都散了吧！"齐钰看了看从进门就没说话的丽妃和斐安茹两人，轻声地交代了几句，也算是安抚她们。

他这几句话一说出来，就得到了对面三人的高度重视。丽妃再往上面升，可就是从一品了，名号必定是“贤淑良德”这四个字中的某一个。斐安茹升位在意料之中，瑞妃没了，皇上肯定是要想法子扶持她的，只是不知这位份能给多高。

齐钰自然也发现了她们过于炙热的视线，他轻轻一偏头，就对上了庄妃的眼神，脸上难得地露出了几分淡笑，低声道：“当然，庄妃守着后宫辛苦了，封赏也不会少。”

三人都得了皇上的许诺，脸上的笑意越发明显，皆站起身冲着皇上拜谢。男人有气无力地挥了挥手让她们下去，看着三人体态轻盈的背影，他的嘴角闪过一丝冷笑。

打发了那三人，齐钰依然坐在椅子上。恰好派去搜云溪屋子的几个小太监都回来了，他们向李怀恩禀报了几句，李怀恩的面色立刻就变得难看至极。

“皇上，云溪的身份的确很可疑！”李怀恩快步走到齐钰的身边，凑在他的耳边小声嘀咕了几句。

齐钰脸上的神色骤变，他眼眸中闪过几道厉芒，颇有几分风雨欲来的意味。

“当年没处理干净留下来的孽种吗？”男人的手里捧着一杯茶盏，他像是自言自语一般，只是声音里却透着十足的冷意。

李怀恩暗暗伸手抹了一把额头，全身上下几乎都沁出了冷汗。这事儿还牵连先皇在世时后宫的妃嫔，如果真的确定了身份，那么想来这个忽然冒出头的小宫女，也是命不久矣。

“东西带过来了吗？”齐钰偏过头看向李怀恩，脸上的神色十分阴冷，那双眼眸里竟然带了几分杀气。

李怀恩的腿一抖，连忙点头，从怀里摸出一个东西来。定睛一瞧，李怀恩手里托着一个用锦帕包住的小包裹。

他还没递到皇上的面前，齐钰已经不耐烦地抬手夺了过来，一把扯开锦帕，露出里面的半块玉佩。男人的眼眸轻轻眯起，脸上闪过一抹嘲讽的笑意。他的手捏起那半块玉佩，放到眼前仔细地瞧着。

这一整块玉佩，他曾经瞧过。原本该是一朵盛放的白牡丹形状，玉质是上好的白脂玉。这块玉是先皇时期的敏妃所有，只是皇上登基后，头一件事就是把敏妃整个家族端掉了。抄家流放，女人全部充为军妓，男人流放边疆，终生不得回京。

当初皇上曾派人去搜敏妃的宫殿，却独独不见这块玉佩。没想到此刻再见到，竟只剩下半块！

“果然是留下了孽种，看样子还不止一个！”齐钰将玉佩慢慢朝油灯那边凑了凑，灯光投射过来，玉佩上散发着淡淡的柔光，让人心生了几分温暖。

李怀恩想起当年的纷纷扰扰，不由得轻叹了一口气。难怪云溪被皇上碰到的时候，会有如此大的反应，原来竟是有不共戴天之仇。即使云溪在这宫中修炼了几年，遇到了九五之尊，依然会失态。毕竟皇上是真心要她一家的命，即使圣旨上说的是流放，估摸着途中已经死得七七八八了。

还真是巧，云溪竟然自己送上门来了！

“皇上，那如何处置云溪？还是让她在司药司待着，免得打草惊蛇？”李怀恩实在不想在这件事儿上和皇上干耗，脑子立刻转动了起来，低声下气地建议道。

“不，直接喂一杯鸩酒，这回你要亲自看着她死透了才行！朕不希望再出什么意外，而且把她暴毙的消息散出去！”齐钰立刻否定掉李怀恩的建议，他的脸上露出一抹冷笑，神色有些狰狞。

李怀恩微微一愣，不是还有半块玉佩没找到吗？

“连审问都不用吗？拖到司刑司那边，无论谁都抵挡不住刑具逼供的！”李怀恩最终还是轻声问了一句，他就怕皇上此时是被气到了，到时候又会反悔。

“她虽然面对朕的时候，失态异常，不过能在后宫中浸淫这么多年，也早就看透这规矩了。当你抓她过去拷问的时候，她就应该知道自己命不久矣，肯定不会给你答案，还会自尽的，不如来得利落点儿！”齐钰难得耐下性子解释了几句，便直接站起身往内殿走。

看着男人的背影，李怀恩轻轻地松了一口气。终于要进去和姝修仪缠绵了，不用再看见皇上那张欠揍的脸了！

“记住朕说的话，你亲自去送云溪上路。若是再出什么岔子，朕就亲自送你上路！”齐钰快走进去的时候，又顿住了脚步，扭过头来冷声叮嘱了一句。

李怀恩连连点头应承着，待齐钰的身影消失在内殿，他也立刻小跑着出去。这种脏活累活儿，怎么都落到了他的头上！

齐钰原本是满脸的复杂神色，不过刚进内殿，就立刻收敛了起来。他一抬头就瞧见沈妧已经躺在了床上，轻闭上眼睛显然是睡着了，身上的锦被也踢掉了。整日被她嚷嚷着疼的左脚，此刻脚腕上缠着白色的布巾，就这么压在锦被上。

她显然已经沐浴过了，满头的青丝披散在枕边，散发着淡淡的幽香。

齐钰慢慢走上前去，动作轻缓地将她的腿塞进锦被里。或许是动到她的脚腕了，沈妧不由得轻哼了一声，头蹭了蹭枕头，又接着睡了。

“朕都说了今儿晚上要伺候朕的，怎么睡得这么快！”男人有些无奈地说了一句，伸手扯了扯她脸上的肉，便起身往殿内的汤池走去。

正是月黑风高的时候，外头凉风习习，倒是有了几分冷意。云溪被明音拉到了锦颜殿，就一直没脱开身，又有明语凑上来缠着，她即使要回去，那两人也总能找出各种借口来拖延，说是今儿就陪着她俩睡了。

“这怎么行，你二人又不是头一日进宫。晚上除了守夜的，都必须回到自己的屋子！”云溪眼看着各个宫里就要锁上门了，语气里不由得带了几分急躁。她正在心底琢磨着要不管不顾地一走了之，没想到司药司那边倒是传话过来了，说是特地准许她在这里住上一宿，明日回去便是。

面对这样的特许，云溪还真的有些傻眼了。这好好的，怎么就准许了，她也没去申请啊！

明音和明语悄悄对了个眼神，暗自想着肯定是李怀恩找了司药司的管事儿，来替她二人解围。若是真查出了什么，必须上报完皇上才能有个答案。

“云溪姐，你就在这里住下吧！我方才让人去司药司那边说情的。”明音连忙走上前来拉住她的手，又凑到她的耳边悄悄说道：“总之过不了多久，你就要调过来，提前熟悉一下锦颜殿，也没什么不好的！”

经过明音这么一说，云溪也有些动心。三人又笑闹了一会子，才准备歇息。明语和明音睡在东边的屋子里，云溪则独自睡在西边。

三人刚吹熄了灯准备入睡，外头就传来敲门声。还没等明音出来开门，门就已经被撞开了。“咚”的一声闷响，让几个人都吓了一跳。

“外头是怎么了？”明语已经脱得只剩下里衣，此刻躺在床上，困意一下子被吓没了。

“你待在这儿，我出去看看！”明音丢下这句话，便披起一旁的外衣，连忙小跑了出去。

她恰好看见几个小太监，半拖半拽地把云溪拉扯了出来。云溪此刻衣衫不整，显然也是歇下了。她连件外衣都没穿上，嘴巴已经被堵住了，叫都叫不出来。

李怀恩就站在门槛外面，冷眼瞧着在里头挣扎的云溪。那几个小太监瞧着明音也出来了，这手上的力道就越发凶狠，一把就将云溪扯出了门外。

“给咱家看好了，若是丢了跑了，看主子不要你们的狗命！”李怀恩一脚踹上了后面一个小太监的屁股，尖哑着嗓音说道。

那几个小太监一听这话，手上抓着云溪的力道越发加大了。走在后面的那个小太监，一只手捂着屁股，脸上露出几分沮丧的神情，趁着云溪不注意，伸出脚一下子踹在云溪身上，就当是报仇了。

“这究竟是怎么了？”明音紧了紧身上的衣裳，走到门槛处，低声问了一句。

李怀恩扭过头来，淡淡地瞧了她一眼，然后往她耳边凑了凑，低声道：“还能怎么了，无非是查出问题来了！”

明音脸上微微一愣，姝修仪想着让皇上摸清楚云溪的底细，没想到歪打正着。瞧着这副架势，云溪肯定是出了大问题。

“这是要——”她只说了三个字便停了下来，抬起手放在脖子上，做了一个抹脖子的动作。

李怀恩轻轻地摇了摇头，伸出右手空握住，像是手里举着酒杯一样，然后朝嘴里倒了倒，做了个翻白眼、双手捂住脖子的动作。

“得了，只要不留后患就成。你可得看仔细了，不能出差错！”明音挥了挥手，知道云溪活不成了，也不会拖累姝修仪，她这心里的石头也就落下了。然后又不放心地叮嘱了几句，生怕李怀恩把事情办砸了。

李怀恩一听她这话，脸上的神色就变得阴沉了下来。他深吸了一口气，微微扬高了声音道：“嘿，咱家这个暴脾气！听你这话，我这心里头真是不高兴！你嫌弃我，你来送她上路啊！”

明音脸上立刻露出几分讨好的笑容，整个语气也变得软了下来，柔柔地说道：“李总管，您看您怎么就发火了呢！我也是怕您没注意，让云溪跑了不是！这活儿就您能干得了，我这人胆小得很，做不来！”

李怀恩被她这么一哄，心里头才舒服了些。不过因为这句话，跟皇上之前的叮嘱实在是太相似了，导致他始终硌硬着。

“呸，你就跟那某人一样，站着说话不腰疼，真不是东西！”李怀恩扭头就走，边走边扬高了声音，冷声骂出了这么一句。

明音愣了一下，也不知道他所说某人是谁，但是只觉得自己的一片好心都被狗给啃了。待李怀恩走远些，她便伸长了脖子喊道：“切，那你就跟某人一样，真是个东西！”

李怀恩听她这么一骂，立刻转身想要回来揍她一般，明音直接把门关上了，不再理会。屋里亮光一下子就没了，漆黑一片，显然是把灯吹灭了。

李怀恩很快便让几个小太监把云溪拖到一处废旧的宫殿里，毒酒早就准备好了，他瞧着云溪挣扎得那么厉害，怕一松手就会来咬他，索性从旁边捡来一块大石头，根本没让她开口，便直接狠狠地砸上了她的后脑，把她敲晕了。

喂她喝完毒酒，被皇上那么叮嘱，李怀恩也不敢偷懒，直等到云溪身体僵直死透了，才让人将她抬去乱葬岗。

第二日清晨，天刚擦亮，齐钰便起身了，一旁沈妩睡得正香，他也没叫醒她，直接让人进来替他梳洗。他今日不用上朝，却必须得去看望太后。

到了寿康宫，太后刚梳洗完毕，连忙派人将他迎进去。

“见过母后！”齐钰一身墨绿色常服，显得比较简单，袖口上绣着精巧的盘龙图案，彰显着他至高无上的地位。

昨儿晚上他沐浴出来，就躺在沈妩身边睡了，今儿虽起得早，但是精神尚好。

太后瞧着皇上一副神采奕奕的模样，脸上露出几分笑意。她连忙站起身，拉着皇上仔细地瞧着。

“皇上好似瘦了些，可是随行宫人没伺候好？”太后一脸心疼的模样，边说还边抬起手，似乎想要摸摸齐钰的脸颊。

齐钰脸上的神色僵硬了片刻，一下子抬起手握住她的手腕，头一偏便躲了过去，他轻声道：“儿子没瘦，倒是母后瞧着更加憔悴了些。这几日太医可来瞧过了？”

他拉着太后的手坐到了椅子上，脸上虽然挂着得体的笑意，心里却早就厌烦了，每回去行宫他都不想回来，原因之一就是要和太后好好上演一番母子情深的戏码。

对于他的闪躲，太后脸上闪过几分不甘，又很快消散了。她就坐在皇上旁边的椅子上，两人搜肠刮肚地找了几句话来说，才发现这所谓的体面真的很难维持！

“找个合适的日子，就让瑞妃下葬吧。不能再拖了！还有，陪着朕去行宫的几位妃嫔，都是一路舟车劳顿，十分辛苦。除了沈娇之外，儿子准备把她们的位份都升一升！”皇上直奔主题，他想趁早结束这次会面。

对于他的通知，太后倒是愣了一下，暗自在心底琢磨开了。皇上一提起升位，太后首先想到的是沈妩那个女人又要往上爬了，可是她再细细一想，又觉得丽妃和许衿两个人都能升位，显然还是划算的，便点头同意了。

“姝修仪怎么没跟着皇上过来？昨儿丽妃、远容华和瑾容华可都来瞧过哀家了。她虽受了伤，可是总归得按着规矩来，不能太过懒散了！”太后状似无意间问了一句，语气里却带着几分责怪，脸上的神色也不大好看。

皇上在行宫专宠姝修仪一人，这个消息早就传遍了。太后心里头一直压着火气，早就想着要拿捏沈妩。好容易让许衿有一个机会，可以与皇上近距离相处，没想到却依然被这个狐媚子拔得头筹！

齐钰一听太后这话，便知道太后心思，他脸上闪过一丝冷笑，心底虽然有些恼怒她多管闲事，面上却没有表现出来。

“其实是朕的错，昨儿晚上朕缠了她太久，今日有些累了，朕起来之时就没喊她。母后这么一提醒，朕才想起来，先给您告个罪，待会儿请安姝修仪也不能过来了！也不知她能不能走路了，朕不打扰母后了，回去瞧瞧她！”皇上开心一笑，露出两排洁白的牙齿，要多讨喜就多讨喜。

可惜他说出来的话，却险些让太后将口中的茶水喷了出来。这死小兔崽子刚刚是炫耀他有能力吗？还是嘲讽她已经守寡了！这般口无遮拦不要脸，肯定是被沈妩那个小浪蹄子教坏了！

太后气得脸都白了，许嬷嬷、穆姑姑等一大拨人都守在殿内，听见皇上这句话，眼珠子险些都掉了出来。皇上，您节操被狗吃了！在长辈面前说，当真是冲着太后不好训斥您呢！

皇上特地坐在椅子上等了片刻，直到看够了太后脸上阴晴不定的神色，才慢慢站起身。只见他撩了撩长袍，冲着太后行了一礼，便潇洒地转身出了寿康宫，留下满殿的怨念！

待那抹墨绿色身影消失之后，寿康宫里陷入了长久的沉寂之中。太后头一回暴跳如雷，却又不能光明正大地摔东西表达自己的怒气。她如何敢摔！若是旁人问起，太后为何又恼了？呵呵，难道要说太后嫉妒姝修仪有男人，她没有吗？皇上那个挨千刀的，浑身都长了坏心眼儿，与他那个和善的母妃根本一丁点儿都不像！

齐钰语言捉弄了太后，顿时觉得心里头顺畅了不少。刚回宫，又要让人准备瑞妃的丧事，所以辍朝一日。他乐得清闲，脚步轻松地回了龙乾宫。只见明音和明心以及许多宫女端着梳洗的物什等在外头，显然准备伺候沈妩起身。

“今儿不用去寿康宫请安了，朕替你们修仪告过假了！”齐钰连头都没转，只冷声甩下了一句，便大步走进了内殿。

沈妩已经醒了，双手抱着被子，两眼无神地发呆。看那样子就像是还处于梦游中一般，听见脚步声，她下意识地抬起头看向来人。见到是皇上，脸上露出一抹无力的笑容，便又开始发呆。

齐钰瞧着她这副不清醒的模样，顿时觉得有趣至极，便凑了过去，手伸进她的里衣内，手掌摩挲着光滑的后背。

“皇上，嫔妾不想起！”沈妩轻声开了口，因为刚睡醒，所以她声音里还带着几分软糯，似乎要传到旁人的心底。

“嗯，那就不要起。今儿一整日你就躺在床上，别起来！”男人手掌十分温暖，不停地上下摩挲着她的后背，像是替一只猫咪顺毛一般，带着安抚的意味。

沈妩原本蔫蔫的，一听他这话，便立刻抬起头来，像一只受惊的兔子一般，盯着他看。

“皇上说真话？”她眼睛一眨不眨地盯着皇上看，不由得伸出手抓住皇上的衣摆，像是抓住救命的稻草一般。

“君无戏言！”齐钰被她此刻的表情逗得笑出了声，声音被他故意压低，慢慢地从胸膛上扩散开，带着几分浑厚。

沈妩一下子就来了精神，脸上露出了几分笑意。她想着可能是皇上怜悯她脚腕还没痊愈，见她可怜，就替她告了假，顿时心里便喜滋滋的。

“皇上，你有时候真挺好的！”沈妩难得心情甚好地夸赞了一句，这句话还是跟齐钰学的，虽然有稍微改动的地方。

齐钰低下头，认真而专注地看着她。沈妩此刻一脸愉悦的笑容，为了讨好他，脸颊轻轻地蹭着他另一只放在床边的手臂。齐钰看着她这副讨巧卖乖的模样越来越像猫咪。

他“扑哧”一声笑了出来，放在她背后的手，慢慢地滑到她的胸前。里衣是锦布制成的，异常柔软舒服，却不带弹力。此刻皇上手臂要搞这么一个大动作，那领口险些把沈妩勒晕过去。

齐钰也只是伸手摸索着，然后轻轻地捏了一下她左胸上的红缨。原本温馨平和的气氛，一下子消散得干干净净，完全变成了暧昧异常。

沈妩刚想着发火，男人的手已经退了出去。原本手掌捂住的地方，会比别的地方热，此刻忽然退出去了，倒觉得有些不习惯。待她反应过来自己被捉弄了，便抬起眼眸嗔怒地瞪了过去，皇上已然换了一副表情，原本淡淡的笑意消失了，变得一本正经。

仿佛刚才耍流氓的不是他，而是旁人一般。

沈妩也懒得理会他，坐起身来慢慢地坐到床边，显然要下床。

“哎，爱嫔，你做什么？”齐钰连忙伸出手臂，一把按住了她，将她重又推回到床上，不让她起身。

“皇上，这都日上三竿了，嫔妾总得起来梳洗！”沈妩躺在床上，想要挣开他的手坐起身。

齐钰的手死死地按在她的肩膀上，她到现在为止连口水都没喝，浑身发软无力，自然无法与他抗衡，只能被迫地躺在床上，与他大眼瞪小眼。看着皇上脸上那股子似笑非笑的表情，沈妩心底忽然涌起了几分不好的想法来。

“爱嫔，你可是刚和朕说好今儿不下床。床上能做许多有意思的事情，若是你不会，待会儿朕慢慢教你！”他猛地俯身低头，整张脸凑到了沈妩的眼前，嘴唇几乎贴上了她的，一字一句慢慢地说着，仿佛就是为了要揉搓沈妩的神经一般。

沈妩一听他这话，脑子里就“嗡”一声，似乎随时都要炸开一般。

齐钰近距离瞧着沈妩这被吓到的神色，脸上露出了几分得意的笑容。他伸出舌头慢慢地舔了舔自己的薄唇，也不知是有意还是无意，那舌头总是擦着沈妩的红唇而过。

“来人哪，进来替姝修仪梳洗！”男人直起后背，扬高了声音冲着外面喊道。

“皇上，嫔妾还没漱口！”沈妩愤愤地抬起手，用衣袖擦了擦嘴。谁再说皇上有洁癖，她就跟谁急！舔得她满嘴唇口水！

齐钰脸上正洋洋自得的神色，“嗖”一下子就没了。眉眼间的笑意带着几分僵硬，却生生地忍住了，没再说一句话。

得了皇上传唤，明音和明心带着人立刻就走了进来。好几个宫女手里端着物什，站成了两排。

“今儿姝修仪不下床，衣裳、珠钗和脂粉都用不上。伺候她漱口和洗面即可！”齐钰伸长了脖子，眼神仔细地扫过了宫人们手中捧的东西，一一下了命令。

立刻头一排端着衣裳钗环的，都自动往后退了一步，让身后端着脸盆、痰盂等的走上前来，沈妩只是坐在床上，等待梳洗完毕。满头散落的青丝，也只是用桃木梳随便挠了两下就作罢。

“摆膳！”皇上手一挥，就让人放了一张干净的桌子在床上，往常样式繁多的小菜和米粥，减少了许多，只剩下三道小菜和两碗白米粥。

“赶紧地吃，吃完了好干活！”齐钰直接拿起桌上的筷子，先给沈妩面前的碗里放了一块茄子，便自己吃了起来。

沈妩呆愣地看了他一眼，心里面虽然不甘，不过这饿了许久，她也顾不上和他生气，抓起筷子也开吃了。

明音和明心站在一旁，看着正在用膳的二人，脸上的神色都带着几分尴尬。皇上是一身墨绿色的长袍，无论近看还是远瞧，都是一个英俊潇洒的男人。再一瞧只穿了里衣、披头散发的姝修仪，即使她那张脸很美，月牙白里衣也衬得她清丽脱俗。

可是这样的沈妩拿双筷子，身上的仙气打得一丝折扣都没有！为了一块茄子与皇上争夺起来，实在是太像胸大无脑的通房大丫头与白痴少爷的春天！

好容易等他二人吃完了，齐钰一挥手让他们全部下去。明音和明心都没犹豫，直接让人收拾了桌面，退了出去。

明音二人走出了殿门，才纷纷地松了一口气，脸上露出几分放松的神情。

“真该让李总管瞧瞧方才的情形！”这回倒是明心先开了口，她站在大殿门口，阳光一下子投射过来，有些刺眼却非常美丽。

明音慢慢地转过身，面对着太阳，轻轻地“嗯”了一声。暗自想着，这么好的艳阳天，殿内的那两人却要躲在屋子里头做苟且之事，当真是见不得光！

“不过他身上揣着升位圣旨，估摸着这会子寿康宫该是热闹极了！”明音轻声开口，她轻轻眯起眼看着远方，脸上露出几分笑意。

此刻寿康宫真如明音所言，热闹极了！李怀恩方才摸出圣旨之后，一口气连续封了四个人的位份。

“奉天承运，皇帝诏曰：朕出宫避暑，诸位妃嫔一路辛苦，打理后宫也着实受累。特封庄妃为从一品贤妃；丽妃晋升为从一品德妃；瑾容华晋升为从二品昭仪，远容华晋升为正三品贵嫔。钦此！”当李怀恩那尖细嗓音响彻内殿的时候，几乎所有人都被这道圣旨震惊了。

当今皇上是一个怎样的人，对于在座的妃嫔来讲，一定有五花八门的答案。但是有一条被公认的回答，那就是不喜欢封位的皇上！他登基这么些年来，后宫之中迟迟没有任何一个女人突击到从一品。就连庄妃她们这几个妃位，还是因为入宫甚久，甚至有些人是皇上还是太子的时候，就伴随左右，才能得到这天大的恩赏。

只是这一次避暑之行，刚回来皇上就一口气连升四个人的位份，而且不少都是三级跳。庄妃和丽妃，也就是现在的贤妃和德妃，贤妃属于四妃第一顺位，德妃则是末。两人皆成功地突破了从一品，也算是一种巨大的进步了！

待那四人俯身行礼领了圣旨之后，就有人反应了过来，扬高了声音问道："咦，没有姝姐姐的封位吗？"

一旦有人开口，立刻就有许多人附和。毕竟姝修仪在避暑之行中，皇上宠她的消息，早就传遍了后宫。不少人都等着瞧沈妩会封什么位份，没想到这道圣旨里头，竟然没有。

"皇上今儿早上还与哀家说要一起册封，怎么没有姝修仪？小李子，是不是你漏看了？"坐在凤椅上的太后悠悠地开了口，她脸上的神色带着几分满意，毕竟丽妃和许衿都升了位。

李怀恩听到太后如此问，连忙俯身行礼，低声道："太后娘娘，就算再借奴才几个胆子，奴才也不敢漏看了圣旨啊！上头确实只有四位主子的封位，并没有提到姝修仪！"

众人听李怀恩说得如此肯定，心里头就有了计较，有不少妃嫔直接就讨论起来了，纷纷猜测着，究竟是沈妩没有得到升位，还是皇上有意给她留个大的！

"总之不会是皇贵妃吧？"一片"嗡嗡"的讨论声之中，忽然有一道娇脆的声音冒了出来，又很快地低了下去。

伴随着这道声音出来，所有的讨论声一下子就停止了。太后脸上的神色猛地阴沉了下来，她眸光犀利地扫视着底下两排妃嫔，个个都低着头，根本猜不出方才那句话究竟是谁说的。

殿内不少人的神情，因为这句话而变得难看至极。沈妩算什么东西，不过才进宫大半年而已，每一次升位几乎都是三级跳，让人刮目相看。她即使升到正二品，也算是直逼贤妃和德妃的位份了。

贤妃眉头紧蹙，她好容易才摆脱"庄"这个封号，慢慢爬到了贤妃位置上，不会这么快就被沈妩追上吧？她可是用了八年多的时间，才换回这个从一品的位份！

"恭贺几位娘娘，奴才先行告退！"李怀恩瞧着此刻气氛尴尬异常，而且这些娘娘可都不是什么好惹的主儿，便立刻告辞退了出来。

刚出寿康宫殿门，李怀恩就抬起衣袖，慢慢地擦拭着额角汗水。这么一大帮女人，也太难应付了。难怪每回皇上都不给什么好脸色，就他那样冷嘲热讽，这些妃嫔都前仆后继地使各种手段刷存在感，这要是给了好脸色，还不立刻就蹬鼻子上脸了！

他左手轻轻掂量了一下右边的衣袖，里面沉甸甸还装着一道圣旨，显然是留给姝修仪的。想到这里，他不由得加快了脚步。只是待他兴冲冲地赶回来时，龙乾宫外面守着几个宫人，却是无人敢入内，他不由得感到纳闷。

李怀恩大跨了几步，走到门口就听到里面的说笑声，他立刻停住了脚步，转过身站到殿门一边去了。殿内隔音效果不错，也只能隐隐约约听见一些，不过李怀恩乃是听床戏的高手，早练就了一对顺风耳，因此对里头要开始的情形，他再熟悉不过，根本就不敢进去打扰。

045

升位淑妃

沈妩的手里面捧着一本书册，这是皇上亲自给她挑的。难得不再是那些哄小孩儿玩的东西，而是话本一类的。显然上面的故事十分吸引沈妩，她就这么倚靠在床头，眼神认真而专注地看着上面的内容。

只是她才看了一个章回而已，就已经读不下去了。因为男人的手开始不老实了，齐钰的手直接伸进她的衣摆，先是用指腹在肚脐周围慢慢地画圈，沈妩有些不舒服地动了动，男人也只是停了一下，便继续得寸进尺地往上摸索。

男人的几根手指像是顽皮的孩子一般，不停地在沈妩嫩滑的肌肤上跳动着，忽急忽缓的节奏让沈妩有些招架不住。他的手指一下子便滑到了沈妩的心口处，颇有几分来势汹涌的气势。沈妩连忙放下手中的书册，隔着里衣一把按住了他的手腕。

“皇上，您要是不想让嫔妾看话本就直说，不必这样！”沈妩瞪大了眼睛看着他，脸上带了几分嗔怒的神色。

齐钰似笑非笑地看着她，轻轻挑了挑眉头。沈妩只是握住了他的手腕，所以他的手掌还是灵活的。于是他毫不客气地摊开了手掌，男人的手掌原本就大，手指也很修长。再加上他故意为之，此刻他那根最长的中指指尖，恰好就按在了沈妩的左胸上。

两人的视线在半空中相遇，沈妩的眼神里带着几分坚持，显然是不愿意的。她暗暗咬了咬牙，慢慢地握紧了皇上的手腕，轻轻用力似乎想要拽着他的手腕离开她的胸口。

齐钰看着她不情愿的眼神，兀自笑了笑。在察觉到沈妩要拖走他的手腕时，他的脸上闪过几分狡黠，那根中指慢慢屈起，指甲一下子掐了她一把。

“唔”，沈妩的呻吟声一下子就从嗓子眼儿里传了出来，她连忙咬紧了下唇，秀气的眉头紧紧地蹙着。

“很疼？”齐钰一直关注着她，此刻瞧见她脸上露出了几分痛苦的神色，轻轻问了一句。语气中带着几分小心翼翼，只是他轻轻歪着头，脸上带了几分研究的神色，怎么看都不像是在担心沈妩。

沈妩显然是被他惹恼了，却没有开口说话，只是不耐地白了他一眼。

对于沈妩这样的表现，齐钰不由得笑了笑。他扬高了声音冲着外面喊道：“李怀恩，快把圣旨放在龙床上，朕亲自来宣读！”

李怀恩在外头候着，听着里头的动静已经没了，正要庆幸的时候，听到皇上说的那句话，顿时心生懊恼。

方才路上走得急，他都没敢偷偷瞧瞧这姝修仪究竟是封了什么位份。本想着反正都是他念的圣旨，一会儿再知道也无所谓。哪晓得皇上竟然变卦了！此刻再想看，也根本不可能了。

李怀恩暗自在心底发了几句牢骚，也不敢耽搁，连忙带着人进去了。

齐钰将她安置在了床上，拿起圣旨在她的眼前晃了晃。

“这道圣旨可是给阿妩的。猜猜，朕会给你一个什么位份！”男人的脸上露出几分调侃的笑意，声音里带着欢好之后的满足，显然是方才解决了生理需求，立刻就感到浑身舒爽。

沈妩半闭着眼眸，脸上的神色带着十足的疲惫，她无意识地挥了挥手，轻哼了几句，显然是没兴趣。

“阿妩，朕可是给你留了个好位份，猜对了有赏！”齐钰沐浴之后，精神变好了许多，显然想把这次的圣旨当成是送给沈妩的礼物，心里竟隐隐期待着沈妩看到之后，脸上会露出欣喜的笑意来。

沈妩还是困得很，原本不愿意搭理他。想着自己拼死拼活，床上床下地伺候他，得一个位份怎么了！那些没拼命伺候的，也就跟着去玩儿了一趟，还得了位份不是！她原本就该得到最好的！

“嫔妾若是猜对了，皇上能把这位份换成正一品或者超品的吗？”沈妩总算是彻底睁开了眼睛，她打了一个哈欠，轻声问了一句。

原本兴致勃勃的皇上，立刻就冷下了一张脸，眼神凶恶地看向沈妩。沈妩不稀罕搭理他，直接转过身背对着他，准备先睡。

“可怜朕一片赤诚之心，都被狗叼走了。淑妃，回你自己的宫睡去！朕要独占龙床！”齐钰冷哼了一声，见她敢这般蹬鼻子上脸，偏偏又不好发火。

俗话说拿人手短，吃人嘴短。他刚把沈妩给吃得干干净净、彻彻底底，此刻更是不好冲着沈妩发火，便抬脚踢了踢她，直接一扬手将圣旨往她面前一扔。

圣旨恰好慢慢地展开了，只露出中间的一小截内容，沈妩轻轻抬起眼帘，一下子便看到“从一品淑妃”这五个字，嘴角不由得轻轻扬起。上辈子用了六年的时间，才得了昭仪之位，今生只用了半年便拿到了从一品。

“贤良淑德”四妃之中，沈妩排行第三。她还不知道庄妃她们所封的是什么位份，但是心里头却是雀跃不已，她伸出食指，慢慢地摩挲着那五个字。

齐钰以为沈妩已经睡熟了，心底的郁闷更甚，便一撅屁股背对着她，也准备睡了。

“奉天承运，皇帝诏曰：沈氏阿妩入宫之后，陪在朕身边已有六个月二十一日。日日见其笑颜，嫣然巧笑，媚眼如丝。朕每每想起，必挂怀于心。窈窕淑女，君子好逑。特封为从一品淑妃，钦此！”沈妩的嗓音压得有些低，十分柔和而专注，就像是在向爱人低声地念诵着情书一般。

圣旨上的字迹龙飞凤舞，熟悉到让她头皮发麻。前世今生加起来，她接圣旨不下数十道，只是这道圣旨中的话语，却让她鼻子发酸。

她入宫不是六个月二十一日，而是六年六个月二十一日。

沈妩读第一句话开始，齐钰便竖起了耳朵，认真地听着。不得不说，平日里听李怀恩那样尖细嗓音读着，只觉得那是他所下的一道冷冰冰的旨意而已。可是此刻听着女子温柔的嗓音，才发现李怀恩玷污了他无数道神圣的圣旨！

沈妩的声音已经开始颤抖，齐钰也听出了不对劲来，直到最后两个字失去了原本的腔调，嘶哑得让人揪心，他一下子转过身来，待瞧清楚沈妩脸上的表情时，不由得呆愣住了。

沈妩捧着圣旨，眼眶发红，浑身颤抖，似乎在极力忍着什么。可是眼泪还是从眼眶中滑落了出来，一滴泪珠“啪”的一下滴在了圣旨上，恰好落在了那个挂怀于心的“心”字上，黑色的墨迹很快晕染开了，瞧着不真切。

“阿妩，你怎么了？是不是觉得朕给的封号不好？贤妃已经给了旁人，要不你换成良妃！”齐钰猛地爬坐了起来，抬起衣袖胡乱地给她擦眼泪。

这个世界上，他最见不得女人哭。所以谁敢在他面前号哭，必定是要被他折磨一顿的，可是只有沈妩，无论她是耍无赖的干号，还是这样默默无声地流泪，他都会想着拿好的东西去换她不流泪。

九五之尊虽然也察觉到自己的奇怪之处，却又暗自想着：美丽的女人，是不该哭泣的。阿妩生来就该以笑示人！

沈妩听着他随意就改了先前定下的圣旨，心里头觉得好笑，便抬起一双朦胧的泪眼，轻声问道：“皇上是要朝令夕改吗？”

齐钰一挥手，无所谓地道：“反正旁人又不知，不过朕是觉着‘良’这个封号不好听。还是淑妃好听，等以后阿妩再立功了，朕许你一个皇贵妃！”

沈妩冲着他淡淡一笑，心头那股子愁闷的情绪已经消散了。皇上许的这个皇贵妃，她倒是不稀罕。她的眼泪，是因为皇上在这道圣旨中，非常明确地写出了，她从第一次遇见皇上到今日的日期。

“臣妾谢皇上恩典，不过臣妾不要什么皇贵妃，只希望皇上在下一次六个月二十日，身边还有臣妾陪着！”沈妩轻轻抬起头，嘴角上扬，露出一抹柔和的笑意。

齐钰仰着头朗声大笑，扬高了声音道：“整个后宫之中，唯有阿妩敢与朕如此说！”

沈妩也跟着他笑了起来，眼眸里快速地闪过几分势在必得。她终于从“嫔妾”变成了“臣妾”。听着皇上的口气，贤妃下面似乎就是她，离她的目标也越来越近了！

沈妩从修仪变成了淑妃，这个消息片刻之后就传遍了后宫。伴随着无数珍奇珠宝的赏赐运往锦颜殿，沈妩正式奠定了她宠妃的头衔，再无人敢望其项背！

当各宫的妃嫔，聚到了新上位的贤妃宫里时，就有宫女把这消息传了进来，贤妃的脸色当场就僵硬了起来。沈妩的确没有当上皇贵妃，但是却真的紧紧地跟在她的身后。超过她，也只是时间长短的问题。依着皇上现如今宠她的程度，估摸着不出三个月，她这个后宫最高位份的妃嫔，也就要让位了！沈妩将代替她，坐上世家的头把交椅，统领后宫！

其他人倒是没什么表现，就连已经被超过的德妃，都是面色平静。她跟着皇上去了行宫，自然知道沈妩有多受宠。只是当听到这个消息之后，虽然她的神态之间没有异样，指甲却狠狠地刺进了掌心里。

“淑妹妹不愧是皇上的心头好，这么快就换了封号。好在还是同一个音，若是叫错了也听不出来！”贤妃努力从脸上挤出一抹笑意来，却是异常僵硬难看，原本的好心情全部没了。

“都回吧，本宫累了！”贤妃自知失态，就连方才那几句话也说得莫名其妙，失了往常的风度和水准，她也不准备再遮掩，直接挥了挥手，脸上露出几分疲乏的神色。

众人心思各异地退了下去，有不少相熟的妃嫔，都凑到一处，轻声探讨着现如今后宫之中的格局。

沈妩除了自家姐姐沈婉之外，与任何人相处得都不远不近，甚至嫡姐沈娇都被皇上送进了冷宫，任谁瞧着都觉得肯定是她从中作梗。

待众人都走了，贤妃仍然在生闷气。她的脸上满是恼火的神色，殿内伺候的宫人都低着头，大气都不敢出，生怕惹恼了主子。

“既然沈妩那个贱人爬得如此快，本宫也得尽快找到和她抗衡的人才行！”贤妃似乎已经缓过劲儿来了，她的脸上露出几分阴狠的神色，眼睛轻轻眯起，愤恨地说了这么一句。

贤妃的声音不算小，随侍左右的几个人，都是一副噤若寒蝉的模样，恨不得自己此刻聋了才好。

第二日请安的时候，沈妩的位置就在贤妃的旁边，二人对视着笑了笑，便各自坐了下来。对面的一排人里面，已经没有瑞妃的身影了，首位也换成了新上位的德妃。

沈妩的腿脚还有些不利索，不过好在也不需要她走多远的路。太后一出来，就瞧见了又靠近了她的沈妩，脸上的神色不自然地僵硬了一下，又很快恢复正常。

“见过太后。”众人纷纷起身行礼，沈妩也跟着慢悠悠地站起身，她连头都没抬一下，得到太后的免礼声之后，便直接坐回了椅子上，一个眼神都没给太后。

“淑妃脚上的伤如何了？昨儿皇上还特地在哀家面前，替你告假来着！可请了杜院判瞧瞧？”太后刚一开口，就表示了对沈妩的关心，脸上好容易挤出几分担忧的神色，像是长辈关怀晚辈一般。

沈妩不由得在心底翻了个白眼，脸上却是挂着浅浅的笑意，她总算是抬起头看了一眼太后，低声道：“臣妾谢太后关心，已经没什么大碍了，再调理几日便能痊愈。”

沈妩说完之后，脸上再次露出一个得体的笑容，便又低下头去，谁都不爱搭理的模样。那些原本还准备说几句恭喜的话凑趣的妃嫔，瞧见沈妩这副兴致缺缺的模样，都非常识相地闭紧了嘴巴，不自讨没趣。

太后见沈妩还是一副高傲的模样，也不稀罕再搭理她，直接说起了别的话题。

今日也是皇上避暑回宫之后的第一日早朝，他早就想了无数种朝臣们热烈欢迎的场面，却唯独没想到这一种。

沈王爷身后背着荆条上朝了，跪在朝堂之上一把鼻涕一把泪地哭啼着，正向皇上负荆请罪。

“子不教，父之过。娇儿心思单纯，一定是为奸佞小人所教唆，才会做出那种事情。不过淑妃与娇儿是亲姐妹，想来能够体谅，还请皇上恕罪。皇上若是要怪罪的话，就冲着老臣来吧！”沈王爷边说边冲着龙椅上的人，磕了一个响头，这几句话说得掷地有声，带了十足慈父护女的架势。

齐钰冷眼瞧着他在这里作，嘴角轻轻扬起一个细微的弧度，露出几分讥诮的意味。

“爱卿，这是要在朕的面前，上演一出负荆请罪？”齐钰淡然地开了口，语气波澜不惊，根本听不出他的情绪究竟是喜是怒。

沈王爷一时摸不准他的意思，又不好否定，只有硬着头皮道：“回皇上的话，是的。微臣教女无方，本该接受惩罚。只有负荆请罪，能表达微臣心中的愧疚！”

沈王爷说着说着，又是一副眼泪吧嗒的模样，齐钰不耐烦地皱了皱眉头，他是真不知道为何这些臣子，总是如此难缠。非得给脸不要脸地来这么一遭，才晓得他的厉害！

“不对啊，这要是负荆请罪的话，必须得把衣裳脱了，光着上身，让荆条抽得背上流得满身是血，方能显得诚心。看爱卿穿得里三层外三层的模样，这是无意请罪啊！”

齐钰的语调轻轻上扬，语气里带着十足的质疑，显然是在质问沈王爷。

殿内原本要替沈王爷说话的朝臣们，一听皇上这话，纷纷闭上了嘴巴。好嘛，皇上这是又要惩治人了。

沈王爷一听他这话，手心里立刻就渗出了一层冷汗。他如今是进退两难，要么咬咬牙狠狠心，真的当众脱了衣裳，让荆条抽死他；要么就装个怂讨饶得了。

但是面对身后这么多的同僚，沈王爷这求饶的话还真说不出口。在他们面前丢了脸也就罢了，主要是这些同僚也有那么几个是青楼常客，官老爷总是爱摆个架子，在那些娇俏女子面前吹嘘自己贬低旁人。要是他这么一求饶，那几个同僚到他喜欢的头牌面前这么一说，那脸面可丢大了！

沈王爷这么一想，心里头就多了几分底气，英雄难过美人关。他虽然已经过了不惑之年了，但是为了美人，也要当一回英勇的壮士！

“皇上，微臣自知小女罪孽深重，甘愿受罚，恳请皇上拿荆条责罚微臣！”沈王爷再次头碰地，声音里带着几分决绝，像是已经做好了心理准备一般，等着随时受罚。

齐钰的眉头皱得更紧，他没想到沈王爷这回会如此不识抬举，竟然还敢跟他呛声了。

殿内沉寂了片刻，忽然响起了“啪啪”的拍巴掌声音。众人循着声音看过去，只见龙椅上的帝王一脸孺子可教也的笑意，丝毫没了当时的不耐烦和恼怒，相反倒是十分赞赏的模样。

“沈爱卿真乃朝臣典范。他明知自家的嫡姑娘罪孽深重，还要替她偿还这罪孽。若是不打他几下，朕实在是过意不去。他如此恳求，朕也只有亲自动手，才能对得住他这一番赤诚之心！”齐钰边说边大步地走下了龙椅，话音刚落，他就抽出了一根荆条。

沈王爷显然是为了弄得逼真些，荆条上的刺儿倒是不少，齐钰用两根手指小心地捏住，从腰间摸出一把匕首，将他要握住的地方削平，把上面的几根刺儿全都砍掉，其他地方的刺儿倒是没动一根，显然是留着来打沈王爷的。

众人瞧着皇上这副架势，心里就不停地打鼓。完蛋了，沈王爷不会就这么血溅当场吧？皇上脸上的神情好可怕，先在心底替沈王爷默默地点根蜡烛！

沈王爷这心里头也不好受，当时要逞英雄的心思早已灭得七七八八了，双手撑着地面，不停地在打战。他慢慢地咽了口口水，终于还是抵不住心头的恐惧，想要开口求饶。

只是皇上没有给他这个机会，“啪”的一声，荆条已经抽了过来。原本沈王爷身上的衣裳穿得很厚，就是为了要遮挡荆条上面的刺儿。没想到皇上忽然来这么一下子，好死不死地就打在了他裸露出来的脖颈上。

齐钰显然是使了力道的，此刻一下子抽上去，有好几根刺儿把沈王爷的脖子扎破了。

“皇上，微臣错了！”沈王爷一嗓子号过之后，便立刻开始求饶。

只可惜皇上却像是没听见一般，再次扬起手又甩到了他另外一边的脖子上，这回两边都见了血，甚至有几根刺儿就留在他的脖子里头，疼痛异常。

“皇上，您别打了，微臣错了！”沈王爷这回直接开始往前爬，边爬边扬高了声音求饶。

只是他还没爬多远，衣摆就被齐钰用脚踩住了。九五之尊的脸上露出一抹似笑非笑的表情，他冷声问沈王爷：“沈爱卿说什么，朕有些没听清。”

他半真半假地问了一句，只是还不待沈王爷回答，齐钰又自顾自地说道：“爱卿是想提醒朕，负荆请罪要脱上衣吗？这样抽着才疼，才能显示得出爱卿的诚意。那朕就不阻拦了，在场的都是老少爷们，没什么好顾虑的，脱吧！”

齐钰的话音刚落，就拖着荆条后退了一步，似乎要让地方给沈王爷脱衣裳。

沈王爷被这么狠力抽了两下，哪里还敢继续下去，早就在心底将出主意的沈王妃唾弃了无数次。这个没见识的娘儿们，挨打的又不是她，难怪会出这么多的馊主意！

他连忙转过身面对着皇上，不停地磕头求饶，低声下气地道：“皇上，是微臣想错了。娇儿已然成年，她必须得为自己所做的事情负责！”

齐钰瞧着他改口如此快，不由得冷笑了一声，也不管他的前言不搭后语，更不想再跟他纠缠。直接甩掉了手中的荆条，大跨步走回了龙椅上。瞧着沈王爷正在流血的脖颈，他的心情明显好多了。

皇上下朝之后，朝堂上沈王爷为了替沈娇求情，结果被荆条抽了这消息就不胫而走。众人都像是听笑话一般，暗自笑这个异姓王爷又开始犯浑了，难道是嫌弃皇上的脾气太好了不成！

沈妩当时刚到锦颜殿，宫内外所有的宫人，都聚到殿门口迎接她。沈妩瞧着这一帮跪在地上的人，因为方才听到的这个消息，而感到心绪不宁的她，也稍微缓和了些。

待打发了众人，她才带着明心和明音进入内殿，其他人都十分有眼色地退了出去，只留她们三人说话。

“沈娇不能留了，免得夜长梦多！”沈妩手里捧着杯茶盏，轻抿了一口，轻轻挑了挑眉头，冷声说了这么一句。

语气十分坚定，让人能听出其中的认真。

“明音，你可有进入冷宫的门路？”沈妩轻声问着，冷宫可不是谁想进就能进的，虽然以她的身份进去，还是比较容易的。

但是她们这趟去，是要沈娇的命，所以自然不能随随便便就惊动了旁人。

明音轻皱着眉头，细细思考了片刻，她的脸上露出几分踌躇的神色，显然是在纠结着什么，过了片刻才低声道：“冷宫那种地方，一般油水不足，管教很松，只要有银子，就能进去。只是那里是后宫中出了名的腌臜地方，不止是对妃嫔们的处罚，也是对宫人们的处罚，一般只有犯过大错的宫人才会被拨到那里去。”

她初入宫之时，就听教导姑姑说过，每回她们这些小宫女若是犯了错，都会拿冷宫那边吓唬她们。久而久之，冷宫几乎成了后宫之中的禁地，无论是对主子还是对奴才。

听了她的话之后，沈妩也跟着皱起了眉头。对于冷宫，只要一想起来，心里头就会不舒服，但是要斩草除根，这一趟冷宫之行是必不可少的。

“准备些银子，带上几个粗使宫女。还有，之前在洛阳的时候让你向云溪要的药材还在不在？”沈妩事无巨细地吩咐着，脸上的神色逐渐变得严肃起来。

明音一一点头应承下来，听到沈妩问药材的事情，便轻声回道：“都在呢，奴婢待会儿就去收拾药材。”

沈妩对于明音办事儿还是很放心的，主仆几人轻声商讨了几点细节。沈妩便乘着轿辇往后宫去，她们这一行人并没有隐藏行踪，相反来来往往好几个宫人，都瞧见了淑妃的轿辇往冷宫去了，纷纷回去汇报给各宫主子。

淑妃的轿辇还没到，远远地便能瞧见冷宫的执掌姑姑和太监等在外头。那位姑姑明显年纪较大了，而且还长了一身肥肉，沈妩从来没见过如此肥胖的宫人，一时之间有些发愣。

而那位太监则恰恰相反，长得干干瘦瘦的，整个人蜷缩在胖姑姑身边，简直就像是一位母亲带着瘦小的孩子出来一般。

不过这二人倒是有一个共同的特点，那就是眼睛里冒着精光，瞧见沈妩的轿辇，更是直接快步小跑了过来迎接。

两人见到沈妩，就像看见了大金主一般，心情激动。不过这两人还是懂规矩的，离沈妩几步远就站住了，冲着她行了大礼，嘴里不停地说着吉利话。

“行了行了，我们娘娘知道你二位的辛苦之处，这些银子就拿回去和冷宫里的各位喝茶吧！还是赶紧带娘娘去瞧瞧那位吧！”明音瞧见沈妩轻轻蹙起的眉头，知道她已经心生几分不耐，便连忙往前站出了两步，开口打断了这二人的喋喋不休，直奔主题。

那两人见到明音出手阔绰，立刻眼睛发光，直接把银子接了过去，往袖子里一塞。只是拿了银子之后，这二人的脸上，又露出几分为难的神色。

这二人对看了一眼，你推推我我推推你，像是都想让对方开口说话。最终还是那个胖姑姑大着胆子说道：“淑妃娘娘来得突然，这冷宫里头自然都是萧索枯败的，奴婢二人听说了娘娘要过来，便急慌慌地赶出来迎接，并不曾吩咐里头人收拾。还希望不要吓到了娘娘才是！”

沈妩依然冷着脸不作声，明音轻哼了一声，冷笑着说道：“你二人光想着银子了吧，淑妃娘娘千金贵体，若是被什么腌臜事儿污了眼，你们就等着吃不了兜着走吧！”

那两人讪讪地笑了笑，都缩了缩脖子，显然是被明音这几句话吓到了。淑妃娘娘的威名，可是全后宫皆知，若是真的得罪了她，那他二人可真活到头了。

一大帮宫女簇拥着沈妩进了这冷宫，果然如胖姑姑所说，这座宫殿只是外表光鲜，刚踏进殿门，一股子难闻的酸臭味儿就传来了。随处可见破败的匾额、毫无光泽的廊柱，地面上偶尔还能瞧见谁的裙衫，只是褪色得厉害。

沈妩的眼睛轻轻一扫，就瞧见地面上放着一个瞧不出图案的瓷碗，里头放着两枚骰子，显然方才有人在这里赌钱。

那个瘦公公依着沈妩的视线看过去，脸上闪过几分恼恨，连忙对着沈妩点头哈腰，轻声道：“瞧这帮兔崽子！”

他的话音刚落，便连忙用脚将那瓷碗踢翻了过来。院子里一片静悄悄的，像是没了人气一样。

“这里没人伺候？”沈妩用绣帕捂住鼻尖，借以减缓这股刺鼻的味道，开口说了她进入冷宫后的第一句话。

“回娘娘的话，有的有的。虽说这些主子都没落了，但是身边都会带着一个宫女。冷宫里原本也配了十几个太监宫女来统一伺候她们。这会子估摸都在别的地方伺候着呢！”那个胖宫女一听她提问，立刻觍着一张笑脸，露出一口黄牙。

沈妩轻轻点了点头，一行人便进了内院，里面有好几个房间，显然是住了不同的人。

“中间这屋子就是沈娇住的地方。奴才带您过去！”那个瘦公公眼瞧着一路没遇到什么意外状况，心里便松了一口气，语气也变得欢快了几分。

边说边伸出手指了一间屋子，带头领着过去。

眼瞧着离那间屋子还剩下几步之遥，忽然东侧屋的门开了。从里面踉跄着冲出来一个披头散发、浑身只剩一件肚兜的女子。

“唔，唔！”那个女子嘴里似乎被塞了一个圆球似的东西，根本吐不出来，只能发出这种模糊不堪的声音。

而且那个女子身上满是伤痕，依稀可辨像是有绳子抽打过的，还有牙齿的痕迹，一道道青紫，触目惊心。

“啊！”沈妩身后的宫女，不少人都惊呼了一声，又连忙扼住喊叫声。

早就听闻冷宫可怖，没想到竟真的如此不堪，忽然就蹿出这样一个女子来，让谁都心有余悸。

还不待众人从惊愕之中反应过来，东侧屋里就追出一个太监。那个太监比掌事儿的太监年岁还要大些，头上隐隐有了几根白发，偏生他一手提着裤腰追了出来，衣衫也极其不齐整，像是匆忙之中穿上了一般。

显然那太监没想到一出来就会遇上淑妃一行人，整个人愣在原地，不知道该继续追还是跑回去躲着。

沈妩轻轻眯起了眼睛，恰好瞧到他另一只手里的东西，当场就惨白了一张脸。那个太监手里拿着木质的假阳具，这回那些宫女都乱作一团。

“你们都是死人吗？让这种腌臜场面出现在淑妃娘娘面前！是想全部掉脑袋吗！”明音压抑着心底的恐慌，猛地扬高了声音，气急败坏地冲着旁边的那两个掌事太监吼道。

明心连忙扶住沈妩的手臂，轻轻地捏了一把，像是要安抚她一般。

经过明音这么一喊叫，那个瘦公公连忙出声吆喝，立刻就有几个太监冲了出来，按住那个太监，还有人冲上来要去拉扯那个裸身的宫女。

沈妩已经扭过头来，眼瞧着那个瘦公公的眉眼间逐渐染上了几分阴毒，方才冲着她伏低做小的模样早已消失不见。

“让那女的穿上衣服，待会儿进来见本宫！”沈妩的语调十分平稳，脸上的神情一直很镇定，像是根本不为眼前惊悚的情形所动一般。

那个胖姑姑和瘦公公一时猜不准沈妩的心思，又不敢违逆，连忙点头哈腰地应承下来。

沈妩带着人进去之后，那两人便十分有眼色地退了出去。屋子里散发着一股难闻的气味，显然是日久没晒太阳，各处都有了霉斑。沈娇就躺在破旧的床板上，身上盖着两床破棉絮，连床像样的锦被都没有。

沈妩慢慢走近了几步，又立刻皱紧了眉头退了回来。沈娇显然很久没人理会了，身上隐隐散发着几分尿骚味，刺鼻得很。

几个跟着进来的小宫女，都被这样的沈娇吓到了。娇修容当年也算是人如其名，娇花一朵了。可是现如今，竟是如此颓败，活得简直不像个人了。

沈娇身上的伤根本就没养好，相反还越变越糟糕了。她来了冷宫之后，这药就断了。意识虽清醒了些，但是整日没人理会，饭菜有时候都是馊掉的，她的身子反而越来越弱，就这么瞧着她苍白如纸的面色，多半以为她已经快不行了。

“贱人，你还有脸来！”原本沈娇是双目无神地躺着，忽然一扭头瞧见了来人，立刻就像是回光返照一般，脸上露出几分狰狞愤恨的神色。

她咬牙切齿地说道，只是却忽然被口水呛住了，开始猛烈地咳嗽。这么一咳嗽，又引起了胸腔处的阵阵疼痛，难受至极。

“没想到你竟然还没死，估计你这样心思歹毒的女子，连阎王爷都不敢收吧！如此有精神的样子，真让人想直接弄死你！”沈妩并没有找地方坐下，而是站在她的床头，居高临下地看着她。

沈娇这才得以近距离观察她，沈妩今日穿着晚烟霞紫绫子如意云纹罗裙，裙上用细如胎发的金银丝线绣成攒枝千叶海棠和栖枝飞莺，刺绣处缀上千万颗珍珠，与金银丝线相映生辉、贵不可言。头上也插了一支红翡滴珠凤头金步摇，上面还衔了一颗硕大的东珠，一切都显示着沈妩不同往日的身份。

“这是从一品的衣裳，你升位了！贱人，你竟然借着这件事情升位了！”沈娇似乎是气急了，双眼通红，脸上的神色狰狞得吓人。她猛地伸出双臂，显然是使了十分的力道要去抓沈妩的衣裳，整个上身似乎都要从床上起来一般。

046

暗自谋划

沈妩轻轻后退了一步，脸上阴冷的神色更甚，她面无表情地看着沈娇，就像看着卑贱的蝼蚁一般。

她冲着沈娇冷冷一笑，低声道："姐姐好像是误会了什么，这次除了你之外，其余跟随皇上去行宫的人都升位了。本宫这身好看吗？皇后那身朝服才真好看呢！可惜了，你瞧不见我日后飞黄腾达的日子了！"

沈娇听着她所说的话，嗓子直接哽住了，险些吐出血来。方才能那么精神地辱骂沈妩，还是因为她心底憋了一口气。此刻听到所有人都升位了，只有她一人被遗弃在这人鬼不分的冷宫里，像是浑身的力气都被抽走了一般，连嘲讽沈妩的力气都没有了。

沈妩看见她方才还愤怒满满的眼眸，忽然一下就失去了神采，像是已经放弃了一样。

"一命偿一命，姐姐，你欠我的，从来都只有你这条命！可惜我不能亲自送你上路，更不能在你身上留下伤痕，啧啧，终究还是便宜你了！"沈妩慢慢俯下身来，轻轻凑到她的耳边低声说了几句，便立刻站起身后退了两步。

刺鼻的味道还是那样明显，沈妩已经不想再看她一眼，转身就离开了。

沈娇似乎才反应过来沈妩方才所说的话，开始剧烈地咳喘着。几根断掉的肋骨，已经痛得让她此刻就想死过去。眼睛陡然瞪大了，似乎连两个眼珠子都要掉出来一般，最终一口血沫从嘴角流了出来，她才好受了些。

沈娇慢慢地抬起手，抹了一把嘴角的血沫，身体就再也动不了了。只这一个动作，就已经耗尽了她的全部力气。她知道，今日沈妩过来，无非是要送她最后一程，兴许很快这阳寿就要到头了！

门刚一推开，那两个管事儿的就候在外头了，此刻见到沈妩的身影，脸上堆满了笑意。

“娘娘要见的丫头，此刻已经收拾好了。在隔壁的西屋，您现在就要去见见吗？”那个胖姑姑边说边下意识地搓着手，脸上的神色越发小心翼翼，生怕再次惹恼了沈妩。

“一起去吧，本宫也有话跟你们二位说！”沈妩轻轻点了点头，依然是一副面无表情的神色，和来之前没有多少变化。

几个人走进了西屋，屋子中央跪着一个小宫女，她一直把头埋在胸前，瞧不清脸上的神色。听见脚步声，她连忙抬起头，一看见是沈妩进来了，她直接跪行着往沈妩这边来。

“淑妃娘娘，求求您救救奴婢！奴婢是跟着沈娇一块儿来的冷宫，没想到这些狼心狗肺的腌臜阉人，竟然那么对待奴婢！”那个宫女离沈妩还有两步距离的时候，便自动停了下来，不停地用力磕着头。

额头触碰到地面，发出“咚咚”的沉闷声响，听得人心里发憷。片刻之后，那个宫女的额头上已经渗出了血丝。

明心得了沈妩的眼神示意，连忙制止了这个宫女的磕头。轻轻拉着她，显然要扶她起来。那个宫女却是倔强地摇了摇头，依然谦卑地头碰地，整个人匍匐在地上。

“若不是遇到淑妃，奴婢已经准备上吊了。但是这帮阉狗若是不得到惩罚，奴婢死也死得不安稳！”那个宫女边说边抬起头，下意识地就盯着瘦公公看了一眼，眼神里的不甘和愤恨，不由得让人心惊肉跳，显然是有了血海深仇。

瘦公公猛然瞧见她这样的神色，也是吓得后退了一步。不过他待在这冷宫里，什么样儿阴狠的手段没见过，自然不会被她吓到。

“你瞧什么瞧，是你自愿和小英子对食的，又岂容你反悔，此刻瞪着咱家也没用！”瘦公公冷哼了一声，不由得辩驳了一句。

沈妩听着这二人的话，心里头已经猜得七七八八了，她挥了挥手让那二人暂时退出去。

“娘娘。”那个小宫女见他二人走了，眼中直接流出了泪水，张口刚喊了一句，便已经泣不成声，那份委屈任谁瞧着都觉得难受。

她方才的处境，在场的人都瞧见了。被一个太监用那种东西折磨，肯定是想着一死了之的，光想想，众人心底都觉得恶心。

“奴婢根本不想和那种人对食，他都三十多了。奴婢才十五，到了这里又哪里轮得到奴婢这种小宫女说话。他们这些阉狗，虽然不是男人，却是色心不死。见那些被贬的主子们虽然心里痒痒，可终究没胆子，毕竟是皇上的女人，就只有奴婢这样的宫女倒霉，有几个被折磨得已经神志不清醒了。”她一边哭一边将自己的遭遇说了出来，她在沈娇身边算不上大宫女，就被安排了这么个倒霉的差使，哪知一辈子就搭进来了！

沈妧的眉头轻轻蹙起，她还从来没想过冷宫竟是如此的境遇，光听着都让人觉得不寒而栗。

明心的脸色直接变得苍白如纸，她几乎难以想象这样的日子，究竟是如何熬过来的。

“你这丫头也是个傻的，在沈娇身边伺候的时候，不傍着一两个有门路的姑姑，当然这倒霉差使儿就落在你头上了。至于强迫你对食的人，肯定和方才那俩管事是一丘之貉，基本上你已经没救了！”明音悄悄看了一眼沈妧，轻咳了一声，便微微扬高了嗓音冲着那宫女说道。

那小宫女原本便觉得心头委屈，此刻被明音这么一骂，觉得有道理的同时，更为自己的未来担忧。嘤嘤哀泣，越发伤心。

“快莫哭了，本宫可以助你！”沈妧轻声说了一句，那个小宫女猛地抬起头，脸上露出几分欣喜的神色。

“淑妃娘娘真乃观世音菩萨转世，若是能帮助奴婢报仇，奴婢就算是赴汤蹈火也在所不惜！”那个小宫女再次“咚咚”地磕头，欣喜的泪水溢满脸颊。

沈妧的嘴角轻轻扬起，脸上露出几分淡笑，她轻声道：“不必你赴汤蹈火，只要替本宫将这些药材煎了，每日按时按量喂沈娇喝下。她死之日，便是你复仇之时！”

沈妧冲着明音使了个眼色，明音便从衣袖里将用纸包好的药材递到了那个小宫女的面前。

小宫女明显犹豫了一下，沈妧已经说得非常清楚了，这些药是索命用的，就等于要她亲手杀了沈娇。但是一想起那个阉狗恶心的东西，她直接倾身扑了上来，用力地抱住了药包，像是抓住了救命稻草一般。

“奴婢一定能做到。只是不止那个老阉狗，还有好几个都会来骚扰奴婢。只怕会耽搁了时辰！”小宫女提起那些人，脸上愤恨的神色更甚，她用指甲紧紧地抓住了药包，似乎要把里头的药材捏碎一般。

“本宫自然会替你解决，从此以后，再也无人敢骚扰你！”沈妧认真地说了一句，显然是对她的承诺。

小宫女含着眼泪点了点头，将药包塞进怀里藏好，又对着沈妧磕了个响头才出了门。

过了片刻，那两个管事儿的也被传唤进来了。刚到沈妧的面前，两个人就一起跪倒在她的脚边，不停地开始哭诉。

“娘娘，你别信那小浪蹄子的鬼话，她都是胡说八道！”两个人喊来喊去，几乎都是这几句话。

沈妩冷哼了一声，低声道：“你们二位认为这冷宫的主人是谁？”

那两人的哭号一下子就停止了，互相对视了一眼，才低声回道：“全天下都是皇上的，这冷宫自然也不例外！”

“是吗？原来你们还知道。不过本宫很想向皇上要你二人的狗命，你们觉得皇上会给吗？”沈妩听了他们的回答，不由得冷笑了一声，忽然像是来了兴致一般，扬高了声音问道。

“淑妃娘娘饶命！”那两人毕竟是执掌冷宫多年的，一下子就猜到了沈妩心情不好，立刻也不再狡辩，直接开始求饶。

“本宫不想看你们这两个跳梁小丑继续演戏，听清楚了本宫下面所说的话。第一，不许再让任何人骚扰方才那个小宫女，也不许苛待她，特别是那个老太监！帮本宫提醒他一句，如果他还想要脑袋的话，就不要再胡作非为了！第二，本宫走后，不许让任何别宫的宫人进来，特别是要见沈娇的。如果沈娇今日晚上便被弄死了，你们二人也可以随着她一起去死了！”沈妩的语速变快了些，这一句句说出来，气势非常，显然震慑的效果很好。

那两人都是连连点头应承，一丝一毫都不敢怠慢。

“俗话说新官上任三把火，本宫上位之后，手上还没沾过人命。你们二位这身份虽然低贱了些，好歹比狗强点儿，若是急赶着去投胎，就尽管拿本宫的话当耳边风好了！”沈妩抬起手来轻轻地撩了撩自己的发髻，脸上露出一丝冷笑。

“奴才（奴婢）不敢，一定谨遵淑妃娘娘的吩咐！”那两人连忙磕头表忠心，只求着沈妩能够放过他们。

淑妃现如今在皇上心中的地位，那真是独一无二，别说两条人命，就算是天上的星星，皇上也得想法子摘下来。当然这也是他们心里头的想法。

沈妩不再多费唇舌，直接便出了冷宫乘着轿辇回宫。一路上还是招摇过市，不少宫里的主子已经开始蠢蠢欲动了。

贤妃手里正拿着针线绣荷包，听了宫女的吩咐之后，脸上露出几分冷笑。

冷宫里的太监宫女，今日都很纳闷。怎么这往日死气沉沉的冷宫，今儿忽然就变得热闹起来了。淑妃走了之后不久，就已经有好几拨宫人过来，又塞银子又塞珍宝的，只为了一点，要去瞧瞧沈娇。

结果平日里见钱眼开的两个管事儿，跟两尊门神似的，将那些人堵在外头，对于那些金灿灿、白亮亮的金子银子，一律拒绝。

“贤妃娘娘，那俩管事儿油盐不进，一个都没放进去过！”一个宫女气喘吁吁地跑到贤妃跟前，脸上露出几分不耐的神色，显然是舍下脸面缠着那些人好久，结果却是竹篮打水一场空，白忙活一场。

贤妃冷哼了一声，挥了挥手让她退下，嘴里却是轻声咕哝了几句：“没出息的东西，定是沈妩交代了什么。”

冷宫里，沈娇躺在床上，此刻正是半夜，身上两床破棉絮，哪里能抵挡得了寒意。她竟是不由得打起战来，正哆嗦的时候，前几日一直没露面的小宫女，竟是端着一碗热气腾腾的药汁过来了。

“今儿淑妃娘娘过来，叮嘱过那些挨千刀的不准让您去了。那些人才没有克扣药材，奴婢也没人欺负了，喝几口暖暖胃吧！”那个小宫女边说边往这边走，走到她的跟前却是顿住了脚步，也不把碗送过去。

沈娇一听说是沈妩吩咐的，脸上的神色立刻就变得狰狞起来，她挥舞着双手像是要狠狠地打翻那个宫女手里头捧着的药碗一样。无奈早就被宫女猜到了，那么远的距离，她根本就够不到。

那个小宫女一直等她挥舞得累了，才往前走了一步，脸上露出几分同情而怜悯的神色。

“您都落魄到这步田地了，为何还不吃药！这药材可是好东西！一般那几个黑心的人都是拿出去倒腾银子的！”小宫女轻叹了一口气，声音里带着几分叹息。

沈娇却不作理会，方才只是挥舞两下手臂而已，她却感到像是快要死去一般，浑身抽疼得厉害。此刻再听到连个小宫女都敢这般说她，心里头更是恼怒异常。

“把药摔了，我才不喝她的东西！还不如趁早死了！”沈娇这句话明显是带了十足的恨意，偏生她此刻身子一日不如一日，说得有气无力。

那个小宫女也没工夫再和她耗下去，淑妃答应帮她报仇的，她可不管这个沈娇要如何。小宫女也不再哄她，直接脱鞋上了床，两只脚分别踩住沈娇的两条胳膊，弯下腰一只手捏着她的鼻子，另一只手端着药碗，待沈娇快要窒息时张开了嘴巴呼吸，她便一下子将药碗凑过去，把里头的药汁悉数倒了进去。

沈妩从冷宫里出来，不少人就暗自等着沈娇离世的消息。没想到一日又一日，冷宫那边还是没有任何消息传出来，想进去瞧又被堵着不让进。

不少宫人直接开口嘲讽，问道：“是不是已经有人殁了，上头有人压着，才不让进呢！”

那个胖姑姑明显火气要暴躁一些，她眼见这么些日子银子也没能拿到手，心里这火气正愁没处发呢，便扬高了声音吼道：“谁再这么说，我撕烂谁的嘴！这天气多热，死了人几天就烂了，臭气熏天的，谁能住得下去！”

这些人被胖姑姑如此堵着，倒是真说不出旁的话来，只有无趣地散开了。

又等了几日，还不见消息，不少人便都放弃了，只想着是沈妩刚升为淑妃，去沈娇那里耀武扬威了一回。哪知沈娇还是殁了，就在沈妩离开冷宫的十日后。她的死讯被报到皇上那里的时候，齐钰连头都没抬。

“这来问朕作甚！按照惯例，冷宫里的庶人怎么下葬的，沈娇就怎么来！”齐钰正翻阅着手中的奏折，眼看着又堆积了小山似的，他的头就开始隐隐作痛，语气里自然加了几分气急败坏。

李怀恩瞧着他一直低头没看过来，便大着胆子撇了撇嘴巴。死了也是你的女人，自然要问过你啊，你个没良心的东西！

沈娇的死，因为与沈妩去冷宫的日子相差太远，那些原本准备传流言的人，也彻底没蹦跶起来。曾经的娇妃，就这般悄无声息地去了，没有引起丝毫的波澜。就连她的尸体都没人理会，还是明音去打听了下，原本是要用草席裹着去乱葬岗扔掉便是了。

沈王妃却想着往宫里头使银子，沈王妃也没找沈妩，倒是三天两头送信儿进宫缠着沈婉。沈婉都是挺着大肚子安心养胎的人了，也不想每日受她烦，跟沈妩打了声关照，便让人直接把沈娇的尸首给火化了，然后抛入枯井之中。

沈娇的尸首自然回不到沈王府，她就算死，也得在这后宫里。火化之后骨灰抛入枯井里，这样的待遇也只有宫里头人缘好的宫人死后，才会有相熟的宫人帮着打点。沈娇这样的性子，在后宫之中没什么熟人，好不容易有两个妹妹，因为得罪了沈妩，沈婉也不好擅自打点。

天气渐渐凉了，后宫里又发了新的宫装，所有人的身上都穿得厚实了些。花朵渐渐凋零，大秦的后宫看似比往日都要平静许多，但若是细细观察，还是可以觉察出不同来。

贤妃经常跑去听风阁，每回都要带上补品去看望慧嫔，明显地在关心她。慧嫔也像是十分承她的情意，两人的感情逐渐升温，在外人看来，仿佛一下子就变成了亲姐妹一般。崔瑾看着贤妃的眼神，就像是看着崔绣一般。

“娘娘，您要不要再去瞧瞧慧嫔？奴婢觉着贤妃那样热情，就像黄鼠狼给鸡拜年似的，一看就是没安好心！”明心被特许地坐在床尾，轻轻地抬手捏着沈妩的小腿解乏，她一想起贤妃这几个月的动向，心里头就不舒坦。

沈妩轻轻哈了一口气，似乎有点冷，这都十一月了，烧炭也不顶用。

“什么没安好心，说不准那两人是臭味相投呢！”沈妩慢慢地吸了吸鼻子，空气里弥漫着一股子甜香。

明音就守在炭盆旁边，不时地用长棍子轻轻拨弄着里头的炭。送到锦颜殿的炭肯定是极好的，根本没有一丝呛人的烟火气，相反还十分暖和，里头放了四个地瓜，估摸着此刻要熟了，满屋子都弥漫着香气。

明语有些委屈地站到一旁，原本这烤地瓜的任务是交给她的。无奈她总是馋这个，特别是当香味冒出来的时候，她就不停地咽口水，那副模样让其他人都无法忍受了，最终才换了差使。

明心还是有些不放心，她从小就伺候沈妩，早就把沈妩的命看得比自己的还重。如今沈妩在后宫中地位如此高，受宠程度也不是一般二般，她就更担心了。

“娘娘，慧嫔毕竟和您有些亲戚关系，能拉扯一把以后还是有好处的！”明心手上的力道适中，不过这个话痨的习惯就显现出来了。

沈妩原本是惬意地躺着享受，此刻却是轻拧着眉头，脸上闪过几分不耐的神色，像是处于爆发的边缘一般。

“她与本宫没有任何关系，婉姐姐就快到临盆的日子了，本宫自然得盯着些，哪里还有闲工夫搭理旁人。明心，你若是也想换差使，便去烤地瓜，让明音来捏腿！”沈妩轻轻地“啧”了一下，翻了个身背对着明心，明显是一副拒绝啰唆的态度。

明心长叹了一口气，也不再多话，专心地继续手头的工作。

明音听到沈妩的最后几句话，不由得撇了撇嘴，她死都不要离开炭火！冬天什么的，都可以去死了，好吗！明明一副卑贱的宫女命，偏偏得了不能过冬的公主病！她也就这一条作死的毛病了！

当四个地瓜终于烤熟明音用长树枝准备扒拉出来的时候，明语一下子就蹿了过来，好容易才忍住流到嘴边的口水，眼看着明音怎么扒拉都捞不上来。明语一下子就着急了，忍不住用手去抓，结果可想而知，手被烫得红通通的一片。

明音瞧见了一点儿都不心疼，相反低声地嘲讽了两句：“呵呵，你当是火中取栗呢，我看根本就是炭烧猪蹄！爪子再敢伸过来，我就用树枝插着你的手烤熟了喂狗！”

明音的话音刚落，内室便陷入了一片寂静。一到冬天，明音就变得好可怕，暴躁得随时会咬人！

明音用树枝怎么弄都弄不上来，相反那树枝放在炭火里，还被烧得越来越短。她气得直接丢在了一旁，从小桌上拿出银筷子，直接狠力一戳，那地瓜就被穿透了。

几个人看着她发狠劲儿的模样，都在心底为地瓜默默地点了根蜡烛。最后是一根筷子上戳了两个地瓜，才算弄出来。

明语将提前准备好的盘子拿过来，明音将地瓜小心翼翼地从筷子上蹭下来，又拿起一旁的小刀，慢慢地切成段，就丢在一边放凉。

“咕咚咕咚”隔着一段距离，沈妩都能听见明语咽口水的声音，简直太丧心病狂了！能馋成这副德行。

“成了，也不刁难你们了，再耽搁估计明语口水流多了渴死了！拿一些去吃吧！”沈妩瞧着明语那副没出息的模样，不由得轻笑着摇了摇头，轻轻挥了挥手让明音拿去分。

明语一听沈妩这话，立刻欢呼雀跃起来，伸手就准备去抓。

“什么东西这么香，朕可真是赶上了好时候啊！”一道低沉的男声传来，门帘被打起，带来几丝寒气逼人的凉风。

男人的话音刚落，身穿黑色龙袍的身影已经到了眼前。明语原本要伸手去抓地瓜的，也立刻缩了回来。脸上露出几分不甘的神色，却只能低着头跟着明音她们一同俯身行礼。

沈妩已经从床上坐了起来，慢腾腾地把腿放下来，准备穿鞋子起来请安。齐钰就站在不远处，一脸淡笑地看着她，沈妩明显是一副不情愿下来请安的模样，这天气冷了，她也越发倦怠了。

齐钰硬是等她行完了礼，才走上前来，一眼就瞧见了小桌上的地瓜。

“朕还奇怪是什么味道，原来是这东西啊！淑妃也喜欢吃？”齐钰边说边脱了靴子，直接上榻。

沈妩手一挥，明心便端着盘子走了过来。李怀恩见皇上这架势显然要吃上了，便立刻让人端了盆子倒了温水让他净手。沈妩亲自动手将外头的皮弄掉，递了双银筷子给他。

两人面对面坐着，齐钰刚进屋里来，显然是有些冷，他轻轻哈出一口冷气，便拿起筷子夹了一小口。锦颜殿派人去御膳房要的地瓜，御膳房自然都挑好的送过来。

齐钰吃了两口之后，端起一旁的茶水抿了一口，甜香味在舌尖蔓延，他的脸上也露出几分满意的笑容。

“这个已经完胜枣糕了！”皇上伸出食指指了一下盘中的地瓜，脸上露出几分满足的意味。

李怀恩站在一旁，悄悄地咽了咽口水。皇上，瞧你这点儿出息！不过这地瓜的味道也太香了，让他这样光看不吃的人情何以堪！

沈妩听见皇上如此说，不由得抬起头看了他一眼，脸上满是惊愕的神色。毕竟枣糕在皇上的甜点世界一直处于屹立不倒的地位，此刻一个烤地瓜就打败了枣糕。枣糕那样高端洋气上档次的糕点，败给了地瓜这样的，完全不服气！

齐钰似乎察觉到沈妩这样热烈的目光，慢慢抬起头，对上她的视线，然后脸上露出一个淡淡的笑意，似乎才想起来一般，轻声道：“当然，这地瓜再好，若是比起阿妩让人做的枣糕来，还是差上许多的！”

沈妩听他此刻还有心思调侃，脸上露出了几分笑意。二人虽然都觉得这地瓜好吃，不过平日里被山珍海味养着，动了几筷子便不吃了，压低了嗓音轻轻说着话。

明语双眼瞪得跟铜铃似的看着那盘子里的地瓜，感到浑身躁动，好想冲上去抢过来啊。你们不吃赶紧给别人吃啊，要不然凉了就不好吃了！她看着沈妩一脸温柔笑意地跟皇上说话，心里急得跟热锅上的蚂蚁似的。

淑妃，我们说好要分着吃的地瓜呢？有了皇上，你就忘了没日没夜伺候你的宫女了吗！

“咳咳！”明语轻咳了一声，眼眸始终紧紧地盯着那个盘子。虽然馋得很，不过自从皇上来了，她的唾液分泌系统已经自动进入坏死状态，根本不敢咽口水，免得惹皇上的注意，否则她说不准就成了第一个因为好吃而被皇上处死的宫女！

她这一声咳嗽，没有引来两位主子的注意，倒是把李怀恩等人的目光吸引了过来。几个人都知道明语这性子，知道她这是用生命在向淑妃示意，她要吃地瓜！

就在明语连续咳嗽了三声之后，沈妩终于发现这个馋鬼转世的人了，嘴角轻轻弯起，脸上的笑意忽然扩大了几分。

“拿下去分吧！”她挥了挥手，话音刚落，明语已经蹿了过来，小心翼翼地端起盘子。

皇上和沈妩正说着沈婉待产的事情，不知道沈妩怎么忽然就笑了，他有些惊诧地看了一眼沈妩，再一瞧冲过来的明语，便明白了几分。

“哟，这小宫女好吃的毛病还没改呢！看样子以前在龙乾宫挨打还是少了，过几日再回去让哪位姑姑调教一下？”齐钰虽然不记得明语的名字，不过对于她这好吃的性子还是有些印象的。

明语一听到他这话，手一抖险些把盘子摔了。曾经被皇上折磨得不堪回首的往事，一下子便涌上心头。明语的确是一个好吃的丫头，她当时调进龙乾宫，还是一个粗使宫女的时候，平日里只负责跑腿。

恰好有一日要把皇上的衣裳送去浣洗房，那日有个姑姑见她讨喜，便塞了个主子赏下来的糕点给她。她一手托着衣裳抱在怀里，另一只手心里放着糕点。边走路边瞧上那糕点几眼，实在馋得很，便送到嘴边咬上一口。

这幅原本是少女天真烂漫的场景，好死不死地被坐在龙辇上的皇上瞧见了。豆蔻少女的活泼天真有朝气，他是一个都没瞧出来，只是死盯着明语怀里他那件黑色长袍，明语每每咬一口糕点，上面的碎屑都会掉到衣服上。

齐钰当场就火了，直接让李怀恩重新找了人把衣裳送走，又指派了一个严厉的姑姑重新调教一次明语。自此，明语因为吃耽误差使儿的坏毛病完全消失了，变成了一个乖巧听话的丫头。甚至见到皇上，哪怕再好吃的东西，她都能控制住自己。

“奴、奴婢不敢，奴、奴婢还请皇上准许奴婢吃这个！”明语端着盘子，脸上露出几分欲哭无泪的表情，她一下子跪倒在地，但是对地瓜依然不死心。

伺候了皇上这么久，明语就算再傻也知道皇上的脾性。若是跟皇上客气地说，皇上不让吃就不吃了，那皇上绝对不会让她吃的。就好比上回在朝堂上，沈王爷大义凛然地让皇上抽他，结果真就被抽了！

齐钰见她这副样子，也不好再继续逗下去，挥了挥手便让人下去了。

“皇上方才说要把婉修媛生产这事儿，交给谁准备来着？”沈妧轻声开口，将话题带回到原先所探讨的。

齐钰听到她问，脸上的笑意收敛了些，变成了几分严肃，低声道：“就交给贤妃吧。你毕竟是婉修媛的亲妹妹，生孩子这事儿，一向是后宫中的重中之重。这又不是什么好差使，你得避嫌择干净，免得到时候出了什么差错。”

皇上这想法也是人之常情，沈婉生产总得有人替她预备好稳婆，还有一切得提前准备的，自然不能耽搁。看顾沈婉生产的肯定得是世家这边的人，沈妧的身份又不合适，也只有贤妃能用了。

沈妧一听是贤妃负责此事，秀气的眉头就皱紧了些。若是以前，她们还没结下梁子，说不定能交到她的手中。可是此刻，贤妃对她们姓沈的人，没一个有好感的，若是出了纰漏，还真没法子说。

“俗话说举贤不避亲，臣妾前几日已经与婉姐姐商议过了，这事儿还是自己人准备的好。她是臣妾的亲姐姐，她没有害过臣妾，臣妾自也不会害她。还请皇上成全！”沈妧脸上的神色慢慢变得严肃起来，她的语气里带着几分坚持和慎重。

齐钰抬起头，对上她认真的眼神，轻蹙着眉头，像是陷入了深思之中。最终他还是同意了，轻声道：“若是爱妃执意如此，朕也不会阻拦。不过丑话说在前头，前面八个月都熬过去了，不会说就这几日出了差错。如果真有了什么意外，到时候可别怪朕翻脸！”

皇上的语气里带着几分显而易见的警告，当初沈婉弄出了见红那事儿，就已经引起了皇上的雷霆震怒，所以这一回的生产，皇上十分看重。

面对皇上这般咄咄逼人的口气，沈妧不由得“啧”了一声。

“皇上，女人生孩子本来就是在鬼门关过一遭。”沈妧明显是想要解释给他听，沈婉生孩子究竟会不会出意外，谁都控制不了。她主动请缨要接手，也是怕贤妃到时候面对那些人的手段，睁一只眼闭一只眼。

齐钰挥了挥手，低声道：“你接手吧，到时候让杜院判亲自盯着。”

有了皇上的许可，沈妧心里暗暗松了一口气。待皇上离开后不久，就立刻有负责这方面事宜的嬷嬷找上门来，听候沈妧的差遣。

宫里的妃嫔生孩子十分讲究，要准备的物什也很多。产房、稳婆那是必不可少的，甚至连奶嬷嬷都要提前挑好。沈婉这几日为了好生产，都要出来散步，双身子的人没走几步就觉着累了。

沈妧自然不好去烦扰她，只是挑好了人，必定要送到沈婉面前让她过目，直到沈婉点头了，沈妩才会用。

折腾了半个月，好容易都收拾停当了，那几个有经验的稳婆，每日都要到沈婉这里报到。看看她还有多少日子要生，沈妩每回也都跟着过来瞧瞧她。

沈婉是头一回生孩子，自然是紧张得很。有个胆子大些的稳婆，便轻声劝慰着她："奴婢接生过好多孩子，无论什么样的情况几乎都遇上了。修媛这日子还没到，不急！胎位也正，属于好生的那种！"

有了这些稳婆的保证，沈婉提心吊胆的情绪也安稳了些。每日依然在自己宫里散散步，偶尔兴致好了，就会走到外殿去。

这日，沈妩正在看书，手里头的话本是皇上让人给她寻来的。看得正津津有味时，就见明音一脸惊慌地走了进来。

"娘娘，那边传来消息，说是婉修媛要生了！"明音的语调十分急切，显然是事态紧急。

047

畸形皇子

沈妩连忙放下手中的书，穿起鞋子就急忙往外走，脸上的神情也变得有些难看。明音几个立刻就跟在她的身后，沈妩匆匆坐上了轿辇，抬着轿子的几个小太监健步如飞，拼命往沈婉的宫殿赶去。

“究竟是怎么回事儿？今儿早上本宫来的时候，还听那个稳婆说，日子远着呢！”沈妩下了轿辇，边快步往里面走，边压低了嗓音问道。

明音也是刚得到消息，听到沈妩问，她的脸上露出几分焦急的神色，悄悄地靠在她的耳边说道：“听说是有只大肥猫蹿进了奇华殿，当时婉修媛正在散步，那只大肥猫好死不死地就扑在婉修媛的背后，婉修媛直接摔倒了。”

沈妩的脚步猛地顿住了，她的面色越发难看，脱口而出问道：“这宫里头有谁养猫吗？”

明音立刻摇头，声音再次压低了些：“皇上不喜欢猫，所以后宫也没人敢给他添堵。奴婢也是听旁人说的，当时陪着婉修媛散步的宫女是青儿。”

明音边说边快走了几步，恰好有个穿着藕色宫装的宫女走了出来，见到沈妩，连忙俯身行礼，低声道：“奴婢青儿见过淑妃娘娘！”

沈妩一把拉住她，免了她的行礼，急声道：“不必多礼，婉姐姐如何了？”

“回娘娘的话，杜院判已经请来了，稳婆也在里头替婉修媛接生，只是那只肥猫极其凶悍，直接冲着婉修媛扑过来，奴婢瞧着流了许多血。”青儿明显是被方才的景象吓到了，此刻回想起来，仍然苍白了一张脸。

沈妩的眉头皱得越来越紧，她的眼中闪过几分恼怒，一把抓住了青儿的手腕，微微用力，冷声问道：“究竟怎么回事儿？听你这口气，那只猫很肥的话，就没人瞧见出声提醒吗？”

青儿有些吃痛地皱了皱眉，却不敢用力挣扎，只有忍着痛轻声回话：“今儿修媛说她只是在奇华殿走走，并不需要跟太多人，就只带了奴婢和珊儿。到了外殿才发现手炉没带，奴婢便让珊儿回去拿。奴婢搀扶着修媛就在外殿来回走动着，待奴婢听到猫叫声，想回头瞧瞧情况的时候，就见到一只肥猫冲着修媛的背后扑过来，死死地抓着修媛的披风，奴婢也有些着急，便想着去把猫弄下来，没想到那猫变得越发凶狠，直接把修媛扑倒在地！”

青儿的声音有些颤抖，当时太过惊慌，此刻又被沈妩攥住手腕，她的脸上露出几分害怕的神色，停下了话头仔细打量着沈妩，才轻声继续道：“当时修媛是肚子先着地，所以流了许多血。”

她正说着，几人就走到了外殿通往内殿处，就在殿门的不远处，那条青石板铺成的路上，有一摊艳红的血迹，刺眼至极。

沈妩的眼睛微微一眨，似乎被那摊血迹所刺激到了一般，她的脚步微顿，眼睛一直盯着那里瞧。明语怕她被扰乱了心思，便轻轻用力捏了一下她的手腕，几个人继续往前走。

沈妩的余光却忽然看到一抹细微的绿色，她的脚步猛地停了下来，快步走近蹲下身来。的确有一根细长、颜色青翠的草，叶尾尖细，她的呼吸猛然顿住了，用手轻轻捏了起来，放到眼前瞧。

这根草有一半被血液染成了红色，还剩一小半保持着原有的绿色，如果不仔细瞧，很容易就忽视了。她将那根草放在鼻尖嗅了嗅，立刻一股淡淡的芳香便传了过来。

沈妩稍微长大了些，就与元侧妃分开住了。没有一双儿女在身边陪伴，感到寂寞的元侧妃便托人买了只波斯猫在院子里养着，沈妩幼时也喜欢与那只浑身雪白、双瞳异色的猫咪玩耍。所以她认得这根草，正是猫咪极其喜爱吃的猫草。

宫中根本没有猫，一只大肥猫却偷偷溜进了奇华殿，而且在沈婉流血的附近发现了猫草。显然这只肥猫是被猫草吸引了过来，一切都是有人精心策划的！就是要让沈婉这胎出事儿！

“娘娘。”明心瞧见沈妩脸上的神色剧变，心里也跟着产生了几分不好的预感。

沈妩回过神来，从衣袖里掏出锦帕，将这根猫草放在里面包好，才再次塞进了衣袖里。

“那只猫呢？”沈妩再次站起身，对着青儿问道。

青儿正出神，听到沈妩这么一问，被吓得惊了一下，才反应过来，低声道：“修媛倒下之后，附近的几个宫人听到奴婢的呼喊，已经赶了过来，那只猫咪原本还在撕扯着披风，后来瞧见人来了，就立刻又蹿走了。当时婉修媛喊着肚子痛，又见了红，谁也没顾上去抓猫，赶紧把婉修媛抬着送进了原先备下的侧殿，请太医找稳婆接生。”

沈妩越听脸色越难看，一帮蠢货！

她一句话都没说，快步走到了内殿，沈婉的产房就在侧厅。此刻刚一入殿门，就能听见她的叫喊声。

“修媛，您再使把劲儿，再使把劲儿啊！”稳婆高亢的声音从里头传来，只能让人的情绪变得更加紧绷。

沈妩就站在厅外候着，冷风嗖嗖，她裹紧了身上的披风，冷眼瞧着前面的侧厅，仿佛透过大门已经瞧见了里面的场景一般。

“明音。”她轻声唤了一句，明音便走到她身边来。沈妩慢慢凑近她的耳边，轻声说了几句。

明音点了点头，直接往产房里走。原本有两个守门的身体强健的宫女，瞧见明音要进来，明显要阻拦她。明音低声说了几句，那两个宫女朝沈妩的方向看了看，最终放她进去了。

过了片刻，待明音出来的时候，手上抱着一件厚厚的披风。跟在一旁的青儿怔了一下，一眼便瞧出来，明音手里拿着的披风正是沈婉今儿所穿的。

沈妩接过披风，披风上面还有几块血迹。沈妩只是匆匆瞥了一眼，便立刻翻到遮住后背的地方瞧了瞧。她轻轻眯起眼眸，依稀还可以瞧见猫爪挠过的地方，即使锦布质量很好，也有快要坏掉的预兆。沈妩直接抬手从明音的头上拔下一朵绢花，用尖头对准了留有猫爪印的地方，用力地戳了下去狠狠地一划，披风后面立刻就露出了一道口子。

沈妩将口子翻开，里面除了白花花的棉絮之外，就见到里面夹了一层很大的猫草。沈妩的心一凉，仿佛坠到了谷底一般。她不停地用手将那些猫草掏出来，一个手掌竟然没放下，里头还有翠绿的一小片。

她一只手捧着猫草，眼睛一眨不眨地盯着那片翠绿看，鼻尖充斥着猫草的芳香。

“修媛的披风里面，怎么会有这么多的草？”青儿一直盯着沈妩的动作瞧，此刻看见翻出这么多猫草来，她惊讶地喊出了声。

沈妩轻吸了一口气，勉强让自己翻涌的情绪平静下来，这种沈婉常穿的衣物，肯定是贴身宫女打理的。如今披风里头却出现了这么多的猫草，当真是讽刺至极！

“婉修媛的衣裳——”沈妩一开口才发觉自己的声音在发抖，她轻咳了一声，才继续道，“都是谁负责看管的？”

青儿听她如此问，脸上的神色露出几分惊疑不定，踌躇了片刻才道：“回淑妃娘娘的话，婉修媛的衣物这些都是珊儿负责看管的。”

青儿停顿了片刻，细细想了想，又接着说道：“不过奴婢一直没瞧见她人，明明让她回来拿手炉的。”

青儿的声音越往后压得越低，似乎有些不确定的意味。

沈妩的眉头皱得更加紧了，连忙冲着一旁的明心使了个眼色，冷声道："明心，你带人过去找！"

明心得了沈妩的吩咐，立刻叫了两个小宫女，便往后殿宫女住的地方去寻找。

一个小宫女端着铜盆从侧厅走出来，沈妩脸上的神色更加难看。从她方才站在这里，已经有三个宫女端着铜盆走出来了。一股浓重的血腥味传来，不用说盆里头接的也是沈婉身下流出来的血水。

侧厅内，沈婉的叫喊声已经越来越低弱，司药司也拿了人参不停地替她吊着命。稳婆高昂的呐喊声似乎也有些底气不足，一切的一切都在显示着里头的不顺利。

沈妩的心跳越来越快，她暗暗抓紧了手中的披风。脑海里竟是回想起幼时的事情，几个小姐妹坐在一处玩闹。沈韵出塞和亲了，沈娇已经死了。沈婉也定能改变之前的命运，不必死在她肚中孩子的手里！

"杜院判，请您一定要救婉姐姐。她肚中的胎儿是皇上的第一个孩子，您一定要救他们！"沈妩越想心里越乱，忽然一个冲动，就猛地扬高了声音冲着厅内喊道。

原本嘈杂的偏厅里，忽然安静了下来。沈妩略显哀切的恳求声，十分清晰地传到每个人的耳朵里。杜院判显然在踌躇，他擅长施针救人，也不是没救过难产的孕妇，可沈婉是修媛，那几个司药司的宫女又不敢随意下针。但是此刻他听见沈妩的恳求声，给了他下定决心的动力。

"你们两个一起进去，穴位要摸准了。稳婆催生的动作也不要停，双管齐下！"杜院判伸手指了指两个司药司的宫女，显然是下定了决心。他扬高了声音命令道。

因为有了杜院判的统一调度，方才还混乱不堪的偏厅内，恢复了秩序。

"皇上驾到——""贤妃娘娘驾到——""德妃娘娘驾到——"一连串太监尖细的通传声紧接而来，沈妩的头开始抽疼。

这些人可真会凑在一起，身穿黑色龙袍的男人走在最前面，脸上的神色暗沉得要命。他瞧了沈妩一眼，便偏过头去盯着偏厅看，似乎要盯出个窟窿一般。

沈妩长叹了一口气，虽然对于皇上这种态度，她的心里十分不爽。可是此刻也不是耍性子的时候，她快走了几步，站到皇上的身边，只是轻声说了一句："有人要设计害婉修媛，臣妾待会儿说给皇上听。"

齐钰偏过头瞧了她一眼，一句话都没说，只是轻微地点了点头，转过头去仍然盯着偏厅瞧。

"修媛，您再使把劲儿，已经看见了！"稳婆有些惊喜的声音传来，显然是沈婉生产有希望了。

厅外站了不少人，听到稳婆这道声音之后，脸上的表情各异。沈妩轻轻地松了一口气，脸上原本紧绷的神色稍微缓和了些，也集中了注意力盯着侧厅瞧。

“哇”的一声，终于传来了孩子的啼哭声。厅外的人似乎都被这道声音给吓到了，大秦后宫中有多少年没听到这种稚嫩又尖细的声音了。

贤妃的脸色一白，又很快恢复正常，她扭过头微微扬高了声音对皇上说道：“恭喜皇上了，听着里头孩子的啼哭声如此嘹亮，定是一个安康有福气的孩子！”

只是她刚说完，才发觉皇上的注意力根本就不在她的身上。齐钰扭过头，看了一眼沈妩，又很快偏过头去，他也没怎么在乎贤妃究竟说了什么。

过了片刻，稳婆抱着襁褓出来了。只是她的脸上并没有太多的喜色，相反还有些畏畏缩缩的，抱着襁褓的手臂也在轻轻打战。像是她怀里的孩子并不是什么皇子公主，而是洪水猛兽一般。

沈妩原本已经平稳的心跳再次加快，她的面色也跟着变得难看，下意识地伸长了脖子去瞧那个襁褓。

襁褓外面是用一层黄色的锦布包着，稳婆走得越来越近，沈妩也得以瞧见里面孩子的模样。刚出生的孩子皮肤还有些皱巴巴的，轻闭着眼眸显然还在沉睡。

“恭喜皇上，是个小皇子！”那个稳婆将襁褓紧搂在怀里，似乎怕摔了一般，她慢慢地跪倒在地，冲着皇上行礼。

齐钰低垂着眼睑瞧了一眼，脸上并没有什么欣喜的神色。跪在他脚边的稳婆明显在发抖，齐钰的眉头紧紧蹙起。

“小皇子有什么问题吗？你吓成这样。”皇上慢慢蹲下身，与那个稳婆持平，眼神专注地盯着她怀里的婴儿。

男人的声音刻意压得有些低，话语虽然带着几分轻柔的意味，只是尾调却透着十足的冰冷，让人不寒而栗。

稳婆的身体抖动得更厉害了，她抱着襁褓似乎不知该如何开口。

齐钰的眼神越发冰冷，他盯着安然睡着的婴儿，伸出手一把从稳婆的怀里，将襁褓夺了出来。

所有人的视线都集中到他的怀里，沈妩张了张嘴巴，似乎想说什么。但是所有的声音像是被堵住了一般，根本无法发出一个音节。

男人一只手有些笨拙地搂住襁褓，另一只手开始解开襁褓外面紧紧系住的带子。他很快便解开了，就在这寒冷的天气下，将整个婴儿赤裸地露了出来。

小皇子的皮肤显然还有些发皱发黄，众人仔细地瞧过去，待沈妩看清楚襁褓里的景象，她险些没站稳。

婴儿的两条腿根本不一样粗细，其中有一条极其纤细，显然是畸形，另一条却是正常的。兴许是这样冷的天气，让齐钰手上的婴儿也感到了寒冷。他被冻醒了，“哇”地开始大声痛哭，但是所有的人就像是忽略了他的哭声一样，紧盯着他那条纤细到过分的左腿。

“皇上。”沈妩一把从他的怀里将小皇子夺了过来，连忙将襁褓重新系好。一只手放在孩子的背部，轻轻地拍着。

片刻之后，哭声就停止了，小皇子又陷入了沉睡之中。

齐钰还在发呆，显然没想到他的皇长子竟会是个畸形儿。他一直盯着沈妩怀里的襁褓看，脸上的神色阴晴不定。

沈妩被他这副样子吓到了，生怕皇上一时恼怒会对小皇子做出什么来，便下意识地搂紧了怀里的襁褓，后退了几步，离他远些，眼睛瞪大了，一脸戒备地看着他。

“回宫！”齐钰高喊了一声，转过身就走，头也没回。

“皇上起驾——”李怀恩愣了一下，才反应过来，连忙扬高了声音喊了一句，快步追了上去。

德妃几人看了一眼紧紧搂住襁褓的沈妩，都无声地叹息了一下，摇了摇头也跟着出去了。

只余贤妃一人留了下来，她走近了几步，低着头凑过来，瞧着沈妩怀里的孩子，脸上露出几分轻柔的笑意。贤妃伸出手来，慢慢地捏了一把小皇子的脸颊，低叹了一声道：“真不知道这孩子，能不能在母妃身边养着。若是不能的话，也不知哪个妃嫔要倒霉了，养这么一个受拖累的。”

贤妃的话语歹毒异常，但是她的脸上始终挂着一抹柔和的笑意，好像她就是小皇子的生母一般。

沈妩低着头，看着贤妃那长长的指甲在婴儿柔嫩的脸颊上拂过，虽然没用力，却带了几分触目惊心的视觉对比。

她脑子一热，就猛地伸出一只脚来，一下子往前踢过去。恰好就踢到了贤妃的腿骨上，沈妩则抱着襁褓后退了一步。

贤妃蹲下身子，紧紧地抱住双腿，抬起头一脸愤恨地看着沈妩。她没想到沈妩竟然会对她动粗。

“贤妃，还是拿开你的脏手为好。无论小皇子跟着谁长大，那个人都不会是你！”沈妩轻轻抬起下巴，脸上露出几分不屑的神色来。

二人身后的宫女都往前一步护住自己的主子，蠢蠢欲动的架势，似乎随时准备冲上去互掐一般。

贤妃挥了挥手，冷笑了一下，看着沈妩怀里的襁褓，脸上露出几分冷笑。既然都已经到了这步田地，索性就撕下平日里假模假样的笑脸好了。

“本宫就当那个人给你看！沈妩，你最好祈祷小皇子别栽到本宫的手里！”贤妃冷冷地丢下这么一句话，便转身走了。

外人都走了，沈妧才松了一口气。只是还不待她放松心情，偏厅里又出事儿了。冲出来一个宫女，扬着声音喊了一句：“淑妃娘娘，婉修媛大出血了！”

沈妧脑子里那根弦再次紧紧绷起，对于沈婉现如今这种情况，她无能为力。一切都得靠还待在里面诊治的杜院判，她只能抱着孩子站在外头等着。

外面的天色渐渐变黑，沈妧将身上的披风解下来整个包裹住怀里的婴儿。低下头看着仍然还在安睡的孩子，她的心底不禁柔软了些。曾经她那个未出世的孩子，是不是也会这般安睡。

最终沈婉还是被救了过来，只是身子亏损得厉害。直到侧厅收拾干净了，沈妧才抱着孩子走了进去，沈婉面无血色地躺在床上，和小皇子一样，紧闭着双眼陷入了沉睡之中。

沈妧慢慢走上前，将襁褓放在沈婉的身边，又让明音留下来照顾沈婉，便转身回去了。

趁着今夜好好睡吧，也不知明儿早上醒过来，皇上会如何安排。

沈妧出来的时候，外面的天色已经渐渐全黑了，她深一脚浅一脚走在奇华殿的青石板路上，心里忽然涌出几分凄寒的意味。走到轿辇处的时候，明心已经带着两个小宫女守在那里。

明心瞧见沈妧过来，脸上焦急的神色明显缓和了些，她快走了几步，搀扶着沈妧上了轿辇。

主仆俩一路无话，到了锦颜殿进了内室，才轻轻松了一口气。

“娘娘，奴婢带人过去的时候，那个珊儿已经——”明心顿了一下，脸上露出几分不忍的神色来，再次压低了声音道，“上吊自缢了！”

沈妧正解着身上的披风，听到明心的汇报，两只手立刻停住了。转而脸上露出几分讥诮的冷笑来，恨声道：“不过是婉姐姐生孩子罢了，一个个至于这般上蹿下跳的吗！若是本宫怀上了，她们是不是直接亲自冲过来弄死本宫了！”

沈妧明显是被气到了，她刚摸出一点头绪来，就来个死无对证！

只是还不待她发泄完毕，兰卉已经推门而入，她的脸上也难得地带了几分焦急的神色。

“娘娘，听说贤妃娘娘没有回自己的宫殿，而是去了龙乾宫求见皇上。皇上也答应了。”兰卉最会审时度势，今日沈婉早产那么大的事儿，她早就收到了风声。

此刻稍微的风吹草动，都可能扭转局势。兰卉是锦颜殿的执掌宫女，她肯定是得无条件地效忠沈妧，否则沈妧倒了，她自然也保不住自己。此刻一有了消息，就过来告诉沈妧，方便沈妧做好万全的准备。

沈妩秀气的眉头紧紧蹙起，将身上的披风猛地扯了下来，往地上一摔，冷笑出声。

“什么才是贱人之风，贤妃当作表率！她既然要斗，那本宫就奉陪！”沈妩的脸上闪过几分阴狠的神色，她是真的气急了。

贤妃她怎么敢在今晚去龙乾宫！摆明了就是要给沈妩和沈婉两人下套！

第二日，寿康宫门前依然站满了前来请安的人。贤妃已经到了，瞧见沈妩远远地走过来，她脸上的笑意更加明媚。

“昨儿晚上，本宫在皇上面前可是畅所欲言呢！可惜淑妹妹不在，否则定能凑在一处秉烛夜谈。”贤妃待她走近了，才肃着一张脸，冷着声音说道。

沈妩轻轻抬眼瞥了一下她，脸上露出几分讥讽的笑意，低声道：“听姐姐这意思，是没有秉烛夜谈成功了？估摸着跟皇上说完本宫的坏话之后，就被撵出龙乾宫了吧！”

她的话音刚落，贤妃的脸色就变得极其难看，皇上昨天那样的雷霆震怒，自然不会让贤妃留宿。

贤妃恶狠狠地看着她，目光怨毒，似乎随时准备扑上来将沈妩生生撕扯开一般。沈妩却丝毫不在乎贤妃这样的注视，相反嘴角轻轻扬起，露出一抹甜腻的笑意。

“趁着此刻还有机会，你就尽管得意地笑吧。待会儿皇上便会来禀明太后，这小皇子由本宫抚养！”贤妃冷哼了一声，努力压下心头的恼怒之意，恨恨地反击回去。

沈妩轻轻地眯起了眼眸，脸上闪过几分冷意。两人皆偏过头去，互相不理会。

片刻之后，穆姑姑便出来了，宣召外头的妃嫔们都进去。众人依然按照惯例，排成了两列鱼贯而入，只是当众人行完礼之后，一抬头便看见了坐在太后身边的皇上。

沈妩的眉头一挑，就瞧见贤妃扭过头来，脸上带着几分得意的笑意。沈妩不由得丢了个白眼过去，脸上虽是满不在乎的神色，但是心底却存了几分犹疑。

上回沈婉见红的时候，沈妩就在当场，皇上虽然不清楚事情的原委，但是一定想着与沈妩脱不了干系。这回沈婉早产，并且还生下个畸形的孩子，任谁这心里头都不会舒坦。若是再有贤妃在一旁挑拨离间，恐怕这没心思没想歪都十分困难。难道真如贤妃所说，皇上要把这个小皇子交给贤妃抚养？

“皇上今儿恰好也过来，与哀家说一些事情。皇上，此刻你就把消息宣布了吧！”太后的脸上露出几分笑意，语气里明显带着轻快的意味。

沈妩轻轻挑起眉头，她这心里越发没底了。

齐钰身上穿着一身黑色的龙袍，显然是刚从朝堂上赶过来。太后的话音刚落，他就坐直了身子，抬眼扫了一下殿内，脸上的神色透着几分严肃。

“昨日朕的皇长子诞生了，不过刚出生就身子孱弱，朕决定将他先放到寿康宫里，让太后抚养几日。”皇上也没绕圈子，直接就将他的决定说了出来。

他的话音刚落，殿内立刻就传来一阵小声的议论。一般皇子或者公主出生，即使生母不能抚育，也都是交给其他妃嫔来抚养的，很少有给太后的。这估摸着还是头一回听到这种安排，况且现如今的后宫里，最不缺的就是妃嫔了，皇上如此做，简直就是把所有妃嫔的脸面都打了。

贤妃原本欣喜而期待的神色，因为皇上这几句话，整张脸都变得僵硬难看。她“噌”的一下子从椅子上站了起来，脸上带着几分恳切的神色。众人的目光都集中到她的身上，显然是等着看她要做什么。

“皇上，这几日已是一年中最冷的气候了，大皇子又是身子孱弱，一到夜晚定是要哭闹的。臣妾怕扰了太后的好眠，不如皇上让别人抚育皇长子。”贤妃的语气显得有些急切，显然对于皇长子没让她抚养，心里感到不甘。

贤妃的话音刚落，齐钰的脸色就变得有些难看，他并没有开口，而是冷冷地看着她。对上皇上如此压迫意味的视线，贤妃下意识地缩了缩脖子，但是却不肯妥协，头一回大着胆子与皇上对视，颇有几分寸步不让的意思。

“贤姐姐这是什么话，既然皇上已经与太后商议过了，证明太后的身子很康健，能照顾好大皇子。况且这一众姐姐妹妹里面，没有一个是带过孩子的，太后曾经抚育过皇上，也一定能带好大皇子！”坐在一旁的沈妩，悠然地开了口。

她这话刚说完，齐钰就瞪了过来。他的脸上带了几分似笑非笑的神情，为了让他活着，先皇都把他送去斐家了，沈妩竟然还来这么一句，是由太后养大的，睁着眼说瞎话！

这句话虽然不讨皇上的喜，却对上了太后的胃口。太后不由得咂了咂嘴，嗯，沈妩这个野丫头，当上了淑妃之后要懂事儿多了，果然有了些妃嫔该有的样子。

“淑妃说得对，那是哀家的长孙。哀家若是不亲自看顾着，交给你们这些没经什么事儿的小丫头，哀家哪能放心！”太后难得地赞同了沈妩一回，边说还边冲着贤妃的方向瞥了一眼，眼神里带着几分不满。

太后这一得意，就把所有妃嫔都念叨了一顿，有些已经跟着皇上七八年的人，在太后的口中也成了小丫头。

“这件事儿就定下来了，大皇子暂且由母后看顾着。至于婉修媛早产一事儿，其中还存在诸多疑问，有待继续查证。”齐钰说到这里的时候，不由得对着沈妩的方向看了一眼。

沈妩恰好也看过来，两人四目相对，又很快偏过头去。

皇上又陪着太后说了几句话，便先离开了。太后因为要把大皇子接过来，也立刻让人散了，颇有几分迫不及待的意味。

贤妃轻哼了一声，带头站起了身走出了寿康宫，沈妩就跟在她的身后，脸上的神色也是十分难看。

刚出了寿康宫，贤妃就停下了脚步，猛地转过身来。沈妩轻轻蹙了蹙眉头，准备绕过她就走。贤妃也没阻止她，只是怒瞪了一眼，便朝后看去，显然是在等人。

沈妩走了几步，才轻轻地偏过头看了一眼，只见崔瑾小跑了过来，与贤妃会合。显然这两人是要一起回去了，沈妩不由得挑了挑眉头，没想到崔瑾竟然真的跟贤妃相处得如此融洽，她的嘴角露出一抹冷笑。

轿辇已经停在台阶下了，沈妩快走了几步，就准备乘轿去奇华殿瞧瞧。没想到李怀恩竟然走到了她的面前，显然是一直在等她。

“淑妃娘娘，还请您坐着轿辇，跟着皇上的龙辇一起去龙乾宫。”李怀恩边说边伸出手来，准备亲自搀扶着她上轿辇。

沈妩顺着他身后的方向看了一眼，果然瞧见皇上坐在龙辇上背对着她。沈妩的眸光暗了暗，直接搭上了李怀恩的手臂，慢慢地坐上了轿辇。

其他人自然也注意到这边的动静了，待贤妃和崔瑾走下来的时候，也只瞧见了两人乘坐轿辇的背影。贤妃不由得暗自咬了咬牙，却是忍着心底的怒火，勉强从脸上挤出几分笑意。

崔瑾从方才就一直盯着贤妃的脸瞧，此刻看见她如此不甘的神色，脸上闪过几分复杂的神色，又很快收敛了起来。

“咳咳，贤姐姐，今日你还去听风阁，一起品茶吗？”崔瑾的声音有些低弱，显然还未痊愈，她轻喘着问了一句，一只手放在胸口替自己顺气。

贤妃的视线这才从龙辇离开的方向移过来，她瞧着崔瑾这般急促地咳喘着，脸上不由得露出了几分不耐的神色，却伸出手来在崔瑾的后背慢慢地拍着，动作十分轻柔，像是在对待什么珍稀宝物一般。

“不去了，你都咳嗽成这样了。待会儿回去之后就请个太医瞧瞧，天气越来越冷了，你也要多注意！”贤妃又担忧地叮嘱了几句，两人才坐上轿辇各自分开。

沈妩坐在轿辇上，不时抬起头来瞧上一眼，她的轿辇紧紧跟在龙辇后面，她可以清晰地瞧见皇上背后龙袍上绣制的盘龙。只是伴随着这轿辇的轻轻摇晃，她的心跳也逐渐不稳。

若是平时，皇上肯定是让她跟着坐上龙辇，而此刻却是各坐各的。光从这一点瞧来，她就可以预测到接下来到龙乾宫，肯定会是一场不怎么愉快的谈论。

总算是到了龙乾宫，沈妩也没多话，直接跟着齐钰进了外殿。一进门就瞧见椅子上坐了个人，此刻见到他二人回来了，那人连忙起身行礼。沈妩定睛一瞧，正是杜院判。

“杜院判来得正好，趁着淑妃在这里，你正好告诉朕，皇长子为何会成那副样子？是不是婉修媛又耍了什么手段！”齐钰撩开衣袍，直接坐到了案前，脸上的神色十分阴沉，说出口的话语也带有几分攻击性。

沈妩的眉头轻蹙，她连忙看向杜院判，似乎在等他的答案。

“院判大人不妨一说，究竟是怎么回事儿？”沈妩勉强压制住心头的烦躁，依然轻声细语地问了一句，眼光中带了几分殷切。

杜院判面上的神色还是平静万分，不过心里却有些无奈。瞧着这不友好的开端架势，这结果想来也会很不友好。

他沉吟了片刻，才低声道：“大皇子会畸形这事儿，其实并不能完全确定。不过臣向御膳房查验过了，婉修媛在孕期，经常吃一些动物的肝脏，而且还会要些生鱼生肉回去，到奇华殿里，让宫女煮这些东西食用，若是这些东西没煮熟，那么孕期吃着都不好，都有可能导致大皇子身体孱弱且变形，不过原本孩子在母亲肚子里就十分脆弱，任何一点差错都有可能酿成惨剧。”

048

两人闹翻

齐钰越听眉头皱得越紧，不由得抬起头来看向沈妩，脸上的神色冷峻。

沈妩一挑眉头，她根本就没有听沈婉说过，难不成沈婉还是一直背地里偷偷吃这些东西？

“沈氏阿妩，这就是你要保的姐姐，如此蛇蝎心肠。旁人想怀上朕的孩子，都没机会。沈婉却一而再、再而三地对自己孩子出手！你还想着要保她吗？”皇上冷声开口，一字一句都在质问沈妩，脸上逐渐闪过几分阴狠的神色。

沈妩手心里沁满了冷汗，她不确定这些事儿，究竟是否沈婉有意为之。她脸色有些发白，却是轻轻用牙齿咬住下唇，让自己有些混乱的思绪变得清晰起来。

每回去瞧沈婉，沈婉都替孩子做些小衣裳，男孩儿女孩儿都做了许多。自从那回被贤妃怂恿未果之后，沈婉就根本不管外头的事情，一心只躺在床上养胎。况且沈婉身边的宫女早就有了二心，否则也不会出现早产这种事儿。

沈妩前后这么一想，心底做出了选择。她不知道自己选得对不对，但事到如今，拼一把她也只能押沈婉会是一个好母亲。

“为何不保，皇上又没问过婉姐姐。臣妾昨日去的时候，婉姐姐身边的宫女已经上吊自缢了一个。很明显这其中有太多的猫腻，值得人去细究。况且方才杜院判也只说了可能，并不是所有畸形的孩子，都是因为娘亲以前吃肝脏或者生食吧！”沈妩语气也跟着变得强硬起来，她瞪大了眼眸，毫不畏惧地回看着皇上，眼眸中充满了笃定和坚信，隐隐要击破皇上的防线一般。

齐钰一听她这激烈的口吻，心底的火气一下子被引了出来。他冷笑数声，扬高了声音道：“身体残疾的皇子无法继位，这是乡间小民都知道的道理。你那位姐姐为了不被沈家追杀，虽不知男女，但为了保险起见，所以就折腾出这个法子来！铁铮铮的事实摆在面前，你还敢为她辩驳？”

男人显然是被气急了，说到最后的时候，声音都嘶哑了。他暗暗咬紧了牙齿，额角的青筋都暴出来了，瞧得一清二楚。

“臣妾也说了，这可能只是误会。婉姐姐身边的宫女出了奸细，才会如此。如果有一日李怀恩或者杜院判有了二心，那皇上的境况不是也堪忧吗！”沈妩也被他这几句话逼急了，一出口这几句话就没经过脑子。

一旁听着的李怀恩和杜院判，脸上都露出几分惊恐的神色。淑妃娘娘，求放过啊！您和皇上吵架，别让其他人躺枪啊！若是被皇上迁怒了，就真躺倒了再也爬不起来了！

齐钰似乎直接忽略了她的大不敬，注意力完全停留在她的前一句话。男人心底忽然涌起几分烦躁的意味，沈妩虽然平日里不怕他，有时候还给点阳光就灿烂，但是至少把握着分寸。但是这回竟是为了沈婉，就这样说话呛他。

他忽然想起，以前他还未被送去斐家的时候，他母妃曾经牵着他的手，带他到另外一个妃嫔的宫里，让他亲昵地喊那个妃嫔为“敏母妃”。只是后来当他被急召回宫之后，母妃已经死了，暗中探查便知当初就是那所谓的敏母妃落井下石，成了让母妃死去的大帮凶。待他羽翼丰满、登基之后所做的第一件事儿，就是把敏妃一家抄家流放。

“女人果然都是蠢笨的，对旁人掏心掏肺，却不知来日她会背后捅你一刀，让你死无葬身之地。朕本以为淑妃聪慧识人，眼中揉不得沙子，是与众不同，原来也一样愚蠢！”皇上的眉头仍然紧紧地皱着，但是语气却已经冷静了不少，只是说出来的话语阴狠无比。

沈妩有些难以置信地看向他，她不知道为何皇上要如此感慨。甚至为他这种说法感到可笑，她看着齐钰脸上那抹嘲讽的笑意，只觉得刺眼至极，心中亦是堵得慌。

“皇上何出此言？婉修媛是臣妾的亲姐姐，后宫里，的确是人性凉薄，但并不代表所有。臣妾既然有能力帮她，为何要往后面缩？皇上是要臣妾做一个孤立无援的冷血女人吗？况且难道只允许您与九王爷兄弟情深，就不允许臣妾对自己有帮助有感情的姐妹施以援手吗？”沈妩原本就比男人矮，即使跪坐软垫上，也要矮一大截，此刻她不由得伸长了脖子，似乎这样就能替她增长些气势一般。

“滚出去，朕和九弟的情意，岂是你们这样肮脏的感情可比的！”齐钰一下子就发火了，他只觉得沈妩这些话，字字句句都带了刀子一般，直刺他的心窝。

脑海里似乎有些脱离现在场景，只是不断地回放着曾经，母妃巧笑嫣然地站在宫门口，随手一指眼前另一位漂亮的妃嫔，柔声对他道：“钰儿，叫敏母妃！”

“敏母妃”这三个字，似乎要将他的脑子撑炸了一般。一遍遍在耳边回响，那个时候鲜活恬静的母妃，最终却躺在棺材里，冷冰冰的。他脑海里竟然再次闪过一口棺材，只是里面躺的人却是面无血色的沈妩。

他的手忽然抖了一下，随手就抓起桌上的砚台扔了出去。似乎想要挥散脑海里那幅场景，他害怕。他害怕沈妩会被沈婉背后捅刀子，然后跟当年的母妃一样，躺在棺材里，不跟他说话也不再对着他笑。

砚台里面还存放着墨汁，齐钰的手原本就是颤抖的，甩出去时恰好就有几滴乌黑的墨汁溅到了沈妩白净的脸上。甚至有一滴都喷进了她的眼睛里，男人力道过猛，那墨汁喷溅过来的时候，也带了几分冲力，她的眼泪立刻就出来了。

沈妩根本没想到齐钰会如此生气，当她拿皇上和九王爷的感情来对比之时，心底也有些后悔。毕竟皇上对这个胞弟真的是掏心掏肺，真的感情到了让人望尘莫及的地步，至少有些东西沈妩就不能让给沈婉。比如皇上的宠爱！

可是说出来的话，就像是泼出去的水一样收不回来。此刻再被齐钰这样用墨汁一甩，她心底的委屈和恼怒也被无数倍地放大。曾经她就是两耳不闻后宫事，一心只伴君王侧。结果呢，最后有可能成为她的盟友的人，全都死了。后宫有什么斗争，她一律明哲保身不招惹，当然也不会有人主动帮她，这就造成了逼宫。今生她不再是明哲保身，还不是因为皇上不会完完全全地护着她！不会因为她而与整个大秦礼法、后宫制度、朝臣翻脸！所以她才要自己争，自己夺！

“皇上只是运气好罢了，遇上了听话懂事的弟弟。历朝历代，那些为了皇位厮杀一母同胞的还少吗！此刻臣妾说什么，皇上也听不进去了，臣妾也不想说了！臣妾滚了！”沈妩站起身来，伸手抹了一把脸侧，立刻白净的衣袖上就被染成了乌黑一片。

沈妩原本娇俏的脸，沾了几滴墨汁后，原本就觉得好笑，此刻她伸手把墨汁都抹开了，就显得更加滑稽。李怀恩一直盯着她的脸瞧，眼睛都不眨一下。暗自咂了咂嘴，心里想着：这还真是皇上和淑妃娘娘头一回吵架，还好陪他一同看好戏的还有一个杜老头儿。呵呵，到时候皇上要是迁怒的话，黄泉路上也有个人陪，不至于那么寂寞。若真到了黄泉路上，他得抓着杜老头问问，看能不能把割掉的蛋长回来！他再也不要当皇上身边的内监大总管了！

沈妩也察觉到了李怀恩的视线，顾不得瞪他，而是直接从衣袖里将锦帕掏了出来，遮住半张脸就转身跑了出去。

“沈氏阿妩，你给朕滚回来！”皇上被她的后一段话，又气成了内伤，猛地扬高了声音喊道。

只是回应他的只有沈妩急速奔跑的背影，沈妩连头都没回，相反脚步还放得快了些。

“娘娘。”明心一瞧见沈妩的身影，就立刻走了几步凑上来，有些担忧地看向她。

沈妩还用锦帕遮住脸，她对着明心伸出手，低声道：“锦帕拿来！”

沈妩声音虽然故意压得很低，但是其中夹杂的颤音还是让人一下子就听出来了。明心有些担忧，却又看她眼睛红红，像是马上就要哭出来一般，也不敢多问，立刻将袖子里的帕子掏出来递给她。沈妩不再多说一句话，扶着明心的手上了轿辇之后，便将明心给她的帕子展开，直接盖在头上，正好将她的额头和一双泛红的眼睛遮住。

她另一只手仍然握住自己的锦帕，将脸上有墨汁的地方遮住。轿辇被抬起来，轻微摇晃着，盖在头上的锦帕也跟着前后晃动着。而被锦帕遮住的眼睛却是异常酸胀，她早已泪流满面。

沈妩不是一个爱哭的人，只是这半年面对齐钰，却似乎将她前半生的眼泪都流完了。有时候只是为了让他心软，但是此刻却是真情流露，她心底有说不出来的滋味，像是被一块巨石堵住了一般，只有眼泪才能宣泄她心头的难受和无助。

皇上坐在龙案前，面色阴沉，周身都散发着一种冷气压。李怀恩的腿再次抖了一下，淑妃娘娘您别走，别把烂摊子丢给别人！自己作孽自己回来收拾好吗！

沈妩这一路招摇过市，自然是无数人看到了。虽然她一直用锦帕盖住脸，但是这副明显带有凄惨的模样，还是被人瞧见了。沈妩被皇上撵出了龙乾宫，这消息立刻就传遍了后宫。不少妃嫔都带着一种幸灾乐祸的心情，去看待这件事儿。

毕竟沈妩这一路升位太狠了，即使没什么交集，却也把宫里大半眼红的妃嫔给得罪了。

龙乾宫内殿里，陷入了一片死一般的寂静。由于皇上周身的冷气场，让侍立一旁的宫人们根本不敢乱动。杜院判轻咳了一声，他稍微动了动腿往前迈了一步，弯下身对着皇上道："皇上，若是无事，微臣便退下了！"

齐钰没有说话，既不表示同意也不拒绝。杜老头儿虽然心底吃不准皇上是什么意思，不过这地方他是待不下去了，直接起身便慢慢地退了出去。

李怀恩脸上露出几分痛不欲生的表情，不要留下他一个人面对皇上，真的好可怕！

皇上紧皱着眉头，显然是陷入了深思之中，他眼睛轻轻眯起，像是想起了什么似的，拿起一旁的毛笔，便开始写圣旨。李怀恩悄悄地伸长了脖子，偷看了两眼，只瞧见上面几个字，就开始心惊肉跳起来。

完蛋了，皇上这回要玩儿大的！继沈娇之后，沈家再次出了个被打进冷宫的妃嫔。

李怀恩怀里揣着圣旨，一步三磨蹭地往奇华殿走。想当初封沈婉为婉修媛的时候，也是他来宣旨。当时还觉得皇上把这样富丽堂皇的奇华殿赐给婉修媛，还是念着情意，现在一想渣都不是！

李怀恩进入内殿的时候，沈婉已经醒过来，只是愁眉紧锁，显然心里正困扰着。她正躺在床上，双眼呆滞地看着帐顶。听到有人通传了，才偏过头来看向李怀恩。

"李总管，对不住了。本嫔前日亏损了身子，此刻下不了床。你就这么宣旨吧，若是不行就回去告诉皇上，反正估摸着这旨意里安排的不会是什么好去处！”沈婉嘴角轻轻上扬，勉强露出一个淡笑。只是她脸色苍白如纸，让人瞧着觉得辛酸。

“不碍，就几句话，咱家很快念完了，婉修媛还是躺着听吧！”李怀恩连忙出声解围，虽然接旨规矩是必须得跪在地上。不过皇上又看不见，他替皇上怜香惜玉一回。

“奉天承运，皇帝诏曰：沈婉乃从二品修媛，却利用皇家子嗣为自身谋取福利，颠倒黑白，枉为人母。导致大皇子身体羸弱，为此打入冷宫，待一个月后搬入。”李怀恩轻咳了一声，语速念得有些快，似乎这样就可以减轻沈婉的痛苦一样。

他将圣旨递给一旁侍立的宫女，轻声宽慰了沈婉几句：“婉修媛，皇上还是念着情意，让您养好身子再去冷宫。”

沈婉不由得笑了笑，似乎很不以为然，她低声说了一句：“李总管说笑了，皇上一向不念情意的。估摸着这一个月的休养时间，还是看阿妩的面上。皇上想给阿妩留台阶，让阿妩先去找他和好吗？”

沈婉说到最后，竟是“扑哧”笑出声了，完全没有要搬去冷宫该有的模样。只是她现如今身子还是太虚弱，哪怕只是这般稍微用力地笑，都让她感到周身疼痛，眉头不由得轻轻蹙起，脸上那点笑意又很快消失殆尽了，转变成几分痛苦。

李怀恩听沈婉这么一说，默默地在心底为她点了个赞。皇上这道圣旨明显还有转圜的余地。他并没有把沈婉修媛的位份剥夺了，也没有立刻让沈婉搬去冷宫，就是为了给沈妩去求他一个缓冲的时间。

想当初沈娇可是肋骨断了好几根，皇上根本没有理会，直接让人拖进冷宫的。

沈妩还没到锦颜殿，就已经有人出来迎接了。沈妩那红肿的眼眶自是逃不过旁人的眼睛，兰卉几个人都是心里一凛。瞧着这副架势，难不成战无不胜的淑妃娘娘在龙乾宫吃了亏？

兰卉心里着实纳闷得很，便下意识地看向明心。明心悄悄地冲着她摇了摇头，示意她也不明白究竟发生了什么事儿。

沈妩偏过头下意识地瞧了一圈，竟是看到明音的身影了。她秀气的眉头便紧紧蹙起，明音方才对上她的视线时，明显是一副欲言又止的神态。

她脚步停了下来，低声对着明音问道：“是不是婉修媛那边出事儿了？”

明音轻轻地点了点头，沈妩轻轻地吸了吸鼻子，又转过头对着兰卉道：“让人打盆水来，伺候本宫梳洗。”

她说话的时候，手上的锦帕仍然按在脸上，不肯拿下来。再加上刚哭过，说话鼻音很重，让人听着就觉得带了几分委屈感。

几个人跟在她身后进了内殿，沈妩眼睛肿得厉害，兰卉连忙让人去御膳房要了煮熟的鸡蛋过来，忙活了片刻才总算送来了。将蛋壳剥掉，用细嫩光滑的蛋白表面放在沈妩眼窝处，轻轻地来回蹭着。

沈妩接过来自己将那鸡蛋按在眼睛上，明语就站她身后，拿起梳子替她整理有些散乱的发髻。

“奇华殿究竟出了什么事儿？”沈妩情绪已经平静了下来，脸上的神色也恢复了淡然，语气沉稳地问道。

明音抬起头，悄悄地看了她一眼，才低声道：“奴婢依着娘娘旨意，寸步不离地守在婉修媛身边，只是到了轮班用膳的时候，奴婢便让个小宫女守在旁边。奴婢到了饭桌前准备吃的时候，想起这个时辰该弄点水喂婉修媛喝下去，便又折了回去。没想到竟会瞧见一个宫女鬼鬼祟祟地站在床边，先前奴婢吩咐的那个小宫女却不见了踪影。”

明音尽量将条理顺清楚了，才慢慢地说道，她不时地蹙起眉头，似乎仔细地回想着当时发生的事情。

“奴婢便大声喝了一句，那个宫女扭过脸来，奴婢一瞧她手里端着一碗药汁，显然是要趁着人不在喂婉修媛喝下去，便立刻冲上去夺了下来。这人不是旁人，正是那日遇见的青儿。后来待那个小宫女回来的时候，手里端着铜盆，说是青儿让她去拿水来替婉修媛净手！”明音三言两语就将其中的来龙去脉解释清楚了。

显然是青儿有意支开那个小宫女，然后趁机喂什么东西给沈婉喝，到时候若是出了什么事儿，一般人也想不到就端一个盆的时间，沈婉就忽然变成这副样子了。而且若是药用得好，迟几个时辰发作，到时候指不定赖到谁头上了。

沈妩的手一直在首饰盒里拨弄着，似乎在寻找什么首饰一般。实则她的目光根本没有放在上面，显然只是无意识的动作。

明音见她这副模样，有些拿捏不定，又补充了几句，道：“那药碗奴婢已经派人送去太医院让人查验，至于青儿，奴婢不敢大张旗鼓地吆喝，怕惹来了她背后的主子，连她那条命都会弄丢了。恰好婉修媛醒了，奴婢就把她绑在了柴房里，让信得过的人看守着。”

沈妩又低着头沉默了片刻，才将首饰盒猛地盖了起来，将手中鸡蛋递给一旁的宫女，转过脸来眼睛已经不肿了。

“还有什么消息吗？”沈妩一听沈婉已经醒过来了，心里慢慢地松了一口气。

明音轻轻地摇了摇头，她回来得匆忙，根本没来得及探听消息。沈妩这句话问出来之后，倒是兰卉脸色变了变。

“听说李总管去过奇华殿了，估摸着是去宣旨，只是不知那旨意是好是坏！”兰卉说得含蓄，脸上带着几分担忧的神色。

最近这段时间，由于两位主子走得近，奇华殿和锦颜殿的宫人们都已经相熟了，偶尔有个风吹草动的，对方很快就知道了。

沈妩一听这话，眉头皱得更紧了，她却没有着急往奇华殿赶，相反还直接往内室走去。众人跟进来的时候，沈妩已经踢了脚上的绣鞋，把锦被裹在身上，显然是要休息了。

几个人面面相觑地看了看，淑妃娘娘这是怎么了？当真对婉修媛不管不顾了？

沈妩其实也没多想，她只是刚痛哭过，整个人都处于非常疲乏的状态。方才明音告诉她那么多线索，她却无法串联在一起思考，或许可以说整个脑子都拒绝思考了。她要补眠之后，才能以最佳状态去面对这些事儿。

直到晚上时分，皇上那边收到的消息，都让他不怎么满意。沈妩回了锦颜殿之后，就一直没动静。沈婉收到要被打入冷宫的圣旨，也丝毫不着急，根本没有他预想之中，立刻拖着病体去求沈妩，导致他所预想的事情都没有发生。

他不由得暗自咬了咬牙，心头烦闷得很。这种感觉他还从来没有过。因为跟旁人吵架了，而一直挂怀于心。可以说又是一次体验！

“安置吧！”皇上慢慢站起身，低声吩咐李怀恩。

夜晚降临，后宫里一切都是静悄悄的。却只有寿康宫里，上下一片灯火通明。太后完全没想到这个刚出生的小皇子有如此大的气性，一直哭闹不止，像是怎么弄都不舒服一般。

太后被吵得不能入眠，几个宫女轮番上阵抱着大皇子，才止了他的哭闹。白日还信心十足的太后，立刻就有些反悔了，当初皇上寄到她名下的时候，是黎妃刚死不久，那时皇上都已经是半大少年了，而且又在斐家历练过，自然不会像这小婴儿一般难缠。

第二日请安的时候，不少妃嫔就大皇子之事来关怀太后。太后虽强打着笑颜，一一耐心应对，但是长眼人都能瞧出来太后精神不佳，一个个心底就计较了起来。想来太后这老人家也撑不了多久。

沈妩眉头紧紧蹙起，她也是没想到太后竟会撑不住。如果太后找了皇上，自动把大皇子让出来，那么这个小婴儿的命运，又会丢给谁？沈妩刚想到这里，就见坐在旁边的贤妃回过头来，挑衅地看了她一眼，其中的势在必得让人暗暗心惊。

待结束了请安之后，沈妩坐上了轿辇直接往奇华殿去。进入内殿之后，一眼便瞧见了躺在床上的沈婉。沈婉轻闭着眼眸正在养神，此刻听见外头的动静，便轻轻扭过头来。

见到是沈妩过来，她挣扎着似乎要起来。沈妩连忙走了几步按住她，脸上露出几分关切的神色，柔声道：“姐姐好些了吗？”

沈婉轻轻握住她的手，慢慢地点了点头，脸上带着几分柔和的笑意。

“阿妩，这回多亏了有你，我和大皇子才能平安无事。”沈婉声音有些急切，抓住沈妩的手也慢慢地握紧，像是生怕她走了一般。

沈妩一听她如此说，脸上原本亲和的笑意便退了几分，她轻轻地蹙起眉头，踌躇了片刻，才斟酌着语气问道："姐姐，你怀有身子的时候，经常吃动物内脏吗？为何要把御膳房的生食拿回来让小厨房做？"

沈妩想起杜院判所说的话，便轻声问道，这些事情总要弄清楚。

沈婉面色却是一下子就变了，她蹙起了眉头，显然在仔细思索着什么。似乎是想到了什么，她脸色逐渐变得阴沉下来，透着几分愤恨的神情。

"之前几个月，我的确是做过这种糊涂事儿。后来出了见红那事儿，又被皇上警告了一番，我如何还敢那般做。我的吃食一向是青儿负责，对了，前日小产的事儿，还有青儿的功劳呢！那只猫扑在我的后背上，原本我已经拉住她的手站稳了，准备脱下自己身上的披风，不想那丫头竟是甩开了我的手，才导致我摔倒在地。"沈婉脸色越发难看，这么前后一关联，便可知道她身边的人早已有了二心，从一开始就暗算起她腹中的龙种了。

沈妩瞧见她面色苍白如纸，生怕她多想郁结难耐，便抬起手轻轻地拍了拍她的手背，低声安抚道："姐姐无须担心，剩下的事情就先交给我吧。你把身子养好了，再提旁的。"

沈婉轻轻点了点头，依照着她的叮嘱放松了身体。沈妩慢慢地站起身走到了外面，明音几个早就等在门口了。

刚出门，沈妩的眉头就皱了起来。沈婉竟然只字未提她要搬去冷宫的事儿，不过今儿早上请安的时候，沈妩已经听得够多了。现如今若是想让皇上回心转意，必须得摸清楚事情的来龙去脉，找出那个幕后黑手，才能说服皇上。

想到这里，沈妩又轻叹了一口气，吵架这种事儿可真不好。打脸面伤和气，还把她自己气得半死，当然皇上那边也没好到哪里去。

"明音，让你打听关于青儿的事儿，都打听清楚了吗？"沈妩轻声问了一句。

明音立刻走了几步，紧紧地跟她的身后，声音压得有些低，轻声汇报着："奴婢问了与青儿相熟的几个人。青儿家里头发了洪水，只余她弟弟一人在老家。她从婉修媛那里得到赏赐，每回都要换成银子，托人送回家中。大概一年前，有人曾听青儿哭过，说是替她送银子的人告诉她，她家里已经成了一座空屋子，根本不见弟弟的身影。"

明音语速很快，这段路到柴房那里并不远，她快速说完，好让沈妩想出法子来拷问青儿。

"青儿那几日都是茶饭不思，整个人瘦得吓人。婉修媛也察觉到了，便说放她休息几日。没想到第二日，她就活蹦乱跳地回来了。旁人问起，她也只说弟弟找着了，还遇到好心人跟着去了宜州，有了份差使干，她以后也不用那么辛苦地挂念着了！"明音快速地整理着她方才问到的消息，还好青儿家里头就只剩下这么个弟弟，三言两语便能说清楚，查到她的软肋在哪里。若是个家丁旺盛的，还真得费一番工夫。

沈妩轻轻点了点头，心里已经有数了，她轻声对后头的几个人说：“待会儿进去见机行事，若是要对她用刑的话，耗时太长动静也太大了，所以只能先赌一把了。”

“吱呀——”柴房的门一下子被推开了，刺眼的光线投射了进去。青儿被绑在柱子上，已经待了一整夜，又饿又冷还很潮湿。

此刻那样温暖的阳光投射进来，她还有些反应不过来。守门的宫女立刻点上了一盏灯笼，明心接过来前面打着，一行人都走了进去。得了沈妩的命令，门再次被关上了。

明音往前走了几步，抬脚踢了踢青儿，却见她没有任何动静，不由得咂了咂嘴，脸上露出几分不耐的神色。

“舀盆水来！”明音伸手一指，墙角处有个大水缸，立刻就有小宫女走了过去，外面天寒地冻，柴房里虽然挡了风，可是水缸表面还是结了一层薄冰。

那个小宫女一看就是做惯粗活的人，也不请人帮忙，直接用旁边的木棍，捣出了一个洞，慢慢地将一整层冰都弄碎了，才舀了一盆水端过来。

明音丝毫没有犹豫，接过水之后便往青儿身上泼去。因为是满满的一盆，明音泼了好几下才将水泼完，被冷水这样狠狠地冲击着，青儿总算是醒了过来，周身知觉还未完全恢复，她已经开始不停地打战了。

那种冰冷的感觉，像要将她整个人都吞噬掉一般。待她意识完全清醒时，感觉自己身处在冰窖里，寒冷到让她五脏六腑都开始抽搐，浑身血液就像要僵住一般，青儿慢慢地睁开眼，透过微弱的光亮，勉强瞧清楚站在她面前的人。

“你要喂婉修媛喝下去的药，太医院的人已经查验过了，证明是高含量的凉药，药效十分刚猛。你居然要让一个刚大出血的人喝那种东西，纯粹就是要她的命！”沈妩依然站直了身子，居高临下地看着她，冷声说出这几句话。

青儿显然被冻得有些反应不过来，隔了片刻才再次费力地抬起头来，盯着沈妩瞧。她一眼便瞧见了站在沈妩侧后方的明音，知道自己的行径已经败露了，脸上丝毫没有害怕的神色，相反还仰着头笑出了声。

不过她此刻整个人都在打战，所以笑声听起来十分怪异，甚至还夹杂着牙齿触碰到一起的声音，显然冰冷非常。

“淑妃娘娘，这不怪奴婢啊！谁让婉修媛知道是奴婢推她的呢，她不死的话，那死的就是奴婢了！”青儿一脸不以为然，相反还装出几分无可奈何的神色，似乎这一切都得怪沈婉一般。

沈妩看着她这副得意的模样，周身的血液都往脑门上涌。当真是林子大了，什么畜生都养得出来。这种理所当然的话，也只有禽兽才能说得出来！

沈妩想都没想，直接抬起脚来，踩上了青儿那张脸。绣鞋鞋底整个印在她的脸上，狠力地压着她的鼻子。沈妩暗自用力地踱了踱，青儿似乎想要挣扎，无奈她的双手和双腿都被麻绳捆住了，后脑勺抵在了柱子上，脸又被死命地踩住了，她根本无法动弹。

沈妩似乎觉得不解恨，便往回缩了缩脚，又快速地踹了上去。连续踹了好几回，青儿的鼻血都被踹了出来。估计鼻梁骨也断了，就这么耷拉了下来。

“婉修媛是你主子，你却替旁人暗害她，吃里爬外的东西！”沈妩最后猛地踹了一脚，才收回腿来。

明音立刻往前走了两步，轻轻搀扶住她。沈妩方才显然是用了全力，此刻便不停地喘息着，面色潮红。

青儿都已经被她踹得神志不清了，原先被揭穿后不管不顾那种张狂劲儿，早就被踹没了。

沈妩慢慢平复了一下起伏的心情，脸上恢复了平静的神色，她才慢慢地蹲下身来。青儿的脸已经开始肿胀了，上面清晰地印了一个鞋印，柴房的地面十分潮湿，就导致鞋底沾满了泥土，同样此刻青儿的脸上也沾满了泥土，瞧着异常可怜。

沈妩不禁皱了皱眉头，轻轻地“啧”了一声。看着这满是泥土的脸，沈妩心里头就不舒服。兴许是被皇上身上的洁癖给传染了。

“本宫听说你有个弟弟，还被好心人给收留了。”沈妩微微偏过头，忽略了青儿脸上的泥泞，冷声开口。

青儿一听她提起弟弟，原先涣散的目光一下子集中了起来，专注地看向沈妩，似乎只等着她能说出什么来。

049

求见皇上

沈妩看见她这副十分关注的模样，脸上露出几分浅笑，慢慢地俯下身来，凑到青儿的耳边，压低了声音道："你弟弟已经被你那个幕后主子，给舍弃了。"

"不可能的，你说谎，之前我还收到弟弟写给我的信，他才刚学会写字而已！"青儿一下子便高声叫出来了，显然十分激动，脸上的神色苍白如纸，明显是被沈妩的话给吓到了。

"是吗？可是本宫派人查了一下，你弟弟的确是死了。刚到了宜州不久，就被突如其来的瘟疫给传染上了，然后不治身亡。你那主子为了让你安心帮她，才编出了各种胡话来哄你，可怜你竟然如此听话，连自己的命都不要了！"沈妩的脸上露出了几分笑意，一副没心没肺的模样，像是逗一只猫咪玩儿似的。

青儿则被她的话吓得僵住了，然后像是得了失心疯一样，开始疯狂地挣扎。她边挣扎边嘶哑着嗓子喊叫道："不可能的，贤妃娘娘明明答应过我，一定会照顾好弟弟，让他出人头地、光宗耀祖的！对得起死去的爹娘……"

青儿根本就不受控制了，拼命地否决着沈妩的话。她那样丧心病狂的哭喊声，震得人耳膜发疼。沈妩慢慢站起身，她脸上调侃逗弄的笑意，消失得干干净净，已经得到了她想要的答案。和心底的答案，完全一模一样。

沈妩轻轻地抿了抿红唇，眼睛眯起，看着正在发疯的青儿。

"娘娘，青儿如何处置？"明音伸手指了指处于崩溃边缘的青儿，脸上露出几分厌恶的神色，显然对于这种卖主的人没什么好感，虽然她自己已经完全舍弃了皇上，倒向了沈妩。

沈妩回过头来瞧了一眼，不由得皱了皱眉头。细细想了一下才道："先看管起来，拿布巾堵住她的嘴，别再让她叫喊了。等皇上消了气，再把她带过去。”

明音见沈妩一切有了安排，心里也松了一口气。还好淑妃娘娘是想着要哄好皇上的，否则她一定要早日弃暗投明！

当沈妩带着人出来的时候，竟然瞧见沈婉穿着披风，搀扶着两个宫女的手，勉强站稳了，颤颤巍巍地要往外走。

“姐姐，你这是要做什么？”沈妩心里一惊，连忙快步跑了过去，脸上带着几分询问的意味。

沈婉一见她出来，仿佛看见了救星一般，连忙快走了几步，像是准备要扑过来似的。沈妩瞧着她踉跄的样子，心里惊骇更甚，连被发配冷宫，沈婉都是一副无所谓的模样，此刻却这么激动，一定是有更严重的事情发生了。

“阿妩，快救救大皇子。太后已经跟皇上请辞了，要将大皇子送走。外头风言风语地传着，你说皇上会不会真如流言那般，把大皇子交给贤妃抚育？”沈婉走到她跟前的时候，踉跄着险些跌倒，还好沈妩眼疾手快地扶住了她。

沈妩听到她所说的话，心里头也是“咯噔”了一下。没想到太后连一日都没有坚持下来，难道真的要便宜了贤妃？

“阿妩，我知道你为了我生产这事儿，已经和皇上闹得很僵了。但是这回你一定要帮帮我，帮帮姐姐，你向皇上把大皇子要到自己身边抚育，我立刻就搬去冷宫，绝对不会再出来烦扰你。王爷和王妃也只有培养你了，你这么聪明，一定能抚养他成人，日后无论你怎么摆布他，只求你让他能平安活在这世上就成！”沈婉边说边开始流泪，声音呜咽着，瞧着好不可怜。双膝一软，便已经跪在了地上。

她的双手紧紧地抓着沈妩的胳膊，就像是攀住了最后的救命稻草一般。母子血缘关系就是如此神奇，当她还没生下孩子的时候，可以因为一时糊涂，就想着弄掉他。但是当朝夕相处九个月后，那块肉从她的身上掉下来，即使她只是模模糊糊地看了一眼，还没瞧见大皇子的正脸儿，却已经一心想着他了。

他可以不聪明，甚至躯体残缺，作为母亲，沈婉也只求他能好好地活着，哪怕要被人摆布。

沈婉哭得伤心，一双美目早已红肿不堪了。在沈妩的印象中，沈婉一向要强，在她们姐妹之中，过得不算好，却从不在她们面前乱嚼舌根子，也不会落泪。此刻却这样跪在地上哀求她，当初骨子里那股高傲劲儿，遇上了大皇子的事儿，就自动消失了。

沈妩连忙用力去搀扶她，哪知沈婉似乎跟她杠上了，就是不起身。嘴里还在不断地哀求着，像是一只受伤的小兽一般，低声呜咽着。沈婉既怕自己的哭号，让沈妩心烦带来反效果，又怕自己求得不够卑微，沈妩瞧不上。这种小心翼翼的心思，还是人生中的第一次。

“姐姐，你先起来，我帮你便是！”沈妩轻叹了一口气，低声说道。

沈婉见她点头，才慢慢地站起身来。身体摇晃着险些又要摔倒，还好身后的宫女及时搀扶住她。

“如果这宫里头只剩下我一个姓沈的，说不准王爷王妃就放弃了，来个破罐子破摔。不过我刚与皇上闹翻了，此刻去求见他，也不知还能不能见到他。姐姐也该为了大皇子养好身子才行，没有母妃的孩子，岂是能活下去的？”沈妩长叹了一口气，搀扶着她亲自将她送进内殿里。

沈婉一直握着她的手，沈妩说什么，她都应声。连一句多余的话都没有，只是一双眼眸却是殷切地看着她，欲言又止的模样让人不忍苛责。

沈妩抬起手拍了拍她的手背，姐妹俩对视了片刻，算是给彼此无声的安慰。沈婉慢慢地松开了手，沈妩便转身离开了。

轿子一路往龙乾宫的方向前行，心里头莫名地有些紧张。昨儿她可是意气风发地跑了出来，皇上在后面喊她回去，她都没理会，今儿却又巴巴地求上门。

她的手心里逐渐冒出了冷汗，情绪一紧张，她就容易胡思乱想。如果这回大皇子和沈婉都没保住，想来沈王府会直接放弃了，说不定沈王妃还会暗自给旁人添助力，来谋害沈妩。毕竟这沈娇的死，十有八九是要记在她的头上。沈王妃不找她报仇，找谁揉拧去？

往常总觉得路途过长，这回却像是几步路一般，一眨眼便见到了那巍峨的宫门。沈妩的心脏“突突”地跳个不停，她慢慢地深呼吸着，想要缓解自己紧张的心情。

看见她的轿辇到了，守在外头路上的小太监，也没有一个进去汇报的。依然眼观鼻鼻观心地站在外头，像是没瞧见沈妩过来似的。

跟在沈妩身后的明心和明音，不由得对视了一眼，心里也直打鼓。往常来龙乾宫就像是入无人之境一般，这回瞧着架势，却变成了龙潭虎穴，轻易进不得。

沈妩轻咳了一声，抬起手撩了撩额前的碎发，暗自在心底给自己打气。总算是走近了那大门，却没想到守门的几个小太监一下子站成了一排，堵住她的去路。

沈妩愣了一下，有些猜不透皇上这样安排是什么意思。

“公公，淑妃娘娘求见皇上，烦劳您进去通传一声。”明音立刻走上前半步，满脸堆着笑意，姿态放得极低。

那个小太监也只是个看门的，面对明音这样身份的宫女，被称一声“公公”其实是不够格的。再者说这明音，在皇上面前都伺候过一段时日，偏偏那小太监心里害怕得紧，脸上却不敢表现出来。

当初皇上吩咐他们的时候，就说了：“谁要是给朕丢脸，朕就让他丢命！一定把淑妃堵住了，不让她进来！”

那几个人沉默了片刻，最终还是站在中间那个小太监胆子大些，尖着嗓音说道：“这位姐姐，不是奴才几个不让淑妃娘娘进去。而是皇上发话了，淑妃此次前来，若是来请罪的，一切好说。若不是来请罪的，就请回吧，皇上暂时不想看到淑妃娘娘！”

那个小太监心里头怕得紧，偏生脸上要装出一副淡定从容的表情，实则两只胳膊都在不停地发抖，双腿也在打战。

淑妃娘娘的恩宠不可同日而语，皇上此刻要闹脾气，抬高自己的身份，挫挫淑妃娘娘的锐气，这一切都无可厚非。毕竟淑妃娘娘敢跟皇上呛声，那总归是不对的。可是皇上这种处理方式，已经让所有的龙乾宫宫人，感到了要和好的预兆。

以后淑妃再次得宠了，会来找他们的茬吗？这几个小太监的眼神，都下意识地投向沈妩。沈妩脸上的神色还算平和，并没有记恨他们的意思，那几个人便都舒了一口气。

淑妃娘娘都已经位居从一品了，自然不会和他们几个阉人一般见识。不过他们却感到了斜侧方有怨恨的目光投射过来，下意识地瞧过去，一下子便对上明音那张似笑非笑的脸。

天哪，他们看到了黑白无常！怎么能忘记明音这个小肚鸡肠心狠手辣的大宫女！曾经有不长眼的太监，想要强迫明音对食，她当时就放出一句狠话：哪个阉人若是敢动她，她就拼着命把那阉人变成一缕青烟！

原本有人是不信的，直到那些得罪明音的人，都一一被她使了计谋扯到皇上面前犯了错后，就真的变成了一缕青烟。

自此，再无阉人敢对明音生出坏心思！

“本宫自知昨日情绪偏激，所以此次是来请罪的。还望几位公公通融一下。”沈妩将那几个小太监的神情尽收眼底，脸上神色缓和了些，语气也变得极其温柔。

明音见沈妩也站出来了，而且还如此低姿态，心里底气就足了，便斜挑着眉眼扫了那一排小太监，示意他们放行。

那几个人纷纷低下了头，默念了一句“罪过”，默默地在心底为自己点了根蜡烛。

“淑妃娘娘，不是奴才们不让您进去。皇上还有话说，如果您是来请罪，就请您——”这回还是那个站中间的太监开了口，他轻叹了一口气，脸上露出几分为难的神色，暗自地念了一句“我不入地狱谁入地狱”。

不过他这话说了一半，心里的怯意也越发严重，最终咽了咽口水，才低声道：“请您在这里跪着吧，直到皇上满意为止！”

沈妩微微一愣，她根本没想到皇上会让她跪在外面。罚跪在宫门口，来来往往的宫人定是能瞧得见，想来她这盛宠的名号就要打了折扣。

不过她也不是矫情之人，皇上明里暗里都想着给她台阶爬，没有困难制造困难也要让她求上门来。她这一跪又何尝不可！

明音皱着眉头，心底难得涌出了几分冲动感。真想去抽两个大嘴巴子，当然她不敢抽罪魁祸首皇上，只能想想这些瘦了吧唧的小太监们！

还不等明音纠结出头绪来，只听见“扑通”一声闷响，沈妩已经实打实地跪了下去。要态度有态度，要姿势有姿势。

明音安静地退到她的身后，和明心对视了一眼，撩起宫装下摆，似乎也要跪下来。

“等等，二位姐姐，皇上又有话说了，只让淑妃娘娘一人跪着，不让别人陪着跪！”中间那个小太监哪里敢让明音跪下去，连忙伸出手，似乎想要拉她起身，把皇上的吩咐又补充了一下。

明音这回当真是火了，她一下子站直了身体，双手一甩裙摆，用力理顺。不由得冲着那个说话的太监冷哼了一声，微微扬高了声音道：“有什么话不能一次性说完吗？皇上让你们这些人办点事儿，怎么每回都要出点岔子，难怪皇上有时候会龙颜大怒，全是你们自己作！这方才要不是我耳朵好使，我说不准就跪下去了，岂不是把皇上的吩咐给违背了！你们一个个都安的什么心哪！”

明音虽然是扬高了声音，却也不敢大喊大叫，只是让他们几个小太监听在耳中有些气势罢了。这里毕竟是龙乾宫，明音也不是找死之人，她也就是仗着自己以前在这里积下的一点儿淫威，小小地荡漾一下。有人可以被她骂着撒气，不骂就是傻子！

“是是是，姐姐你别生气。都是奴才们自己作！”那个站中间的小太监，倒也脾性好，瞧见明音这会子发火，倒是觍着一张笑脸连声附和着。

其他几个小太监，也连忙点头，一脸真诚地看着明音。明音火气倒是消了，往旁边一站扭过头去看着沈妩的背影发呆。

沈妩跪的姿势十分谦卑，她不是斐安茹，也不是许衿，不需要对皇上跪着还挺直了腰板。她是沈妩，一切追求有利于自己！面对皇上的时候，自尊脸面什么的，都可以丢到一边。至少在皇上的眼中看来，得是这样丢掉一切。如果用这些可以换来，跪都已经跪了，索性匍匐在地上，额头触碰着地面，整个人缩成了一团，远远地瞧着甚为可怜。

齐钰坐在前殿，此刻听说沈妩来了，正发火呢！

“只不过一个从一品淑妃，你说她凭什么吼朕！凭什么敢反驳朕！凭什么——”皇上正手拍着桌子数落沈妩，李怀恩卑躬屈膝地站在旁边，听他啰嗦着，不时点个头表示赞同和理解。

只是皇上这第三个凭什么似乎想不出词儿来了，一下子就停住了。李怀恩不由得大着胆子抬起头来瞧了瞧，恰好对上皇上的目光。只见齐钰猛地抬高手拍了一下桌面，冷声吼道：“凭什么！”

李怀恩继续露出“我懂”的表情，纯粹只是凭什么！总之淑妃娘娘那日跟皇上闹翻，就是完全错误。

“朕一定要让她跪满两个时辰，腿瘸了，脸瘫了，都不会让她起来！”齐钰继续手拍着桌面，脸上露出几分愤愤的神色。

李怀恩头都点成了小鸡啄米似的，只是偶尔他的目光会扫一下案桌上那堆积如小山的奏折。那些本该被皇上批阅的奏折，已经被推到了桌角，眼看就要扫落在地了。皇上却完全忽视了它们，满心满口都是“淑妃淑妃”。

李怀恩继续露出“我懂，我什么都懂”的表情，皇上已经中毒过深了，这种毒的名字就叫“淑妃”。

“来人，把这案桌朝殿门口搬几步，朕瞧不见淑妃跪倒的样子！”齐钰这会子似乎才反应过来，他到现在都没瞧见沈妩的人影呢。

他的话音刚落，立刻就有几个小太监走上前来，小心翼翼地抬着桌角，将案桌摆在殿门不远处。齐钰一眼就瞧见沈妩了，她今日穿的是水蓝色曳地长裙，啧，这么素净的颜色不适合她。

待他细细瞧过去的时候，才发现沈妩匍匐跪着的姿势，脸上立刻就露出了几分恼怒的神色。

“李怀恩，去让淑妃直起腰来，头碰地算怎么回事儿。朕又没让她这么丢分儿，她今日肯定脑子进水了，进大水了！”齐钰连忙冲着李怀恩招手，声音里透着几分急切。

本来大庭广众之下跪着就够丢人了，沈妩还搞这么一出，齐钰本能地就不想让她在一众奴才面前如此谦卑。

李怀恩立刻伸长了脖子瞧了瞧，就在皇上喋喋不休的念叨声里，慢慢地往殿外走。

“快着点儿，你狗腿缺板子了是不是？”身后再次传来男人气急败坏的咆哮声，这回李怀恩丝毫不敢耽搁，立刻撒开丫子就跑。

谁是嘴贱又欠虐的人，绝对是皇上啊！

远远地便瞧见李大总管跑了过来，也是奔四的人了，跑到了这里之后，都累得跟狗似的，直吐舌头喘息着。

“娘……娘娘，皇上让你直起腰……腰来，不许趴在地上。”李怀恩喘得厉害，话都说不清楚了，却硬是逼迫着自己缺氧的大脑快速转动起来，慢慢地说出来。

皇上就在那边盯着，估摸着淑妃娘娘如果起来得微晚了些，他回去又是一阵折磨。

沈妩轻轻地半抬起头，朝着殿门口看了一眼，却并没有直起腰来，一看就是有些犹豫。

“扑通”一声，李怀恩直接跪在她面前了，挡住了皇上的视线。

“娘娘，您就起来吧！奴才不想再跑来一趟了，这么远的路跑下来，奴才年纪也不小了，真受不住啊！您就当可怜一下奴才，直起腰来跪着！”李怀恩一副要声泪俱下的模样，语气急切地哀求着她。

沈妩低着头，嘴角闪过一丝笑意，直起腰抬头的时候，脸上的笑意已经消失了。李怀恩长舒了一口气，慢慢从地上爬起来，一步步地往回走。

还是淑妃娘娘通情达理，要是皇上那二狗子性格，肯定伸长了脖子趴在地上趴得更紧了。

李怀恩一路心情甚好地回到了殿内，皇上连一个赞赏的眼神都没丢给他，依然目光深沉地盯着沈妩的方向看。

李怀恩不由得撇了撇嘴，反正他被皇上忽略什么的，都已经习惯了。

“李怀恩！”只是还不待他喘匀了气，那边皇上的呼唤声又来了。李怀恩的脑袋开始“突突”地跳起来，他好想挑个离皇上近一点的地方撞墙，这样脑浆迸出来时候，也可以糊皇上一脸！好，获得技能一枚！

他默默地在心底为自己怒点三十二个赞，可惜还没点完，那混世魔王的吩咐已经说出来了。

“那些人的狗眼瞧什么瞧，你下去吩咐一声，都不许看着淑妃！过路的宫人也不行，谁再多看一眼，就把眼珠子抠下来，拿去御膳房拿盐腌了当下酒菜！”齐钰大手一挥，就直指着外面。

李怀恩不由得顺着他指的方向看了一眼，啊，天空真蓝啊！龙乾宫外面黑压压的一片都是宫人和侍卫好吗？他要是听了皇上的话，出去下命令，外头又不得大声喧哗，一个个传话过去，也是能死人的好吗！

他有些绝望地看着那么长的路途，心里呕了一口血。他仔细一想，脸上忽然露出了几分深沉的神色：对了，方才不是获得了一项技能吗？现在要试试看吗？好想看红白脑浆糊皇上一脸啊！

“奴才这就去通知那些人！”终于他卑躬屈膝地行了一礼，再次撒开丫子跑了出去。

呵呵，技能要他先死才能糊皇上一脸，赔本儿买卖，不干！

待李怀恩苟延残喘地通知了几个人，又让他们彼此通知，并且吩咐了几个人专门监督着，他才一步三摇晃地往回走。

他好不想回去，又要对着皇上那张熊脸了吗？皇上这么龟毛，回去之后一定又有一大波吩咐向他涌来！他感到整个人都不好了！

李怀恩慢条斯理地走了回去，皇上一瞧外头那些人都不再盯着沈妩看了，心里头顿时舒爽了不少。

“这回一定要让淑妃知道朕的厉害，不跪到两个时辰，坚决不让她起来！”皇上轻轻眯起眼睛，瞧着远处跪在地上的沈妩，瞧着她正对着他跪得笔直的模样，齐钰心头就带了几分舒畅。

淑妃竟然敢忤逆他，那不管不顾的撒泼性子就是被他惯的，现在非得立些规矩，才能让她明白究竟谁才能决定她的命运。齐钰越想心里头越坚定了要立规矩的想法，脸上的神色越发严肃，眼神也一直没有从她身上移开过。

“李怀恩，待会儿到了两个时辰提醒朕，才能让淑妃起来！”齐钰为了显示自己的坚定决心，直接吩咐李怀恩到了时辰再喊他。

李怀恩默默在心底叹了一口气，他伸长脖子瞧了瞧沈妩，暗想着淑妃娘娘这回罚跪两个时辰是逃不过去了。看看皇上那面露坚决的模样，李怀恩就替淑妃娘娘感到一阵担忧，跪两个时辰，这天寒地冻的，一个柔弱女子能撑多久啊！

“皇上，这外头瞧着冷得很，奴才怕淑妃娘娘扛不住啊！地上又冷又硬，这两个时辰跪下去，那膝盖恐怕就要冻坏了。”李怀恩试探着说了几句，毕竟到时候沈妩要真冻伤了，估摸着皇上还要跟着心疼，所以他就好心地提醒了两句。

“李怀恩，你是不是被淑妃给收买了。你个吃里爬外的东西，明里暗里都帮着她说话！你是不是认为朕做错了！朕没错，要错也是沈氏阿妩那个白眼狼的错！”齐钰一听李怀恩替沈妩说情，顿时心里涌起几分复杂的情绪。

他不希望别人看着沈妩丢脸，只有他一人能看她丢脸。也不希望别人替她求情帮助她，也只有他一人能够帮助赦免她。

李怀恩也是一片好心，怕到时候皇上会后悔，没想到却弄得自己一身腥。他有些不耐地撇了撇嘴，暗自在心底呸了一口。

齐钰瞧着沈妩那单薄的身影，方才心头的恼恨又一下子消失得干干净净，只剩下一片郁结的感觉。他皱拧着眉头，不耐地“啧”了一声。整个外殿的人似乎都察觉到皇上的心情不好，自动地闭紧了嘴巴，一声不吭。

在这样的诡异寂静之中，齐钰心头的那股子难受感觉被越发扩大了。他有些不耐烦地开口问道：“李怀恩，现在什么时辰了？淑妃跪了多久了？”

李怀恩轻咳了一声，尖哑着嗓音道：“皇上，不过两句话工夫，外面再怎么冷，淑妃娘娘身上还穿着披风呢，冻不着！”

想起方才皇上骂他吃里爬外，那现如今顺着皇上意思说，总该满意了吧。

没成想齐钰这回是被气到了，直接铁青着一张脸，阴沉沉地瞥了他一眼。

“没心没肺的东西！”男人毫不客气地骂了一句之后，再次扭过脸去，看向外头跪着的沈妩，单手托着下巴，脸上露出几分显而易见的惆怅。

李怀恩低着头，脸上的神色也十分难看，不停地往齐钰的方向丢白眼。皇上，您也不怕风大闪了舌头。您等着，若有一日他获得了靠谱一点儿的技能，一定要弄死这个二狗子皇帝！

又沉默了片刻，齐钰换了另一只手撑着下巴，再次低声问道：“李怀恩，现在什么

时辰了？”

“回皇上话，四句话工夫。”李怀恩轻咳了一声，努力让自己的声音听起来十分谦卑。

他能现在就弄死皇帝吗？神烦好不好，这么担心不如您亲自陪着去跪好吗？不要拉着别人一起犯神经好吗？

“你什么时候变成结巴了，朕已经等了许久，怎么可能才说了四句话！”齐钰猛地转过身，恶狠狠地盯着他看，明显是一脸不相信他的神情。那狂暴的模样，好似让沈妩跪在外面的人是李怀恩一般。那般哀怨的神情，像是控诉李怀恩让他和淑妃只能遥遥相望，却不能团聚。

“那就八句话。”李怀恩在他那样凶狠的目光攻势下，慢慢地低下了头。他忽然觉得整个人生都已经失去了色彩，或许还是阎王爷那里好混一点儿？

齐钰冷哼了一声，再次转过头去，又是一脸不舍的神情看着沈妩。这回已经完全变成了期盼她赶紧跪完了滚到他面前来的模样，李怀恩实是受不了皇上如此频繁的轰炸了，终于试探地小声问道：“皇上，要不让淑妃娘娘进来吧？差不多了！”

身穿龙袍男人再次回转过头来，脸上的神色幽怨无比。

“原本朕也觉得差不多了，可是被你这么一说，朕忽然就不想放她进来了。”齐钰露出一副“都怨你”的神情，语气里带着十足的不满和低气压。

李怀恩不由得打了个哆嗦，皇上活在这世上就是为了拉仇恨吗！这要是让淑妃娘娘知道，因为他这个太监总管两次多嘴，把皇上心头的柔软怜惜之意都弄没了，淑妃娘娘非活剐了他不可！

“真是，淑妃身上的披风怎么那么薄。李怀恩，去把上次进贡的孔雀裘拿去给她披上。并且叮嘱她把披风两边裹紧了自己之后，多余的地方铺在地上垫着，跪上面，别用膝盖直接跪地上，会冻出毛病。这天气冷死个人，真是，婉修媛为什么不夏季生产，这样即使闹翻了也不怕……”皇上这回换成了双手捧着一张脸，脸上的神情堪比怨妇，嘴里喋喋不休全都是有关淑妃的。

最后又将两人闹翻的罪责成功地推到了婉修媛头上，李怀恩已经石化在原地了。瞧瞧连把披风铺地上这种招数都想出来了，皇上伟大的胜利啊！您如此绝妙的办法，能多用在对付奏折上吗？

李怀恩让人取出孔雀裘，小心翼翼地抱在手里。这孔雀裘乃是海外进贡的，原来不少妃嫔曾想着各种法子向皇上讨要过，皆因这孔雀裘织绣精妙，几殆鬼工。上面以金丝银线绣着明快的图案，饰以明珰，缀以七宝，全部展开之后，就像是孔雀开屏一般，美轮美奂。

如此珍贵的孔雀裘，那么多妃嫔费尽心思，都没能让皇上松口。结果这回却拿过去让淑妃娘娘披着，顺带垫膝盖下。

有时候，人就得认命！

当李怀恩怀里抱着那件珍贵无比的孔雀裘出来之时，几乎所有宫人的目光都移了过去。不少人脖子就跟着李怀恩的脚步慢慢地往旁边扭着，最终移到了沈妩的身上。

当沈妩披上那件孔雀裘，原本素净的模样，一下子就变得娇艳起来。即使她此刻跪在那里，却根本没有一丝一毫受辱的感觉，完全就是高高在上。看着这件孔雀裘找到了主人，众人这心里头不由得嘀咕起来，就方才那一刻，几乎让人有了几分错觉，仿佛沈妩已经当上了这整个后宫的女主人一般。

李怀恩苟延残喘地爬回去之时，再次看到齐钰脸上那种满意的笑容。显然是对沈妩穿上孔雀裘之后，感到心满意足的神情。

齐钰双手撑着下巴，再次认真地看了几眼沈妩，满心欢喜。沈妩挺直了腰背跪在那里，身上穿上孔雀裘，偶尔有风吹过，总感觉她像是要羽化登仙的模样。

“李怀恩，一盏茶工夫有了吗？”男人手轻轻摩挲着下巴，认真地问了这么一句。

“有了。”李怀恩轻舒了一口气，还好皇上这次的问题属于正常范围内。

“那好，去把淑妃接过来吧。朕说好了要让她跪一盏茶的时间，君无戏言！”齐钰慢慢地点了点头，语气认真地下了最后一个吩咐。

李怀恩不由得张大了嘴巴，他感到一阵天旋地转。就算他良心已经被狗给吃了，也完全不能认同皇上这句话啊！糊弄鬼呢，方才是谁意气风发地要让淑妃跪两个时辰啊！直接缩短成一盏茶了！

李怀恩认真地思考了一下，下辈子他绝对要托生成淑妃娘娘家里养的鸡或者狗。常言道：一人得道，鸡犬升天。淑妃娘娘如此得皇上厚爱，她家的鸡犬也一定能够得到很好的照料。不用像他这个大管事儿，人前风光无限，人后连淑妃娘娘家的狗都不如！

心里虽然是十分不满意，但是圣命难违。李怀恩还是喜笑颜开地对着男人的背影夸赞了一句：“皇上圣明。”

然后屁颠屁颠地拖着残躯去接淑妃娘娘，而外殿里侍立在一旁的宫人们，没有一个对皇上前后矛盾的话表示震惊。这种朝令夕改的事情，习惯了就好。反正皇上也只对淑妃娘娘一个人这样！

当李怀恩亲自搀扶着沈妩起身的时候，所有龙乾宫的人，无论殿内还是殿外，都觉得天气一片晴朗。

050

两人和好

沈妩进入殿中的时候，立刻就感到一阵暖意袭来。殿内燃着炭，与外面的天寒地冻明显是天地之别。她轻轻地哈了一口气，膝盖弯下来就要行礼，哪知方才在外面跪着不动还是有些影响，腿一软就踉跄了一下。

还好身后跟着明心和明音，连忙伸手抓住她的胳膊，才勉强站稳了。

皇上已经命人把龙案抬回了原处，此刻瞧见沈妩要摔倒，下意识地就站起了身。看着她在宫女的搀扶下站稳了身子，齐钰又轻咳了一声，慢慢地坐了回去。

“臣妾见过皇上。臣妾来请罪了。”沈妩再次俯下身，慢慢地行了一礼，声音里带着几分温和的意味。

齐钰沉默了片刻，才冷淡地“嗯”了一声。他面前摊开了几本奏折，像模像样地盯着瞧，只偶尔抬起头来，脸上露出几分不耐的神色看着沈妩，像是对她十分不满一样。

李怀恩默默地退到了皇上身后，瞧着他这副模样，暗自心底呸了一口。皇上又开始要作死了吗？若是淑妃娘娘当真不理您了，看您往哪里哭去！

“爱妃何错之有啊？姐妹之情才是正确啊，朕和九弟的感情都比不过你们呀。朕下了圣旨将沈婉打入冷宫，这会子心里头还纠结，是不是也要让你搬进去，好姐妹团聚呢？让你成全了这姐妹情深的美名！”皇上一开口就极近嘲讽之能，语气也不大好，一如平日里生气时表现出来的冷漠。

李怀恩暗叫糟糕，这把人拉进来，不就是要和好吗？为什么这开场白却是愈演愈烈吵架的节奏！这是又要来祸害旁人了吗？

沈妩脸上的神情倒是一直十分平静，即使皇上一开始就表现出他要攻击的态势，沈妩也只是半低着头，神色安然。

“那日臣妾的确有错，即使姐妹再怎么情深，也比不过皇上与臣妾的感情。所以皇上说的话，臣妾应当配合支持，不该那样不管不顾地与皇上闹翻。”沈妩再次慢慢地福了福身，腿麻已经好了，此刻就显得姿态风流，夺人眼球。

齐钰暗自咬了咬牙，这女人永远都使这一招，却是甚有奇效，他根本抵挡不住。

“朕与你有什么深厚的感情吗？朕怎么没察觉出来，爱妃莫要自作多情才是！”齐钰冷哼了一声，满脸不耐的神色，偏过头却就是不看着沈妩。

沈妩慢慢地站起身，轻轻挑起了眉头，逐渐变得沉默了下来。

弄成这种局面，可是把殿内守着的一干人等急坏了。这要是再吵架，紧接着再闹出一场罚跪赔罪来，受罪的也只有他们这些奴才。反正淑妃娘娘有孔雀裘这种宝贝垫地上，简直就是作弊利器！

“臣妾说错了，应该是臣妾对皇上感情深厚，堪称一片深情。只是皇上没察觉出来罢了，此刻想想臣妾还真是可怜，又被皇上厌恶了，如果皇上硬是不想见到臣妾这张脸，就把臣妾与婉姐姐一起打入冷宫吧！”沈妩以退为进，丝毫不为自己话语的直白而感到羞涩。

李怀恩顿时心里有底了，殿内所有人都在心底为淑妃娘娘疯狂地点了三十二个赞！淑妃娘娘又表白了有没有？跟娘娘比起来，皇上简直弱爆了好吗！皇上多亏您还是个九五之尊顶天立地的汉子，人家淑妃娘娘之前就告白过一次了，您怎么还原地踏步呢！

齐钰沉默了片刻，完全没想到沈妩会如此说，最终轻咳了一声，不愿意看向沈妩了，只是耳垂有些可疑地泛了红。

“好吧，朕念你对朕一往情深，就勉强让你留下了。你那姐姐也暂时不用搬去冷宫了，就在奇华殿禁足吧。”男人的声音总算是变得柔和了下来，虽然脸上的神情还是紧绷的，但是从他这话语里，就可以听出他的心情不错。

李怀恩不由得咂了咂嘴巴，果然万千求饶话，都不如淑妃娘娘一句简单的告白。瞧瞧，皇上原本雷霆震怒的心情已经奇迹般地消失了，相反还连本带利地大赠送，连婉修媛打入冷宫的责罚都撤了。

沈妩脸上不由得露出了几分笑意，她也没憋着直接笑出了声。她那娇脆的笑声传到耳朵里，让人一阵心情愉悦。

齐钰慢慢地松了一口气，这才转过头来，对上了沈妩的眼眸。

“过来坐吧！”男人抬起手冲着她挥了挥，明显是一副有心和好的模样。

沈妩慢慢地走到了皇上身边，轻轻坐了下来。齐钰挥了挥手，立刻就有太监走了过来，将上面的奏折收拾走了。

李怀恩长舒了一口气，瞧着那两人并肩坐在一起的模样，顿时觉得心情舒畅。皇上有了淑妃娘娘陪伴在侧，就再也不需要奏折来充当他装模作样的道具了！

“皇上，您早膳用了吗？”沈妩微微歪着头，轻声问了一句。

经过沈妩这么一提醒，明音和明心才想起来，原本都是从太后那里请安过后，直接回锦颜殿用膳。但是今儿早上直奔奇华殿去审问青儿，然后又连忙往龙乾宫赶，当真是滴水未进。

李怀恩也轻轻地点了点头，皇上一早儿赶去上朝，然后就接到了太后求救的信号。也不让上膳食，只坐在殿内边大骂沈妩没良心，边等着她来求饶。想到这里，他又看了一眼皇上，暗自想着正好两人一起用膳。

“废话，你以为朕会等你吗？自然是早用过了！”男人想都没想，就直接开口反驳了。

满殿寂静，知道内情的宫人们都用一种受到了惊吓的表情看过去，仿佛被雷劈到了一般。皇上，您不要这样硬撑！脸面固然重要，龙体更重要。李怀恩直接闭起了双眼，他已经不忍直视皇上那张熊脸了，还摆出一副理所当然的表情。皇上，不作死就不会死！

沈妩的眼神一扫，就瞧见李怀恩脸上那副不忍再看下去的表情，心里不由得好笑。她也猜到了皇上肯定是没吃过，脸上露出几分无奈的神色。

“皇上，但是臣妾很饿！”沈妩脸上露出了几分哀求神色，语气也软了下来，像是撒娇一般。

齐钰立刻挥了挥手，招来几个小内监，豪气万千地说道：“去御膳房拿些饭菜来，动作快些，可不能让淑妃饿着肚子！”

那几个小太监立刻就蹿出殿外了，沈妩也轻轻地松了一口气。虽说赦免了沈婉打入冷宫的责罚，但是她这次来主要是冲着大皇子的去处。

过了片刻，就有宫人端着饭菜鱼贯而入，盘碟很快便摆满了案桌，当然皇上手边也放着一碗稀粥和一双筷子。

“朕就勉为其难地陪着你再用一次吧！”齐钰轻轻地挑了挑眉头，眼眸斜斜地瞥了一眼手边的碗，脸上露出几分无奈的神色，似乎真是为了陪沈妩才吃饭。

沈妩但笑不语，拿起筷子先夹了一块小菜放进他的碗里。

皇上显然很满意，便拿起筷子埋头就吃。李怀恩瞧着皇上吃得那副喷香的模样，再一偏头，只见沈妩停下了手中的筷子，望着皇上的吃相，脸上慢慢露出了几分笑意。

李怀恩心底轻叹了一口气，皇上您慢些吃抬头瞧瞧啊，淑妃娘娘已经嘲讽你了啊！

无奈皇上根本听不见李怀恩心中的呐喊声，依然致力于与早膳的搏斗中。倒是沈妩先开了口：“对于婉修媛早产一事，嫔妾已经查出了些证据，皇上待会儿要看吗？人就绑在奇华殿里。”

齐钰夹菜的手停了下来，他慢慢地抬起头看了一眼沈妩，将嘴里的饭菜咽下，眉头轻轻蹙起，显然在思考着什么。

“朕从来不理会这些，既然她们要作死，那就自己收拾烂摊子。谁有本事儿弄别人，就得有能力承受别人反击。这后宫里那么多女人，有的朕根本没见过两面，每日都有阴谋诡计上演，只要不作到朕面前，不碍着朕眼，就随便掐！”齐钰明显对这个不感兴趣，这也是他一贯的态度，对于后宫女人之间的倾轧，他一向是放任的。

谁有本事儿最好一次性弄死别人，否则改日被人反击回来，他依然漠不关心。

沈妩倒也不惊讶，记忆中的皇上就是这样的处理方式。因为没有真心在乎的女人，所以谁生谁死，在他眼里都是一样的。何况沈妩只提了早产的事情，也没说沈婉孕期吃肝脏这事儿是为身边宫女所弄。

沈妩心里头也不准备说，她和贤妃的梁子早就结下了，就算告诉了皇上，也至多打入冷宫。她怎么会那么轻易就让贤妃躲过她的报复，当初的沈娇那是没法子，可是贤妃却有折磨的时日。

“那皇上准备把大皇子交由谁抚养？”沈妩见皇上此刻是真气消了，便也没什么顾忌，直接问出了口。

齐钰抬起头来，碗里粥已经见底了。他放下手中的碗筷，接过李怀恩递过来的锦帕，细细地擦干净嘴角，认真地注视着沈妩的眼眸，轻声地吐出了一个字：“你！”

沈妩微微一愣，一时有些反应不过来，只是傻傻地看着他。

“皇上，您方才说什么？”沈妩有些不确定地问了一句，手中的筷子也停了下来，脸上明显是一副难以置信的模样。

齐钰脸上露出几分笑意，他很少能瞧见沈妩这般惊诧的模样，便又耐心地重复了一遍：“朕的意思是要把大皇子交给你抚养，当然如果你不愿意，朕会找其他人。不过沈婉今后肯定是不能再碰大皇子了，朕不信任她，一个对自己腹中孩子都下得了手的女人，也不配再让大皇子叫她母妃了。”

说到最后的时候，皇上脸上的神色已经变得极其难看了，显然对沈婉孕期所做的事情，这心里头还耿耿于怀。

沈妩不由得轻轻蹙起眉头，她当然不会想着改变皇上对沈婉的看法，只是这大皇子若是到她手里，就像烫手的山芋一般。她姓沈，大皇子乃是沈婉所生，皇上这样的决定，落在旁人眼中就有了别的意味，是否属意沈妩当皇后？这样的想法自然不在少数。

皇上见她的脸上露出犹豫的神色，不由得挑起眉头，似乎对于她这样的表现有些出乎意料。

“不少人可都想要抚养大皇子，贤妃就是头一份，不过面对子嗣这种事儿，朕同样也不相信她。你若是没想好，那朕便给你几日考虑考虑，大皇子暂时寄养在德妃那里。若你要抚养的话，就抱去锦颜殿，若是你不要，那便把大皇子给德妃抚养。”齐钰轻声开口，替沈妩想了个两全其美的法子。

以贤妃的资历和为人处世，原本她在皇上心中，是适合抚养孩子的人选。可惜沈婉早产当晚，贤妃便迫不及待地来到齐钰面前，分析沈家姐妹俩的错漏之处，甚至都得出了沈家姐妹联手导出的这场戏，最后才导致了大皇子身体畸形的结论。皇上嘴上虽没说什么，但是心里已经对贤妃失望了许多，并且把贤妃归为永远不得触碰皇嗣的人。

就算他没让沈妩说出究竟是谁害得沈婉早产，齐钰心里头也有数。后宫里有能力把控奇华殿、安插人手的人也就那么几个，一个巴掌数过来，贤妃自然逃不开嫌疑。

“不必了，能够抚养大皇子，乃是臣妾的荣幸。谢皇上恩典！”沈妩轻轻地摇了摇头，虽然皇上所提的建议十分让人心动，不过她还是选择了自己抚养。

如若让德妃抚养，妃嫔们的注意力自然会集中到德妃身上。若是她拼命护着大皇子，必定要得罪不少生了歪心思的妃嫔，说不准连许家那边的势力都会得罪到。若是她睁一只眼闭一只眼，大皇子有了什么三长两短，皇上定不会饶过她。

但是沈妩不愿意把大皇子交出去，她只要护着大皇子，不仅可以巩固她和沈婉之间的联系，何况将后宫中唯一一个龙种把持在手，这才是关键。至于以后她和大皇子的关系，是否会变成太后与皇上这般僵硬，就不是此刻该考虑的事情了。

面对沈妩的选择，齐钰明显是一脸高兴的神色，他冲着沈妩轻轻地笑了笑，朗声道：“日后你绝对不会后悔今日的选择！”

男人的话语有些高深莫测，脸上也露出了几分神秘的神色。待沈妩想要细究的时候，他已经偏过头去不再看她。

沈妩挑了挑眉头，并没有追问下去。吃饱喝足的皇上，顿时觉得心情无比顺畅，一改之前的郁闷难当。

“既然已经定下来了，不如此刻就去寿康宫把大皇子接走吧，太后她老人家已经撑不住了，也多亏你还那般夸她给她长脸，结果还是不中用啊！”齐钰眼睛一扫就想着要去接大皇子，他刚与沈妩和好，还不想就这么分开，遂找些事情来弥补感情。

沈妩一听他提起当日自己一时情急夸赞太后的事情，脸上露出几分无奈的笑意。她也不想那般违心地夸奖，无奈当时她宁愿太后抚养大皇子，也不想让贤妃得逞。估摸着这也是让皇上心头不满的原因之一。

“臣妾也就是那么一说，当时害怕皇上会把大皇子交给旁人。太后毕竟是大皇子的亲祖母，再怎么说也要放心些。”沈妩轻叹了一口气，不由得急声辩解，显然是想要安抚皇上。

齐钰不由得冲着她丢了个白眼，他没有说话反驳沈妩，只是拉着她的手站起身，慢慢地往外走，立刻就有宫女将两人的披风、裘衣递了过来。齐钰伸手挥退了正在替沈妩穿衣裳的明音，亲自替她披上孔雀裘，将胸前衣带系紧，顺手替她戴上了帽子。

帽子比较宽大，把沈妩的脸都遮住了，齐钰瞧着她只露出小半张脸，嘴角扬起一抹淡淡的笑意。

“这种衣裳果然只有阿妩配穿，其他那些庸脂俗粉若是套上，也只是玷污了这好东西。”齐钰一本正经地说道，替沈妩亲自穿完衣裳之后，他这心头竟是觉得舒爽无比，像嘴里含了一块糖似的。

沈妩轻轻仰着脖子瞧向他，对上他那充满欣赏的目光，轻抿着红唇冲他嫣然一笑。

“承蒙皇上厚爱了，臣妾记下皇上这句话了，若是以后您得了好东西，可都得给臣妾留着，否则也是糟蹋了那些！”沈妩笑出了声，状似调侃似的说了一句。

齐钰轻轻地摇了摇头，暗自想着若是换成了旁人，哪个敢如此大胆，在他面前要东西。不过他听着，却无比舒心，甚至扯着嘴角轻笑起来。

李怀恩站在一旁，看着他二人旁若无人地打情骂俏，不由得打了个哆嗦。悄悄抬手摸了摸两只胳膊，好嘛，鸡皮疙瘩都起来了。瞧瞧这就是命好，也就淑妃能够朝皇上要东西了，皇上认定的好东西，自然是独一无二的珍奇异宝。淑妃这么一张口，便是要独吞了这天下间的宝贝，可是反观皇上不仅不发怒，还舰着一张笑脸，甚是舒心的模样。若是其他妃嫔，早就被踩成熊脸了！

二狗子皇帝，面对淑妃娘娘的时候，智商就急剧下降，做一些亏本的买卖，真让人着急。

沈妩又替皇上穿好了裘衣之后，两人才携手出了龙乾宫。跟在后头的奴才，眼睛一直盯着两人握在一起的双手，一下都没眨，暗自想着这和好了之后光明正大地秀恩爱，是要气死全后宫的节奏吗？

没和好之前，这两人逮着身边的宫人折腾，和好了之后这受害面积倒是百倍扩大了。怎么办，好想去御膳房拿把刀来剁了他们那两只爪子！

龙辇和沈妩的轿辇都在外面候着了，只等着两位主子坐上来。

“以后淑妃到龙乾宫来，只要跟着朕一起出去，就不需要她的轿辇过来了，只坐着龙辇便成。”齐钰搀着她的手上了轿辇，男人的手心十分温暖，即使是寒冬，两个人的手紧紧贴在一起，也容易生出些汗水来。

平日里连吸口气都嫌弃灰尘多的皇上，却是满不在乎，相反还更加握紧了沈妩的手。

李怀恩听了皇上这几句话，顿时觉得腿一软。糟糕，膝盖好像中箭一般疼痛啊！呵呵，皇上如此自信，就不怕以后再闹翻打自己的脸面吗？

待龙辇被抬起往前走的时候，明音便深深地吸了一口气，伸出手捂住嘴巴，脸上露出受重伤的表情，痛苦万分。走在一旁的明心有些不明所以，便有些担忧地问了一句：“方才还好好的，怎么这会子露出这种表情，可是磕到哪儿了？”

李怀恩抬眼瞥了过来，慢走了几步凑到她俩身边，不由得冷哼了一声，轻轻压低了嗓音道：“她是瞧见两位主子这般亲密，觉得酸掉牙了呗。哪里是磕到了呀！”

明音慢慢地抬起手，冲着李怀恩竖起了大拇指，心底默默地为他点了个赞。

“呸，和好还不行？难道你就巴望着主子不好，到时候折磨你？这都惯的什么毛病！”明心显然对于这种出乎意料的答案，已经见怪不怪了。不由得冲着他二人啐了一口，便走了几步，不理会他二人。

寿康宫里，一片寂静，来回走动的宫人，也是脚步放得极轻。大皇子这会儿终于不闹了，太后她老人家便趁着这机会连忙躺倒在床上补眠。

当真是吃不消啊，昨儿晚上断断续续只睡了两个时辰，早膳还是刚吃不久。谁知道这倒霉催的孩子，如此难带，简直要了她这条老命。

“呼——呼——”一向睡眠安稳的太后，今日竟然打呼噜了。不过好景不长，外面的宫女已经进来通传了，皇上龙辇到殿门口了。

春风有些踌躇，她站在许嬷嬷的身边，暗自拉了拉她的衣摆，低声道：“嬷嬷，您瞧这可如何是好？太后刚睡着，可是又不能让皇上等啊！”

许嬷嬷脸上的神色也不大好看，不过她也只是蹙了蹙眉头，便亲自走进了内殿去唤醒太后。

太后睁开眼睛的时候，整个人还处于迷茫状态。不过意识已经开始慢慢清醒，也知道皇上来了。即使浑身酸软疲乏，却也不好再接着睡了，连忙起身让人替她穿衣裳。

待太后匆匆整理了一番，头重脚轻地走出来时，便瞧见皇上拉着沈妩坐在椅子上，两人凑得很近，显然说些什么有趣的话，脸上都带着几分笑意。

太后的脚步一下子就停了下来，她从来没想过刚出来就瞧见这样的画面，皇上会拉着一个妃嫔笑得如此开心。即使这人是得宠已久的沈妩，也让太后内心受到了震撼。

“母后。”皇上因为面对着太后出来的方向，先发现了太后，便拉着沈妩站起了身。

“见过太后。”沈妩也跟着站起身来，脸上的笑意收敛了些，轻轻俯身行礼。

太后逐渐从怔愣之中回过神来，轻咳了一声掩饰方才的失态，挥了挥手让她起身，便坐到了主位上。

“打扰母后休息了。朕也不知道原来小孩子这样闹腾，朕小时候似乎都不怎么闹腾母后。”齐钰一眼便瞧出来太后精神不佳，脸上露出几分愧色，慢慢地站起身轻声说道。

这几句话虽然语气轻柔，但是传到太后的耳朵里，可就完全变了滋味。不就是嘲讽她没带过皇上吗？

太后原本就累得头昏脑涨，此刻被皇上这么一挤兑，更加觉得头痛难耐。

“皇上是来抱走大皇子吗？”太后并不接他的话头，只是轻声地问了一句。她端起桌上的茶盏，一揭开茶盖儿，袅袅白气就冒了出来。

皇上和淑妃过来，这备下的热茶自然也是上等的好茶。清冽的茶香蹿进鼻尖，让太后纷乱的心绪稍微稳定了些。

“是，大皇子留在这里，母后也睡不好。恰好朕觉得淑妃非常适合带这个孩子，便想着把大皇子抱到她的身边去。”皇上也没有隐瞒，直接就把沈妩要抚养大皇子的事儿说了出来，脸上的神色平静，目光坚定。

太后猛然一惊，下意识地就抬起头看向沈妩，手中握着的茶盏一歪，里头滚烫的茶水就滴落在衣袖上，浸湿了衣袖，直接浸到她的手腕上。她猛然吸了一口气，连忙将茶盏丢到了桌上，挽起手腕处的衣袖，立刻就能看到被烫得红红一片。

身旁侍立的几个宫女也立刻惊慌起来，连忙找来湿毛巾，轻轻地按在太后手腕上。毛巾温度偏低，敷在手腕处带着几分舒服的感觉，将方才那股子被烫到刺骨的疼痛，一点点压制下去。

“皇上要把大皇子交给淑妃抚养？淑妃毕竟年纪轻，入宫才大半年而已，自己还是个半大孩子。而且皇上和淑妃感情很好，多了个孩子恐怕就不能像平日那样腻在一起了。依哀家瞧，大皇子不如寄养在贤妃的身边。贤妃入宫甚久，而且又是个妥帖的孩子。她也一定能够尽到一位母妃的职责。”太后明显有些不同意，她甚至拿出了带孩子会影响沈妩与皇上缠绵这种理由，试图让皇上改变主意。

沈婉生下了大皇子，即使这孩子身体畸形，日后不可能继承大统。可要是皇上就是这么倒霉，后宫里只落得这一个孩子，那么日后皇位还真跑不掉了。即使是个聋子，也得让大皇子来继承了。

此刻偏偏找了沈妩来抚养大皇子，这不是向后宫宣示着，沈妩有可能是皇后人选吗？太后越想越心惊，手心里都冒出了一层冷汗，头昏眼花的感觉也彻底消失了，完全是被吓没了。

这要是真让沈妩当了皇后，那她费心费力让许衿进宫做什么？简直就是偷鸡不成蚀把米。

太后这几句有理有据的话说完之后，沈妩脸上就露出了几分笑意，她心里实则是鄙夷。无论前世今生，太后始终都排斥着沈妩。甚至到了这后宫里任何人都可以当皇后，就是沈妩不行。这样一种偏执的想法，也让沈妩心头恼火。

她轻轻偏过头，却瞧见齐钰的脸上露出了几分神似的表情，似乎认真地思考着太后所说的话是否可行。沈妩不由得心里冒火，慢慢地挪动脚轻轻地踢了踢他的鞋尖。

虽然沈妩的动作十分细微，却还是被对面的人收在眼底。太后压低了嗓音轻咳了一声，脸上的神色十分难看。怎么，沈妩这是要上演一出怂恿丈夫忤逆婆婆的戏码？太后活了这么久，还是头一遭遇到这种事儿。

沈妩也察觉到她方才动作的不妥之处，却又实在忍不住。在龙乾宫的时候，皇上明明说好了不要贤妃抚养大皇子，怎么这会子倒像是要改变主意一般。那她的努力不就都白费了！

齐钰干干地笑了两声，却是旁若无人地抬起脚，也轻轻地踢了踢沈妩的鞋尖，像是回应她一般。

“母后所说的都对，不过大皇子毕竟是朕的头一个孩子，朕十分想亲近他一些。正因为朕十分宠爱淑妃，所以才把大皇子送到锦颜殿去，这样朕就可以经常过去瞧瞧，也不用为了看大皇子跑到别宫里，见到那些让朕感到不开心的宫妃。”齐钰轻声解释了几句，他这理由算是十分冠冕堂皇，而且还把贤妃给羞辱了一顿。

仿佛在这整个宫里，除了沈妩之外，皇上瞧着其余妃嫔都会感到难受一般。

太后险些没被他气晕过去，她一直冷冷地看着他们二人，似乎在心头憋了一口气，随时准备挑明了话头要闹着翻脸一样。

“太后，趁着此刻大皇子还在熟睡之中，抱给淑妃娘娘带回去吧。若是待会儿醒了，走在路上可不好哄。”站在身后的许嬷嬷瞧着太后被气得发白的面色，心中轻叹了一口气，不由得出声劝解。

被许嬷嬷这么一打岔，太后火气也就憋在心头没发出来。她直接挥了挥手，也不想再搭理他二人。春风便带着人去了隔壁的偏殿，把大皇子抱了过来。

当春风领着奶娘进来的时候，殿内已经安静了有一会子了，显然三位主子都没什么话要说。气氛一时有些尴尬，不过皇上和淑妃两人之间倒是玩儿得挺好，偶尔踢踢对方鞋尖，也只有对面坐着的太后一人，觉得尴尬异常。

“母后您好生休息吧！”皇上见奶娘已经抱着大皇子过来了，轻声丢下这句话，便带着沈妩一干人等出了寿康宫。

待他们的身影完全消失在殿外之后，太后才猛地喘了几口气，显然是被气的，方才一直隐忍不发而已。特别是皇上与沈妩做那些小动作之时，简直就把他们这些人当空气一般，根本不在乎别人异样的眼光。

“好个沈氏阿妩，狐狸精转世妖孽，竟敢这般猖狂，当着哀家的面就开始勾引皇上，她这般嘚瑟，最好祈祷着这后宫里日后永远都不会进来比她还得宠的美人儿！否则哀家一定头一个饶不过她！”太后真是被气急了，她面色慢慢地变得阴沉至极，口气里也带着几分阴狠和气急败坏。

咬牙切齿的模样，似乎已经期盼着沈妩失势的那一日。

一旁许嬷嬷的心里头也颇觉得不是滋味，皇上和淑妃娘娘方才的确是做得有些过头。即使当真如胶似漆，在太后面前也最好收敛一些，毕竟先皇去了也有七八年了。而太后早就不得宠，其实守寡足有十几年了，这般刺激哪里能受得了。

“帝王之宠，一向都是仅凭一时鲜，淑妃娘娘也只是脸面长得漂亮些。依奴婢看来，她顶多再撑两年，到了第三年选秀，自然又会有许多年轻貌美的女孩儿将她比下去！”许嬷嬷见周围都是太后贴身的婢女，便也想着法子安抚她，说出来的话语便显得十分毒辣。

太后被她这么一安慰，似乎心里头舒坦了不少。脸上露出赞同的神色，慢慢地点了点头。

“还是你记性好，再有两年，哀家倒要看看这沈妩能撑多久？女人的后宫岁月，就像是流水一般，美好的年华总是一闪而过。姑且就让她再蹦跶几日吧，再说带孩子可是项要人命的苦差使，如此爱漂亮的淑妃，肯定忍受不了因为孩子的吵闹，而使自己容颜一日日变得憔悴，估摸着很快就要放弃了！”太后又嘀咕了几句，直到心里头的气彻底理顺了，才站起身来，扶着许嬷嬷的手走回内殿，躺倒在床上继续补眠了。

她只不过是把大皇子放在身边一日罢了，就已经如此吃不消了，就不知沈妩能够扛几日。

皇上这一行人直接去了锦颜殿，方才就已经派人过来通知，大皇子要养在锦颜殿里。所以兰卉带着明语一众人，连忙将偏殿收拾布置了一番，确保大皇子过来的时候，可以直接当他的房间用。

大皇子年纪小，而且又比较吵闹，所以沈妩给他配了两个奶娘，轮换着喂。又找了四个贴身伺候的，小孩子要忙乱的事情很多。

奶娘依照吩咐，把大皇子放在内殿的床上睡了，皇上和沈妩就在一旁烤着炭火。

“大皇子的名字，皇上可想好了？”沈妩将手贴在面颊上，轻声问了一句，脸上带了几分认真的神色。

齐钰轻轻地挑起眉头，明显是有些犯难。

“前几日你一直跟朕闹别扭，朕心里又气不过沈婉，所以就没想。”皇上原本准备随口胡诌一个，但是这又是他第一个孩子，总不能真随便叫一个，只好有些不情愿地坦白了。

051

记入玉牒

沈妩有些无奈地看了他一眼，猛然想起了方才在寿康宫中，当太后提起让贤妃抚养大皇子的时候，皇上竟然认真思考的模样，这心里头就有些不舒服，便直接问出了口：“皇上在寿康宫时候，经过太后的点拨，是不是反悔让臣妾带着大皇子了，而想着要贤妃抚养呢！”

齐钰抬起头来，脸上露出几分不明所以的表情，仔细地想了想，才明白过来沈妩说的究竟是什么。

“哪儿能啊！不过太后有一点说对了，你一旦抚养了大皇子，跟朕在一起的时间肯定就少了。当初朕记事儿时候，就有些印象，父皇整日会不满母妃一门心思扑在朕身上。朕可不想因为一个小孩子，耽误了重要的事情！”男人慢慢地摇了摇头，脸上露出几分笑意，像是想起了幼时的趣事儿一般。

沈妩瞧见他这副难得温和的模样，也跟着笑了笑。只是两人还没笑得多开心，床上的小婴儿便醒了，“哇——哇——”的啼哭声响彻内殿。一直守在外头的奶娘便一下子冲了进来，将大皇子抱了出去哄着。

外殿也烧着炭火，温度适宜，两个奶娘都是经验老到，在这锦颜殿也比寿康宫中自在多了，所以手上的动作便麻利了许多。大皇子昨儿夜里哭了大半宿，现在是真累了，吃了奶水之后又睡了过去，倒是比预想中要乖顺许多。

哄着孩子睡了，奶娘又把大皇子抱了进来。沈妩站起身从她怀里接过襁褓，小心翼翼地把孩子的睡姿调整了个舒适的角度。齐钰便也伸长了脖子凑过来，仔细瞧了瞧襁褓里的婴儿。

这回再瞧的时候，大皇子明显比前几日要漂亮多了，身上皱巴巴的皮肤全部变得光滑了，原本黄黄的肤色也逐渐变成了婴儿该有的嫩白。

“这样瞧就顺眼多了，当时稳婆刚抱出来的时候，朕都有些不相信这孩子是朕的。长得那么丑，还好现在变过来了！”齐钰轻声念叨了几句，脸上带着几分庆幸的神色。

这也是他第一次如此近距离地瞧一个婴儿，当初九王爷出生之前，他就被先皇送去了斐家，所以那唯一一次可以近距离观察婴儿的机会也错失了。此刻面对这个带着他骨血的孩子，他心里多了几分慰藉。

“皇上要抱一抱他吗？”沈妩见他如此关注，不由得轻声试探着问了一句。

哪知齐钰立刻把头摇得跟拨浪鼓似的，一脸不情愿。

“他太小了，朕怕一巴掌就捏死了。”齐钰认真地注视着沈妩的眼睛，异常严肃地说了这么一句。

沈妩不由得笑了起来，却又得憋住了，不能把怀里的孩子吵醒。慢慢地站起身，将襁褓交给奶娘，她才又慢慢地坐了回去，脸上带着几分难以置信的表情。

“这毕竟是皇上第一个孩子，哪里就会捏死了？您抱抱他，日后就有抱孩子的经验了，哪位姐姐妹妹若是再有喜了，您也不怕丢人是不是？”沈妩轻声调侃了两句。

齐钰还是摇头，他像是想起了什么一般，轻叹了一口气，低声道：“朕已经抱过他了。他刚被稳婆抱出来的时候，不就是朕抱着他，看到他两条腿不一样吗？”

没想到话题会偏到这里，原本还其乐融融的气氛，一下子又变得僵硬起来。大皇子那条腿，会成为一辈子的累赘。即使他还是个小小婴儿，却已经因为这个受到了不公平的待遇。

皇上喜得皇长子，朝堂上恭贺的朝臣们都用词谨慎，而且言语之间也并没有多少热烈恭贺之意。毕竟大皇子身体残缺，实是一个致命的弱点，万一不谨慎说漏了嘴，那皇上的震怒可想而知。

皇上在锦颜殿用了午膳，便匆匆回了龙乾宫。他案桌上还堆积着小山似的奏折，等着他批阅。再加上皇长子的事情，让他一时没了心情，就连刚和沈妩和好了，都不能抵御他心底的失意。

孩子，是继承他的血脉，原本他应该为大皇子感到骄傲的。可惜了，第一个孩子就让他心里难受。齐钰回到龙乾宫，看着案桌上摊着的几本奏折，他却失神了，他想再要一个孩子来补偿这种缺憾。

大皇子最终交由淑妃抚养，待众妃嫔知道这个消息之后，后宫里一片哗然。每个人心底都有些惊慌，皇上这是什么意思？当真要一个入宫不到一年的狐媚子当正宫皇后？

而且重要的是，沈妩还不是嫡女出身，只是沈王府送进来替补甚至可以说是踏脚石罢了。不成想，这个踏脚石已经把正主儿给弄死了，现在还有取而代之的趋势。这让后宫中所有妃嫔，都高度紧张起来，特别是贤妃，已经在心底将沈妩列为首位要击杀的对手。

当然也有人等着沈妩出丑，毕竟太后娘娘可是只带了大皇子一个晚上就撑不住了，沈妩也是娇贵人家养大的姑娘，如何也撑不过孩子没日没夜地哭闹吧。

不过，让众人大跌眼镜的是，沈妩还就撑过来了，而且一撑就到了大皇子的满月。

皇上早就命令人开始准备，满月当日清晨，他便让礼官将大皇子的姓名年岁等记入玉牒之中，正式为皇长子正名。当然玉牒之上，皇长子母妃记为沈氏阿婉。

“齐敬轩，好名字。皇上可真是为你取了个好名字哟！”沈妩正替大皇子穿衣裳，外面虽然正在下大雪，但是殿内却温暖如春。

这一个月来，杜院判每日都要跑一趟锦颜殿，风雪无阻，来替大皇子诊脉，这么小的孩子奶水都吃不够，自然不敢让他乱吃药，大多用一些温和的药材慢慢调理着。

小家伙儿虽然以后不能双腿走路，但是体质倒是没有刚出生时那般脆弱了。沈妩一有工夫，就陪着他一起躺到床上，若是他醒了，沈妩就会轻声地说话。兴许是熟悉了沈妩身上的气味和她的说话声，当沈妩触碰他的时候，他就会变得异常乖顺，不哭也不闹。

这一个月里，沈妩也完全从一个对孩子一窍不通的人，一下子就变成了什么都精通了，当真有几分当娘的样子。比如现在，大皇子的衣裳就都是她亲手穿的。

一旁的奶娘脸上带着温和笑意，将沈妩这一个月的表现看在眼里，心里越发敬服这个淑妃娘娘。淑妃并不像传言之中，仅靠着一点儿容貌得了皇上的宠，相反在奶娘眼中，这个淑妃娘娘十分聪慧且懂得把握分寸。

沈妩对待皇长子这么好，简直就跟亲生的一般，绝对不只是沈婉与她乃亲姐妹，因为这皇长子从小就养在她身边，人心都是肉长的，这皇长子以后大了，他与沈妩的关系绝对不会闹成像太后与皇上那般。俗话说生恩不如养恩重，沈妩就是冲着这分量十足的养恩去的。

“皇长子今儿穿的衣裳可真好看，奴婢瞅着还是双面绣呢！娘娘可是把江南绣娘请进宫里来了？”奶娘瞧见皇长子衣裳已经穿好了，宝蓝色的小衣小裤上，皆是用金线绣成的麒麟，无论近瞧还是远观，都栩栩如生，让人爱不释手。

穿在这么点儿的小娃娃身上，也显得皇长子身份尊贵。

沈妩听到奶娘如此夸奖，也跟着笑了起来，她将皇长子用披风裹好抱在怀里，伸长了脖子用嘴唇碰了碰他娇嫩的脸颊，柔声道：“来，敬轩告诉奶娘，这衣裳是婉母妃亲手做的，比江南绣娘还要厉害呢！”

沈妩话音刚落，那个奶娘脸色就变了，瞬间惨白一片。她有些不确定地抬起头打量着沈妩，心里渐渐发凉。不知道沈妩这话究竟是出自真心还是在试探她。

毕竟皇上刚把皇长子记入玉牒之中，前后不到两个时辰，这会子沈妩却说沈婉是皇长子的婉母妃，当真是引人猜忌。

沈妩脸上的神色不变，她就这么抱着皇长子在殿内来回地走动，眼神却飘得有些悠远，显然想着别的事儿。

玉牒之中的确记载着她是皇长子的母妃，可这孩子却不是从她肚子里爬出来的。她不是齐敬轩真正母妃这一事实，一辈子都改变不了。况且这后宫之中人多口杂，难保哪一日就有小人过来挑拨离间，与其让旁人颠倒是非，不如一开始就告诉他真相。

她从来没有存过害皇长子之心，也只求来日，不要养出个白眼狼！

晚上宫里摆的是皇长子的满月酒，朝臣命妇纷纷前来祝贺。不少明眼人心里都清楚，这个身体畸形的皇长子，跟了淑妃娘娘算是水涨船高了。不仅成功地认了齐家这门祖宗，变成皇室成员，还有一个后台硬的人当母妃。

放眼全后宫，目前自然是淑妃娘娘后台硬！谁若反驳说，沈王爷前些日子才被皇上用荆条狠抽得哗哗流血，那可真是没见识了。

因为淑妃娘娘从来不靠沈家，她的后台便是皇上。锦颜殿一时门庭若市，沈妩既有了皇上撑腰，又有了皇长子傍身，当真是足够威风。只是同样，这里也成了众矢之的，各个妃嫔的脸上堆满了笑意，其实背地里小动作却是从未间断。

“娘娘，这些人也当真没趣，当面一套背后一套。”明音手里拿着一件小衣裳，上面还带着东珠，显然精致非常，不过看明音脸上那副不耐烦的神情，也知道这件衣裳肯定是被查出问题了。

明音轻声抱怨了两句，便掀开帘子走了出去，准备将这件衣裳送到侧殿去。

待她回来的时候，脸上还挂着几分烦躁的表情。任谁整日收拾那些妃嫔送来的礼物，十件里头有五件是有问题的，也会着急不耐烦，但她却不敢大意，每日眼睛都瞪得跟铜铃似的，她查完一遍，还得兰卉姑姑再查。虽然这些东西都不会给大皇子用，更近不了他的身，但是沈妩却还是让她们一一挑出来。

沈妩瞧见她这副模样，也知道整日做这件事儿无趣得很，便轻声安慰道：“本宫自然不会让你们做无用功，到时候收拾那些人的时候，让你打头阵。”

明音一听能整治人，立刻就来了精神，再次充满了斗志，与那些五花八门的礼物斗智斗勇，嘴上却还不忘讨好沈妩：“娘娘，奴婢跟您可说好了，您每回整治人的手段都是简单而粗暴的，这回一定要更简单更粗暴！非得绝了这些人送礼物的心不可！否则奴婢今年才十五，就得磕死在这些有毒的珍宝之中！”

沈妩被她的话逗笑了，笑意却也是稍纵即逝，脸上的神色逐渐变得严肃起来。的确如明音所言，是该绝了这些人送礼物的心思了。送礼物也不过是她们试探的第一步，里头难免会有那腌臜心思的人，如果沈妩一直没做什么表示，很可能更过分的事情，就会涌现出来。

“还有几日便要过年了吧？”沈妧侧躺在床上，大皇子就靠在她的怀里，显然已经睡着了，她轻轻压低了声音问了一句。

明音点了点头，低声回道：“还有个八九日吧。奴婢成日守着这些，年节该准备的东西都没让奴婢插手，所以也过得有些糊涂了。”

她边说，边伸出手开始扒拉那成堆的衣物鞋帽，只是她刚扒拉了几下，就忽然缩回手，轻呼了一声。沈妧连忙看过去，只见明音将食指放在嘴里吮吸一下，飞快地吐掉口中的唾液，立刻小跑着冲出去要找太医，并且高声吩咐人不许动里头的礼物。

兰卉挑着门帘走了进来，轻轻眯起眼睛瞧了瞧那堆礼物，果然最上头的一双小鞋子鞋面上隐隐露出细细的针尖来。兰卉小心翼翼地拿起鞋子，放在鼻尖嗅了嗅，确定没有什么奇怪的味道，只这根针插在里头，才拿着鞋子走到了床边，递给沈妧瞧。

看着这发亮的针尖，沈妧心里的火气一下子便冒了出来。当真有人是按捺不住了，这礼物里头害人的东西送的越来越明目张胆，她暂时未出声，没想到落在旁人眼里倒成了一种鼓励，狠劲儿地欺上门来。

她慢慢地放开大皇子，替他掖好被角，从床上下来了。

“待会儿等明音回来再说吧，看看她的手上可沾了毒没有？真是难为她了，今儿晚上就开始整理先前查出来有问题的礼物，一笔笔记下来，本宫要一个个甩她们脸上！”沈妧的脸上逐渐露出几分阴狠的神色，自从皇长子搬到锦颜殿之后，她便很少露面了。除了每日的晨昏定省，她一般都待在殿中陪着皇长子。偶尔被皇上召幸过去，她才会离开。没想到她这一个多月的深居简出，落在旁人的眼里，倒是失了几分平日的嚣张和跋扈，也忘了她沈妧可是个不好惹的狠角色！

待明音回来之后，她明显是一脸的苍白神色，明语几个也跟着进来了，都有些不放心她。

“没事儿，都出去做自己的差使吧。针上什么问题都没有，我只是被杜老头儿给吓到了！”明音挥了挥手，脸上勉强露出了几分若无其事的表情。

那几个人见兰卉姑姑和沈妧都在，手头的事儿又多，便也不挤在殿内，纷纷出去了。

明音愤愤地拿起两件衣裳，甩到了一边，既像是发泄，又像是在查找问题。最后她实在憋不住了，才对沈妧开口道：“娘娘，那杜老头儿当真可恶，一开始吓唬奴婢，说是体内有奇毒，来晚了让奴婢等死呢！听他忽悠了半晌，才说是吓唬奴婢的，还责怪奴婢冷心冷肺，竟连哭都不会！”

她说到这里，暗暗地咬紧了牙齿，脸上愤恨的神情越发明显，最终长舒了一口气，似乎觉得自己跟一个老头儿一般见识，有些掉价儿，便叹声道：“算了，奴婢就是受罪命啊！”

明音的话音刚落，便小心地抬起那根被针戳破过的食指，又埋头在各式的礼物之中寻找着。

当日晚上，沈妩、兰卉和明音三人坐在书桌旁，一一核对整理出来的物品，全都分开写在纸上。每张纸上对应一个妃嫔的名字，若是哪个妃嫔送来的礼物里头，有出了问题的，就把哪件礼物的名称也写上去。

“啧啧，瞧瞧这位牧美人，当真是心太狠。这纸上密密麻麻的全都是她的罪证！”明音伸手捧起自己刚写好的字条，慢慢地吹干了上头的墨迹。

沈妩下意识地瞥了一眼，果然见到那纸上到处都是各种礼品的名称，只能说这位牧美人下了不少苦功。

沈妩写的都是她单独挑出来的，说来也巧，她挑的都是熟人。贤妃、德妃、瑾昭仪之流，这些熟人里头每一个所对应的字条，上面都只有她们自己的名字，其余都是干干净净一片，很显然她们都不屑于用这种手段。

明音凑上来瞥了一眼，一瞧上头什么都没有，不由得撇了撇嘴。

三人一直熬到深夜才算是大概整理出来了，沈妩从中挑了几张位份不高的妃嫔的字条出来，上面无一例外都是密密麻麻的一片。

“这几位娘娘平时不得宠，性子也不是那种掐尖儿冒头之人，估摸着是被人当枪使了。”兰卉伸长了脖子凑过来瞧了两眼，脸上露出几分叹惋的神色。

沈妩晃了晃手中的字条，对于兰卉的话并没有多大的感慨，只是冷声道：“再怎么着，这几个在宫中也是浸淫多年了，被人撺掇了几句，就敢如此大手笔地送这些腌臜东西来，显然心里头对于本宫还是不放在眼里。就拿她们开刀！”

她的语气里带着几分森冷，显然是被惹恼了。她拉着兰卉二人，细细地将第二日要做的事情讲了一遍。待事情都安排妥当了，几人才匆匆回去睡了。

大皇子一般就和沈妩睡在一个殿内，偏殿布置好了，沈妩也没想让他独自过去。毕竟大皇子身体还是很弱，这锦颜殿里的宫人，又不能确保每一个都是忠心耿耿，若是出了什么差错，还真是得不偿失。

第二日，沈妩直接让人去寿康宫告了假，没去请安。奶娘也把睡醒了的大皇子抱到外殿去了，免得打扰到沈妩休息。虽然已经过了早膳的时辰，但是沈妩还睡得安稳。

直到她睡足了，才慢悠悠地起身，兰卉和明音也刚好过来伺候。三人匆匆吃了一些，就出了锦颜殿。

“奴婢方才打听到了，有不少妃嫔主子都在御花园的亭子里头坐着，恰好您昨晚要拿着开刀的几人都在。”明音边走边加快语速地说着，她的脸上带了几分跃跃欲试的表情，显然是有些迫不及待地要去惩治人了。

沈妩的眼睛轻轻眯起，脸上带着几分阴沉。她没有说话，只是加快了脚步。

还没走到石桥那里，就已经听见湖心亭内传出了女子的娇笑声。沈妩轻轻抬起头看过去，湖心亭里坐着一圈谈笑风生的美人，她一眼瞥过去，就瞧见了几张面生的脸。当然坐在这些人中间的，还有贤妃与崔瑾。

几个人围坐在一起，旁边烧的炭火十分旺盛，上面摊着铁架，正“嗞嗞”地烤着鹿肉，大老远就能闻到香味。

沈妩一挑眉头，暗自想着这帮人可真会享受。她将头上戴着的披风帽摘下，顺手理了理发髻，才扶着明音的手往里头走。

待走近了细瞧，沈妩才发现石桌上放着烫好的酒酿，几人稍微压低的说笑声，也都传了过来。

“之前还说淑妃娘娘能撑得住，哪知今日就告了假没去请安，想来也着实受不住大皇子的闹腾了！”其中一个背对着沈妩而坐的女子，轻轻扬高了声音开口，语气里带着几分幸灾乐祸。

她的话音刚落，就有几个坐在她身边的妃嫔随声附和起来，娇脆的笑声再次传遍了湖心亭。这几句话传到沈妩的耳朵里，可就没有那么好笑了。她肃着一张脸，阴森森地看着亭中的众人。亭子外头候着的几个宫人，都是惊了一身的冷汗，好几次想出声提醒里头的主子，无奈兰卉姑姑和明音一人看着一边，就是不让他们出声。

还是贤妃抬起头来，一下子就对上了沈妩那双似笑非笑的眼眸。她不由得轻咳了一声，脸上欢快的笑意猛地僵住了，勉强开口道：“这不是淑妹妹吗？怎么来了也不让人通传一声，吓死个人哩。”

她的语调听着有些怪异，被沈妩抓了个正着，即使平日里淡定如她，也有些控制不住自己。

“为人不做亏心事，夜半不怕鬼敲门。姐姐如此怕我，是不是做了什么亏心事儿啊！”沈妩轻笑着开了口，声音微微扬高，脸上的神情带着几分显而易见的嘲讽。

贤妃脸上的神色很尴尬，围坐在石桌旁的几个妃嫔，也都面色不佳。方才那几个笑得欢快的妃嫔，更是直接低下了头。瞧着沈妩这副来势汹汹的模样，任谁心底都有些后怕。

沈妩的身后除了兰卉和明音之外，还有数十个身强力壮的宫女，看样子平日里都是粗使的宫女。瞧着她带这么多人来，估摸着锦颜殿大半宫女都跟着过来了。再加上那些宫女中，不少人手里都拿着托盘，上头用绸布盖住了，瞧不见里头的东西，但是那么多人手里都端着那些托盘，就让人心底发憷。

沈妩看着石桌旁边的妃嫔们如此的神色，脸上的笑意一下子便消失了，露出了几分阴狠的神情。

“啧啧，瞧着诸位这模样，想来一定是做了不少亏心事儿吧！”沈妩轻轻挑起眉头，脸上神色越发难看，语气也带着几分咄咄逼人的意味。

贤妃听她这么说，就有些坐不住了。毕竟按照位份，她比沈妩还要高些。当着这些人的面，沈妩如此奚落众人，她若是不反驳，丢的可不是颜面问题，还有以后后宫里的威信。

“淑妹妹这是什么话，诸位姐妹凑在一处玩闹，好容易得了一块鲜鹿肉，就想着烤来吃。原本也是想喊上你一道，又怕大皇子那边脱不开身。此刻被你撞见了，是怕你心里头责怪呢！既然正好赶上了，那就坐下来一起凑个热闹！”贤妃语气带着几分责备的意思，经她这么一说，沈妩若是生气的话倒显得小家子气了。

沈妩轻轻扯开嘴角冷笑了两下，她下意识地看了看那已经被烤熟的鹿肉，脸上露出几分遗憾的神色。

“我可没有几位姐妹这般好的情趣，不过估摸着要打扰诸位兴致了。这里头有几位妹妹，恐怕得等些时辰再吃了！”沈妩也丝毫不客气，冷声警告了两句。

话音刚落，她便朝旁边站了一步，抬手一挥，身后那些端着托盘的宫女都纷纷站到前面来。

“明音，你来念！”沈妩将昨儿晚上整理好的字条，从衣袖中掏了出来，递给一旁跃跃欲试的明音。

众人瞧见她这副兴师动众的架势，心里头都有了想法。毕竟她们都做了亏心事儿，这脸上的神色就透露出几分苍白来，心跳也慢慢加快，眼睛拼命地盯着那些托盘，似乎想要能看见里面的东西一般。

“牧美人是哪位？劳烦您知会一声。”明音接过字条来，丝毫不客气，她轻咳了一声就直接问道。

坐在贤妃对面的一位女子站起身来，正是方才念叨沈妩的人。此刻她的脸上露出几分茫然的神情，面色也有些难看。因为太过紧张，她也没顾上明音只是个宫女罢了，根本不必如此畏惧。

“牧美人于十二月初二送来一件小衣裳，结果发现里面混着麻布，大皇子皮肤娇嫩，若是穿上了定会磨破皮。于十二月十五送来一双虎头鞋，却在鞋尖里藏着一根针，奴婢手上这伤就得益于您的那根针。”明音话音刚落，便抬起包着锦布的食指来，让众人瞧清楚。

伴随着明音读完那张字条，立刻就有两个捧着托盘的宫女站了出来，伸手扯开上头盖着的绸布，露出里头的东西。一双是做工精致的虎头鞋，另一件是墨绿色的小衣裳，显然是给婴儿穿的。

“牧美人，这两样可是你的东西？”沈妩伸手指了指那两个托盘，脸上神色越发清冷，语气里带着几分胁迫。

待明音念完之后，牧美人脸上的神色便是一片惨白，再见到托盘里的东西时，她整个人都僵在了原地。浑身血液似乎被凝固了一般，听到沈妩这一声质问，她忽然打了个战，“扑通”一声跪倒在地。

“娘娘饶命，这两样东西都是宫女帮婢妾准备的，婢妾不知道怎么会有麻布和针！娘娘饶命！”牧美人直接开口求饶，她算是沈妩开刀的头一个，被打得措手不及，连反驳都显得这般苍白无力。

沈妩没有说话，而是偏过头冲着明音使了个眼色。明音会意地点了点头，垂下眼睑看了一下不停求饶的牧美人，暗自在心底冷哼了一声。做出这些事儿的时候，怎么没想到有今日呢！

“牧美人已经承认将这些东西送入锦颜殿，谋害皇子罪责成立。依照宫规，谋害皇子重者打入冷宫，轻者降位处罚。淑妃娘娘宽厚仁德，念其初犯，掌嘴二十以示惩戒！”明音轻咳了一声，将早已烂熟于心的处罚条令背了出来。

这些话可是沈妩昨晚上琢磨出来，让明音谨记在心，今儿好一个个收拾这些妃嫔用的。明音声音故意压得有些低，外加她平日里在沈妩的身边，就是不饶人的角色，所以外面盛传她剽悍狠绝。此时她这几句话说出来，倒真把这些主子们唬住了。

牧美人显然是受到了惊吓，整个人都僵在地上，一动也不动。方才还不断求饶的话语，也停了下来，显然是没想到沈妩竟然会直接来找茬。

伴随着明音的话音落下，身后立刻走出来两个强壮有力的粗使宫女，二话不说就一边一个掐起牧美人的胳膊往旁边拖。

“你们要干什么？别碰我！”牧美人这才反应过来，不停地挣扎着，声音凄厉。

“贤姐姐救婢妾！救救婢妾！”牧美人一眼便瞥到了贤妃，连忙开口求救，整个人都往贤妃的方向扑过去，不过钳制住她双臂的宫女，都是做惯粗活的人，丝毫不受影响地把她往外面拖。

贤妃明显也被沈妩这样的架势吓到了，她入宫这么多年，如此惩治妃嫔，还是头一遭见识到。若是有仇的话，贤妃手段一般都喜欢来阴的，背地里将人整死。可是沈妩却完全颠覆了她的认知，就喜欢来明的，让众人都瞧见那种惩治。

“淑妹妹，不知会皇上和太后一声，就来惩罚其他姐妹，有些说不过去吧！”贤妃努力从脸上挤出一丝笑意来，还想着用以和为贵劝服沈妩。

哪知沈妩只是轻轻地扫了她一眼，脸上挂着几分似笑非笑的神情。旁人看着她那张娇艳的脸上，露出那样的表情，心里头都有些打鼓，这神情简直跟皇上发怒时候如出一辙。

“明音，你接着念！还有好几位妹妹都等着挨罚呢！”沈妩并不理会贤妃，而是转过头看向明音，扬高了声音说道。

明音点了点头应承下来，心中顿时充满了无比斗志。那边的牧美人已经被两个宫女拖出了湖心亭，就在石桥上，一个宫女双手按住牧美人，另一个宫女撸起衣袖，对着牧美人那张娇俏的脸就开始左右开弓挥巴掌。

即使距离隔得不近，但是那清脆的“啪啪”声，还是让人心头一颤。明音就在这异常有节奏的巴掌声里，开始了她念字条的差使。

“第二位主子开始之前，奴婢先传达一下淑妃娘娘的意思。待会儿念到的人，送到锦颜殿的东西有几件出了问题，就掌几十个耳光。第二位是云贵人，请站出来。”明音的脸上带着几分清浅的笑意，状似好心好意地提醒了几句，才念着第二张字条上的名字。

哪知她的问题丢出来，却没人承认了。牧美人的嘴巴都没堵，凄厉的惨叫声传来，那几人个心底早就慌作一团，哪里还敢站出来。

贤妃瞧了瞧没人站出来，心底也松了一口气，这要是真都被打了，那可真是要出大乱子了！

沈妧秀气的眉头轻轻蹙起，她冷笑着看了一圈站在石桌旁的人，低声警告道：“云贵人是谁？趁早自己出来，否则待会儿本宫翻脸不认人，就别怪本宫无情！”

沈妧话音刚落，就把那几个妃嫔吓得抖了一下，即使那些人一个个脸色苍白如纸，依然没人敢出来承认。

沈妧轻哼了一声，往前走了几步，从明音手里夺过字条来。只还剩下四张，她一张张翻看过去，然后抬起头冷冷地看着她们，低声道：“这里头，问题出的最多的是岚小仪，不到一个月，竟然折腾出五件东西来，这是嫌活得太长了？除了贤姐姐和慧妹妹之外，其余的人都拖出去掌嘴五十！”

伴随着沈妧话音落下，身后一下子就涌出了八九个宫女，直接往湖心亭里走去，显然是要去抓这些妃嫔主子。有了淑妃娘娘撑腰，抓这些人根本不在话下。

“谁敢动！这么多妃嫔主子，瞎了你们的狗眼！”贤妃显然是坐不住了，立刻站起身来，扬高了声音吼道。

那些气势汹汹的宫女们，也都下意识地停下脚步。毕竟算起来贤妃的位份要比淑妃还高些，而且待在后宫中的时日长久，这么长的时间，贤妃都是后宫中的第一把手，她的话显然十分有震慑力。

沈妧轻哼了一声，看了看那些宫女，又转过头对上了贤妃那双眼眸，里面蕴藏的气愤显而易见。

052

讨回公道

“贤姐姐这是不让我替大皇子叫屈了，她们自己都承认谋害皇子的罪行了，难不成姐姐你还要当着众人的面包庇她们吗？”沈妩一下子瞪大了眼眸，眸光里带着几分胁迫的意味，语气也十分不善，透着些许咄咄逼人。

贤妃方才也是情急，这五位妃嫔往常就与她交好，当然送礼物这事儿，也有她的挑拨和怂恿。虽然抓不住她什么把柄，但是这些人都相当于她的爪牙，若是沈妩当着她的面责罚了，她却没有施救，可想而知这后宫里的人会如何低看她。

“当然不是，不过这件事儿自然要问过太后和皇上再做定夺，毕竟一下子处罚了五位妹妹，恐怕会传出不好听的话来，有损妹妹你名声！”贤妃立刻软下了话头，脸上带着几分笑意，暗想着她先妥协，也好让沈妩得过且过放一马就罢了。

哪知沈妩冷笑数声，脸上尽是嘲讽神色，恨声道：“姐姐着实好笑，名声那东西能吃吗？我要来没用！姐姐如此阻拦，当真是站在她们一边，觉得谋害大皇子这种事儿是小事儿吗？问了谁都一样，我既是大皇子的母妃，就要替他讨回公道！姐姐莫要再阻拦我，否则你也就跟她们是一丘之貉了。到时候我这个当母妃的，可认不得什么贤妃，只认得要害我皇儿的毒妇！”

沈妩根本就不给她面子，话语里也是不留余地。

“愣着做什么，今日本宫是替大皇子讨回公道，谁敢不服从就都拖出去掌嘴！”沈妩猛地扬高了声音冲着那些宫女喊道，她眼眸瞪大了，里面闪出了几分阴冷的眸光。

那些被拉扯的妃嫔立刻开口求饶，声音十分嘈杂，一声高过一声。

“娘娘，婢妾就是云贵人，婢妾就是云贵人！您按照原先的惩罚婢妾吧！婢妾再也不敢了！”一个拼命挣扎的女子，使了全身的力气往地上跪，嗓子都喊哑了，肠子都悔青了。

早知道她方才就认了，也不必多受巴掌了。

沈妩冷笑出声，她慢慢低下头看向还在求饶的云贵人，眼角眉梢的笑意都带着几分阴冷。

“方才本宫已经好心提醒你一回了，你还是不知悔改。现在想反悔，晚了！这五十巴掌就当买个教训好了，敢动皇长子，你们就是不要命了。敢不听本宫的话，你们也是找死。”沈妩直起身，说完这几句话之后，就扭过脸来不再多看她们一眼。

“拖出去，好好伺候几位妃嫔主子们！”明音听着这些女人嘈杂的哭闹声，头脑都开始疼了，便挥了挥手，让那些粗使宫女动作麻利些。

四个人还死命地挣扎和求饶，不过钳制着她们胳膊的手臂，却像是钢铁一般坚硬。沈妩专门挑这些块头大、力气猛的宫女，都已经筹备好多日了，就等着拿这些人开刀。

面对明音这样有些逾矩的话语，贤妃也只有暗咬着牙。她刚想往沈妩面前走，就立刻有两个宫女冲出来挡在了面前。

将妃嫔拖出去此刻正打人的宫女，少说也有八九个，此刻沈妩身后却还站着四五个，若是轻举妄动的话，吃亏的也只有贤妃这边的人而已。沈妩显然是有备而来，而且准备得十分充分，她这次到湖心亭里来，就是为了打人！

先被掌嘴二十的牧美人已经被拖了回来，原本还口齿伶俐求饶的牧美人，已经一副奄奄一息的模样，跟一条死狗似的被人拖进了亭子里。大半张脸都肿了，却硬是没流出血来，只是原本娇润的红嘴唇，却也肿得老高，简直就是惨不忍睹了。

贤妃偏过头瞧着，眸光不由得闪了闪。她在后宫之中，表面上一向以德服众，不过有了瑞妃成日整治人，她倒是也知道后宫里打人的方式。那些瞧着挺惨的人，都是皮外伤，养养就能好。像这种连血都不流，但是嘴唇肿成那样的伤，肯定是要养好些日子。

“牧妹妹，你别怪姐姐。本宫也是无可奈何，谁让你把主意打到大皇子身上呢！你瞧瞧，本宫还让这些宫女手下留情了，二十巴掌流血都没见着。回去好好养着，别再整日揣着那害人的心思了！”沈妩也瞧见了，似乎对于牧美人这样的状态十分满意，语气故意放缓了，显得异常温柔，与方才那个让人掌嘴的淑妃判若两人。

牧美人张了张嘴，似乎想说话，但是嘴巴都肿得张不开了，只要一动就痛得死去活来，早已泪流满面。

亭子外头，还有四位妃嫔接受掌嘴惩罚。一声声哀号传来，夹杂着清脆的巴掌声，让凉亭里的贤妃一阵阵心惊，仿佛有无数根针戳着她的头皮一般，搞得她心惊肉跳而又无可奈何。

片刻之后，外头的叫喊声便消失不见了，只还剩清脆的巴掌声，震动着听者的耳膜。

沈妩站了这么久也不嫌累，相反脸上一直挂着惬意的表情。直到那剩下的四个也被拖了进来，沈妩才多了几分笑意。

那四个被掌掴了五十个巴掌的人，明显惨啊。嘴唇肿得根本张不开，翘得老高。整个嘴唇似乎都变成了透明的，外面皮很薄，能够十分清晰地瞧见里头的瘀血，瞧着十分骇人。

“成，既然事情办完了，我就不打扰各位姐妹们烤鹿肉吃了。诸位吃好喝好，未免扫了你们的兴致，就当本宫没来过好了！”沈妩一挥衣袖，脸上笑意更甚，丢下两句话转身就走了。

身后依然跟着大部队，浩浩荡荡地出了御花园。

湖心亭里一片死一般的寂静，那五个刚被掌掴了的人，近乎瘫坐在石凳上，连呻吟声都发不出。原本齐聚一堂的喜庆气氛，就这么被莫名其妙地打了一顿，铁架上烤的鹿肉，已经散发出焦掉的煳味了，却没人理会。

贤妃站在那里，当真是难受异常。此刻任何安慰的话语，都会显得苍白无力。

崔瑾倒是从始至终都没说一句话，她一直坐在石凳上没挪过窝，拜沈妩所赐，她免费看了一场热闹非凡的好戏。而且这戏里头个顶个都是好手，沈妩成功地教会了这些人，什么叫“不鸣则已，一鸣惊人”的道理。

沈妩则坐在轿辇上，一路招摇过市。她在御花园闹出那么大动静，已经有不少来往的宫人传了出来，有些送了不干净东西进锦颜殿的人，此刻都是惊慌失措，不知该如何补救。

那些一直按兵不动的人，则暗自庆幸，幸好认准了淑妃娘娘是个不好惹的，没被其他人的话怂恿着做了蠢事儿。否则那被掌掴过后的嘴脸，当真是见不得人！

明音跟在轿辇旁，心里那叫一个痛快。虽然不是她亲自掌掴那些人，但是念着纸条上的内容，宣判着那些妃嫔的罪责，执掌着她们的生杀大权，当真是爽得很。她一个卑贱的小宫女，这回沾了淑妃娘娘的光，也当了一回上位者。

她不由得心里感叹，昨日被针扎得值啊！

沈妩的轿辇还没到锦颜殿，整个后宫就炸开了锅。毕竟她停留在御花园的时间比较长，从她兴师问罪开始，就已经有消息传了出去。

待她下了轿辇进入内殿的时候，就见明心迎了上来，冲着内室努了努嘴，低声道：“皇上已经在里头了。”

沈妩挑了挑眉头，脱下身上的披风，慢慢地踱进了内殿。只见齐钰正坐在椅子上，手里拿着她先前放在书桌上的话本，一目十行地扫视着。

“见过皇上。”她轻轻哈了一口冷气，慢慢俯下身行了一礼。

齐钰听见她的声音，便将手中的书册扔到了小桌上，脸上带着几分笑意，用一种调侃的语气说道：“爱妃这是刚刚打仗凯旋，朕瞧着你这架势，虎虎生威，顿觉我大秦有望了！”

沈妩被他这不正经的语气逗乐了，直接走到他的身边坐下，挥了挥手似乎有些不好意思。

“皇上开臣妾的玩笑，臣妾弱女子一个，岂能与骁勇善战的将军们相提并论！不过这刚得胜了，臣妾心里头就没底了。万一被哪个记恨上了，皇上可得帮衬着臣妾一把！”沈妩半真半假地顺着他的话头说道，脸上的笑意难得带了几分讨好。

齐钰却是一副非常受用的神情，他一向是软硬不吃、油盐不进。偏偏面对沈妩的时候，软招架不住，硬心里惦记着。

“好说，那些不识好歹的人，早就该找人收拾她们了。朕只是抽不出闲工夫，有阿妩出面也是一样。”齐钰立刻就放出话来，明确地表明要站在沈妩这边。

一旁的李怀恩心底叹了口气，最近皇上也太好说话了！看样子得趁机让皇上多赏赐些宝贝，好留作养老。他正这么幻想着，然后忽然记起早晨他刚因为一丁点儿小事儿，被齐钰惩罚了不许吃早饭，顿时就打回了现实之中。

呵呵，皇上只对淑妃娘娘一人好说话，他这根本就是痴心妄想！

“对了，要过年了，朕就想着送样东西给你！”齐钰似乎猛然想起了什么，看着沈妩笑得眉眼弯弯的模样，直接顺嘴说了出来。

沈妩听皇上这么说，便抬起头来，脸上露出几分惊诧的神色。皇上平日里就是赏赐不断，这回单独拿出来说送东西这事儿，想来一定是个与众不同的宝贝。

皇上话音刚落，身后的李怀恩就打了个哆嗦。皇上今日的确在他面前念叨着，要过年了想送东西给沈妩。李怀恩当时就想着，这毕竟是淑妃娘娘头一回在宫里头过年，皇上想要创造一个美好的回忆，也是无可厚非。可是最后的结果，不是皇上没想好，直接丢一边了吗？

为什么此刻皇上就这么堂而皇之地说了出来？有准备的礼物吗，皇上！您走的时候，身上屁宝贝都没带啊，连浑水摸鱼都不成啊！他轻吸了一口气，默默地在心底为皇上点了根蜡烛。

沈妩正想着皇上给的是什么东西，却迟迟不见男人开口。对面的齐钰轻轻蹙着眉头，似乎深沉地思考着什么一样。

“皇上，怎么了？可是发生了什么特殊的情况？”沈妩以为皇上要送的东西临时出状况了，便语气关切地问了一句。

李怀恩立刻抬头看着屋顶，唉，皇上，看您怎么圆回去！

“李怀恩，朕走的时候让你拿的东西呢？”齐钰轻咳了一声，猛地扬高了声音唤了一句。

李怀恩顿时觉得膝盖中箭了，浑身都疼！

他深吸了两口气，干干地笑了两声。齐钰和沈妩一起转过头看着他，只是一个眼神威胁，一个面带微笑，当真是要人命。

“皇上，您不是说要堆个雪人给淑妃娘娘瞧吗？今儿外头没有下雪，所以奴才便没带那些铁锹铁铲。等下雪了再堆一个送给娘娘吧！”李怀恩急得满头是汗，脑筋飞速地转着，才想出这么个破理由来。

这还是皇上念叨要送礼的时候，随口说出来的，最后又因为天气限制而放弃了。

沈妩原本以为是什么价值连城的奇珍异宝，结果竟是个雪人，不由得“扑哧”笑出了声。倒不是心里失落，只觉得好笑而已。依照着这架势，看样子皇上的赏赐都是万里挑一了，而送出来东西却是随意得很。

“笑什么笑，朕就想送个雪人给你不成吗？”齐钰原本也觉得李怀恩找的这个借口烂得可以，偏生沈妩如此笑出来，就让他想起这是自己的想法之一，竟然被她嘲笑了，就等于受到了侮辱！

沈妩瞧见皇上急躁了，连忙如小鸡啄米一般地点头，柔声道：“当然可以，只要是皇上送的，臣妾都喜欢。”

反正赏赐不缺她的就是，雪人这些都是锦上添花的东西。沈妩暗自想着，慢慢地收敛起嘴角的笑意，将其憋在心头。

“不过今儿没下雪是真堆不成了，上回说好了捉蝴蝶也没成功。”齐钰见她服软，便不再追究，像是自言自语一般地嘀咕起来。

沈妩听着他这口气，好像不是找东西送给她，纯粹只是想拉着她一起玩闹。心底虽然疑惑，面上却摆出一副兴致勃勃的模样。皇上久居深宫，她是养深闺之中，都不是爱玩闹的孩子，寻常人家玩的东西，他们甚少接触。况且上次水里遛风筝，沈妩心底还觉得蛮好玩儿。

“李怀恩，去找根绳子来，朕要和淑妃跳绳儿！”齐钰轻蹙着眉头仔细想了想，忽然脑海里就涌出了前几日小宫女们玩儿的把戏，立刻觉得周身的血液都沸腾了。

虽然沈妩的性格缺陷，在他调理下，已经好转了不少。但是刚把大皇子抱过来，皇上怕她太过劳累，病症复发，所以决定提前打个预防针。

沈妩原本还存着好玩的心思，立刻便消停下去了。外头那样冷，跳绳还必须得出去，两个人凑一起，跳得呼哧带喘的，一点儿美感都没有。

她还没发表自己心头的不愿意，就有小宫女送上了绳子。齐钰直接拉起她手就往外面拖拽，根本不容她反驳。

“跳绳多好啊，还强健体魄，驱寒取暖。今年没举行狩猎，明年秋天应该会有一场秋猎。到时候就你这点小身板儿，不被小羊一脚踹个半死才叫怪事儿！”齐钰一眼就瞧见了她脸上不情愿的神色，便拖着她的手，轻声劝慰着。

说到最后直接开始威逼利诱，高声恐吓起来。沈妩听了之后，不由得撇了撇嘴。被羊踹死这话，怎么听怎么像是咒她！

两人到了内殿外面的空地上，因为觉得丢脸，便让那些内监宫女都退了下去。刚出了内殿，一阵冷风就侵袭而来，刮在脸上像是刀子一般。沈妩的手下意识地往后撤，想要从男人的掌心里抽出来。

皇上立刻就握紧了手，她根本就动弹不得。

“人都撤下去了，你才反悔，晚了点儿！双人跳啊！”皇上回过头来瞪了她一眼，脸上带着几分不满的神色，这么幼稚的游戏，他也不想玩儿啊，还不就为了帮助沈妩早日走出性格缺陷的阴影！

两人面对面站好，齐钰手里拿着绳子。沈妩低着头一直瞧着皇上脚后面的绳子，心里暗自发憷。对于跳绳和踢毽子这两样，她一向讨厌。幼时姐妹几个凑一处玩闹，来回总是这两样，她每次必是垫底的那一个，后来等六妹妹都会跳绳了，她依然笨拙得很。

“准备开始了啊，绳子过去了你就跳起来！”齐钰瞧出她有些紧张，便轻声提醒了一句。

他话音刚落，手腕便转动着将绳子甩了起来。“啪”一声闷响打在了地上，沈妩却早已蹦过了，于是那绳子又不幸地打到了她腿上。

齐钰低下头，面无表情地注视着她，沈妩慢慢地抬起头，也面无表情地回望他。两个人都轻咳了一声，掩饰着自己已经许久没碰过绳子，导致不怎么会跳的事实。

皇上甩绳子的幅度比较大，绳子落地时候，几乎距离沈妩的脚一米远。沈妩是跟着皇上的手一起动起来，所以时机没有把握正确。

“再来，手有点生！练两回就好了。”皇上自我安慰般地念叨了一句，将绳子拖到脚后，准备再接再厉。

又是断断续续几个不连贯的闷响声，显然还是绳子打到了地面或者沈妩腿上。

李怀恩就守在门口，偶尔伸长了脖子往里头瞧上一眼，不停地叹息着。绳子甩起来时那种虎虎生威的模样，估摸着这两个人身上是瞧不到好了。看看这两个人笨的，一个都没跳过去呢！

齐家和沈家祖先若是得知了这一悲痛的消息，也定会从棺材里头爬出来！

过了片刻，两人总算是跳了起来。沈妩十分自然地伸出双手，搭在皇上的腰上，与他同步地蹦跶着。

稍微有了几分起色，这二人脸上就露出了几分自傲的笑意。就说嘛，怎么会输给一根破绳子！

皇上毕竟是有一身武艺，跳绳感觉一旦回来了，甩绳子的速度就不停地加快。可怜沈妩原本就不怎么会跳绳，速度根本就跟不上，动不动就被绳子打到腿。

重要的是，男人的臂力十分强悍，绳子高速甩过来的时候，她只有被迫性地承受这种疼痛。

“啧，爱妃，你瞧着弱不禁风，怎么跳起绳来就像是压了千斤顶似的，笨拙得要命。若是让外人瞧了，还以为朕带着一只笨熊跳绳呢！”齐钰对于沈妩这样不精通，明显是带有浓重的不满情绪，这嘴里的话就越发恶毒。

沈妩皱拧着眉头，猛地抬起头，恨恨地看着他。低声抱怨道：“皇上手上力气就不能小一些吗？待会儿回去，臣妾腿上肯定是被打出了青紫痕迹来！”

她也是满腹不顺心，原本就不想出来跳这劳什子绳，完全是因为皇上兴致高，才跟了出来，结果却要受这样的罪。

齐钰瞧见她有些恼了，暗自想着这原本就是为了帮助她完善性格才出来跳绳的，一切当然都得顺着她，不能前功尽弃。

“好了，是朕不好。待会儿力气小些，你不要直直地跳上跳下，稍微踮起一点脚尖，这样身体就能轻盈一些了！”皇上的语气立刻变得柔软起来，耐心地将自己的经验传授给她。

沈妩点了点头，便按照他的意思来做。小心翼翼地踮起脚尖来，哪知跳绳过程中，她身体不停地前倾着，整个人有些惊慌，蹦起来的时候，她的头顶不幸撞上了男人的下巴。两个人都疼得闷哼了一声，沈妩落到地面上的时候，一个没站稳，直接栽到他的怀里。

齐钰便连忙伸出手扶住她的后背，受冲击力影响，他脚往后退了一步。明明都已经站稳了，他却偏偏踩到了身后的绳子上，然后他便搂着沈妩的腰，一下子摔坐到了地上。

沈妩是面对着他，男人的手臂十分有力，为了不趴在地上，沈妩膝盖一弯直直地跪倒在地上，两个人的姿势十分狼狈。

这一幕正好被李怀恩尽收眼底，看到里头两个人摔倒的时候，他感到了自己鼻子一酸。他都被那两个人蠢哭了，跳个绳都能搞出这样的幺蛾子，还是头一回见到！简直不能忍，随手抓来一个五六岁的孩子，都能把绳子跳好！

他再次看了看里头的场景，默默地叹了一口气。嗯，他俩也不大，就五六岁的年纪，正是无时无刻不在作死的时候呢！

跳绳跳到摔倒的两个人，互相看了看，都没有吭声，慢慢地从地上爬了起来。齐钰一只手还捂在下巴上，感觉下巴到嘴唇那里，都被她撞麻了。当然沈妩也好不到哪里去，她的额头被男人的骨头顶得很痛。

两个人皆是一副痛苦万分的表情，似乎都已经伤痕累累一般。

齐钰猛地将手中的绳子扔到了一边，目光森冷地看着沈妧，明显带着几分责备的意思。沈妧抬起头，脸上带着讨好的笑意看向他，脑子里急速转动着，妄想着摆脱这样尴尬的境地。

“皇上，臣妾不是故意的。臣妾原本就不擅长跳绳，不过却很喜欢单独地蹦跳。不如撇下绳子，皇上和臣妾还像方才那样子跳，也一样能强健体魄、驱寒取暖！”沈妧歪着头一想，就计上心来了，她边说边讨好似拉住了他的衣裳。

齐钰轻轻眯了眯眼眸，似乎对于她所提的这个建议，有些不能接受。但是要他再去捡起绳子来，他宁愿挂房梁上用来上吊，也不要跳绳了。况且这回本来就是带着沈妧来完善性格的，自然得听她的。

做过这一番心理斗争之后，齐钰便主动握住了她的双手，开始跳了起来。

李怀恩听着里头许久没有动静传出来，心里头便有些犯嘀咕。伸长了脖子看过去，他觉得整个人都不好了，脖子直接僵在了当场，皇上和淑妃娘娘再一次颠覆了他的世界观！

那两人加起来都四十多岁的人了，竟然手拉手面对面，一上一下地蹦跶着，两人动作一致，脸上挂着自以为很幸福、旁人看起来很白痴的笑容。李怀恩默默地伸出手来擦了一把额头上的冷汗，他从来没有像现在这样，庆幸他自己没有蛋，否则肯定要再碎一次！

啧啧，瞧瞧那两个人，蹦跶得可欢了。那根绳子已经彻底失宠了，被扔得老远，孤零零地躺在地上。

“阿妧，你怎么这会子就喘上了？再跳得高一点！”齐钰掌心包裹着她的柔荑，此刻边奋力地往上蹦着，边轻声地提醒她。

沈妧一开始还觉得挺好，毕竟比跳绳强多了。可是逐渐她就后悔了，没有绳子阻碍，皇上拉着她跳，连续不断地蹦跶着，早把她累惨了。速度就逐渐慢下来了，跳起来也软绵绵的，十分敷衍。

齐钰却是正在兴头上，只有这种运动才符合他九五之尊的身份，像跳绳那种乡野粗俗的运动自然配不上他。看他跳得多高，再加上对面就是沈妧那张带着些许汗水的脸颊，齐钰觉得他征服了整个天下，豪气顿生。

李怀恩看着二人互相拉扯着蹦跶，长叹了一口气，脸上愁云密布。看样子只要这两位主子凑在一起，他这没有蛋都会疼的日子，就永远没有结束的那一日。

最终沈妧是在要累得吐血的情况下，齐钰才放过了她。两人扬高了嗓音，将外头的宫人喊了进来。沈妧的面色潮红，身上早已汗湿了一片，额前的碎发都湿嗒嗒黏在一起，甚是难受。

齐钰也差不多，当时蹦跶的时候，心情可欢了。可是一到冷静下来之后，就觉得异常难受。他直接在锦颜殿汤池里凑合着洗了一下，待穿好了衣裳进入内殿的时候，沈妧已经歪在榻上，轻闭着眼眸，一副昏昏欲睡的模样。

“起来去沐浴！怎么回事儿，每次都懒得要命！”齐钰瞧见她又是懒得动的模样，脸上便闪现出几分不耐的神色，脱了鞋子抬起脚在她的腿上踢了两下。

“皇上，这就是您送臣妾的东西吗？搞了半晌竟要累成这样！”沈妩被他踢得不耐烦，猛地从榻上坐起，脸上带着几分不高兴的神色，微微扬高了声音说道。

齐钰细细一想，确是这么回事儿。这都送的是什么破玩意儿，谁若是一副兴高采烈的模样告诉他，要送个好东西给他，结果就拉着他出去跳绳儿，还是累得跟狗似的。那么他一定把那人整得半死不活。

想到这里，他也自知理亏，不由得轻声咳嗽了下。

“起来去沐浴，朕一定会补偿你！洗得干净些再出来，朕就在这里想着如何补偿你！”齐钰声音变得柔和了下来，他伸出手拉住她的手臂，将沈妩从榻上拉起来。

“说好了哦，臣妾待会儿出来，要看到皇上的诚意！”沈妩还处于迷迷糊糊的状态，轻声念叨了一句。

齐钰有些无可奈何地挥了挥手，低声道：“去吧去吧！”

得了他的许诺，沈妩的心情才变好了些。只是等到她洗完从汤池里出来的时候，内殿里已经不见了他的踪影。床榻上的被褥都被换过了，大皇子正躺在上面，瞪大了眼睛四处瞧着，奶娘静静地守候在旁边。

“皇上人呢？”沈妩不由得挑起了眉头，脸上露出几分惊疑的神色。她还以为皇上会留下来用膳，结果一出来早已不见皇上的人影。

明音端着炭盆进来了，她方才出去换了炭。听见沈妩的问话，便低声回道：“回娘娘的话，皇上已经回龙乾宫了。他方才让人换了被褥，又说免得你出来惊慌，吩咐奶娘把大皇子抱过来压床。然后他就走了。”

明音的话音落下，沈妩才发觉自己被皇上给戏耍了。什么想法子补偿她，根本就是临阵脱逃了！

沈妩暗自磨了磨牙，冷哼了一声，便上榻抱起大皇子逗弄着。这么点儿奶娃娃抱在怀里软软的，身上还带着一种奶香味，直叫人心底都跟着变得柔软了。

齐钰已经坐在龙辇上，让抬着轿辇的太监脚步加快，他得加快速度回去。逃也似的往龙乾宫赶，李怀恩拼命地在后面追着跑，暗自想着他都一大把年纪了，还得陪着皇上当缩头乌龟，当真是太有辱这内监总管的名声了。至于那二狗子皇帝，反正面对淑妃娘娘的时候，他的智商就直线下降，也不需要顾忌九五之尊的威信了，淑妃娘娘根本不会追出来好吗！

第二日去寿康宫请安的时候，明显这位置就空出了好几个。昨日被沈妩狠狠惩治了一番的人，自然都不在队伍里面。贤妃面色自是难看得很，世家这边的妃嫔，沈妩还没有惩治干净，所以还没挨到惩罚的妃嫔们，都一个个跑到贤妃面前哀求她帮上一把。

沈妩始终都是打着替大皇子讨回公道的旗号，若是她贸贸然出手相护，以沈妩那样的性子，估摸着会直接跳起来，要与她拼命吧。冲着昨日沈妩已经当场翻脸的架势，贤妃就知道，和沈妩硬拼绝对是个错误的选择。

“今儿告假的人还真不少，瞧起来还有几分冷清，可有人知道是发生了什么事儿？”太后坐在主位上，手里头捧着一盏茶，状似不经意地问起，语气里带着几分波澜不惊。

底下立刻就响起了一片“嗡嗡”的议论声，昨日淑妃搞出那么大的动静，直接在御花园就将人给打了，这消息早就传遍了后宫每一个角落，太后能不知道？

贤妃轻咳了一声，张张嘴似乎要开口说话。哪知竟被沈妩抢先了，她的声音带着几分漫不经心。

“现如今天气越来越冷了，特别是早晨的时候。估摸着那几位妹妹就躲在被窝里，不想出来请安呢！太后您要是实在放心不过，可以派人去瞅瞅。”沈妩正摆弄她刚涂上凤仙花汁的豆蔻，略长的指甲上染了一层红色，越发衬得手指白皙，骨节修长，煞是好看。

众人：……

殿内陷入了一片诡异的寂静，淑妃娘娘可真是说谎不打草稿，睁眼说瞎话的本事儿信手拈来。那几人为何会告假，淑妃不应该清楚吗？怎么弄到最后，竟成了因为怕冷而贪恋被窝的窝囊废了！重要的是，沈妩说完这些话之后，脸上的神色十分平静，丝毫没有任何异样的地方。

太后愣了片刻才反应过来，她轻咳了一声，心里却暗自恼恨着。每回沈妩只要一开口，就能把她气得半死，虽说这回沈妩并不是针对她，这心里头却也不舒服。

“昨日似乎出了什么大事儿，哪位出来说给哀家听听？”太后决定不接沈妩的话茬，直接问出了口。

这回殿内人都已经猜出了太后的心思，原来是想将话题引到昨日御花园的事情上。只是她的问题抛出来，却没有多少人回话。

经过昨日的事情之后，沈妩在后宫之中，越发奠定了疯狗似的作风。完全跟皇上一个模子刻出来的，前一刻还谈笑风生，说不准转眼间就把人踩到脚下了。与此事无关的人，根本不想蹚这浑水，免得得罪淑妃。而与这些事情有关的人，又偏偏不敢站出来。

毕竟灾祸还没有降临到她们头上，若是贸贸然站出来，跟太后讨论了，让淑妃记恨在心底，说不准引起了沈妩的注意，就无法逃脱了。

“有什么大事儿，太后就说来听听呗。臣妾昨日和皇上跳了大半日的绳子，对外头的事情也不大了解。”沈妩这回又捧着一杯茶盏，继续抢先问道。

053

所谓玩雪

沈妩脸上依然是一副甜腻的笑容，眉眼间带着几分讥诮。她放下手中的茶盏，好整以暇地看向太后，似乎就等着太后替她解惑一般。

太后这回直接气白了一张脸，沈妩当着众人的面，一点都不嫌害臊。她原本是想引着大家谈起昨日的事儿，再象征性地斥责沈妩几句，就把这事儿揭过去罢了。没成想，沈妩竟是这般上不得台面，一而再、再而三地胡搅蛮缠，彻底将太后心头的怒火搅和出来了。

“哀家听说淑妃昨日让人掌掴了五位妃嫔，恰好就是今日没来请安的几个。淑妃下这么重的手，一转脸竟然就忘了。还如此问哀家，这是不是有些说不过去啊？”太后声音逐渐变得严肃起来，脸上的神色也透着几分阴冷，显然对沈妩有些不满意，也未加掩饰。

太后的话音刚落，沈妩就掏出锦帕捂着嘴，轻轻地笑出声来。整个殿内的人都安静了下来，沉默不语地看着她，直到沈妩笑够了，她才把锦帕拿了下来，脸上露出几分恍然的神色，像是刚想起来一般。

“瞧臣妾这记性，若不是太后提起，臣妾都忘了。姐妹之间哪里有隔夜仇。那几位妹妹犯了错，险些让大皇子受罪，臣妾身为大皇子的母妃，自然要站出来替他讨回公道。不过臣妾与她们本来就是姐妹相称，受过罚便罢了，没必要一直惦记在心底，难不成还想着以后翻旧账不成？所以便都忘了。”沈妩轻声开口，脸上的笑意慢慢收敛了起来，只是眼眸里闪过的讥诮却是越发明显了。

沈妩这话一出口，不少人都在心底“呸”了一声。淑妃娘娘这张嘴巴，当真是厉害得很。是非黑白，到了她的嘴里都能颠倒过来。明明昨日下了那样的狠手，今日却偏要把姐妹情深挂在嘴边，而且还处处彰显自己的大度，似乎太后提起来，就是一种亵渎一般。

太后面色更加难看，每回打嘴仗，她似乎都要输给沈妩。

“太后。”眼看太后就要爆发怒火，身后的许嬷嬷连忙轻声唤了一句，慢慢走上前来靠在她的耳边嘀咕了几句。

太后轻舒了一口气，显然是在压制心头的火气，她轻轻地挥了挥手，示意她们都退下，脸上露出几分疲惫的神色。

原本那些还等着看好戏的妃嫔，瞧见太后如此便鸣金收兵了，不由得心里遗憾。却也不敢造次，两排人都站起身来，冲着太后行了一礼，便整齐有序地离开了寿康宫。

太后扶着许嬷嬷的手往殿内走，掌心冰凉，整个人因为恼火而轻微颤抖。她和沈妩之间，存在着太多的敌意，双方都互不相让让。沈妩是仗着有皇上宠爱，把她这个太后都不放在眼里，当真是恼人得很。

方才她险些又要生气了，还是许嬷嬷劝住了她。其实许嬷嬷也没有多说什么，只是提醒太后，不能在如此多的人面前闹翻。毕竟沈妩是名正言顺，虽然手段偏激了些，但是也碍不到太后什么事儿。大皇子原本就不是出自许家，若是有人以此大肆做文章，恐怕会闹上一阵子。

众妃嫔散开之后，那些曾经送到锦颜殿里东西有问题的妃嫔，纷纷催促着抬轿辇的太监，脚步利索些，免得被沈妩盯上了。

只是她们显然都低估了沈妩，沈妩根本没准备要放过她们。月嫔所乘坐的轿辇正在疾行之中，忽然就停了下来。

月嫔低着头正暗自琢磨着如何才能消了淑妃娘娘的火气，忽然下面的轿辇停了下来，把她吓了一跳。正想开口叫骂，抬起头就瞧见了挡在她轿辇前面的，是一个从一品妃位所乘的轿辇，她心底“咯噔”了一下，暗自叫着“糟糕”，原本准备叫骂的话语也都哽在了嗓子眼儿里。

月嫔有些胆战心惊地抬起头，一下子就对上了沈妩那张娇艳的脸。此刻沈妩瞧见月嫔面色惨白的模样，脸上露出几分冰冷的笑意。

“月妹妹还记得你送了几样东西到锦颜殿吗？”沈妩整个人都十分放松，她后背倚靠在轿辇，显得惬意无比。声音里也带着几分戏谑，根本就不像是来惩罚人，倒像是要道谢一般。

月嫔立刻从轿辇上走了下来，一下子便跪倒在地，通过昨日的传闻，她已经了解了沈妩的性子。根本不敢隐瞒，仔细想过之后，便颤抖着声音道：“回淑妃娘娘的话，三件。”

沈妩从衣袖里掏出字条，找出月嫔的那一张，仔细瞧了瞧，显然是在核对。最终她点了点头，柔声道："好妹妹，诚实人不用受太多罪。月嫔已经认罪，来人，掌她三十巴掌！"

"啪啪"的巴掌声很快便响起，沈妧直等到这三十巴掌扇完了，她才让人抬着轿辇离开，临走的时候一句话都没说。

月嫔请安回宫的路上被淑妃堵住教训了一顿，这种消息自然没落下。特别是那些曾干过蠢事儿的妃嫔，听到这个消息之后，整个人都处于异常焦躁的状态。依照着这个架势，沈妧是一天堵住一个了，而且丝毫不手软。迟来早来总得落到头上！

沈妧这么一折腾，立刻弄得后宫里人心惶惶。到处都是求人的声音，却硬是没人敢上锦颜殿来。上回许衿从锦颜殿出来的时候，像个落汤鸡似的，让人实在印象深刻，一般都不敢挑战这里，若是直接这么来了，不是等于羊入虎口，送上门来让沈妧折腾吗？

原本都到年关了，整个后宫里却少了几分年味儿，不少宫里为了躲着沈妧，都大门紧闭，生怕一个不慎就招来了灾星。

这几日早晨请安的时候，寿康宫人是越来越少，虽说原本请安的人基数大，但也耐不住这样。不少人都躲在宫中，不敢出来了。太后最终跟着破罐子破摔，以要到年关了为借口，直接免了她们的晨昏定省，免得瞧着沈妧这副旗开得胜的模样，她就胃疼。

终于到了除夕，外头竟然下了大雪。沈妧抱着大皇子站在外殿，偶尔有人撩起帘幕进来的时候，就可以瞧见外头白皑皑一片，沈妧就抱着他窜来窜去，就为了瞧帘幕被掀开的那一瞬间。

因着有人不停地抱着他跳动，沈妧嘴里还会发出比较夸张的象声词逗弄他。大皇子偶尔会给点反应，虽然还不会笑，不过沈妧瞧着怀里的孩子脸上不同的表情，心里头也觉得有趣。

"阿妧，阿妧！"殿外传来皇上的呼唤声，语调比较急促，且慢慢上扬着，显然是皇上心情甚好。

话音刚落，齐钰已经挑着帘幕走了进来，脸上带着几分欢喜的神色。

沈妧原本因为大皇子而高扬的兴致，一下子就低落了些。自从皇上那日临阵脱逃之后，这还是他第一次来锦颜殿。

"皇上今儿怎么有工夫过来？晚上可是要设宴群臣。"沈妧将大皇子送进奶娘怀里，脸上表情虽然是笑嘻嘻的，但是说出来的话语却不是那么真心实意。

皇上见她身上衣裳穿得整齐，发髻也梳理得妥帖，便直接让明音取来孔雀裘，并替她穿上。

"皇上这是要做什么？"沈妧见他不回答，不由得轻轻挑起眉头来。

“说好了要带你去玩雪，这回朕绝对不让你受累！”齐钰替她戴上帽子，又仔细地瞧了两眼，觉得满意之后便拉着她的手往殿外走。

沈妩还没搞清楚状况，就已经被他扯住了手腕冲出去了。皇上满脸兴奋神色，显然是得了什么好东西要与沈妩尽早地分享，见沈妩跑得慢，似乎还有几分不情愿。齐钰也没多解释，直接停下脚步回转过身，一下子将她打横抱了起来，直接抱上了龙辇，让人赶紧抬着去龙乾宫。

“皇上，您确定不要臣妾受累啊！若是要跑动的话，臣妾就赖在地上不起来了！”沈妩往齐钰耳边凑了凑，扬高了声音喊道。

她对皇上感兴趣的东西，已经完全失去了希望。每一次皇上总是能使她认知，并且皇上喜欢的东西，基本上都跟正常人不一样。

齐钰转过头来，对着沈妩但笑不语，但是任谁都能感受到他周身的喜气洋洋。沈妩被他脸上灿烂的笑容弄得愣住了，看样子皇上是真的准备了一个大宝贝，不然他也不会如此开心。

待两人到了龙乾宫时候，还没下龙辇，就听到一阵丧心病狂的惨叫声。

“啊啊啊——”尖细的嗓音让人头皮发麻，似乎是濒临死亡的喊叫一般。

齐钰恍若未闻，直接从龙辇上走了下来，伸出手来要去拉沈妩。沈妩却是顿住了，双手死死地扒住龙辇，她一听这声音，就觉得十分耳熟。她下意识地扫了一圈，并没有瞧见李怀恩的身影，再一偏头，就瞧见李怀恩坐在一个木筏子一样的东西上，正从上面台阶滑下来。

“要死了！啊啊啊——”又是一阵鬼哭狼嚎的声音，李怀恩眼眶发红，迎风流泪的老毛病又犯了，鼻涕眼泪大把大把地飙了出来。今日他注定要丢老脸了，甚至连老命都保不住了！

李怀恩乘坐的那个木筏子，显然十分简陋，从那样高的台阶上一阶阶滑下来，当真是颠簸得很。依稀可以瞧见他身影抖动，哭号的声音都带着几分颤抖。

木筏子很快便滑到了台阶的最后一层，李怀恩也终于接触到了地面。就像是从云端重重地摔下来一般，整个人都散架了。

龙辇就停在距离他不远的地方，皇上看着坐在木筏子上的李怀恩，轻轻地蹙了蹙眉头。李怀恩此刻的神情完全不对劲儿，整个人双眼失神，痴痴地往前看，就像是得了什么癔症一般。

“李怀恩，赶紧让人把朕和淑妃坐的筏子抬出来！”齐钰冷声催促道，神色有些不耐。

李怀恩听见皇上气急败坏的呼喊声，下意识地便站起身来，只是屁股刚离开木筏子，胃里就是一阵翻涌。他冲着皇上摆了摆手，一个字都来不及说出来，直接捂着嘴往旁边跑。

完蛋了，好想吐！一定得忍到皇上看不见的地方吐，否则皇上非逼着他吃下去不可！

面对李怀恩都出去吐的场景，还坐在龙辇上沈妩，已经面色苍白如纸。她抬起头看了看龙乾宫门口那长长的台阶，头皮一阵阵发麻。台阶上面覆了一层雪，由于方才被李怀恩用木筏子滑了一遍，可以看到一条十分清晰的道路，每一个台阶直角处，都有一段没有雪的地方，露出了原本大理石的灰色。

就的在齐钰还想着法子让旁人找他要乘坐的筏子时，沈妩小声地说道："皇上，臣妾不玩儿雪了！臣妾要回宫！"

她声音虽然细如蚊蝇，但是在此刻十分焦急的齐钰面前，还是传到了他耳朵里。皇上停下了吩咐的话头，直接转过身就要拉扯她下来。

沈妩身上孔雀裘价值连城，不过此刻齐钰看来，却是非常称手的东西。结实耐拽，他无论怎么使劲儿拉扯，孔雀裘都不会坏掉，相反沈妩身体还被迫地往他面前靠近。

"啊，臣妾不下去啊！那个筏子看起来好可怕！皇上，您确定是让臣妾来玩儿雪，不是来玩儿命吗？"沈妩的声音里明显带了几分哭腔，她一边哭诉着，一边死命地拽住龙辇边缘。

但是她这副柔弱的身板，又岂是孔武有力的皇上的对手，十根手指原本死死地扒住龙辇，却一根根被向外的力道硬扯了下来。眼看她就要失去了最后的防线，沈妩脑子里一片混乱，她真不想沦为李怀恩那副衰样！

她过了年才十六岁，花样年华，不是李怀恩那样的糟老头子啊！不是皇上这样的神经病大叔啊！

"皇上，皇上，您给臣妾留点脸面。臣妾自己下来成不成？"沈妩停止了原先不文雅的哀号声，开始走柔情路线。声音亲和，语气里也透着几分商量的意思。

齐钰原本便是想哄她开心，此刻听她自愿下来，也就没有再强迫她。哪知他的手刚松开，沈妩就跟兔子一样，从另一边跳下了龙辇，直接往回跑了。

齐钰看着她那道背影，脸色一下子被气得暗沉下来。好个沈氏阿妩，连蒙带骗、临阵逃跑，她全部对皇上用了一遍！

他想都没想，直接迈出大步子跟在后面追。

其余围观的宫人：……

沈妩前头小碎步跑着，两只手提着裙摆，宽大的孔雀裘迎风往后飘着。额前细碎的头发随风飞扬着，她唇红齿白，脸上因为奔跑而浮现出两抹红晕。远远地瞧着甚是娇俏，可惜她的肠子都悔青了。

过长的裙摆让她迈不开步伐，孔雀裘又重又逆风，风要是再大一些，估摸着她都能被吹得飞起来！

齐钰在后头追着，步伐越迈越大，频率也越来越快。沈妧跑得呼哧带喘的同时，还不忘勘测皇上的动静，男人脚步声就在身后响起，越来越清晰。

直至她身后飞舞的孔雀裘被人抓住了，然后猛地向后一扯。沈妧就感到脖子被狠力勒了一下，整个人往后倒，一下子就跌进了皇上的怀里，对上了齐钰那双隐含着怒气的眼眸。

还不待她有所反应，皇上已经搂紧了她的腰，带着她腾空而起，直直地飞向那段台阶的顶端。冷风不停地拂过她柔嫩的脸颊，像是被一把把小刀刮过似的，带着几分疼痛。

沈妧下意识地便把脸埋进他怀里，齐钰显然也察觉到了她的动作，另一只手拽住自己身上的裘衣轻轻一扯，便盖住了她的头。

当二人站稳了的时候，沈妧察觉到脚下踩的并不是冷硬的地面，相反是一层软绵绵的东西。她头脸都被皇上的披风给盖住了，根本瞧不清楚周遭的情况。皇上似乎是故意的，根本不让她动弹。

男人就这么近乎强硬地搂着她坐了下来，沈妧根本没有思考什么，就感觉自己坐到了一层软软的东西上。伸出手来摸索着，才发现是厚厚的毛毯。

“推下去！”皇上森冷的声音在背后响起。

沈妧轻轻挑了挑眉头，她不知道自己究竟坐在什么上面。但是伴随着皇上话音落下，她就感觉身下这个软软的东西正移动，而且原本平坦的角度忽然就变得倾斜了，她甚至都能听到“咔咔”的摩擦声。

还不待她反应过来，她的身体就急速下降。这种剧烈的摩擦声，这样的速度，以及要冒出口的呼喊声，她再猜不出来是什么，就真成傻子了。

不错，她和皇上正坐在所谓的筏子上，来了一次刺激的滑阶梯。台阶上积了雪，所以速度变得也平稳一些。沈妧好容易才止住了丢脸的呼喊声，她只是屈从于本能，拼命地往身后的怀里躲。

皇上的胸膛无疑是炙热而宽阔的，她一开始的措手不及和惶恐退散了些许。不过双手却还是随处乱摸着，显然还是驱散不了心底的紧张。

“把手掌贴朕手背上！”耳边传来男人低沉的声音，被风吹过，显得有些不真实。

沈妧下意识地便照着他所说的做了，当微凉的掌心贴上他的手背时，立刻便感到一阵温暖。齐钰丝毫没有犹豫，直接将手滑出她手掌，慢慢地覆到了她的手背上。她手背被皇上宽厚的手掌包裹住，后背也紧紧贴在他的胸膛上，原本的害怕便逐渐消散了。

木筏总算是停了下来，沈妧后半段一直十分安静，身体虽然僵硬，但是却没再表现出过激行为，这让皇上感到十分满意。

他将盖在沈妩头上的披风扯下，沈妩慢慢地眨了眨眼睛，总算能瞧见周围的环境了。果然如她所料，他们就坐在筏子上，不过这筏子大也坚固，上面铺了一层厚厚的毛毯，即使有些颠簸的台阶，也能很平稳地滑过。

齐钰已经站起了身，伸出一只手拉着她站起来，一步步往上面爬着。身后跟着两个小太监，正拖着那筏子往上走，显然是要再来一次。

沈妩刚才是在不知情的情况下，被逼着坐了一回筏子，不代表她还想经历第二次。她手臂立刻往回缩，无奈齐钰死死地拉住她，根本不给她回撤的机会。

“方才李怀恩坐的那个筏子，只是朕让他试验一下，现在身后这个筏子，可比他那个好多了。你只需要坐上去就行，背后就是朕，不用害怕也不许害怕！”齐钰头都没回，但还是开口解释了几句。

后一句话带着几分强硬，显然是一副不容置疑的架势。

沈妩无法，跑也跑不掉，求也求不来，只有默默地跟在他身后，爬到了台阶上面。筏子很快便放好了，齐钰拉着她再次坐到了上面。

沈妩一坐到筏子上，整个人就绷得紧紧的，显然还是十分紧张和害怕。

“放轻松，有朕。待会儿朕将和你一起看这后宫里的美景！”齐钰伸长了脖子，凑到她耳边轻声安抚着，边说边抬起手搂住她的纤腰，两只手在她腰前握到一起。

他见沈妩点头，便轻声说了一句：“推。”

伴随着他的话音落下，筏子再次被人推动着往下。冷风一下子迎面吹来，耳边风声呼呼作响，沈妩下意识地就闭起了眼眸，根本不敢看四周的场景。

齐钰似乎察觉到了她的紧张，整个人凑了过来，靠她紧了几分。

“阿妩，朕帮你捂住耳朵，你睁开眼睛瞧一下这景色。”皇上嘴唇近乎贴在她耳边说话，还不待沈妩反应过来，齐钰已经伸出双手捂住了她的耳朵。

耳边呼啸而过的风声，一下子就小了不少。似乎是少了这声音干扰，沈妩胆子大了些，便依照着皇上方才的吩咐，轻轻地睁开了眼眸。她一眼就瞧见了天边的夕阳，以及周围泛着红色的晚霞。

龙乾宫是后宫中最高的宫殿，再加上这么多层的台阶，此刻这样滑下来，颇有几分居高临下的意味。高堂庙宇在夕阳的映衬下，似乎被镀上了一层金光，往常冰冷的红墙金瓦，此刻这么瞧着，竟也觉得带了几分暖意。

沈妩心底的恐惧感彻底消失了，她松开紧紧抓住毛毯的手，慢慢地上移。再次将手心贴在了男人的手背上，感受着摩擦时带来的暖意。

玩了两次之后，沈妩彻底不再害怕了，相反还觉得有趣。直到夕阳彻底落山了，天色也逐渐变黑了，外头越来越冷。两人终于是扛不住了，况且设宴时辰快到了。

宴席上沈妩要穿的衣裳已经送了过来，待两人换好了衣裳，才瞧见李怀恩站在宫人队伍里。他的脸色已经缓和了过来，显然在后头养了一阵子。

皇上和沈妩分道扬镳，一个去了前殿的宴会，一个去了后殿。沈妩到的时候，已经有些迟了。因为是除夕之夜，所以平日里总要凑在一起进来的宫妃们，此刻也早早地到了，与相熟的命妇谈笑。

沈妩身上还穿着孔雀裘，她刚踏进殿门，里头谈笑的声音就小了下去。众人的目光都集中到她身上，待瞧见那耀眼异常的孔雀裘时，不少人都发出了惊叹声。

后宫里的主子们，虽然也有听闻皇上将这宝贝赏给了淑妃，可是毕竟没有多少人亲眼瞧见。至于那些命妇，就更没机会看到了。此刻一眼瞥过去，配上沈妩那张娇俏的脸，当真惊为天人。心底也涌起了几分感慨，如此尤物，难怪能摆平皇上，圣宠不衰。

贤妃正挂着一张完美的笑脸，与附近的命妇们周旋着。待看见沈妩的身影时，脸上的表情明显僵硬了一下。

皇上带着淑妃在龙乾宫宫门口玩闹，这自然是逃不过众人的眼睛，甚至两人的笑声，都传到了附近宫里。这对贤妃来说，无疑是一种莫大的威胁。皇上对待沈妩，已经越来越宠了。若只是无数的赏赐和侍寝之外，或许还能自欺欺人地认为皇上只是把淑妃当作一时的玩物罢了。但是近来的皇上越来越靠近淑妃，拉着她去放风筝，甚至带着她去龙乾宫门口戏耍。这也只是贤妃所了解到的，若是她不了解的地方，说不准还有多亲近！这已经超越了宠的界限，皇上如此举动，就像是要把沈妩刻进自己的生命里一样，永远不能离开她。

贤妃脑海里忽然就冒出了这个想法，她都被自己这番胡思乱想吓到了。自古帝王多薄情，皇上怎么可能真对一个只有一张脸的嚣张女人动了真情。贤妃立刻改变了原先的想法，自嘲地笑了笑。

沈妩也不管这些人脸上惊诧的表情，她走到了自己的位置上，便将身上的孔雀裘脱下递给了跟在身后的明音。

她刚坐定，就瞧见一个半大少女往这边走过来。沈妩定睛一瞧，正是六妹妹沈灵。她自然地顺着沈灵身后看过去，果然看见在不远处的席位上，坐着许久不见的沈王妃。

沈妩这边是宫妃位置，沈灵自然不敢造次，她小心谨慎地走过来，先是半低下身冲着沈妩行了一礼。

“起来吧，自家姐妹那么拘谨作甚？”沈妩边说边挥了挥手，身后明音会意，立刻派人添了个矮凳在沈妩身旁。

沈灵有些不敢坐，她小心翼翼地观察着沈妩脸上的表情，见沈妩淡笑着冲她点头，才挨了半边屁股上去。

“娘娘，王妃想让您过去说说话。”沈灵声音压得有些低，她今年十一岁了，正处于半大不小的年纪，不过来宫中参宴却是头一回，即使平日里在教养嬷嬷那里规矩学得不少，但是依然十分紧张。

沈妩轻轻侧过头，仔细打量着这位幺妹。沈灵今日身上的衣饰十分得体，既不会逾矩，衣襟和袖口处精致的刺绣，又处处在细节上体现出用心的程度。

“妹妹唤我一声姐姐便是，娘娘也只是留给外人的称呼。”沈妩脸上笑意甚浓，状似不经意间说了一句。

沈灵听了之后，却是连连摇头，脸上露出几分严肃的神色，低声道：“这是后宫，里头住着的都是娘娘主子。臣女乃一介平民，即使娘娘是臣女亲姐姐，也不能高攀了。”

沈妩不由得挑起了眉头，看向沈灵时，眼眸里就带了几分意外。她方才说的那番话，确实带了几分试探的意味。毕竟沈王府爱把姑娘往后宫里送，这位幺妹现在年纪虽小，但是再过个两届选秀，兴许就能被沈王府送进宫了。不过沈灵却如此慎重地回答，要么是她本意不在后宫，要么就是她有太深的心计，为了迷惑沈妩。

“走吧，去王妃那边。”沈妩慢慢地站起身，抬手撩了撩额前的碎发，便抬起脚往沈王妃的方向走去。

当沈妩站起身的时候，立刻就有不少人把关注的目光投射到她身上，特别是瞧见跟在她身后的沈灵时，众人眼神里就带了几分试探。

沈妩走到沈王妃面前，附近席位上的命妇们都站起身冲着她行礼。淑妃娘娘亲自驾临，自然是不敢怠慢，就连沈王妃都得被迫着起身行礼。沈妩笑吟吟地站在那里，待沈王妃行完礼之后，她才装模作样地搭上了沈王妃的手，旁人看来，就是搀扶着沈王妃起来。

“诸位请坐，本宫只是许久未见王妃，与王妃说几句话而已。”沈妩轻轻抬起手，做了个“请”的动作。

其他人都朝沈妩露出了淡淡的笑意，便坐回了自己的位置。沈王妃把正座让出给沈妩，自己坐到了矮凳上，脸上神色已经有些僵硬了。不过好在她平时就爱板着一张脸，此刻也瞧不出什么来。

也只有沈妩离得近，才察觉出沈王妃周身的不满来。

“王妃过得可好？”沈妩淡笑着开了口，一副怡然自得的模样，当真让一旁的沈王妃恨得牙痒痒。

沈王妃暗自憋住心头的火气，沈娇先是被打入冷宫，之后又死得不明不白。沈妩从来没有出面过，还是沈婉帮衬着些，待沈婉生产之后，她又连续递了两次宫牌入宫，却都被沈妩以各种理由驳回了，最终竟然没法入宫。

沈王妃想到这里，心头火气甚大，却还是憋住了。不过毕竟是自己的嫡长女死了，如何也要找人报复回来，沈妩在沈王府也不是没有牵挂。沈王妃顿时就变得底气十足了。

“整体来说还不错，只是元侧妃似乎不大好，吃不好也睡不香。”沈王妃回望过去，脸上带着几分挑衅的神色。

沈妩原本还如沐春风的笑意，一下子就消散得干干净净。

“王妃没找到能与本宫对抗的沈家人之前，最好别轻举妄动，否则我这个淑妃可不是白当的。”沈妩幽冷地甩下这一句话，便直接站起身往回走，不再给沈王妃开口的机会。

她脸色不大好看，显然和沈王妃谈话不怎么愉快，不少命妇都瞧出来了。贤妃心底却是暗自窃喜，暗想着说不准还能拉拢一下淑妃的这位嫡母。

等到太后来了之后，便开席了。经过沈王妃那一句话威胁，沈妩顿时没了胃口，原本和皇上玩闹的好心情也彻底消失了，倒是一副郁郁寡欢的模样。当然沈王妃也好不到哪里去，沈妩说得对，王妃见到淑妃要行礼，从这一点就能体现出沈妩的地位来。早已不是当初那个可以任她搓揉的小丫头了。

年很快就过去了，自从那日宴席散开之后，沈妩就十分密切地关注沈王妃的动态。不过她毕竟身在后宫，并不好控制。以元侧妃的身份，若是没有沈王妃带领，也无法入宫来，所以就陷入了僵局之中。

皇上在锦颜殿住过两晚上之后，就回了龙乾宫。虽然过年不久，他却是忙乱得很。今年春闱考试就定在三月初，齐钰对于这次考试看得极重。朝中那帮老臣越来越不安分了，所以他急需有新鲜血液注入朝堂之中，杀杀这些迂腐臣子的威风。

大皇子一日日长大了，沈妩每日总要抽出时间逗着他玩儿，一时心中感慨万千。这样大的孩子抱在怀中，真是一日一个样儿，看着他会被别人逗笑，听着小孩子的笑声总能让她阴郁的心情变得好起来。

现在已经是四个月了，沈妩早就问过奶娘，说是三四个月的小孩子就会翻身了。所以这几日，沈妩都把殿内炭火烧得旺盛些，将大皇子身上厚重的披风脱去了，只让他穿着小衣裳躺在床上，想着要他练习翻身。

无奈大皇子有一条腿毕竟细瘦可怜，几乎使不上力气，杜院判每每提起此事，也都是叹息连连。沈妩却根本不信邪，少了一条腿又不是不能翻身。她每日都让大皇子躺在床上，用手掌托着他的后背，小心翼翼地往旁边使力，让大皇子熟悉翻身这个动作。

每次沈妩都弄得满身的汗水，还不让别人帮忙。

“娘娘，虽说三翻、六坐、九爬爬。但是大皇子身子毕竟还很弱，你也不用如此急切，这才刚翻身而已，后头还有坐着，双腿爬动，这都是耗费心力的事情。您慢慢来就行了！”明心瞧她这副样子，不由得担忧地开解了几句。

大皇子本来就与别的孩子不同，连太医都不敢断言他日后还能走路，但是沈妩一直不放弃，始终咬着牙，一遍又一遍不厌其烦地用手掌拖着小孩子的后背，重复翻身这个动作。

就连明音瞧了也忍不住叹气，有时候，她都不了解沈妩是如何想的。为何要对一个不是自己亲生的孩子，下那样的苦功夫。

054

春闱风波

三月很快便到了，春闱考试也近在眼前。皇上早已经派人布置好了一切，临近这几日倒是有了空闲。当他赶到锦颜殿的时候，大老远就听见里头加油鼓劲儿的声音，似乎有什么比赛一般。

他驻足听了片刻，才依稀听见有人唤着“大皇子”，眉头轻轻皱了皱，才慢步走了进去。

齐钰特地让人不要通传，一路顺畅地走到了内殿，倒是瞧见床边围了几个女子。沈妩自然也在其中，旁边站着几位贴身侍候的宫女，几个人都是目光专注地看着床上的大皇子。

大皇子身体有些往外倾斜，显然是要翻身，无奈他力气太小，始终无法成功。两只小手已经握成了小拳头，脸蛋也憋得有些红，似乎使尽全身力气一般。

“咳咳！”皇上站在门边轻咳了两声，成功吸引了那些人的注意力。几个宫女立刻散开了，然后对着皇上行礼，脸上方才加油鼓劲儿的兴奋神色，都消失不见了，变得严肃起来。

“臣妾正教大皇子翻身呢，皇上要不要一起来试试？”沈妩慢慢站起身，走到他身后，亲自替他脱了裘衣，脸上带着几分笑意，轻声地询问了一句。

皇上轻轻挑了挑眉头，脸上露出几分不情愿的神色，挥了挥手，冲着站一旁的奶娘低声吩咐道：“把大皇子抱出去，朕和淑妃有话说。”

奶娘依言抱着孩子出去了，沈妩这才察觉到皇上的不对劲。便转过脸来，仔细地观察着他脸上的神色。男人从进来开始，眉头就一直轻轻蹙起，像是被什么烦心事儿困扰一般。

“皇上怎么了？大皇子眼看着就能学会翻身了，您不高兴吗？”沈妩往他面前凑了凑，直接将心底的疑问说了出来。

齐钰轻轻地“啧”了一声，显然对于沈妩这个问题不怎么想回答。但是面对着沈妩一直紧盯不放的眼神，他又逃脱不开。

“他又不是你亲儿子，对他那么好做甚？”齐钰慢慢地叹了一口气，语调轻轻扬高反问了回去。

沈妩眉头一挑，暗自觉得好笑，大皇子是皇上的儿子，她对大皇子好，皇上不是应该高兴才对吗？怎么反倒不开心了？

其实沈妩想法非常简单，如果她以后有了自己的儿子，大皇子将会成为其中的助力，不会因为沈妩对他不好，而生生地推开他。若是退一步讲，她以后就算没有自己的儿子，那么自然就把大皇子当成自己的儿子，无论这后宫中日后会有多少孩子出现，未来皇上必定是她抚养长大的孩子！

大秦之所以会有世家之首这种惯例，主要还是身为太后的女子，最终都选择了自己家族，却没有选择与她血脉相连的皇上。沈妩这世不稀罕沈王府，不会让沈王府在沈王爷和沈王妃手里飞黄腾达，所以她只会站在皇上这边。

当然以上两种情况，都是她往好的方面想。若是这孩子最终还是走上了歪路，那沈妩只能自认倒霉。一半一半概率，她愿意拿出来一搏。

“大皇子不就是臣妾的儿子吗？皇上糊涂了？”沈妩并不正面回答他的问题，而是半真半假地问了两句。

齐钰见她这副坚定模样，便耸了耸肩，低声道：“朕只是怕你日后吃这小子亏而已。毕竟朕算是过来人了！”

皇上声音压得很低，语调也透着几分阴郁，兴许是想起他和太后之间闹僵的关系，便跟着低叹了一口气。因为他这句话，沈妩心跳忽然顿了一下。皇上方才那番话，不惜以自身作为例子来劝导沈妩，纯粹是为了担心她而说。这就证明，大皇子和淑妃之间，目前皇上还是偏向于淑妃这边。这让沈妩心里激起几分酸甜情绪。

“就因为见到皇上此刻与太后关系僵冷，所以才想着不要让大皇子以后也这般。臣妾的心很小很小，只是单纯地想做一个好母妃，无论以后臣妾是否有福气生孩子，大皇子都会是臣妾的孩子。”沈妩慢慢走到他面前，轻轻地蹲下身，双手捧着皇上的面颊，目光认真地注视着他的眼眸，似乎要将心中的坚定传递给他一般。

齐钰看着她如此认真的模样，不由得轻笑出声。抬手拿下她贴在脸上的柔荑，轻轻地攥在掌心里。

“过几日就是春闱考试了，你哥哥也在其中，要不要递些东西去沈王府问候一下？也好让他知道你这个妹妹担心他。”皇上直接岔到了下一个话题，脸上带着几分漫不经心。

沈安陵今年也有十九岁了，早就可以参加朝廷颁布的考试，偏偏沈王妃对此极其敏感。沈安陵便一拖再拖，就连亲事也拖下来了。直到今年，一向不管事儿的沈王爷都看不下去了，才勒令沈安陵出去考试。

沈妩想都没想就直接摇头，声音轻轻扬高了说道："臣妾还不想给哥哥添麻烦，王妃此刻同意了他出来考试，若是臣妾送了东西过去，说不准还弄巧成拙，让这试考不成了，那臣妾可真是千古罪人了！"

沈妩声音里带着十足的讽刺，脸上的笑意也透着无奈。这些事儿，皇上早就派人调查清楚了。他也早就看好了沈安陵的才学，这回沈王爷能亲自出马，还是得益于皇上派人耍了手段。

若是问什么样的手段，当然是不光彩的。就是让几个大臣在青楼头牌面前，拼命地吹嘘自己儿子多么多么出息，再一问沈王爷家世子。得，还养在深闺人不识呢！顿时沈王爷就成了嘲笑的对象，他是被气得直接回了王府，立刻命人把沈安陵叫过来骂了一顿，勒令他去参加春闱考试，考不出好成绩来不许回府。

当然沈王妃原本还颇有微词，但是被沈王爷骂回去了，只有闭上了嘴。

沈王妃想得很简单，她只要沈安陵当个无功名的世子就好，等到王爷百年之后，继承了王府便罢。可是如果沈安陵受到了皇上器重，那么他在王府中，很容易便能摆脱沈王妃的控制。

春闱考试很快便到了，一连三日下来，不少考生下了考场便已经虚脱了。沈王妃每日对沈安陵来回就那么几句话，明显是带了几分敷衍意味的。倒是元侧妃知道沈安陵考试之后，一反常态地派人送了东西过去。沈王妃知道之后，也就睁一只眼闭一只眼。

沈王妃原本十分关注沈安陵的课业，但是每每问起授课先生时，都被告知世子虽天资聪颖，但是并不专注于课业，恐怕不能出人头地。后来她便索性不管了，此刻也只是等着结果看他究竟能否博得功名。

名次出来的时候，沈王爷先知道了结果，立刻兴冲冲地赶回王府，让人放起了鞭炮。比他自己娶了媳妇儿都高兴，儿子给他长脸，笔试第二名，只等着接受皇上殿试之后，沈王府兴许就能出来个榜眼郎。

当沈王妃收到消息的时候，她直接白了一张脸。当时她坐在铜镜前，身后丫头替她梳理发髻。沈王妃抬起手猛地拍了一下桌子，立刻站起身来将头上珠钗全部拔了下来，狠狠地往地上扔。

原本已经要束好的发髻，此刻全都散开了，青丝垂落脑后和脸侧，显得有些凌乱。

"哼！本妃操持王府这么多年，最后竟然全部为他人做嫁衣！从那个姓许的小贱人入了王府之后，本妃就千万般地提防，她儿子我抢过来，她女儿被教成了她那副软软德行，又被我送进宫当个争宠的踏脚石而已。没想到先是沈妩害死了娇儿，当上了从一品淑妃，又是这个孽种考得了第二名！老天爷当真是不让本妃活了！”沈王妃气急败坏地吼道，她整个人都被气得打战，实是咽不下这口气，周身血液都往脑门上涌，她猛地举起手里抓着的金簪，往梳妆台上戳。尖细的簪子，一下子便在花梨木上留下了一处痕迹。

“只是笔试而已，只要不能殿试，小孽种考了第二名又如何！还是宫里头那位说得对，原本本妃还犹豫呢，现在正好可以毫无顾忌地联手了！”沈王妃手抓着金簪，泛红双眼，一眨不眨地瞪着铜镜里的自己，脸上露出几分诡异的笑容。手上抓着簪子，还机械地戳刺着梳妆台。

身后侍立的那几个丫头，听了她的话之后，都不敢上前来劝阻安慰，隔得远远地瞧着她发疯。甚至有几个胆小的，都直接开始发抖了。沈王妃这是唯恐天下不乱，注定要掀起一番风浪来了！

沈妩得知了这个消息之后，抱着大皇子连续转了两圈。她脸上带着几分真心的笑容，只要哥哥赢得了功名，替皇上效力，日后元侧妃在沈王府的地位，也可以跟着水涨船高了。她也可以不用再那般担惊受怕了。

只是名次下来的当日晚上，沈安陵却未能回府。沈王爷忙着在外面向旁人炫耀，元侧妃那边，也被沈王妃调换了药，早已沉沉地睡去。整个沈王府在沈王妃的操控下，都直接忽略了世子一夜未归这个事实。

名次下来了之后，沈安陵也知晓了，他被几个同窗相约一起庆祝一下，喝酒自是难免，不过他们这些人原本就是有分寸的，喝了几杯之后便停住了手，说了几句恭维话便都散了。

沈安陵有些不胜酒力，头晕得厉害，便让轿子远远地跟着，他前面走着。但是过了片刻之后，轿子没有跟上来他也没察觉，只是好像隐隐约约有人靠近，待他想要回头看的时候，后脑勺便被人猛力地敲击了一下。

第二日，他是在一阵娇笑声中醒过来的，他猛地睁开眼，一下子便对上了一张俏丽的脸蛋，脑子里“嗡”地痛了一下，显然还是昨儿晚上留下的后遗症。他睁大了眼睛，才发现眼前的女子没有穿衣裳。他立刻坐起身，低头瞧了瞧自己，也是赤裸着全身。

“哎呀，公子，奴家昨儿晚上可是刚破身。”那女子娇滴滴地开始说话，装作慌乱地扯过丢在床上的衣裳，轻轻地遮住了半张脸，嘴边的笑意却丝毫没有害羞的神色。

沈安陵倚靠床头，当初的慌乱已经消散了，他抬手揉着后脑，双眼放空显然是在思考着什么。昨晚一时大意让人钻了空子，估摸着他喝的那些酒里就有问题，所以当危险袭来时候，他并未做出什么有效的反抗措施，导致现在被人下了套。

“公子，奴家可要喊人来了。”那位女子瞧着他竟然失神，一点都没有预料之中的惊慌，口气里就带着几分不确定。

“是要我身败名裂？可惜了那么好的名次，还以为能替娘亲和妹妹争口气呢！”沈安陵被她呼唤着回了神，脸上带着几分无奈的神色。

这的确不失为一个好法子，他爹就是个色胚，整日流连于烟花柳巷。此刻他刚考到了好名次，就被在烟花女子床上找到。啧啧，这要是传出去，首先人品就要大打折扣，即使皇上留意于他，恐怕那些忠心耿耿的臣子们，也有无数借口抨击他。

“你姓沈，又说考了好名次，莫非是准榜眼郎沈王府世子？”倒是那个女子开口发问了，她脸上带着几分好奇的神色。

“是又如何，不过这榜眼郎很快就因为你身败名裂了。”沈安陵将自己的衣服扯了过来，慢慢地穿到身上。

自从他被接到沈王妃身边之后，就一直处于和嫡母斗智斗勇之中，早已练就了任何情况都面不改色的习惯，此刻他已经在脑子里将坏情况过滤了一遍。

“没想到我竟然抢了个宝回来！”那女子脸上明显露出了几分欢欣的神色，语气里也透着十足的庆幸。

沈安陵这才听出其中不对劲来，不由得狐疑地看向她。

“你原本是妈妈安排给别人的，正好被我瞧见了，这么俊俏的郎君自然不能白白便宜了别人，所以我便让人把你扶到房里，总之只要做一场戏，让你名声臭掉便是。”她边说边上下打量着沈安陵，像是掂量货物一般，不过越看越觉得沈安陵俊俏异常，不由得心花怒放。

“不过我现在反悔了，屋子外头就有人守着。你现在有两种选择，要么娶我给我荣华富贵；要么我就大喊大叫，帮助外头人。”她脸上笑意越发明显，眼神泛光，一眨不眨地盯着他瞧。

沈安陵身上衣裳已经穿得差不多了，那女子为了防止他逃跑，一把抓住他的衣袖，不让他继续穿鞋子。

“我不能明媒正娶你，你要嫁进沈王府，也只能以妾的身份。我会给你荣华富贵，即使以后我有了正妻，也不会委屈你。但是同样，我也不会委屈她，你得遵守一切身为姬妾该有的规矩。”沈安陵轻轻挑了挑眉头，他索性转过身面对着她，注视着她的眼睛，异常认真地说道。

这回换成那个女子惊诧了，她有些难以置信地看着他，喃喃地说道：“可是你都不知道我的名字？”

沈安陵只是沉默地看着她，眉头轻蹙，显然在等她的决定。

“世子夫人我当然不奢求，但是我要抬贵妾！”她猛然清醒过来，语气里带着几分强硬，眼眸里的光亮越发明显，整个人都沉浸在兴奋的神色之中。

沈安陵眉头皱得紧了，他直接摇了摇头，冷声道："我的妾室，以后都将是世子夫人管理，如果她同意你当贵妾，你就可以抬成贵妾。如果你不同意，那就喊叫吧，我宁愿毁掉这么一点儿名声！"

那女子脸色变得阴冷了片刻，她恨恨地看了沈安陵一眼，才蹙着眉头，似乎思考着。终于暗暗地咬了咬牙，低声道："好，沈世子记住你今日所说。我原名何琇，待会儿妈妈肯定要找我对质，你最好动作快些！"

何琇指点着沈安陵从后窗跳了下去，她也立刻穿好了衣裳，脂粉腮红都一一抹上。

何琇屋子在三楼，他从后窗飞跃下来的时候，还恰好碰见了一个小厮。不过他低着头快步走过了，那个小厮也见怪不怪了，这种纨绔子弟虽然玩儿得狠，但是怕别人瞧见正脸。

没想到即使沈安陵没有被抓个正着，这事儿还是闹了出来，沈王妃显然不会这么善罢甘休。有小厮出来做证，说是瞧见了沈安陵从何琇后窗出来。当时各个出来看热闹的人有不少，沈安陵轻抿着薄唇，正想着遂了沈王妃心意罢了。

不想何琇却是一下子跳了出来，对着那个小厮的脸就扇了一巴掌过去。

"旁人不知道我是什么人，你是这里头的人，还能不懂吗？我一向卖艺不卖身，现在还是个雏儿。这位世子大人若是真从我的后窗出去，难道我还有清白之身吗？不信可以找人来验验！"何琇冷着一张脸，她手刚挥过去，那个小厮的脸上立刻出现了五个手指印。

那些看热闹的人立刻开始起哄，硬要验身，正如何琇自己所言，她还是处女之身。最终这场闹剧竟以一个青楼女子的贞洁，证明了沈安陵的清白。沈王妃为了这个计谋可谓耗费了不少的苦心，结果竟落得这样笑话一般的结局，当真是气白了一张脸。

沈安陵对于何琇的应对，也是惊叹连连。他当着众人的面，替何琇赎了身，并且直接用一顶青衣小轿，将她抬回沈王府当妾室。

沈王爷原本是不同意，但是被沈王妃几句偏激话骂过来，他竟是变成了支持的态度。

"什么跟我一样，安陵也算是完成了我一个梦想，人家一清白身子的姑娘，你这里胡说八道什么！抬进府来就抬吧，反正安陵那孩子有分寸，从小到大就没让我操多少心！哪像你教养出来的姑娘，上回还害得我被皇上用荆条抽了！"沈王爷的倔脾气也上来了，气急败坏地吼回去，便直接离开了王府，直奔青楼妓院去了。

对于儿子抬回一位青楼女子，他当真是不管不顾。老子没那个本事抬回府，沈安陵这个当儿子的也算是了了一桩心事。

不过何琇进入王府，却并没有那样开心。沈安陵所许诺的荣华富贵，的确一点儿都没少她，她要求的，沈安陵也尽量满足。却始终不愿意与她同房，无论她使出什么计谋，他都会躲开。

“你是不是嫌弃我？还是你根本就是瞧不起做妾的？”何琇抬起头来，脸上早已布满了泪痕，语气委屈地质问道。

沈安陵放下手中的书，明日就是殿试的时间了，他得让自己心态放轻松。

“我不是嫌弃你，也不是瞧不起做妾的，我娘就是妾室。”沈安陵慢慢地放松了身体，整个人靠在椅背上，轻轻闭上眼睛，休养生息。

何琇微微一愣，她虽然从丫头口中了解到沈安陵的身世，但是当着他的面还是不敢提及。

“那你为何要冷落于我？”她有些不甘心地问了一句。

沈安陵抬起手慢慢地捏了捏眉头，脸上闪过几分疲惫神色，低声道：“我娶妻进门之前，我是不会碰你的。这是原则，还记得我跟你说的话吗？你要记住自己的身份。正因为我娘是妾，我才明白当妾的苦。同样我自小养在王妃身边，也能体会她的不易。这一切终究是取决于我爹的态度，他的犹豫和善变让王府后院混乱不堪。”

沈安陵似乎想到了王府里平日乌烟瘴气，眉头就皱得更紧了。

“我不想像他一样，终生为女人所牵绊，却又处理不好任何一件关于内宅的事情。我从来不要求妻妾和睦，只是要你认清自己的位置。你是自愿当妾，那就得照着规矩来。”沈安陵说到这里，慢慢地睁开了眼睛，目光里带着几分坚定。

儿子不言父母之过，不过他身为沈王爷名义上的嫡长子，却终日浸淫后宅，受够了女子之间阴私互斗之苦，才会想着给何琇立规矩。他未来妻子，必定要是名门世家闺秀，而且还要名声好的那种。

并不全是为了他自己，他娘亲原本可以嫁为世家妇，却委身成了妾室。这么些年来，他与沈妩因为庶子庶女身份，所受的无数苦难都历历在目。元侧妃的身份，已经成为沈妩的致命伤。他这个做兄长的不会再拖沈妩后腿，只有他妻子是名门之后，才能更加稳固他世子之位，待他成为王爷之时，沈王府就能成为沈妩的坚强后盾。

待沈妩得知沈安陵遭此暗算后，几乎气得暴跳如雷。她当时正抱着大皇子逗弄，一旁宫人看着沈妩整个人都被气得发抖，不由得走近了几步，生怕沈妩一发怒，对大皇子做出什么过激举动来。

大皇子窝在她怀里，正啃着手指头。沈妩脸色极其僵硬，一旁明心看到这样面色略微狰狞的沈妩，心里头十分担忧。又盯着大皇子看了几眼，终慢慢地走上前来，凑到她耳边，低声道：“娘娘，先把大皇子交给奶娘抱着吧。您消消气。”

沈妩低下头瞧了一眼怀里孩子，奶娘已经凑了过来，从她怀里接过大皇子。明音撩着帘子走了进来，她挥了挥手，让奶娘将大皇子抱下去。沈妩一瞧她这副架势，就知道是有重要的事情要说，便直接站起身领着明音进了内殿。

“奴婢查到沈王妃递了宫牌进来，却不是来求见您和婉修媛，而是直接找上了贤妃那边的人。”明音压低了声音，脸上的神色带着几分严肃。

她话音刚落，一起跟进来的明心就深吸了一口气。她没想到王妃竟然会做出这种事儿，几乎全后宫都知道贤妃和淑妃十分不和，有些时候甚至连面子功夫都懒得做。

不少人都等着瞧，看这两位后宫高位份妃嫔，最后究竟是谁能胜出。上次贤妃和瑞妃相斗，虽然表面上一直都是瑞妃胜利，但是最后瑞妃却落得个暴毙的下场。而且还被太医查出了其中蹊跷之处，但是由于皇上不关注，终也只是不了了之。

贤妃从入宫开始，争斗之中，就从来没输过。当然淑妃也是同样成绩斐然，从无败绩可言。如今这两位相遇，当真是吊足了众人的胃口。

身为淑妃嫡母的沈王妃，却公然递了牌子进宫要见贤妃，其中深意实是值得人探究。

沈妧脸上露出几分冷笑，她指甲几乎掐进掌心里，恨声道：“王妃可真是不管不顾了，先是害了哥哥，将一个青楼女子抬回王府。此刻又这般明目张胆地找我的对头，真是怕旁人不知道她的心思呢！”

沈妧如此暴怒，自然在明音几人意料之中。任谁听见自家人胳膊肘往外拐，帮着外人对付自己，心里头都是不高兴。何况沈王妃还做过对沈安陵不利的事情，沈妧这心里头对她的恨意又增添了几分。

当晚，沈妧几乎一宿没睡，她虽然躺在床上，却是睁大了眼睛看向帐顶。脑子里乱糟糟一片，根本就无法入睡。只要一想起沈王妃递牌子进来要求见贤妃，她就感觉异常难受，如鲠在喉，咽也咽不下，吐又吐不出。

第二日清晨，她直接让人去太后那里告假，待在锦颜殿等结果，今日便是殿试的时候了。

齐钰对沈安陵提的问题十分刁钻，都是有关于治国之道，甚至还鼓励他大胆讲出来，不用顾忌在场的文臣武将。

沈安陵经过前几日被人陷害，心态也发生了变化。原本还想着中规中矩，忍耐着沈王妃刁难便罢了。此刻直接选择了剑走偏锋，当真将大秦其中官官相护、收受贿赂和欺压良民情况指了出来，而且言辞犀利，丝毫不给人留有颜面。

齐钰听完之后，直呼天降良才，却把一旁几位臣子弄得面色发白，郁郁寡欢。

“如此良才，自当榜首！”齐钰鼓完掌之后，便立刻扬高了声音要给沈安陵名次。他眸光里带着几分欢喜，沈安陵果然不同于一般的纨绔子弟。

沈安陵身上既带有世家熏陶出来的贵气，又是满腹才学，当真是不可多得的人才。皇上身边也正缺这样的人，若是沈安陵完全效忠了皇上，那样齐钰手中的筹码就变得多了，这样让世家完全听话也不是不可能的事情，至少他可以迈出第一步。

“皇上，殿试还未结束，此刻便定夺榜首，是否欠妥当？”立刻就有人站出来反驳，声音里带着几分严肃。

齐钰脸上挂着些许不高兴的神色，他一挑眉头看过去，冷声道：“吏部大人这是怎么了？是不是方才沈世子所说官员之间的隐私，直戳你的心窝。你便在名次上面为难他，公报私仇？”

皇上声音压得有些低，显然带着几分发怒前兆。他嘴角微微弯起，脸上露出了几分嘲讽的笑意，语气里暗含着浓浓的警告。

“朕说了算，沈安陵，状元及第！直接任为从六品吏部员外郎！”齐钰挥了挥手，直接下了决定。

殿内自然是无人敢反驳，只有眼睁睁地瞧着李怀恩去拟旨，暗自对这个状元郎沈安陵加深了警惕，还没入官场，就已经从吏部员外郎开始往上爬，起点实在太高，不得不让人刮目相看。

沈王爷瞧着沈安陵站在殿中央，脸上神色始终十分平淡，颇有几分宠辱不惊的模样，心里头涌起几分欢快的情绪。这可是他的儿子，得了状元郎，就好像他自己被皇上夸奖了一般。虽然他从未曾有过如此殊荣，相反经常成为皇上冷嘲热讽的对象。

其实皇上这次给沈安陵官位，已经是超出以往的规矩了。一般他们这些参加殿试的人，即使是前三甲，也很难一开始就进入像吏部这样的权力中心，并且一下子就任为实差。

不少人这心里头就不断地犯嘀咕，难道这沈安陵要像淑妃娘娘一样，几回升位都是三级跳，大半年之后已经成为上流官员了？

当沈安陵身上挂着大红花，骑着高头大马，一路上都有人敲锣打鼓地将他送回沈王府的时候，沈王妃就歪在榻上，身后垫着厚厚的软垫，但是听着外头接连不断的报喜声，她却感觉如坠冰窖。

沈妩知道沈安陵得了状元之后，原本沉郁的心情稍微好了些，但是心头那口恶气始终难以排出。她紧蹙着眉头想了想，像是忽然想起了什么一般，脸上僵冷神色慢慢缓和了下来。

“明心，你去请慧嫔过来坐坐！”沈妩伸手将明心招呼到身边，淡淡地吩咐道。

明心虽然心中有疑惑，却还是点了点头，直接往听风阁去了。慧嫔前几个月眼看着就要撑不住了，贤妃整日过去探望，好汤好药不停地送着，慧嫔竟是真撑了过来。只不过毕竟当初大出血了，慧嫔身子一直十分虚弱。不过自从她能出来请安之后，就经常与贤妃走在一起，两人有说有笑俨然一副姐妹情深的模样，也不知淑妃这次请她能否成功。

并没有让沈妩等多久，崔瑾便乘着轿辇过来了。她一路咳咳喘喘，瞧着好不可怜。即使走进了内殿，身上还抖个不停。崔瑾身上披着十分厚实的披风，进了内殿也不曾脱下来，显然还是觉得冷。此刻她面色苍白，嘴唇都失了血色，整个人瞧着十分羸弱的模样。

“姐姐找我来，所为何事？”崔瑾俯身行了一礼，便在沈妩示意下，脱了鞋子上榻。

榻上比较暖和，她原本颤颤巍巍的状态稍微好了些，不过脸色依然没有缓过来。

沈妩看着她但笑不语，倒了一杯热茶递过去给她。直到崔瑾将茶水饮下，身上也不再打战了，她才慢条斯理地道：“原本认为妹妹会主动来找我呢。不过左等右等，你都不来，所以我只好先派人把你请过来了！”

崔瑾听了她的话，脸上露出几分无奈的笑意，低声道：“姐姐这是要怪我了？我与姐姐不同，此刻我这副样子，都是一只脚踏进棺材的人了。但是姐姐正值平步青云时刻，即使有什么糟心事儿，都多半是从大皇子那里引来，与你本身并没有多大的损害。所以我就寻思着，姐姐说不准是要慢慢地熬。”

崔瑾话音刚落，沈妩就挑起了眉头，带着几分惊诧。她没想到崔瑾会如此直白，崔瑾是个聪明人，沈妩一直都知道。她认为跟聪明人打交道，总要兜几圈才能谈到正事儿上。没想到这回崔瑾竟是先开口提及了。

沈妩脸上的惊诧很快便消失了，转而露出几分淡淡的笑意，低柔地说道：“妹妹这是说反了吧？我此刻内心焦急得很，恨不得早日看着那人去了。倒是妹妹一直没什么动静传出来，只整日与那人相交甚好，看得我都羡慕得很！”

沈妩也无意再兜圈子，直接点了出来。崔瑾脸色猛然一变，她握住茶杯的手紧了紧，脸上的表情有些僵硬。

“你早知道是她害了我姐姐？”崔瑾沉默了片刻，才抬起头来注视着沈妩，冷声问道。

沈妩拿着面前的空杯子，放在手里把玩，听了她的问话，脸上露出几分讽刺的笑意。

“这后宫里的事儿，多半都要靠自己猜，然后才能去找证据。瑞妃那样的性子，最忌讳的就是背后使阴招。所以她若是真恼了你姐姐，定会当面发泄出来，不会窝在心底然后再下这样的狠手段！你当时见了你姐姐的尸体，又看到了那所谓的字条，才会失去理智，直接去找瑞妃拼命，正中了那人下怀！”沈妩将杯子放到一边，又拿了只倒上茶水，袅袅白气氤氲着她的脸，让她的表情看起来有些模糊。

055

开始布局

崔瑾抿了抿薄唇，脸上神色阴冷得吓人，显然是她心中想法全都被沈妩说中了。当时见到崔绣的尸体，崔瑾已经进入半疯癫状态了，哪里还能想到旁的，直至瑞妃不明不白地死了，她才开始怀疑起来。

原本崔瑾大出血，就直接把这笔账算到了瑞妃头上，暗想着待她能下床了有精力了，一定要弄死瑞妃。没想到她身子还没养好，瑞妃便已经先去了。她这才有所怀疑，待冷静下来细细思考时，贤妃就凑过来要跟她上演姐妹相亲的戏码了。

她稍微探查了几分，一切便都昭然若揭了。贤妃费尽心思，只为了隐藏她才是幕后黑手这个事实，成功地让旁人的眼光移到了崔瑾身上。当初崔绣死了之后，崔瑾不管不顾地冲上来与瑞妃撕扯了一番，就让旁人认为崔绣的死是瑞妃所为。而瑞妃的死，则是在与崔瑾吵架后不久，众人也只认为瑞妃棋差一招，只是让崔瑾大出血了，却没要了她的命，终为崔瑾所害。

自始至终，贤妃都十分安稳地待在幕后，依然保持着她对外的好名声。

沈妩见她脸上神色越发难看，心里便稍微有了底，她冲着崔瑾招了招手，让她凑到自己面前来，压低了声音将心中计谋说了出来。

崔瑾脸上闪过几分惊疑的神色，沈妩的计谋的确很吸引人，但是这其中牵连沈王妃的身家性命，崔瑾明显多了几分踌躇。

毕竟沈王妃是她亲姑姑，若是要她亲手谋害沈王妃，崔瑾还是有些犹豫。

“贤妃有多警觉，你一直在她身边，想必知道得很清楚。如果我们二人不联手，就怕会功亏一篑。若是被她察觉了，那么下一次再想着报复她，恐怕要难于登天了。再说我也不是要王妃命，一切都得看王妃进宫找贤妃几次了。她进来一次，就危险一次。”

沈妩脸上带着几分笑意，像是蛊惑她一般。声音也压得极低，带着几分诱惑力。

崔瑾眸光闪了闪，她轻轻蹙起眉头，脸上的神色越发深沉起来。正如沈妩所说，崔瑾靠近贤妃这么些日子，却迟迟没动手，就是因为找不到合适的机会。面对贤妃这样的人，要的就是一击必中，不能有丝毫拖泥带水的地方，否则就得准备迎接贤妃的反噬。

“成交！”崔瑾注视着沈妩的眼眸，脸上神色已经变得坚定起来。

沈妩听着这意料之中的答案，轻轻一挑眉头，脸上跟着露出了几分清浅的笑意。她冲着崔瑾举起了手中茶盏，递了个眼色过去，崔瑾轻笑出声，也跟着她举起了茶盏。

“啪”一声脆响，两只茶盏碰撞到一起，二人皆是轻轻扬起下巴，将茶盏里茶水一饮而尽。以茶代酒，建立这短暂的同盟。

崔瑾从锦颜殿出来不久，贤妃就收到了这个消息。锦颜殿里她无法安插人手进去，所以也不知道这二人究竟谈了什么。待崔瑾刚到了听风阁，贤妃那边派的宫女也来请她了。

崔瑾连轿辇都没下，直接让人抬着去了贤妃宫殿。

“见过贤妃姐姐。”崔瑾进了内殿，刚弯下身准备行礼，胳膊已经被人拉住了。

“妹妹怎么还是如此客气，过来坐，瞧瞧你这脸色多难看！”贤妃脸上露出了几分笑容，拉着她上了榻，仔细盯着崔瑾的面色瞧了瞧，语气里透着几分担忧。

崔瑾抿着唇笑了笑，低声回道：“没法子，淑妃派人过来请，我总不能推脱了不去，免得让旁人乱嚼舌根子，说我拿乔！”

贤妃一听她说起沈妩，便连忙抬起头，仔细地打量着崔瑾脸上的神色，似乎猜度着什么。

不过崔瑾脸上的神色一直十分平静，任她如何看，都瞧不出什么端倪来。

“她说了什么？”最终还是贤妃耐不住性子，轻声问了一句，脸上闪过几分不自在。

崔瑾虽然一直半低着头，从贤妃角度看过去，崔瑾注意力始终在手中的茶盏上。其实不然，崔瑾眼角的余光一直都在贤妃脸上游移，瞧见她脸上不自在，心里不由得涌出了几分舒畅来。

“谁说了什么？淑妃娘娘吗？”崔瑾慢慢地抬起头来，脸上带了几分不解的神色，不过当提到淑妃的时候，语气里透着些许嘲弄，甚至直接嗤笑出声来。

贤妃一瞧见她这表情，心里不由得涌出了几分好奇，更加专注地看着崔瑾，只等着看她能说出什么来。

“贤姐姐，你都不知道今儿我去了，就感觉淑妃有些不对劲。我刚进内殿，她就开始哭，拉着我的手说绣姐姐死得好惨之类。我这心里头也不舒服，便跟着她哭了一场。原本以为她只是单纯想要拉扯些姐妹话题，不成想她竟然说绣姐姐大仇未报，那幕后黑手根本就不是瑞妃！”崔瑾的语调慢慢抬高，脸上的神色也越发不高兴，显然是不相信淑妃所说。

贤妃的眼皮猛地跳动起来，待崔瑾把最后一句话说出来的时候，她不由得紧紧握住了手中的茶盏，骨节都泛着几分苍白。

“她这是什么意思？”贤妃勉强收敛起僵硬的神色，努力地挤出了几分笑意。

她将崔瑾放在身边，就是为了让崔瑾与沈妩抗衡，到时候使个计谋让她俩彻底反目成仇。依着崔瑾和沈妩的个性，自然都不会放过对方，而且这两人都算得上聪慧有加，若是当真死掐起来，定是两败俱伤，到时候她便可坐收渔翁之利了。

可是沈妩竟然在崔瑾面前，提起崔绣的死。若是崔瑾真知道是贤妃害死了崔绣，那么崔瑾一定会倒戈相向。贤妃几乎可以预料到崔瑾有多难缠，定会至死方休。

贤妃想到这里，手心里便沁出了一层冷汗。

“她不过是为了拉拢我，而找出来的借口罢了。姐姐的字迹我怎会不认识，正因为她约了瑞妃，才会暴毙。现在瑞妃也得到了惩罚，跟着姐姐去了，我自然不想再提。所以也没听她胡说八道，倒是她紧追不放地说什么要找证据给我看！”崔瑾似乎是说得有些累了，捏起盘子里的糕点，慢慢地塞进嘴里一块，细细地嚼着，脸上还是一副不以为然的神色。

贤妃看着她完全不相信的模样，心底的紧张感明显消退了不少，狂跳的心脏也安定了不少。只要崔瑾不往旁的地方想，沈妩就不会有可乘之机。

只是她刚送走了崔瑾，就有人传消息给她，说是原先殿内伺候的内监，后来调去了外面专门发放宫妃月俸的席公公，被沈妩抓回了锦颜殿审问。

贤妃面色当场就冷了下来，整个人都僵了一下，有些不确定地问道：“淑妃抓小席子做甚？小席子就算有天大的胆儿，也不敢克扣锦颜殿月例吧！”

贤妃语气里带着几分不确定，小席子便是当日她派去杀害崔绣的太监。因着后宫宫妃众多，有些不受宠妃嫔的月俸往往会被这些太监宫女克扣，贤妃为了奖赏小席子，便将他调去了那里。没成想今日竟被沈妩抓到了，一看就是来者不善。

“奴婢也不清楚，只说是席公公漏了锦颜殿什么东西，然后也不听席公公辩解，就把他抓走了！”那个来传话的小宫女也拼命摇头，淑妃那里的事情，她哪里能探听得清楚。

就这个消息，还是锦颜殿人故意放出来，她才能赶紧过来通知贤妃。

贤妃此刻整个人都如坐针毡，她很想冲过去要人。但是小席子已经不属于她宫里头的人，若是过去要人反而会惹人怀疑。若是沈妩没有证据，只是在怀疑阶段，贤妃这么大剌剌地去了，岂不是正中沈妩下怀？

无论去还是不去，贤妃都觉得难受异常。

“找人出宫，让沈王妃明日便进府，本宫一定要想法子！在沈妩拉拢到崔瑾之前，把沈妩拉下马来！”贤妃似乎想到了什么一般，立刻急声地吩咐道，脸上的神色显得焦急异常。

沈妩却是优哉游哉地坐在殿中，对于小席子也不打骂，只是让兰卉审问他。漏发了锦颜殿月例，这种事儿自然是借口，偏生兰卉说得有模有样，小席子脸色都吓白了。

“得了得了，先把席公公关偏殿柴房里，好生伺候着。你们几个再好好找找，兴许是你们怪错了人！”沈妩挥了挥手，脸上露出几分不耐神色，明显是不愿意再与小席子纠缠。

小席子这心里头是忐忑异常，他知道沈妩肯定是要刁难他，却不知究竟犯了什么错，得罪到淑妃娘娘头上了。任他想破了脑袋，也琢磨不透。他一向处事小心，对待锦颜殿的东西，总是要仔细核对上三遍，生怕错了漏了，到时候就得不偿失了，哪知还是遇到了这种事儿。

沈妩看着那个体魄比较强健的太监，被几个宫人推搡着出去，嘴角勾起了几抹笑意。既然认定了是贤妃，那么想要搜集她的罪证实是太容易了。她必定不会亲自去弄死崔绣，肯定要派人前往。若是办成了这件事儿，可谓大功一件，贤妃自然会给那人好处。只要查查崔绣死后的一段时间内，贤妃宫内升职的宫人便可。

第二日，沈王妃准时来见贤妃，两人坐一起商量着，都对沈妩恨得咬牙切齿。只是要对付沈妩的话，还是颇有难度，毕竟淑妃身后有皇上撑腰，这后宫里真没多少人敢出手，就连太后都得忌惮她几分。

两人还没商量出什么有效计谋来，外头宫女就进来传话，说是慧嫔过来了。

崔瑾既然来了，就没有堵门口不让进的道理。此刻贤妃与沈王妃所谈话题又甚为敏感，她们还摸不清崔瑾的想法，便停住了话头，没有在她面前表露出来。

“我就知道姑母也过来了，正好刚得了一些上好的茶叶，便拿了过来一起尝尝。”崔瑾边说边让宫人把泡茶器具全部拿了过来，她挽起衣袖，亲自开始泡茶。

崔瑾对于茶道显然十分熟知，冲泡动作熟练而优美，沈王妃二人目光不由自主地积聚到她身上，原本的浮躁心情，随着她的动作似乎也慢慢平静下来。待得二泡过后，崔瑾便替她二人斟满了茶盏。

“今儿我就当一回小丫头，好好伺候二位饮茶。”崔瑾面色带笑，语气里透着几分调皮的意味。

贤妃和沈王妃二人都笑了，双手端起茶盏，轻抿了一口。崔瑾的泡法十分标准，此刻贤妃品着，只觉得味道纯正，茶汤正浓。将茶水咽下之后，舌本回甘，齿颊生香，回味无穷。

崔瑾当真是没有再准备第三个杯子，只是不停地替她们续茶。三人原本都是出自世家，虽然年龄不相近，不过说起话来倒是十分投机。一晃眼一个下午已经过去了，茶水三泡之后，茶香味淡了许多，却还是十分惹人回味。

“当真是好茶，改日得了闲，还得过来向两位娘娘讨要！”临走之时，沈王妃客气了几句，淡笑着行礼告退了。

崔瑾轻声应承下来，直把沈王妃送出了宫。自那日沈妩抓了小席子，把他关在柴房里冻了一夜之后，又说是底下的宫人搞错了，并不曾漏发，便让人把小席子放了。

贤妃这心里头就如百爪挠心，虽说是虚惊一场，但是毕竟小席子不在她身边看着，总是有些不安心。此刻她又不敢贸贸然将小席子调回来，生怕沈妩起了疑心。

自从那日崔瑾过来泡茶之后，似乎就养成了这个习惯，每日贤妃午睡过后，崔瑾必带着茶叶过来冲泡。她带来的茶叶都是上品，并且经常换着花样。涌溪火青、君山银针、都匀毛尖，都曾出现在她冲泡的茶壶里。

贤妃也乐得享受，崔瑾手艺比身边的宫人还要好上许多倍，喝惯了她泡的茶，贤妃就再也喝不下旁人冲泡的了。沈王妃最近也来得频繁，崔瑾一般会挑她在的时候过来，这样就能三人凑在一起说说话，自然经常还是她二人喝茶，崔瑾很少能喝一杯。

直到沈妩又派人找了她，提醒该加量了。崔瑾又抱着茶叶在内殿里，开始自己加工茶叶。她在茶道上，可谓下过一番苦功，从烹制茶叶到泡茶，所有的工序，她都曾亲自上手做过。

有了崔瑾的加入，沈王妃和贤妃之间商谈的时间便越来越少，总是难以敲定主意。这两个月以来，沈王妃却是频频递牌子进来，足有七八次，还好贤妃在后宫中位份很高，皇上和太后不作理会，底下也没人敢多说什么。

依着沈妩吩咐，崔瑾茶叶里又加了剂量。只冲泡了几次，贤妃就有些受不住了。崔瑾每回瞧见她，都能发现贤妃嘴唇慢慢变得苍白，偶尔还会剧烈喘息着，扬起头拍着胸脯，似乎呼吸不畅一般。而加量这几日，也经常能瞧见沈王妃的身影。

因为淑妃又有了大动作，也不知她从哪里听说来，贤妃身边有个宫女，擅长模仿人的笔迹。无论再潦草的字体，只要她临摹几次，就能写出一模一样的来。沈妩几次三番派人过来，要朝贤妃要人带过去让她一睹眼福，都被贤妃以各种理由拒绝了。

沈妩这回搞出动静，让贤妃越发慌张起。她根本顾不上别的，只终日琢磨着沈妩的心思，甚至连近几日身上越发难受，都被她忽略了。她这几日睡得不好，整日心底都盘算着淑妃的事儿，请了太医过来，肯定又是那几句话，忧思成疾。所以她也没派人去请，免得节外生枝。

倒是沈王妃先病倒了，无法再递牌子进宫。请了大夫过来瞧，却诊不出什么。沈王妃躺在床上，已经感觉自己要西去了。她这几日病来如山倒，当真是什么毛病都来了一样，好几个大夫过来检查，药方也喝了不少，却不见疗效。

崔瑾正坐在椅子上，手里拿着茶具慢慢地冲泡，她嘴角带笑，脸上神色十分惬意和愉悦。贤妃躺在床上，整个人都昏昏沉沉、神志不清。她总是感觉心口被压了大石头一般，猛吸好几口气才能吐出一口来，浑身瘫软，像是没了知觉一般。

“来，姐姐来喝杯茶。”崔瑾将贤妃轻轻地扶了起来，把茶盏递到她嘴边。

贤妃已经无法分辨她的声音，只是下意识地张开嘴巴，任由崔瑾将那一杯满满的茶水灌进口中。看着贤妃喝完茶之后，又继续张大了嘴巴，开始急剧地喘息着，崔瑾的脸上露出几分甜腻的笑意。

她慢悠悠地坐回了椅子上，端起一旁开水，将茶壶和茶盏纷纷冲洗了一遍。然后提着茶壶和往常淑妃与沈王妃喝茶的那几个茶盏，轻轻抬高了手臂，然后忽然一松手。

“啪！啪！……”那些精致的陶瓷茶具，就这样全部摔碎在地上。

外头立刻跑进来几个宫人，脸上带着几分惊慌。结果一进来就瞧见慧嫔面带着歉意站起身，冲着她们点了点头。

“方才本嫔手滑了，待会儿派人送一套茶具来。把这些都打扫了吧，别惊扰了姐姐休息！”崔瑾轻声叮嘱了几句，那几个宫人连忙应承了下来。

崔瑾抱着那未喝完的茶叶，慢慢走出了宫殿，乘上轿辇直接回宫了。进入内殿之后，她将所有自己重制过的茶叶都翻找了出来，全部丢进了炭盆里，看着那些茶叶燃成灰烬，又找了些放进了盒子里。

当日晚上，贤妃宫殿里忽然一阵忙乱，到了用晚膳的时辰，有个宫女前来唤醒贤妃，却迟迟不见她应答。便走上前去大着胆子推了一下，没想到这一推才发觉出不对劲来。

贤妃呼吸竟然停止了！待那个宫女跌跌撞撞地跑出去叫人时，一下子涌进了几个贴身伺候的宫女，一个个挤过来试探着，脸上的神色都是苍白异常。

“有呼吸，有了！”后一个宫女伸出手试探的时候，脸上神色一松，明显带着几分庆幸。

其他几人又凑过来试了试，才发现贤妃娘娘的呼吸是断断续续，立刻就有人被吓得开始干号。太医也被请过来了，这回事态严重，是杜院判亲自出来诊脉。

他仔细诊断过后，脸上神色就变得极其严肃，惊疑地说道：“瞧你们主子这样子，显然是服用了过量细辛，才导致呼吸不通畅，甚至有昏迷晕厥的症状。哪里来的细辛？”

周围宫女们听了，都连连摇头表示不知，其中一个贴身伺候的站出来说道：“贤妃娘娘这几日并没有服用药材，根本不可能接触到细辛。娘娘前段日子就会感到心口不舒服，却也没在意，没想到今日竟然直接变成了这样！”

她说着说着，语调里就带了一丝哭腔，周围不少宫女也跟着哭了起来。贤妃正是如日中天的时候，前几日还耀武扬威地要对着淑妃喊打喊杀呢，此刻却准备要入土为安了，当真是造化弄人。

杜院判一听这话，眉头就紧紧地蹙了起来。看样子又是一位惨遭黑手的主子，依着皇上的习性，这位贤妃娘娘的死，若是找不出什么凶手来，估摸着也就这么不了了之了。

“这副药方先抓来熬给她喝，至于能不能有效，就得看她自己了！”杜院判挥手写下药方，将方子递给一旁的宫女，脸上哀叹的神色越发明显。

贤妃都这副模样了，显然是中毒已深，施毒者十分有耐心。时日长久，剂量也是慢慢往上加，所以贤妃才没有一下子发作出来。估摸着今儿晚上有得受了。

那碗药灌进肚子里，过了片刻之后，贤妃果然有了些意识。守殿的内宫人，大多心情期盼，像是看见了希望的曙光一般。只是贤妃刚恢复了些意识，就开始猛力地喘息起来，张大了嘴巴，不停地吸气，却总是吸不够一般。她的手死死地抓住被褥，眼睛瞪得圆鼓鼓的，眼珠子似乎都能掉出来一般。

白眼球上充了血，她还不停地呼吸着，像是被丢在地面上，要濒临死亡的鱼一般，不断地呼吸着。那副凄惨的模样，让周围瞧见的人，都觉得痛苦异常，还不如此刻就去了，也不用如此狼狈。

“啪！啪！……”闷响声传来，贤妃难以呼吸到不停地用手拍打着床铺，嘴巴张得老大，却是一句话都说不出来，只能仰着脖子艰难地呼吸着。

其他的宫人守在旁边，没有一个人敢上前，只能瞪大了眼睛，瞧着贤妃不停地喘息着。贤妃猛地用力，似乎想坐起身来，无奈她此刻早已失去了大半的力气，只能微微抬起上半身，又徒劳地摔了回去。如此反复，像是魔怔了一般。

贤妃的喉咙里发出异常怪异的声音，就像是野兽一般，让听到的人都瑟瑟发抖。几个胆小的宫女凑在一起，脸上的神色带着几分苍白，眼神无助地看着她。这位曾经在后宫里叱咤了将近十年的贤妃，也有此刻狼狈不堪的模样，让身边的人瞧着，只觉着辛酸无比。

那种喘不过气来的窒息感，始终伴随着贤妃，耗损着她的生命。她躺在床上，自己都能感觉到那种生命流逝的感觉，一点点地失去力气，完全就是一个将死之人。死还不能死得痛快些，无论她吸取多少的空气，始终都达不到肺部的难受，折磨得她焦躁无比。

最后她是狠狠地咬住自己的舌头，自尽而亡的。当舌头上被咬出了血，浓重的血腥味一下子充满了口腔，贤妃的脸上竟是露出了一分安心的笑意，只不过显得有些狰狞。

当咬住了舌头，她原本麻痹的身体，才微微传来痛觉。那点儿痛觉像是被惊扰的水纹一般，一圈圈扩大，直至她的全身都有了这样的痛觉。还不到她得意更长的时间，舌头上汹涌冒出来的血，就呛到她了。

贤妃剧烈地咳嗽了两声，双手便猛然抓紧了身下的床单，牙齿狠狠地咬住舌头，似乎想要把舌头生生咬断一般，嫣红的血迹从嘴角涌出。她的喉咙里再次发出两声怪异的嘶吼，最终颓然地摔倒在床上，瞪大了眼睛，一动不动。

几个守在内殿的宫人，都被她吓得瑟瑟发抖。过了片刻，才有人缓过劲儿来，其中一个胆子大些的内监，慢慢地走到床头，伸出手来探她的鼻尖，没有丝毫的热乎气了。那个小内监连滚带爬地跑了回来，脸上带着几分惊慌失措的神色。他们在贤妃身边，或多或少手上都沾了人命，可是此刻死的是他们的主子，那种心底空落落的恐慌感，立刻就传遍了整个身体。

"娘娘！"内殿里顿时响起了一片哀号声，伴随着这一阵啜泣声，全殿上下的人都是一片戚戚焉。他们这些人往常横行惯了，如今失去了贤妃的庇护，以后的日子自然不好熬。

贤妃早已停止了呼吸，只是她还是徒然地瞪大了眼睛，两个眼珠子异常怪异地突出来，似乎随时都要从眼眶里暴出来一般。

贤妃的死讯是到了清晨才传出来的，这位后宫最高位份的妃嫔，死得极其凄惨。身上中了慢性毒药，整整被毒折磨了一夜，最后实在不堪折磨，咬舌自尽了。

沈妩当时正躺在榻上，让大皇子趴在自己的身上，想着要锻炼他爬。结果这小娃娃也不过六个多月大，哪里能爬，只是四肢舒展地贴着她的胸口，偶尔打个哈欠，显示他还没睡醒便被这个无良的母妃逗弄醒了。

"呵呵——"沈妩听到这个消息之后，忽然就笑出了声，她几乎没有出手，就铲除了这样一个心头大患，心情自是好得不行。

她笑得有些激动，整个身体都随着颤动起来，抖得趴在她身上的大皇子下意识地攥紧了两个小拳头，微微用力抓住了她胸前的衣襟。

"敬轩，轩轩，母妃终于要熬出头了。母妃好开心，你开不开心呀？"沈妩一下子将锦被盖住了头，双手抱着大皇子的后背，来回打滚。

大皇子只是安静地躺在她怀里一声不吭，双手依然不敢松开，始终死死地抓住她的前襟。进来传消息的明音，站在一旁瞧着床上的动静，默默地翻了个白眼。

大皇子虽然身子弱，但是性格却是安静得很，最近被杜院判调理着，这小娃娃也不再如当初那般娇气爱哭闹了。即使被沈妩如此折腾，也一声哭闹都没有。

除了锦颜殿这位主子抱着大皇子玩闹表示庆祝之外，听风阁里的慧嫔，也是满脸堆笑，欢喜之情溢于言表。只是她还没笑完，就开始不停地咳嗽起来。她抬起头，看着外面柳絮飞扬，转眼间已经到了春天了，很快又是百花齐放。离她入宫也有一年了。

明明只有一年而已，她却感觉过了大半辈子似的。崔绣离开她也有半年了，没想到她竟然就这么忍了下来。曾经形影不离认为分隔开不能活的人，她竟也活了这么久。

今儿早上请安的时候，寿康宫里明显冷清了不少。淑妃和慧嫔都告了假，其他人即使来了，也大多缄默不语，显然对于贤妃的死，众人心头还是有些顾忌的。

太后也是精神蔫蔫的，她看着原本贤妃的空位，还有淑妃的空位，心里头就惆怅异常。原本贤妃是世家妃嫔之首，一切还都讲道理好商量，现在贤妃去了，可不就轮到那蛮不讲理的淑妃了吗？

这以后的日子，若是处处跟爱掐尖得理不饶人的淑妃碰到一起，当真是没趣得很。若是跟她争了，简直就像是自降身份一般；若是不跟她一般见识，那最后被人打掉了牙只能默默地往肚子里咽，连说理的地方都没有。

贤妃的遗体很快便准备下葬了，对于她的死因，皇上连询问都没有。只是收到这个消息的时候，脸上闪过几分惊诧的神色。八面玲珑，身上几乎都长着心眼的贤妃，原来也就这么死了。

贤妃是陪着他最久的妃嫔之一了，想想这后宫里的妃嫔，称得上是“老人儿”的当真不多了。先是瑞妃被人暗算殁了，再是沈娇被贬为庶人之后，死在了冷宫里，现如今连贤妃都惨死了。留在他脑海里的人，此刻大多是新人了。

“按照礼法下葬吧！太后身子不大好，淑妃要照顾大皇子，这下葬的事儿就交给德妃和瑾昭仪来办！”皇上轻轻勾起嘴角，他的脸上闪过几分嘲讽般的笑意，冷声吩咐道。

李怀恩默默地点了点头，便出去传口谕了。

皇宫里因着贤妃的死，而闹得人心惶惶，不少妃嫔心里都惴惴不安。就连如此聪慧谨慎的贤妃都没逃过，她们就更害怕有人的手伸到她们的头上，要了她们的命。

虽然这事儿不少人都猜测跟淑妃有关，却是人人都闭紧了嘴巴，谁都不敢多说一句。甚至只要提起贤妃，就绝对不会提起淑妃，反之亦然。谨慎得连她俩的名字放到一块儿说，都像是埋下一张催命符似的，十分害怕。

宫外的世家圈子里，也闹起了一阵风波。沈王妃的身体不中用了，虽说未归西，却整日卧病在床，整日里睡得多醒得少。一瞧沈王妃这副样子，京都里但凡世家中，有未出嫁的嫡姑娘，纷纷都找了媒婆上门。不趁着沈王妃没死之前，把这一表人才的状元郎抢到手，那就是傻子！总不能等沈王妃都咽气了，这大好年纪的状元郎还要守孝，到时候府上的姑娘可就老了！

这么多媒婆上门，可把沈王爷给乐坏了。啧啧，瞧瞧儿子如此有出息，他这个当爹的当真是眉开眼笑，如此好的基因自然是遗传自他了！

上门来的世家，随便挑挑都是身份显赫的，甚至也有那么几位异姓王爷家派了人来，只为了这么个香饽饽。沈王爷难免沾沾自喜，摆摆架子。无奈沈王妃重病在床，没有嫡母出来张罗这件事儿。沈王爷又不愿意去找元侧妃，生怕以她的性子耽误了沈安陵的亲事，一时倒没了主意。

沈王府迟迟未表态，这可把那些世家人急坏了。不少人商量着要直接找沈安陵，无奈这位状元郎，自从去吏部任职之后，就变得神龙见首不见尾，除非和他是同僚的，否则甚少有人能抓住他，又不好真的去吏部堵他。

沈安陵这几日都是小心翼翼，生怕有人拉着他说亲事。不过总有他逃不掉的时候。这日他像往常一样，等着众人都离开了，才慢慢地出了屋子，准备回王府。

哪知他大门都没出，就走进来一个身材高大、皮肤黝黑的男人。那男人看见他，先是上上下下打量了一番，然后低声问了一句："你可是沈王府的世子？"

那人虽然看起来不像个斯文的人，不过这一张口，倒是客客气气的，瞧着极有礼貌。当然首先得忽略这男人说完话之后，脸上露出的几分别扭的神色。

沈安陵先是愣了一下，也仔细地观察了来人一番。这男人周身的衣饰都是上等的，显然出自豪门贵族，他的心底便稍微安定了些。

"正是，不知阁下是哪位？"沈安陵的脸上带了几分笑意，冲着他作了个揖，也摆出一副温文尔雅的模样。

那个男人听了他这句话，脸上露出几分笑意，两排洁白的牙齿，正好和黝黑的面色形成鲜明的对比。

"走走走，兄弟，有人要见你！"那男人猛地往前走了一步，还不待沈安陵有所反应，就伸手在他的肩膀处用力点了一下。

沈安陵只感到肩膀猛地一麻，整个人就动不了了。